THE LIARS' CLUB

只要说出来
你就会好很多

[美] 玛丽·卡尔（Mary Karr）◎著　胡天慈 ◎译

湖南文艺出版社
HUNAN LITERATURE AND ART PUBLISHING HOUSE

博集天卷
CS-BOOKY

著作权合同登记号：图字 18-2021-85

图书在版编目（CIP）数据

只要说出来你就会好很多 / （美）玛丽·卡尔（Mary Karr）著；胡天慈译 . -- 长沙：湖南文艺出版社，2022.7
书名原文：The Liars' Club
ISBN 978-7-5726-0665-6

Ⅰ.①只… Ⅱ.①玛… ②胡… Ⅲ.①回忆录-美国-现代 Ⅳ.① I712.55

中国版本图书馆 CIP 数据核字（2022）第 077352 号

上架建议：外国文学·随笔

ZHIYAO SHUO CHULAI NI JIU HUI HAO HEN DUO
只要说出来你就会好很多

著　　者：[美]玛丽·卡尔（Mary Karr）
译　　者：胡天慈
出 版 人：曾赛丰
责任编辑：匡杨乐
监　　制：吴文娟
策划编辑：陈笑黎　万巨红
特约编辑：吕晓如　刘　君
版权支持：王媛媛　姚珊珊
营销编辑：傅　丽　闵　婕
封面设计：梁秋晨
版式设计：潘雪琴
封面绘画：Brian Rea
内文插画：Brian Rea
出　　版：湖南文艺出版社
　　　　　（长沙市雨花区东二环一段 508 号　邮编：410014）
网　　址：www.hnwy.net
印　　刷：三河市天润建兴印务有限公司
经　　销：新华书店
开　　本：875mm × 1230mm　1/32
字　　数：269 千字
印　　张：10.5　　　插　页：8
版　　次：2022 年 7 月第 1 版
印　　次：2022 年 7 月第 1 次印刷
书　　号：ISBN 978-7-5726-0665-6
定　　价：58.00 元

若有质量问题，请致电质量监督电话：010-59096394
团购电话：010-59320018

一部非虚构的新经典

毕飞宇

当我收到《只要说出来你就会好很多》（下称《只要》）试读本的时候，我体会到了书名所带来的压抑。我做好了足够的心理准备，我积累了我能积累的同情心。我知道，我的阅读将伴随着悲情、抑郁、愤懑，当然，我最终会得到解脱。我会读完的，只要读完了我就会好很多。

我是一口气读完的。我读完了，我并不感到压抑。相反，我的内心充满了感激，经过一天的阅读，我有效地走进了美国南方的一个家庭。这和阅读福克纳不是一码事。通过那一枚美国南方的"邮票"，我叹服于福克纳通天的创造力，他创建了一个世界、一个美国的南方。但是，那真的是美国的南方吗？我不关心这个，我只能说，我有幸看到了一个开创世纪的天才。

玛丽·卡尔是谁？我不知道。她并没有创造，她只是追忆，她只是陈述。她卓尔不群的叙事给我带来了最为切实的体验，我看到了一个真切的南方家庭，它生机勃勃，完整又支离，洋溢着欢乐同时也承受着艰难。我看到了一个善良的、一心想好好过日子的、退了伍的、通身弥漫着石油气味的"大话精"——"我"爸爸；我看到了一个美丽的、天赋异禀的、烂漫的、不靠谱的、永远也找不到目标的、热衷于结婚的、搂着酒瓶子的、可以做任何人的好朋友却绝对无法成为一个好妻子和好母亲的"疯女人"——"我"妈妈；当然，我也看到了一个曾经受过伤害，却犹如天使一般的"小崽子"——叙述者"我"。

还是《纽约时报书评》说得好："哀伤又内省。她那强韧的精神、她的诗句、她的语言、她自己的声音，使这段困顿、难熬的旅程得以重获新生。"

这本书原名为 *The Liars' Club*，一个很好的书名，中译本改为《只要说出来你就会好很多》。改就改了吧，我的作品被翻译成外语也曾经被改动的。一本《青衣》，挺好的书名，可是，西方人不知道"青衣"是什么，你也不能把"青衣"翻译成"花腔女高音"，最后呢，法文和英文版的《青衣》叫《月亮的歌剧》，而德文版则直接译成了《月亮女神》。

《只要》不是小说，是回忆录，换句话说，它是非虚构的。说起非虚构，它差不多已经成为现代主义之后的一种世界性的潮流了。这是必然的。既然文学是求真的，虚构也求真，那么，为什么不来一个脆的——非虚构——呢？对了，《人民文学》杂志敏锐地捕捉到了这个潮流，差不多是在二十年前了，《人民文学》在中国文学的内部提出了一个倡导，倡导非虚构。得益于《人民文学》的敏锐，我们也诞生了汉语非虚构文学的标志性作家——梁鸿。

我愿意把《只要》看成非虚构的新经典。事实也是如此，在玛丽·卡尔之后，美国文学出现了一个新的热潮，那就是，许许多多的"非作家"拿起了他们的笔，他们雄心勃勃，他们要记录自己的生活。他们坚信，"作家"们煞费苦心才做到的事，他们也能做到。

这样的事在汉语世界里有可能发生吗？我不知道，但是，我希望它能够发生。

现在，我愿意做一个假设：一家出版社，一个编辑，他得到了一本类似于《只要》的手稿，这位编辑会对这样的作品写出什么样的审读报告呢——

"作者视域狭窄，他的书写没能突破个人生活的庸常琐碎，没有呈现出更为宏大的主题。他的书写缺失了时代性、民族性和社会性。作品不够厚重，不够开阔。"——然后呢，然后就没有这本书了。是的，我真正想说的是，我们的文学自然取决于作家，但是，在许多神秘的时刻，它也取决于那些目光迥异的、永不屈服的"天才捕手"。

毫无疑问，文学可以是宏大的，在某些时候，文学也必须是宏大的，我们需要虚设一个更为阔大的视野来辅助我们的认知世界，这是文学天然的野心。但是，在任何时候，我都会对个体生命表达我的敬意，对个体生命的隐秘部分表达我的敬意，是它们构成了第二宇宙。在辽阔性之外，我们永远也不能放弃人性的复杂与幽深。复杂与幽深是重要的，它们是另一个维度的阔大。我喜欢"大块头"，但我一点也不喜欢"傻大个"。从什么时候开始的呢？我们对"傻大个"越来越痴迷了。借用玛丽·卡尔的说法，我们时常对"傻大个"表现出"一种可爱的贱样"，然后呢，导致了"一副很能干的贱样"。作为写作者，我们所需要的是诚实，我们需要章鱼感受海水一般的感受力，我们需要的是无微不至和无坚不摧的表达，我们需要的是各显其能。如果说，作家是一群鱼，我最为喜爱这样的局面：它们品种不一、大小不一。如果说，我所面对的一群鱼是这样的——它们都是同一个品种，它们的大小相似，那我基本上就可以说：它们来自同一个池塘，属于同一种人工养殖。

序

那是我母亲过世前不久的一天，给她重新装修厨房的砌砖工人从墙上凿下一块旧砖，留下一个圆得不太正常的洞。他屈膝坐着，拾起那块瓷砖，阳光像激光一样透过黄色的旧窗帘照了进来。他向我和我姐姐莱西娅眨眨眼，然后看向我满头白发的妈妈。妈妈正弓着身子读《马可·奥勒留》，手里拿着一碗给鼻子通气用的辣椒粉。他半开玩笑地说："卡尔女士，这看起来可真像个弹孔。"

莱西娅一秒也没浪费，立即接茬道："妈妈，这不是你向爸爸开枪时留下的吗？"

妈妈眯着眼睛往上一瞄，老花镜从她那贵气的鼻梁上滑了下来，然后她一脸厌倦地回道："不，那是我朝拉里开枪时留下的。"她转身指向另一面墙，说道："我朝你爸爸开枪的地方在那边。"

读到这里，你可能立刻就能明白我为何决定把《只要说出来你就会好很多》写成回忆录，而不是虚构作品：命运赏给你这些厉害人物，为何还要去编故事呢？你大概也对我母亲的野性子有所了解了，也知道她——她去世前已戒酒多年——对自己过去的种种惊天行径已全然接受，没有一丝一毫的羞耻。

我动笔前就警告过妈妈和姐姐莱西娅，我会大书特书哪些事件，而妈妈从一开始就跟我说："见鬼了，你尽情发泄吧……我要是担心别人怎么看我，早就乖乖地去烤曲奇饼，参加家长教师联谊会了。"而生性更谨慎的莱西娅也很鼓励我，因为我需要钱买车（当时我是个住在纽约州锡拉丘兹的单亲妈妈，那里公交车班次很少，而且下的雪总是有几码[1]深）。对我们家族来说，没有什么动机比"需要钱"更崇高了，但我无论做什么事情莱西娅都会支持我。（"要去杀人狂欢？很好，该杀的王八蛋太多了。"）

　　本书出版后（随后我又出版了该书的姊妹篇《彻丽》），我又收获了一个惊喜：由于以前家中的禁忌话题不存在了，我们家族中对话的直白程度更是上了一层楼。我们再也不用小心翼翼地避而不谈妈妈以前酗酒和公然挥舞枪支的习惯，或是她结婚的次数了（七次——她和我得州的石油工人爸爸结了两次婚）。

　　有一些事情曾经深深地伤害了我们，并且几乎让我们全家遭受灭顶之灾，但在经过数次公开后，我们反而习以为常了。说这是一种厌恶疗法吧，但这些事件的影响更深一点。通过公开这些事情，我们获得了更多的治愈——虽然这并不是我的目标。我们那些遥远的灾难似乎变得更好对付了。希腊人管这叫"宣泄"（Catharsis）。

　　想想看：在休斯敦的一个早间谈话节目中（我姐姐是共和党支持者，在休斯敦经营着规模庞大的保险生意），喜气洋洋的主持人（用那专门用来询问别人葡萄干蛋糕制作方法的活泼语气）将镜头转向我，问道："你妈妈准备用屠刀宰你们的时候，你是什么感觉？"她等着我用同样活泼的语气回答她时，脸上露出很可能永远都会挂在她那涂了口红的嘴唇上的亮丽微笑，可是我那坐在观众席中的姐姐

---

1. 1 码约合 0.91 米。——编者注（本书脚注如无特别说明，均为译者注）

突然大喊一声："什么感觉？那当然是他妈的很不爽！"我突然笑场了，摄影师也开始捧腹大笑，结果节目又得全部重录。

在接下来的章节里，你会目睹莱西娅从上小学起就一直背负着的可怕重担：防止我们那暴躁的母亲勃然大怒。大概十一岁时，莱西娅就已经学会了开手动挡汽车，还能说服高速公路上的警察别给她开罚单，原因是她把驾照忘在家里了："警官先生，我正赶着把小妹妹带回妈妈身边呢，她烧得烫手，可怜的小宝贝。"而我的任务通常是装惨。（我以前就说过，如果是我姐姐写回忆录，那回忆录中我不是在呕吐，就是在尿裤子或者啜泣。）

虽然在内心深处，这些故事都是非常私密的，但在某种程度上，它们已经不再是我的事，因为十年后，我不再是当初那个写这本书的人。在书出版了这么多年后，我还要继续为它做推广活动，这让你成了——如小说家伊恩·麦克尤恩所说的——为过去的自己打工的人。除了偶尔受邀读读其中的一些篇章，自录音频版，我就再也没有打开过这本书，也不想打开。

然而，我仍然在收获这本书给我带来的莫大的宝藏：那些理解这本书的读者。在一次演讲后签名的时候，总会有人等所有人都走了，把我拉到一边。人流纷纷从演播厅退去，而这个陌生人会给我讲述他那难以置信的家庭传奇。人们认为我能够共情，所以他们选择信任我，而说我总是能够共情也并非夸张。

但我在踏上这条路的时候，第一次感受到了吞噬灵魂般的恐惧。我担心自己最挚爱的人会沦为大家笑谈中的怪物。我也担心自己会像狄更斯笔下的孤儿一样被怜悯。可结果正好相反。在全国各地不同的城镇中，来自各个阶级的读者们都跟我讲述了他们的童年故事。就故事表层——纵火、败光家产——来说，它们与我自己的童年大相径庭，但我们的感受却如出一辙。随着我从一个城镇到另一个城镇，我感觉有一个群体正在我身边形成。

连表面看起来最光鲜的家族也会遇到麻烦事。"我家就是你从小梦想被领养进门的那种唐娜·里德[1]式家庭。"一个在芝加哥的精致女人跟我说。但她那当医生的老爹因为行医不当惹上了很麻烦的官司。他每晚从银调酒杯里倒出来的马丁尼越来越多。还有谣言说他和他的护士搞上了。

"后来发生了什么？"我十分感兴趣地问道。

"我们把问题解决了，"她说道，"一切都过去了。"但这是在父亲夜里醉酒开着凯迪拉克撞坏了她的自行车，她母亲威胁要离婚之后才得到解决的。和我一样，深夜她也无眠地躺在床上，听她父母在怪物面具的掩盖下怒吼，感受着家庭根基的震荡。

并不是所有我遇到的人都觉得，这样的混乱生活只是他们家所经历的短暂插曲。有一位男读者的父母贩毒，把一包包海洛因用胶带缠在他的丹顿博士牌连体睡衣下，拉着他过了一个又一个国境。还有一位女读者五岁时目睹她酗酒的母亲上吊自杀，而她只能拼命地遮住年幼弟弟的眼睛。

这些故事打破了一个谎言：如此动荡、戏剧化的家庭生活会让你在精神病院的某个角落度过余生。大多数读者——至少在表面上——已经摆脱了他们充满荆棘的童年阴影，并且没有完全将这些记忆屏蔽。

在波特兰的一家书店里，一位女心理治疗师特意跟我聊了讲故事对她的生命所产生的重大作用。把她抚养大的妈妈患有慢性精神分裂症，妈妈每天通过听收音机获得上帝的旨意给她挑上学穿的衣服。这个女孩（和我一样）慢慢学会了溜进别人家混日子的本事。在

---

1. 美国电影女演员和制片人，曾在《生活多美好》中扮演一个温馨家庭的妻子。

大学的时候，她通过心理治疗与抑郁症作战。而现在，五十岁的她穿着博柏利风衣，婚姻幸福，儿女都已长大成人。不仅如此，她还和她母亲维持着紧密的联系。她母亲已经开始吃新的药物，并且随着年纪的增加，生活压力减弱，情绪已经趋于稳定。

那位来自芝加哥的女人跟我说，她靠讲故事活了下来。讲故事也是传统心理治疗的核心：重述家庭历史。正如老话所说，只要说出来，你就会好很多。通过对童年的叙述，这个女人创造了一个既不被过去牵绊，也不与过去隔离的自我。

在相对与世隔绝的家庭中，我们都孤独地渴望有人对我们的行为举止给予肯定。在这希望中，个人的生活体验能够改变讲故事的人和听故事的人。以前，小说描述了古时宗教布道、使徒书信和史诗未能触及的工业化城市社会中的人情冷暖；而现在，回忆录则用其主观和极度个人化的声音讲述家庭问题，深深吸引了许多当代读者。好的回忆录让我那千疮百孔的家庭生活经历得到了确认。它们像圣餐面包一样滋养我们，让我们形成新的血肉。

我和其他作家朋友进行了一些非正式的对比后发现，《只要说出来你就会好很多》和《彻丽》的奇特之处不在于它们启发读者写来大量信件（这是畅销书这样的双刃剑所带来的），而是读者信件的长度和其中的浓烈情感。在第一本书的首个销售周的高峰时期，《只要说出来你就会好很多》蝉联《纽约时报》畅销书排行榜第二名好几个月（没有，书从来没有登上榜首），我每个星期都会收到四五百封信件。而现在我每年会收到二十到六十封，鬼才知道信件数量是依照什么因素变化的。

在这些信件中，有许多开头是这样的："我从未跟任何人说过这件事，但是……"我没有数，但是很多。

当然了，在我收到的信件中，还有很多监狱囚犯的求婚——很多重犯让我为其代写他们含冤入狱的精彩故事，还许诺以婚后家属访问为奖励。但大多数信件都来自普通人，洋洋洒洒地讲述了他们亲戚的故事。我不仅收到了很多人上学时期的照片、新闻剪报和讣告，甚至还（有一次）收到了一份保护令复印件。很多心理医生给我写信，说他们把这本书给病人看，发现它对童年性虐待、酗酒和早期创伤方面有心理治疗作用。

《只要说出来你就会好很多》似乎撬开了许多人的心门。"你的书唤起了我太多回忆……"，或者"读完《只要说出来你就会好很多》之后，我和哥哥重归于好……"，或者"我开始写下父亲从越南战争回来后我们经历的种种……"，或者"我一直以来都不知道我妈妈因癌症去世这件事就这样一直在我心中腐烂着……"。

这些都是一个作家梦寐以求的回应，是我小时候在母亲节那天用硬纸壳给妈妈画蜡笔画时所渴望的回应——让读者与深藏在自己心灵机器中的插头重新"连接"，让他们变得更加感性。

上个星期，在曼哈顿中城区的一家熟食店，一个我们家人称之为"《只要说出来你就会好很多》时刻"的情景又一次让我措手不及。我上完瑜伽课，刚认识了几位新朋友，大家互相告诉了对方名字，又谈论起回忆录这个话题。一个女人停下了手中正在抹芥末的刀，激动地朝我喊道："你应该读读玛丽·卡尔写的《只要说出来你就会好很多》。"原来，她是一位著名的百老汇演员，而她脸上就像电视广告的主持人那样洋溢着激情。

我说："我就是玛丽·卡尔。"

话音刚落，她立刻流下两行热泪，一边向我们道歉，一边用餐巾纸抹泪。"你的书改变了我的人生。"她说道。

或许这一切听起来像是我在吹牛和说大话，但这种情景很常见，值得一提。很多读者见到我之后就会开始流泪，所以我以前参加签售会都会带一包纸巾。我还想出了一个缓解情绪的笑话，说我本人实在是令人失望。每当有人（比如这位演员）说他的心理医生推荐了这本书，我都建议他告医生行医不当，因为这本书真是与心理健康背道而驰。我离开餐厅的时候，那位女演员把她的名片递给了我。

"我有很多故事要告诉你。"她说道。

写《只要说出来你就会好很多》的奥德赛之旅教会了我唯一一条不容反驳的真理——现在也经常被人提及：任何不止一个成员的家庭都会运转失常。而这位女演员的故事肯定也再次确认了这条真理。换句话说，我在小船中备感孤独，殊不知，所有人都在船中。

如果写《只要说出来你就会好很多》的初衷是给我那并不完美的家庭写一封情书，那么它也在世界各地（以它自己的规则）启发了其他人为自己的家庭写情书。在我中年之时，这本书的出版出乎意料地实现了我童年只有通过阅读才能得到满足的愿望：满是志同道合的灵魂的神秘村庄，通过分享往事一起让灵魂绽放——让你燃起激情、获得解放，是真正的解放。加入我们吧。

玛丽·卡尔

杰西·特鲁斯德尔·佩克文学教授

锡拉丘兹大学

二〇〇四年十二月

献给

查理·玛丽·摩尔·卡尔和 J. P. 卡尔，

他们分别教会我

热爱书籍和故事

我们有自己的秘密和诉说的需要。我们或许记得，童年时期，成年人可以一眼看穿我们，看透我们的内心。我们害怕着，颤抖着，终于，当我们能说出生平的第一个谎言，那是何等有成就感的事情！而此时，我们也发现，原来自己在某些方面是如此孤独，无法被拯救，我们知道在自我的国界里，除了我们自己的脚印，什么都没有。

——R. D. 莱恩《分裂的自我》

第一部分

得克萨斯，1961

第一章

　　我最深刻的记忆是在一个被黑暗包围的时刻发生的一切。当时我七岁，坐在放在地板上的床垫上，我们的家庭医生在我面前跪下来。他穿着黄色的高尔夫休闲衫，没系扣子，他胸前的几撮毛发从V形领中露了出来。我以前只见过他穿硬挺的白色衬衫，打着灰色领带，所以他着装的变化让我感到不安。他轻轻地拽着我最喜欢的睡裙裙边——睡裙上有用丝带系成的一束束得克萨斯州蓝帽花图案，背景是一片白花花的棉花地。我把睡裙掖在双膝下，撑起一个小帐篷。他完全可以一下把睡裙掀过我的头顶，但他却温柔起来。"让我看看你身上的印记，"他说，"来吧。我不会伤害你的。"他厚厚的镜片后面是水蓝色的眼睛，胡子像毛毛虫。"好吗？把它掀起来，让我看看你哪里疼。"他说。他的大拇指和食指捏住了一片裙边。我没哭，也不记得哪里疼，但是他请求的语气和他身后藏着大针头时的语气一样。我虽然喜欢他，却不是很信任他。我和姐姐共用的卧室很暗，但是有陌生人在客厅里走来走去，所以我不是很想把睡裙掀起来。

　　我花了三十年才让那一刻在我心里解冻。邻居和亲戚们逐渐帮我把这一鲜明的瞬间凑成了一幅全景。在医生身后，床架的影子倾斜着倒映在墙上，在黑暗中看起来如蜘蛛一般可怕。在房间的一个角落，高脚橱像搁浅的乌龟一样被打翻在地，抽屉散落四处。周围是一堆堆掉出来的衣服、拼图、漫画书，还有只要我在超市购物车里好好待着，妈妈就会在排队时给我买的"金色童书"[1]。在门口，沃特森警长的身影在背光中被勾勒出来，他用单只强壮的手臂抱着我九岁的姐姐。她穿着粉色的睡衣，双腿紧紧环住警长的腰。她全神贯注地把玩着他的警徽，而我知道这类玩意不可能这么吸引她。尽管她只有九岁，她已经开始质疑各类权威。大家都知道她喜欢在公共场合嘲笑修女和顶撞老师。但我察觉到她此时摆出了一副顺从的模样。警长的牛仔帽将他的细微神情笼罩在深沉的阴影之下，但我好像看出了他在柔和地半笑不笑，我从未见过他这样。

因为我爸爸经常和人打架，我对警长有着本能的恐惧。爸爸会用他有擦伤且流着血的拳头打开后纱门，然后蹲下来指示我和莱西娅（她会让我告诉你们，正确发音是"莉萨"）。"如果警长来家里，你们就告诉他，你们已经有好几天没见过我了。"然而，警长从没来过，所以我僵着脸向执法机关撒谎的能力从未得以检测。而此时，警长那晚的出现让我沉浸在一种奇怪的感觉中：我做了错事，所以警长来了。如果那晚我说得出话，而且周围的人有兴趣聆听，这就是我可能会说的。但当你还是个孩子时，要是周围发生了大事，谁和你说什么话，你最好像木头一样闭口默声。

随着时间的流逝，这一幅全景慢慢地活了起来，像某些电影场景中水晶球的景象慢慢由模糊变得清晰。人物慢慢有了特定而明确的小动作，然后，平稳而突然地，整个场景变得无比流畅鲜

---

1. 美国最负盛名的儿童畅销书作家斯凯瑞创作的"金色童书"系列。

活。沃特森警长的下巴在光影中有节奏地上下动着，他和我那金发、突然天真烂漫的姐姐说着一些我听不见的话。一些穿着浅黄色雨衣的消防队员进入旁边的房间，而布德罗医生的粗手指又在搓我布满斑点的裙子的裙边，像十美分商店里检查布料的老太太一样。三角形的红光有规律地切入黑暗的房间，房子外面应该有一辆救护车。我几乎可以感受到红光在我脸上掠过。透过窗户和密密麻麻的金银花，我看见家后院的火焰熊熊燃烧，像橄榄球比赛时放的篝火。

夜晚的嘈杂声开始变大。穿着厚重靴子的人们踏过我们家。突然，有人把救护车的警笛关了。家里的后纱门被粗鲁地开开合合。爸爸的狗尼佩尔低吼着，丁零当啷地扯着狗链子。尼佩尔性情阴郁，被训练成了会喝啤酒和咬陌生人的恶犬。它经常会从超速驾驶的卡车中跳出来，去追咬它见到的其他任何一只狗。它咬死了一位女士的吉娃娃，然后把那条狗像抹布一样叼在嘴里。当爸爸试着把尼佩尔引出那位女士的车库时，她哀号大哭。如果我听见一个陌生的声音说"让那狗娘养的家伙滚开"，我就知道他说的肯定是尼佩尔。尼佩尔后来夜里消失在了得克萨斯州东部的浅河中——或者，根据我姐姐推算，死在了当地动物收容所的毒气室里。我们再也没见过它，而我并不伤心。因为尼佩尔咬了我不止一次。

门又被摔来摔去，皮鞋蹭在地板上，警车对讲机噪声不断。"来吧，孩子，"布德罗医生说，"让我看看你的伤口。我不会伤害你的。"我不断等着姐姐给我使眼色，告诉我现在该怎么做，但她仍直愣愣地盯着警徽。

我不记得自己开口说了话。但想必我告诉了布德罗医生我身上没有伤口。的确没有。我花了很长的时间才确定我没有受伤。我花了更长的时间才让我的记忆从当时当地走出来，走向我的后半生。

我记得的之后的一件事，是警长沃特森把我带走的。他仍然抱着莱西娅，而莱西娅则决定装睡。我的眼睛正好与他的腰部齐平，他佩戴着警枪和皮革短棍，即便在当时的得克萨斯州[1]，这也很可能是违法的。短棍形似一颗巨大的黑色泪滴。我很想去摸，但是忍住了。莱西娅一直把脸埋在警长的脖子里，但我知道她肯定在装睡。她平时睡眠像猫一样浅，而此时周围的喧闹声本该够她保持清醒。警长拉着我的左手，我用右手够到她肮脏的脚踝，使劲捏了她一下。她朝我踢了一脚，然后把脚伸到我够不到的地方，又舒服地陷入了她假想的梦乡中。

高速路巡警和消防员四处站着，周围是不请自来、打算将热闹看到底的旁观者，空洞而黑压压地聚成一片。有人煮了一壶咖啡，坚果的香味和后院汽油着火后若隐若现的化学物臭味混在一起。客厅里的人们自动为我们三个腾出位置，移步到了厨房。

我知道爸爸妈妈都不会来接我们了。爸爸正在值夜班，警长说他的手下早先开车去工厂找过爸爸了。接着，他告诉我们，妈妈因为神经紧张，被带走了。

我应该解释一下，在得克萨斯州东部的方言中，"神经紧张"可能指的是长期啃指甲的小毛病，也可能是彻底的精神崩溃。跟我们家住一条街的提比多先生用枪打爆了自己老婆和三个儿子的头，然后放了把火烧了自己的房子。他把猎枪抵在下巴上，用大脚趾扣下了扳机。我以前星期六晚上经常到他家和他女儿玩，她当时是学校军乐队的指挥官，还比较受欢迎。除了大平头和严厉的举止，我对提比多先生没什么印象。他和我爸爸一样，是炼油厂的工人。平时他还是第一浸信会的执事。

---

1. 得克萨斯州以喜爱枪支和民风彪悍著称，在二十世纪六七十年代更是如此。

提比多先生杀了自己的家人时，我二十多岁。我当时喜欢自称诗人，假装自己有阅读古典杰作的习惯（当然，换句话说，我是个懒学生）。我会坐三十六个小时的灰狗巴士[1]从美国中西部到利奇菲尔德，然后穿着一身黑衣，坐在我妈妈房子闷热的前门廊上装模作样地读着荷马（奥维德或维吉尔），盼着有人来问我正在读什么。但没人来问我。他们会问我正在喝什么酒，多重，住在哪里，结婚了没有，但没人给我讲解一番我手中的伟大文学作品的机会。正是在这样的假期，我路过了提比多先生被烧成灰烬的房子，一个希腊语单词在我脑中浮现——"ate"。在古代史诗中，如果有人强奸了女孩，杀了人，或者有什么过激之举，可以归咎于"ate"——一种放逐理性、好似恶魔附体的狂热之情。比如，阿伽门农抢了阿喀琉斯的女人，便说："我被'ate'蒙蔽了双眼，宙斯夺走了我的理智。"红酒可以激发"ate"，但必须先经过巫师开光。因为"ate"是超自然的能量，被它附身的人便不再被愧疚所牵绊。三十多年来，提比多一家老老实实地给草坪除着草，雷打不动地丢着垃圾，兢兢业业地去教堂做礼拜。然而，在解释他们一家的惨案时，邻居们只用了一个形容词："他神经紧张。"他的故事让我想到了荷马故事中的"ate"。无论我再怎么追问，都问不出更详尽的解释。

　　在警长来我家，妈妈被差不多判定为"神经紧张"的那天，我还不知道"神经紧张"是什么意思。我只觉得肚子里有股模糊但逼人的慌张感，当你的父母不在跟前，而你不知道自己在谁手里，也不知道会在哪儿过夜时，你就会产生这种感觉。

　　我们走近自家前门的那天，我听到一个女邻居的低语声。她们穿着睡袍，站在我们家门口水沟的另一边，好像下班的特警队员，

---

1. 美国著名的经济型巴士。

跃跃欲试地等待着命令。我们出门后，警长把我的手松开。姐姐藏在他高高的帽檐阴影中，紧抱着他装睡。警长说他要去跟女邻居们问话，让我坐在家门口的台阶上等他。他向她们走去，引得她们纷纷矜持地拉紧睡袍，扣上毛衣。

透过睡袍，我的屁股能感受到凉凉的水泥台阶。我从纱门上捉下两只虫子，让它们在一块砖头上赛跑。一只虫子飞走了，另一只翻过身，几条腿在空中蹬来蹬去。

最终，我意识到沃特森警长和那几位女邻居将决定我今晚的命运。当时的我很喜欢和上帝讨价还价，所以我会想象一段烦琐的祈祷语，关于谁会把我们带回家过夜这件事。"千万别是斯莫德吉尔一家。"我很可能念叨着。他们家已经有六个小孩了，而且对吃饭的分量和时间有严苛的规定。我和莱西娅在他们家过过一次夜，结果我们俩饿得半夜跑到卫生间去吃牙膏。我们吃了整整一管，第二天早上被脸色发灰的斯莫德吉尔先生用软木鞭抽了一顿。当时，斯莫德吉尔先生因为口腔癌正在接受化疗，我们街区的每个小孩对他的死期都有一套理论。对我们小孩来说，癌症即死刑。他像砂纸一样粗哑的声音和阴郁的举止对我们来说比挨揍可怕多了。他自己的孩子还偷偷地管他叫"阳光老查克"。斯莫德吉尔家最年长的女儿仅获准到我们家玩过一次。（因为我妈妈"神经紧张"，大家都说我们家很"危险"。）在我家，我们可以随便打开冰箱拿东西吃，这让她激动不已。她把一整条黄油放在平底锅里熔化，然后倒入咖啡杯中一饮而尽。"老天爷，我宁愿吃虫子也不想睡在斯莫德吉尔家硬邦邦的床上。而且早上他家的儿子总是穿着内裤围在电视前，用胳肢窝挤出屁声。一定要是迪拉德一家啊，如果是，我保证从此做一个纯洁的信徒。我再也不会吐口水、抓人、掐人或者骗芭比·卡特去吃屎了。"迪拉德夫人穿着浅蓝色的拉链开襟风衣，交叉着双臂和其他女邻居站在一起。早上，她会做品食乐[1]肉桂卷，还让我挤糖霜。如果我们在她家，她的儿子就必须穿上长睡裤。但迪拉德一家布料扎人的客厅沙发只能收留我们中的一个。"那让莱西娅去斯莫德吉尔家吧，"我向上帝提议（其实当时我信的是哪门神倒不重要了），"这样我就可以去迪拉德家了。"我对莱西娅并没有恶意，但是如果碗里只有一根香蕉，我肯定会毫不犹豫地去抢，不会管她了。我决定如果自己数完五声能把砖头上的金龟子从一头赶到另一头，那就代表我的愿望会成真。但是那只金龟子还没走满一英寸就翻过身，蹬着腿，而迪拉德夫人好像故意不看我。

我不记得那晚是谁收留了我们，收留了多久。后来有人告诉我，我们跟一对膝下无子的养鸟夫妇住了一阵。我隐约记得一条纱窗被封起来的走廊，四面都挂着绿色的百叶窗。那里的光线是柠檬黄色的，灰扑扑的，空气中有一股蓝绿长尾鹦鹉的味道。它们的飞行轨迹极其怪异，让我想到希区柯克那部鸟发疯吃人眼球的电影。然而，无论我怎么眯着眼睛回忆那个地方，那对夫妇的面庞依然不肯在我的脑海中出现。

我花了太长时间把事情的来龙去脉拼凑起来，就让那个章节继续缺失吧。那段故事一直是模糊而无形的，就随它去吧。我并不是在矫揉造作，但当真相不堪承受的时候，头脑会自动把它屏蔽。而事件的幽灵可能在你的脑中飘荡。然后，正如学校黑板上被匆匆擦去的脏话留下的印记，这个幽灵正因为模糊而引起你格外的注意。你会不断盯着它晦暗的形态，好似它的原形会神奇地显现。因而，我记忆中的这片空白，正因其沉默而变得极为有力。它是我生命中的一个窟窿，我恐惧它，但又因为它无法被填满而不断想起它。

---

1. 一种预先制作好，可以直接放进烤箱的烘焙食品品牌。

虽然我描述的这些片段没有带来什么外在的影响，但自那晚起，我知道我家变得"异常"了。再没有人提过那晚发生的事情，我也不记得有任何社工或者热心邻居来看过我们。布德罗医生给我看病的时候变得格外温柔。邻居会带我和姐姐去上教理课、假期圣经学校，参加各种狩猎夏令营，而我的家人从不还人情，邻居们也不在意。我经常在晚饭的时候出现在邻居家门口，爸爸说我在"寻野食"。他说我让他想起他在大萧条时期扒火车的日子。虽然邻居们都知道我家有很多吃的，而他们家不总是如此，但从没有人让我饿着肚子回家。

　　那晚给我带来的重要影响是内在的。因为我家"异常"了，所以我觉得自己也"异常"了。为了在这个世上存活下去，我必须时刻警惕各种各样的"异常"。每当我走到利奇菲尔德唯一的红绿灯下，我就觉得一辆突然驶来的巨型卡车会撞死我（不太可能，因为路上没人）。我变得又胆小又好斗。我会在打沙地棒球赛时突然放声大哭，或者在别人没惹我的情况下暴打对方的脑袋。邻里传言，我有一次用军队战壕铲把一个五岁的玩伴打晕后，继续平静地用铲子挖我的"战壕"。我的阴晴不定虽然部分源于我的臭脾气，但还有部分原因是那晚发生的一切。那晚，布德罗医生让我给他看我知道根本就不存在的伤口。而之前发生的一切，则被我的大脑抹除了。

　　而这缺失的故事在我出生之前就开始了。我的父母相遇，然后，鬼使神差地，他们仓促地结婚了。

　　妈妈当时刚到利奇菲尔德。她和一个叫保罗的意大利海船船长从纽约开车到了这里。保罗五十岁，她才三十岁，保罗是她的第四任丈夫。我妈妈不谈恋爱，只结婚——这是我们发现她在爸爸之前还有几次婚史后下的结论。她一生举办过七次婚礼，其中两次是和我爸爸。因为她母亲信奉禁止婚前胡搞的严苛的卫斯理教条，而我妈妈正好喜欢胡搞，所以她总说，她前几次错误的婚姻都是她母亲的责任。她和保罗刚过完蜜月，在利奇菲尔德组建了家庭，保罗则在准备出海任务。可一切还尘埃未定，他们就已经打得不可开交。

一九五〇年一个湿气重重的冬夜，我妈妈把她的裙子、书和帽盒甩到一辆老福特车的后驾驶座上，一踩油门，决绝地离开了利奇菲尔德，准备前往西边五百英里[1]外她母亲的棉花农场。在利奇菲尔德城外的73号公路上，她的一个轮胎爆胎了。她先是经过错落矗立的炼油厂，继而经过浅河及稻田。她离爸爸工作的卡车休息点只有二十码的距离。爸爸在海湾石油公司有一份工会工作，干的是锅炉学徒工，但他那晚是在加油站替他朋友库特的班。库特临时打电话给他，说自己在巴吞鲁日的赌场玩花旗骰，手气很好，没法回来上班。

我二十多岁发现妈妈的婚史后，意识到妈妈的所有那些经历都是偶然。她和爸爸的相遇可能是这些偶然中最偶然的。如果库特在巴吞鲁日的小赌场没走运，如果保罗在搬家拆箱子的时候没把她惹毛，如果老福特车的轮胎没有因为上次开遍全国而备受磨损（保罗的母亲住在西雅图，他们从西雅图开到纽约，然后从纽约开到离婚法宽松的得克萨斯州，那里能让她在和第四任丈夫结婚前迅速甩掉她的第三任）……那晚在73号高速公路发生的一切，几乎将她完美地送到了爸爸身旁。

爸爸说，他第一次见到她的那晚是满月，月光皎洁，好像聚光灯一样照在她身上。他想帮忙，可是她拒绝了。她转动车轮螺母，但怎么都转不动，便自顾自地像水手一样骂着脏话。妈妈说她当时刚刚从保罗那里学会骂人，可是爸爸说她骂得很溜，痛快淋漓，跟她昂贵的着装（她穿着米色的丝绸套装）和纽约车牌一点都不配，把他彻底震住了。他从未听过女人这么骂人。

---

1. 1 英里约合 1.6093 千米。——编者注

她换好了轮胎，说不定是注意到了他朴实无华的英俊模样。他有一部分印第安人血统——我们不知道是哪个族的，有着黑色的头发和棱角分明的五官。他的微笑连同他的两只大耳朵，让她想起克拉克·盖博。因为她总觉得自己是波希米亚版的斯嘉丽·奥哈拉[1]，就这么突然又深深地被他吸引了。我还应该提一下，妈妈在转换个人信仰方面经验颇丰。爸爸是石油、化工和原子能工会的活跃成员。工人们每两年和公司协商新的用工合同时，他在罢工警戒线[2]上可是个能干的"捣乱分子"。简而言之，他是个有着印第安血统的得克萨斯工人，加上他的性格特点，妈妈觉得他颇有英雄气概。

在拉伯克[3]，外婆正擀着水果派饼皮，准备迎接妈妈的归来。妈妈给她打了个电话，说在利奇菲尔德有事耽误了。外婆之前正祈祷上帝让妈妈和保罗重归于好。从妈妈十五岁起，外婆就不断给妈妈寻找丈夫，想把她"拍卖"出去。妈妈说自己像头种牛一样，被喂肥了之后再许给竞价最高的人。保罗有辆全款买的福特车，一艘停靠在海湾的船等着他出海干活，所以外婆觉得保罗是"可以养家"的男人。而且，保罗把妈妈拽离了纽约，那个鬼知道都发生了什么事的地方，来到了得克萨斯州，这也算他的功劳。所以，相比之下，外婆只觉得我爸爸是个油嘴滑舌的乡巴佬，骗得她该住大庄园的宝贝女儿屈尊和他挤在两居廉价平房里。多年来，在妈妈的丈夫中，外婆只认保罗——当然，除了爸爸，因为她实在没办法忽略他。外婆总觉得我应该从妈妈和保罗的故事中吸取教训，她说，为了一个打卡干活的蓝领离开一个薪资丰厚的白领是"没教养"的行为。我一追问妈妈的往事，她就翻翻白眼，吞下几颗阿司匹林，逃到自己

---

1. 电影《乱世佳人》的女主角，与克拉克·盖博饰演的男主角对戏。
2. 罢工抗议工人和工作场所之间的划分线。
3. 得克萨斯州西北的一个县。

房间睡上一段长长的午觉。

公道点说，保罗不像妈妈的其他丈夫那样轻易就放弃了。他穷追不舍，每星期都往她住的旅店送黄玫瑰。最后，爸爸决定把保罗送给她的一盒盒樱桃巧克力放在他宿舍的客厅里，让他的室友一把一把地抓着随便吃。后来，保罗终于鼓起勇气，又或者是被逼急了，找爸爸摊了牌。不知道为何，我想象中的画面是这样的：爸爸穿着网眼汗衫和大裤衩，躺在他窄窄的床上，眯着眼睛瞅着保罗，而保罗穿着他在婚礼照片（我在家里的阁楼里找到的）中穿的泡泡纱衬衫，妈妈在一旁看着他们俩。他们俩吵得激动了起来，保罗骂妈妈是荡妇，然后据说爸爸把保罗胖揍了一顿。那是妈妈第一次见爸爸打人。（其实，至少根据我的经验，爸爸打架从来都没有什么好看的。他出拳，对方倒地，打架结束。）然后，我想象保罗从楼梯上窘迫地爬下来。他出海去了沙特阿拉伯，再也没有人见过他，直到几十年后，我在一个纸盒里偶然看到他的照片，才问起妈妈他是谁。

我父母是在利奇菲尔德的市政中心举行的婚礼。婚礼结束时，爸爸举起妈妈送给他的银酒壶，向她敬酒："谢谢你嫁给我这个可怜蛋。"爸爸只和餐厅服务员和女牛仔约会过，妈妈和她们比简直是全新的高等生物。

现在回首，妈妈之所以嫁给爸爸，至少有一部分原因是她害怕了。虽然她很喜欢吹牛说她"二战"时在曼哈顿格林尼治村学艺术——她在利奇菲尔德也的确格格不入，她的前夫实在多到有点荒唐，以至于她竭尽全力缄口不提他们的事情。个人财务方面，她也是越活越穷：十五年的时间，她的家从康涅狄格州[1]的乡村大宅变成了利奇菲尔德的贫民区活动房。不知道为什么，二十世纪五十年代

1.康涅狄格州是美国最富裕的州之一，代表新英格兰地区的中上层阶级。

保守麻木的中产文化并没有让她的野性子得以收敛。她过去失去了某些东西，而失去让她恐惧。爸爸长得够帅，他的性格在法外之徒和守法公民之间达到了巧妙的平衡。妈妈为了取悦她那冷血的新英格兰前夫们学来的作风，对爸爸来说是对牛弹琴。爸爸认识的唯一一个叫马克思的人是格劳乔·马克思[1]，他唯一会的舞是卡津[2]双步舞。他们俩第一次一起睡觉的时候，爸爸用一瓶甲醇和抹布擦掉了她脸上的妆，因为他想看清楚要睡的是什么人。

他们刚开始在一起的时候是快乐的。因为《军人权利法案》，他们买了一栋小小的房子，那里一整排房子都是一模一样的。爸爸做梦都没想到自己能买房子。爸爸婆的老婆不仅漂亮，还有点文化，这让他自豪不已，他殷勤地给她打了书柜，装她的艺术书，还在房子各处挂满她的画作。他还承诺以后给她造个画室，这样她就不用把画架放在餐厅了。

爸爸在得克萨斯州东部一个叫"大树丛"的松树林伐木营长大，家里有三个大大咧咧的兄弟和一个姐姐。他们一家基本上和货币社会绝缘，有需要就拿代金券去柯比木材公司的工地商店换咖啡和糖。除了做裙子需要厚棉布这种奢侈品，他们基本上靠种地和狩猎糊口。

虽然在我出生之前，爸爸童年的这种生活方式早已不复存在，但我还记得。爸爸给我讲过他童年的太多故事，在我的脑海中，他的童年甚至比我自己的还真实。每逢休息日，他便和他那帮醉醺醺的多米诺骨牌牌友聚在一起，一遍遍地讲起他的故事。爸爸和他的牌友会向各自的老婆撒谎说自己去工会接待处交费，然后在退伍军人协

---

1. 美国喜剧演员。
2. 主要居住在路易斯安那州的族群，祖先是从加拿大阿卡迪亚地区流放的法语居民。

会，偶尔也在费希尔鱼饵商店的后屋碰面。久而久之，其中一个对此生气的老婆给他们取名叫"谎言俱乐部"，这名字就这么延续了下去。的确，他们聚在一起的时候吹的牛皮也没几句是真的。

除了圣诞节前夜的早晨，俱乐部成员会聚在退伍军人协会的停车场，坐在车里互相交换一模一样的圣诞礼物——杰克丹尼威士忌，他们没有固定的聚会时间和地点。我从未见过他们有做任何计划。他们从不给对方打电话，也从不叫老婆或孩子捎话到哪里会面。他们就这样聚在了一起，似乎出自本能，好像聚会的地点和时间会神奇地出现在他们共有的脑海中。从未有女人加入他们的队伍，而我是唯一一个被允许加入的小孩，这也成了我被宠坏的证据。我会找爸爸要钱买可乐、玩沙狐球，或打开台球桌，然后没过多久总会有人高声跟爸爸说，他太过宠溺我了，这样下去，我以后肯定没什么出息。对我来说，这些人的训诫听起来的确有道理，所以我偶尔会装模作样地把钱还给他，或者忍着不玩台球。但爸爸总是冲跟他这么说的人摇头，说："让她去。她大了，想干吗就干吗，对吧，崽子？"然后我半推半就地表示同意。

在谎言俱乐部中，我爸的故事讲得最好。每次他开讲，所有人都安静下来，盯着自己的大腿、手中的牌，或啤酒杯的杯口，好像自己是虔诚的祈祷者。无论他跑题多少次，在言归正传之前故事偏离开头多远，他都懂得如何让人们相信他的故事。和他打牌时虚张声势一样，他讲得绘声绘色，可能在我出生之前就已经把这本事练得炉火纯青了。他半印第安血统的硬朗脸庞时而庄严木然，时而戏谑讽刺。他为每一个故事中的人物都准备了一套表情。如果他的下巴硬挺挺地撅出来，眼睛眯着，那我就知道他叔叔哈斯奇的爱尔兰土话马上要出场了。如果他双眼瞪得圆圆的，那就是教会他打牌和投骰子的黑人亚格要登场了。他姐姐总是瘪着嘴，一脸嫌弃的样子。

他母亲戴着巨大的圆帽，走起路来像个蓝色的大光晕，所以他讲她的时候总是一边用手在脑后扇着凉风，一边说"老妈来了"。

我爸爸的形象突然鲜明起来，那是在谎言俱乐部聚会的一个下午。他坐在一张用酒瓶压稳的摇摇晃晃的牌桌上。那时的记忆如此鲜明，我只能用现在时来描述它。

我坐在退伍军人协会的酒吧吧台上，晃着腿，从一个麻布袋里拿出生花生剥着吃，爸爸在牌桌上打着多米诺。牌友们发出咂嘴的声音。当时我还没上学，所以那一天显得没头没尾，永久地停留在退伍军人协会充满啤酒味的阴影中。

库特问爸爸他小时候有没有想过离家出走。"我啥计划也没有。"他说，然后点了支烟，停顿了一下，不慌不忙地从舌头上挑起几根烟草，"我爹给了我一个大银圆，让我去镇里买咖啡。去镇上得过铁路。老火车拐弯过来的时候得减速。火车减速的时候，我灵机一动跳了上去，那银圆也跟着我走了。

"我到堪萨斯州找了份打麦子的活。晚上跟几个年纪大点的小子睡在一个伙计的谷仓里。那伙计名字叫哈姆雷特，长得人模狗样，但没有比他更缺德的。从日出到午饭，他连一杯水都不给你喝。可是他老婆长得美，屁股像麻袋里装了两只斗牛犬。"大家听到最后一句话都笑了起来。

我问他是怎么回家的，他才回到正题。我等他回答的时候，用指甲剥开了一颗新鲜的花生。新鲜花生的壳像皮肤一样柔软，没有盐的花生仁耐嚼又无味。爸爸喝光自己杯里的酒，动了一张牌。"差点没命回去。我爬上从堪萨斯到新奥尔良的双头火车。你说冷不冷？"他瞪着我们所有人，好像我们会怀疑不冷，"从车厢裂缝漏进来的风像刀片一样割在你身上，恨不得把你的五脏六腑挖出来，你还别信。在阿肯色州，他们终于往里面装了几头牛。我跟一头小母牛凑在一起，才没被冻死。我还不时想着那头牛。我还想挤它的奶，可是出来的奶立刻就被冻成了冰棍。"

"又满嘴跑火车了。"亚格说。我在退伍军人协会只见过他一个黑人，而且只有当其他人都在的时候他才来。他戴着深绿色的平顶礼帽，帽檐上插着一张扑克王牌。大家都知道他看不惯我爸爸说瞎话，所以他在的时候总是质疑故事的真假。

"骗你干吗，"爸爸说，接着往自己啤酒罐的三角开口处撒了点盐，"你在一月扒个火车试试看。尿的尿都能给你冻成冰条。老子骗你才怪。"其他人都开始摇头，我看到爸爸正在假装看自己的牌，考虑下一步怎么打。他的牌像一堵墙一样整整齐齐地摆着，他选了一张牌后，装模作样地把牌像砖头一样码放在桌子上，然后记下自己的得分。"我们旁边的车厢，他们拖出一个冻死的老伙计，硬邦邦的，跟木板一样。他年纪不小了，一把老骨头就不该扒火车。我们把他托起来拉走了——当时我们有四五个人，然后他裤腿里掉出来十几个那种毛茸茸的圆东西，白的，有手指头那么大。"他用自己的手指比着尺寸。

"那肯定是女王皇冠上的珍珠。"亚格讽刺道。

爸爸严肃地看向前方，好似那个冻死的老人就在他面前，等着爸爸好好讲他的故事，见证爸爸被这些无知的人质疑。"什么皇冠上的珍珠。如果你闭上嘴，我就告诉你这个笨蛋。"

"让他好好讲！"库特说，然后低头埋进雪茄的烟雾中。库特很烦亚格，因为他是有色人种，所以库特一有机会就斥责他，而其他人也对此默不作声。亚格总是从他的副驾驶抽屉里拿无花果酥给我吃，所以看到有人无端凶他，也没人为他出头，我特别不舒服。但是我会看眼色，所以也一样没作声。

"那个老伙计的行李里有个大黑平底锅，所以我们在火车货场边上生了一堆火。那里已经聚集了很多流浪汉，有些人还在周围安了家。也没人找我们的麻烦。那个老家伙的身板硬得跟我现在坐的长凳一样。"

"死了的那个？"我问道。周围的牌友都在自己的座位上不耐烦地动了动，示意我赶快闭嘴，所以我闭嘴了。

"没错。可是你万万想不到，冻死的人解冻之后，会发生什么。"故事的拐点到了。爸爸向所有人歪头，享受着这一刻，连装作没在听的人都屏息以待。多米诺牌不断的磕碰声也停止了，雪茄缭绕的烟好似短暂地凝固了，连酒都没人抿了。"他们噼里啪啦地像鞭炮一样排臭气，熏得你找不着北。"

"是放屁吗？！"库特尖叫道，声调高得像个女人，把大家都弄笑了——爸爸的喉结上下滚动着，本拍着桌子，亚格笑到直抹眼泪。

大家都静下来后，爸爸让大家传递酒瓶，没有任何过渡就继续讲他回家的故事。"没啥好说的。我踏过茅草进了我老爹的土院子。我老爹坐在前廊，和我去年走的时候一模一样。他抬头看着我，一本正经地来了一句：'咖啡买到啦？'"

对妈妈来说，爸爸讲的这些故事展现出了爸爸稳健的性格。每次探险过后，他总是会回到伐木营的家，而男人回家，正是妈妈那时候需要的，非常需要。爸爸像一座磐石。他的工友说他每天定点开车回家，定点开饭盒吃午饭，跟老爷钟一样准。当妈妈跟我们讲爸爸童年的故事时，讲他们用开水烫活野猪拔猪毛等逸事时，她总是装作自己被那种野蛮落后吓得不轻。但她其实是向往那个世界的，就像她在听贝西·史密斯的唱片时，向往蓝调音乐中传达的粗犷和悲伤。

妈妈遇到爸爸的时候，她正千方百计地想怀孕。她已经三十岁了，在他们那个年代，三十岁怀孕已经不早了。而爸爸是个孩子狂。"二战"时，他经常给自己姐姐的两个小孩鲍勃·厄尔和帕·蒂安（他给他们起外号叫"大鼻屎"和"黑脸娃"）写信，活灵活现地给他们讲战时逸事。"大鼻屎，我朝一架飞机打的 50 口径机枪子弹，你在那头肯定都听见了吧。不过那飞机是电台遥控的，所已[1]送没有人的飞机上天是不是很厉害。跟黑脸娃说让她多吃花腰豆，这样她就可以长高，够当空军飞行员，千万别沦落到当小兵。哈哈。"在他给姐姐写的信中，他提到了他想要小孩。"我现在年纪太大了，肯定找不到对象成家了。不过我也算活得潇洒。我在伦敦有四十八小时的假，我要像英国小妞一样被海浪冲在沙滩上。"他后来还给她寄过一张神秘的明信片，盖有巴黎的邮戳："我现在一百七十六磅重，脾气凶得很。"

爸爸写的这些信，是我读研究生时爱莉丝姑姑几次南下度假期间带给我的。我把这些信存放在一个雪茄盒里，有一次父亲节，我把盒子涂成了金色。爸爸以前用这个雪茄盒装海湾石油给他发的工资单，后来他把它扔在他当兵时用的行军箱里，直到他的葬礼后我们才打开。

我还记得我们把行军箱的锁撬开的时候，箱子里面散发出来的气味。那种气味已经渗入里面的信件，再也不会散去——潮湿的纸味、枪油味和一个奇形怪状的雪松木盒上的粉笔的味道（后来我们知道那个盒子是模仿火鸡叫声的玩具：盒子的盖子在一边，用一个木楔子固定住，当你把盖子在擦有粉笔的另一边滑来滑去，盒子就会发出彼此交错的咯咯声）。行军箱里，他的柯尔特手枪用肉色的麂皮布包着。我刚开始学开枪的时候，他总是警告我上膛了的武器有多危险，可这把手枪里却还留着一颗子弹。时至今日我不相信那是疏

1.信中有几处拼写错误，说明作者爸爸文化程度有限。

忽之举。他谨慎小心，不会有这样的疏忽。他是故意把子弹留在枪里的，但原因是什么我却很想知道。爸爸，当你给枪上了膛，思考半晌，打开安全锁时，谁的身影进入了你的脑海？是你自己，还是其他人？即便我在他在世的时候问他这个问题，估计他也只会耸耸肩，盯着他骆驼牌香烟的烟雾。或许他会开始讲故事，讲他打松鼠的第一把猎枪，或者教导你要瞄准绿头鸭多久才能开枪。和大多数人一样，他擅于顾左右而言他地胡说八道。他不想让你知道的事情，你问也没用。

信封被擦枪的油弄脏了，军队发放的信纸上有些地方变成了透明的灰色。在美军进军诺曼底后，军队统一了信封尺寸，除了特殊情况，基本上每个星期发一次，上面印着日期。据说，我爸爸的母亲给他的司令写信抱怨说，儿子自从离岸之后就没音信了。爸爸的上级皮尔斯上尉是一位蓝眼睛的西点军校毕业生，他想办法把爸爸提拔成了委任军官，然后命令他每星期日给他母亲写信。在信的封口上你能看到那位年轻军官的印——："皮上尉"，他那工整的笔迹和爸爸潦草的字迹形成鲜明的对比。爸爸一直有手抖的毛病。他可能也"神经紧张"，只是比别人藏得更深而已。

信封上没有邮票，只有军队邮政专用的黑色消印痕迹。一九四四年后发出的信件的一角还印有"军队审查通过"的字样。爸爸的信中，有一些字眼被审查官用刀片挖走了。在一些页面中，他本尝试着向家人暗示他的路线地点，但这些内容已被长方形的缺口代替。他写信的语气从农场男孩的自大慢慢变成了士兵的沉重："我决的[1]你听了肯定会晕倒：前几天我遇见了（空格），今天我见到了他营里的战友，他们告诉我他（空格）了。我真是不想听到这个消息。请告

---

1. 信中错字。

诉他爹我在事情发生的（空格）河旁的一个尿榆树[1]上刻了他的名字。告诉他那个地方很漂亮。等我回家后跟他好好讲。"

行军箱里还有用纱布包起来的爸爸的童年照片，拍摄于二十世纪早期，都泛着棕褐色。其中我最喜欢的一张是爱莉丝姑姑和她的四个兄弟——A.D.大伯、爸爸（没写名字，只有缩写"J.P."）、帕格叔叔和蒂姆叔叔。他们四个中，最矮的是差一点六英尺[2]（帕格），最高的有六英尺四英寸[3]（A.D.）。他们穿着背带工装裤，裸着上身，剃着短平头。这发型又黑又平滑，像海豹一样，爸爸说摊开手捋三下就可以把头发上的河水弄干净。照片中，他们像供奉图腾一样抱着一只船桨，有种奇怪的庄严感。他们身后巨大的碧根果树上，吊着五六头他们刚刚捕来的死鳄鱼，准备做成鳄鱼皮。我还记得爸爸跟我描述他们平底船下滚动的沼泽气。年纪最小的蒂姆坐在船头，举着牛眼灯笼，灯笼的光照在鳄鱼的眼睛里，反射出古怪的红色。在另一张照片中，他的母亲——面庞被巨大的圆形礼帽遮住了一半——拿着驴的牲口套。那头驴因为在田里太固执，被我爷爷活生生打死了。而照片中的爷爷比我认识的那位八十六岁老人更年轻，更壮实——一个古铜肤色的硬朗男人，戴着宽边帽，坐在前廊的藤条摇椅上，身边坐着三条同样沉默的捕鸟猎犬。

我们还在行军箱中找到了爸爸从《生活》杂志上剪下来的一张诺曼底照片。照片中的士兵正在从潮汐拍打的船上走下来，举着步枪免得被海浪打湿；还有一些士兵在坦克上摆姿势。爸爸拿笔在他认识的战友的脸庞下方写上了他们的名字。在这些脸庞下方，爸爸草草写下了：罗杰斯、金尼、布朗、古斯缇特斯，还有一些面庞被

---

1. 美国一些地区对垂直榆树的昵称。
2. 1英尺约合 30.48 厘米。——编者注
3. 1英寸约合 2.54 厘米。——编者注

他草草地画了个叉。

行军箱中还有爸爸一生中所有付过的账单的回执。他不相信银行，认为支票账户和信用卡是大公司为了骗普通人而设下的陷阱，让他们不知不觉就花了不属于自己的钱。如果有个西南油气公司的收费员胆敢敲他的门，告诉他一九四七年的一张燃气账单还欠三美元，爸爸就会拿出那年一卷用橡皮筋绑着的厚厚回执，抽出一张薄如蝉翼的褪色长方形小票，上面盖着"已付"二字。但爸爸从来没有机会出示这些回执，但有的晚上，他会把所有的回执按日期铺开，然后告诉我和姐姐：每天，都有一些人模狗样地穿着西服的共和党浑蛋（他的用词）骗走老实工人三美元，就是因为他们没留小票！但没人可以骗得了他。

在我的童年，这些"共和党人"是坏人的同义词。如果我追问爸爸共和党到底是什么（应该是看肯尼迪和尼克松辩论的时候我问的），他就会说共和党人就是那些只有在其他人饿肚子时，自己才吃得香的人。令我难以启齿的是，成年之后，我甚至还一直把这句话当作真理。对我来说，只有背叛工会的工贼比"共和党人"更差劲。

在爸爸最喜欢的长篇大论中，工贼是他最爱的话题之一。不知道为什么，我记得有一个早晨，我刚刚够了能开车的年纪，便去接上夜班的他回家。我爬到副驾驶座给他让位，他给车里带来了一股不新鲜的咖啡味和去油污溶液的味道。他说道："你随便给我来点什么算数。数学或其他东西，都没问题。我当夜班工头完全没问题。"他冲着路边的白色油仓和烟火腾腾的油塔歪了歪脑袋上的工帽。"一年一万两千美元，纯工资。布里格斯先生把我叫到办公室，还叫秘书专门做了我喜欢的咖啡。他那大桌子恨不得有高速路那么宽，还是纯红木的。'皮特，'他跟我说，'你别老顾着守罢工警戒线，这样对你和你家人都要好很多。'我向他道了谢，和他握了手。几天后我听说他们把岗位给了老布格。"我不知道老布格是谁，但是他的故事好像有着某种魔力，所以我不想打断他。"结果没多久，老布格就感觉不太好了，又是头疼，又是背疼。没几天他肚子胀到屁股都看不见了。告诉你，他神经衰弱了。"爸爸在侧面的三角车窗上把烟灭了，停顿了一下，"所以，崽子，他那副皮囊最后只懂得干活，魂都没了。你可别不相信，他老婆如今就是个寡妇。

"要钱有个鬼用，无知的蠢工贼。"他说"工贼"的时候，抓着方向盘的手指关节都发白了，"崽子，只要有谁敢穿过罢工警戒线——不仅是在这里的，我是说世上的任何一条罢工警戒线，管他是去药店还是木匠或是其他什么人……"接下来他描述了一番凄惨景象，大概意思是当工贼比从饿肚子的孩子嘴里抢走面包还无耻。

行军箱底部是一摞我们每个圣诞节在西尔斯或彭尼[1]给他买的西装衬衫，他连塑料包装都没拆。在衬衫下面藏着一只袜子，袜子里面是厚厚的一卷现金，总共三千美元——可能是用来赌博的钱吧，他眼中的"保险金"。

---

1. 西尔斯和 J.C. 彭尼是美国两家百货商店，主打大众亲民路线。

第二章

对我来说，如果说爸爸的过往人生比我现在的人生还要复杂，那妈妈的过往人生则犹如她得克萨斯州西部家乡的沙漠一样一片空白。她生在"灰碗"[1]——一块位于得克萨斯州的巨大平地上，零星有几处风力发电机和棉花农场。同龄人养猫作为宠物，而她只有一只角蜥。她说她生命的前十年没见过下雨。天穹总是离地面很远，呈现出岩石白色。

后来，妈妈爱上了利奇菲尔德频繁且铺天盖地的雷阵雨。小镇在亚热带，离墨西哥湾不过咫尺之遥。它坐落在湿地中，最高的地方还比海平面低三英尺，两条河流在此交汇。你如果挖个洞，无论多浅，都会被又咸又脏的水自动填满。房子门口的宽水沟（后来我才知道那里本该有个人行道）都没法阻止湿地往上冒水。在美国的那个地区建地下室是不可能的。当电台播放龙卷风警报时，所有人都会因为害怕风力太大躲到门廊或者卫生间里，除了妈妈。妈妈会打开家里所有的门窗。到现在，我似乎还能听见大雨打在宽大的香蕉

---

1. 指美国大平原沙漠地区。

叶和栀子花丛上的声音，当时我们喜欢开玩笑说听起来好像一头牛在板石上撒尿。

有一次，我们亲眼见到一个"黑色的烟囱"从乌云低探的天空中掉到街对面的橄榄球场上。烟囱把黄色的球门柱从地面拔起，像回形针一样轻易地拧弯了。我们站在四十码开外的地方，在纱窗门后面看着这一切。我把脸埋在妈妈穿着牛仔裤的胯骨上，用手指堵住自己的耳朵。但我还是可以听见水泥柱被拔出来的声音，好像一颗巨大的纽扣被扯开了。没有什么能像这种狂风暴雨一样让妈妈充满崇敬之情。

我只有一张妈妈的童年照片。她独自一人站着，好像在一个宽敞、泛白的前门廊上，穿着硬挺的小羊毛外套，金发，留着男孩式的短平刘海，眼睛直勾勾地看着前方。她父母给她取名叫查理——不是夏洛特或者查伦的简称，就是男孩名"查理"，害得她接下来几十年里得不断地解释她名字的来源。"二战"的时候，她甚至因为自己的男孩名字收到了征兵通知。在那张照片中，妈妈才两岁，因为南下的冷空气着凉得了肺炎。医生为了给她退烧，花了很长时间给她泡冷水海绵浴，用勺子喂她威士忌托地，最后终于放下卷起来的袖子，向我的外婆宣告她没救了。他说，如果这孩子活过今天下午，那也是活不过午夜的。我外婆摩尔急得不断搓手。她生妈妈的时候把下体弄伤了，所以再也生不了孩子了。

然而，晚餐的时候，外婆突然灵机一动。和继承她性格的妈妈一样，外婆喜欢通过忙碌来缓解痛苦。她重获了对未来足够的热情，给妈妈洗了头，用梳子梳到头发干透，然后叫来了镇上的摄影师。她说，如果查理·玛丽就要死了，那他们得赶快给她照相留念。外婆为了方便照相采光，竟然要把病恹恹的孩子弄到外面去，把外公气得威胁说要离家出走。可是外婆已经打定主意，谁也劝不动。

所以，我发着高烧的两岁妈妈，在寒冷的一月的一个下午，被套上鲜红色的外套，摆在房子的门廊上。她说她当时看到的天空，像是被蒙上了一层灰色的帘子。她说大风呼呼地从西边吹向她，凛冽的空气仿佛一只白色大手，正扇她的耳光。大风从落基山脉北边长驱直入，一路上没有间歇、没有山丘阻隔。大风刮过几千里渺无人烟的平地，就这样打在她身上。在照片的前景，可以看到一只带斑点花纹的猫，正用自己的屁股蹭着妈妈的胫骨。这只猫给整张照片带来了一种仓促的感觉。妈妈没有微笑。她说她当时没觉得自己要死了，只是头晕想躺下，可是周围的人不断扶着她站起来。

这个故事之所以在我们家族中流传，是因为它的结局是个奇迹。第二天早上牧师穿着刷干净的黑袍子来我家，准备给予安慰的时候，妈妈正坐在床上，玩着她用旧被子破布做成的布娃娃，舔着外公清晨去镇上给她买来的冰糖上的威士忌。外婆后来总是说，是新鲜空气治好了妈妈。

我们只去过拉伯克的外婆家一次。因为当时妈妈第一次严肃地威胁说要和爸爸离婚，所以这次旅行深深地刻进了我的脑海里。我不记得他们那天是因为什么吵架，但我记得妈妈最后把一个装燕麦的罐子摔碎在厨房的黄色地砖上，抓起她的编织包，连睡衣都没给我们换掉就把我们塞进了车里。我记得，因为莱西娅不愿意穿着睡衣去斯塔基餐馆吃早饭，妈妈不得已还给我们买了新裙子。（即使在当时，我姐姐也比我懂斯文：如果我在玩的时候不小心尿湿了内裤，我会直接把内裤脱了，然后继续乱跑。）

那天下午，我们路过达拉斯后，在一个地方停下来，买了一袋子十五美分一个的汉堡。莱西娅和我在后座玩珠宝商店游戏，我给她真钱，她给我假珠宝。莱西娅有一个装水果蛋糕的红色锡盒子，里面是各种形状和材质的纽扣，甚至有一些是水钻材质的和黄铜同心结形状的。而我在旅程开始的时候，带上了我收集的一堆十美分硬币，放在爸爸的一个玻璃雪茄管里，我还有一个可以"咔嗒"一下打开的塑料芭比钱包，里面装满了一美分硬币。在我们到沃思堡之前，莱西娅跟我说因为十美分硬币更小，所以更不值钱，骗走了我所有的十美分硬币。我和莱西娅玩的所有游戏都是这样的。（莱西娅长大后在休斯敦卖人寿保险，赚了大钱。）

话说回来，我穷得只剩一美分硬币，而莱西娅已经开始拿她的廉价白色塑料扣子当珍珠卖给我，然后下午的天空突然黑了。

在得克萨斯州西部，天空比其他地方的要辽阔。那里没有山谷，没有树，唯一的建筑是加油站，但也为数不多。当初向西走的探荒者面对这巨大的空旷，如何能继续走下去，我无法想象。周围的景色是空的，而天空更是空得彻底。即便是今天，如果你在得克萨斯州西部，你可以连续在完全空旷的野外开几个小时的车，只有起起伏伏、具有催眠效果的电话线提醒着你还在前进。在那种地形中，天空变黑可不是玩笑，好比有人突然在一片耀眼的空旷之地上盖了巨大的防雨布。我还能看见路前方正中央的水迹幻影，但它倒映的天空已经成了脏褐色。我们向上望去。莱西娅说有一朵暗云正在向我们袭来。这很奇怪。我们见过龙卷风，但这不同。龙卷风的云是蓝黑色，但这朵云是生锈的一美分硬币的颜色。它更宽，行进得更慢，而且完全不是圆锥体。云离我们似乎还很远，就已经有一堆蝗虫像冰雹一样砸向我们的车窗。随着云越来越近，我们开始听到蝗虫翅膀的嗡嗡声。然后，车外的一切像太阳短路一般极速变黑。普通风暴会慢慢开始，逐渐达到顶峰，而这不同。等妈妈把车停在路边时，我正在哭泣，而"这朵云"已经把整辆车都包裹在厚厚的一层蝗虫中。蝗虫发出像蟑螂一样"啪啪"的可怕声音，这声音在我脑中放大了一百万倍。妈妈着急想堵住车侧方的排气口，可是一些蝗虫还是跑了进来。这让她开始喊"老天，老天，老天！"，而我一边尖叫，一边在后座的地板上，用学校教的防原子弹姿势缩成一团。莱西娅比我们俩反应都灵敏，她用她的凉鞋打蝗虫，每打一只就骂一句："来啊，你这狗娘养的！"奇怪的是，在这次遭遇之后，她比我们所有人都更怕蟑螂。只要看一眼就能让她吓得哀号着爬到书架上，而且在得克萨斯州，你经常得把蟑螂从鞋里甩出来。她眼睛不眨一下就能宰浣熊、扒蛇皮，但会飞的蟑螂却把她吓得屁滚尿流。奇怪的是，那天她非常勇敢，追着蝗虫打。

过了一会儿，没有蝗虫在车里飞来飞去了。连车外好像都安静下来。那一天似乎都静止了。莱西娅用胳膊顶我的头，让我闭嘴别哭了，所以我停下了。然后很长一段时间里，周围只有"啪啪"和"嗡嗡"的声音。

蝗虫们来得快，走得也快。莱西娅又推了我一下，让我看周围。我把头从交叉的双臂中抬起来，看到它们从后车窗上脱离。你可以亲眼看见蝗虫形成的一团黑云聚集、变厚。流线型的车后窗内部沾满了被打成一团糊糊的蝗虫，它们的触角和腿那样伸着，有几条毛茸茸的腿还在挥舞。除此之外，那朵黑云的形态几乎能让你忘却它们是由一只只虫子组成的。黑云飘起来，后退缩小，蓝天又重新出现在它周围，嗡嗡声也退去了。路的两旁仍是旷野。沿着那条裸露的公路，我们来到了拉伯克的市郊，外婆摩尔的家中。

外婆从不掩饰自己对爸爸的看法。实际上，如果她以前有任何委婉逢迎的技巧，也都随着几十年前外公的过世不复存在了。她大概说了几句，意思是妈妈终于清醒了，然后转头就送我们去干活，帮她做一个叫"焯焯"的甜腻酱汁。敞开晾凉的罐装酱汁堆满了厨房里的各个柜台，让她的农场房子充满了水蒸气。我是个懒孩子，不习惯做家务，而外婆似乎总是有青豆要剥，有黄瓜要摘，有巨大的家具需要抛光得锃亮。所以我总是拖延时间，给她留下了不好的印象，而莱西娅特别喜欢听指令做事，所以顺风得意。

我们四个在外婆家如谷仓般巨大的卫生间里时，我对那天的记忆又明晰起来。外婆从浴缸里洗澡出来，用一个黄色的大海绵往自己身上拍滑石粉。我小时候，她给我灌过一次肠，从此之后我每次看到她，都对她瘦削身体的巨大力量感到恐惧。但是看着她的裸体，让我觉得她像没壳的乌龟一样容易被伤害。对妈妈来说，脱衣服没什么好顾忌的。在那个年代，女人的内衣就像盔甲一样：胸罩罩杯像火箭头，连裤袜脱下来后还保留着腿的形态。妈妈扭着身子脱掉了自己的高腰塑形衣，塑形衣落在她脚踝旁后立刻缩小，还伴随着钝钝的断裂声。塑形衣钻石形状的翼片在她肚子上留下了深深的印记，印记之下是她生我的时候留下来的斜状伤口。她为何要穿那个东西，我不知道，因为夏天她最恨的就是塑形衣了，而且肯定也不需要它。（我的出生非常艰难，脚先出，"跟恺撒一样"，妈妈以前总是说。）她优雅地走进热腾腾的淋浴中，露出优美的线条和小提琴般的曲线，肯定是二十世纪四十年代在艺术学校当写真模特的时候学的。

当时，我坐在马桶上玩外婆的发卡，等着轮到我洗澡。外婆把髋部靠在水槽边上，卷着自己铅色的头发。她的不锈钢发卡上有细齿，我玩的时候在我的食指上留下很深的印记。外婆让莱西娅在水槽里洗妈妈的长筒袜，但是莱西娅却玩了起来，把袜子套在自己手臂上，再像蛇皮一样揭下来。所以外婆不断给她使眼色，好像在说：快点弄好。偶尔我会从马桶的位置上歪着身子把长筒袜的另一条腿从莱西娅手上抢过来，但是她总是比我动作快。

"查理·玛丽，你不能再这样放养小孩了。小的那个连系鞋带都不会。"

我不记得自己为不会系鞋带而辩解过。我只是从马桶上站起来，拉起了我印着小红苹果图案的白色内裤。莱西娅三岁就会自己系鞋带了。她五岁的时候，就学会了外婆教给她的编织蕾丝。（编织蕾丝是个不可理喻的活动，需要用到极小的梭子、细丝线和走火入魔一般的耐心。比利时的修女就以编织蕾丝著名。）莱西娅学会后立刻做了五六块桌巾，被外婆拿来遮盖沙发上破旧的部位。但轮到我，连假期圣经学校的小屁孩都会做的"雅各布天梯"[1]花纹都被我搞得一团糟。无论给我演示多少次，我的大脑就是不得系鞋带的要领。在这一点上，我被认为是倔，而不是蠢。

妈妈在浴缸里泡着，脸上盖着薄荷绿的毛巾。随着她呼气，她的嘴在毛圈布上形成了一个暗色的圆圈。每次想起外婆的房子，我都会想起妈妈的沉默和那老女人专横又不断地啰唆。"这和克里斯科[2]没什么两样，"外婆一边擦着护肤霜，一边说，"不要让别人骗你买什么其他品牌。他们往里面挤几滴香精，就能让查理·玛丽花一美元买一小勺。她每天就想着怎么浪费钱！我在拉雷多给你们买的陶瓷存钱罐还在吗？"然后妈妈抱怨说水冷得跟冰一样，让我把浴袍递给她。

第二天早上，我们开车去看妈妈的表姐多蒂。多蒂的丈夫费尔曼在得克萨斯州的朗达普做轧棉花的生意。多蒂住在一个巨大的农场平房里，卧室多到数不清，所以我们都可以分房睡。莱西娅和我从来没去过那么豪华的房子。房子后院有一个游泳池和防风地窖，地窖随时有女佣打扫，里面储满了一罐罐蔬菜，多蒂直到动叉子吃下它们之前都不用做什么。多蒂的女儿苔丝在床边放着粉色的公主

---

1. 希腊神话中有这样一个故事：雅各布在梦中沿着登天的梯子取得了"圣火"，后人便把这神话中的梯子称之为雅各布天梯。
2. 美国的廉价植物油品牌。

电话，而且脚趾永远涂着雪白色的指甲油。多蒂的儿子罗伯特去教区学校的时候还打领带。

当你有务农的亲戚时，每次到他们家后的第一件事永远是参观农田、牲畜和其他务农工具。一般亲戚只是会显摆家里的相册、阳台家具和孩子们的奖杯。对于务农的亲戚，问他们要这些东西简直是无礼的，吃过午饭后才能问这些。

我们沿着农场的路驶过几公顷的棉花地。整片田野都开花了，看着一排一排从我身边掠过的棉花，我几乎感到头晕。每排棉花像时钟一样嘀嗒嘀嗒经过，好似在记录时间的流逝；但在远方，它们又汇成一点。多蒂说今年田里没有任何蝗虫虫害，简直是奇迹。和龙卷风扫过的狭窄小路一样——一座房子可以被吹得散架，但旁边的户外小屋却仍然不倒——蝗虫会随机吃光几片田地。多蒂的棉花地却幸免了。

外婆跟我们讲她青少年时期，她父亲把她派到地里摘棉花。她妹妹厄尔也被派到地里干活，但其他三个姐妹却留在家里上声乐课。这三个姐妹长得好看，有希望"嫁个好人家"。嫁得好不一定意味着她们会快乐，但至少意味着她们不用干农活了。外婆家走廊上挂的褐色照片中，五个姐妹都是身材纤细的金发女孩。她们如此瘦弱，难以相信最年轻的两个妹妹竟然被出借给佃农做农活。她们的衣服领子是网眼花边的，蓬松凌乱的吉布森女孩[1]式的头发上松松别着几朵维多利亚玫瑰。她们脸色苍白，几乎透明。有人在照片上涂了颜色，让她们的脸颊和玫瑰泛着浅桃色。

在棉花地中间，多蒂的凯迪拉克停了下来，我们从车内的空调

---

1. 漫画家查尔斯·达纳·吉布森笔下著名的女性形象，被认为是二十世纪初独立美国女性之美的标准。

环境中走出来。在近处，棉花几乎是黑色的，像蜘蛛一样。每棵都有几十个棉花球，像小云朵一样绽开着，每朵棉花球上面布满了棕色的细长种子。外婆摘下一个棉花球，熟练地挑开了所有的种子，手上只留下白色的一团。她给莱西娅和我演示如何用大拇指和食指以捻和拉扯的办法，从棉花球中带出蜘蛛丝一般的棉线。

我记得外婆说，棉花和其他经济作物一样，不是那么好养的。棉花不仅会榨干土地的养分，也会榨干种棉花的人。我年纪大一点后，读罗伯特·卡罗写的林登·约翰逊的传记时，也发现第一章很大部分都是讲"灰碗"地区女性的艰辛生活。因为当地水资源奇缺，人们每天需要打水回家好几次，普通的三十岁女性一般都会像老太婆一样驼背。她们的脸因为阳光暴晒出现深深的皱纹，她们的手变得像靴子的牛皮一样坚硬。每个家庭一般都会死几个小孩，所以人们的心都变硬了。每当我想起妈妈床上方镶着金色相框的外婆照片，我都会去想象什么样的人忍心让她那苍白的小手去干农活，可我想象不出来。

我们站在棉花地里，穿着星期日走亲戚时才穿的好衣服，外婆用手帕轻拍着她的太阳穴。在离我们不远的地方有一座畜舍和高高的谷仓，里面进进出出全是墨西哥裔工人。走到半路，外婆感叹多蒂果真嫁了好人家，我猜妈妈明白话中有刺，突然安静了下来。她拿着自己的素描本和一小根碳铅笔，跑到畜舍躲了起来。我想跟她一起去，可是她蹲下来跟我说让我跟外婆待着。莱西娅笑我还是个黏人的小婴儿，我气得抓起一个小石头砸在她膝盖上，于是外婆用她骨瘦如柴的手抓住我的肩膀，把我赶到炎热的车里一个人待着。

在回家的路上，我们把车停到畜舍旁接妈妈。多蒂的凯迪拉克车门让我印象深刻：那门估计有一百磅重，我每次使劲推开后整个门都亮起灯，像百老汇的舞台一样。妈妈正在和两个看着她的素描本的人低声说着西班牙语。其中一个人见到我，很快把一品脱瓶的透明液体藏在裤子的后口袋里。妈妈进车里的时候身上没有酒味，但是说话开始带着每次她喝多了就出现的抑扬顿挫的北方佬口音。

我的童年时光里，妈妈肯定画了一万多张铅笔素描。但不知为何她那天画的画一直留在我的记忆中：一张画着一个戴着草帽的老男人的潦草涂鸦，笔触狂野大胆，阴影很少，老人的脸被弄皱了。妈妈从包里拿出一罐阿夸尼牌的头发定型喷雾，喷在素描上修整了一下，然后"啪"的一声把素描本合上了。没有人提出想看她的画，这让我有点酸楚。

我们在朗达普待了几天。我们在的那几天，他们家唯一的麻烦，是罗伯特把自己的高中女朋友搞怀孕了。因为她是天主教徒，所以他必须娶她。这位年轻妻子穿着他的橄榄球衫，挺着大肚子，在屋里四处闲逛，像游行队伍中圆滚滚的气球。他们只有十五岁，睡在他卧室里的上下铺。在那个年代，这种事情很常见。罗伯特马上要高中毕业了，之后会接手家里的棉花生意。

罗伯特估计是拿我练手，预备以后当父亲的生活。在苔丝教莱西娅画眼线和弄发型的时候，罗伯特在我的磁性写字板上教我玩井字棋。我还记得有一次，他用蜡笔给我画了他见过的一次火车事故，肢体横飞，脑浆四溢，落在周围的棉花地里。虽然其他部分画得很粗糙，里面的棉花却栩栩如生。他哄我睡觉的时候，还给我活灵活现（但错误百出）地讲了一个小矮人故事（故事中，恶毒的小矮人逼女士自己把杂草编成黄金），我到现在还记得听到这个故事后做的噩梦。他的故事里，一个满身疙瘩的小矮人嘴里有蝗虫往外飞，威胁着要偷走皇后的小孩，吓得我跑到莱西娅房间哀求她和我一起睡。莱西娅勉强答应了，不过我必须和她倒着睡，脸朝她的脚，我差点没被憋死，被子三边都被她掖得好好的。第二天早上，因为罗伯特吓唬我，多蒂把他臭骂了一顿，之后罗伯特对扮演父亲的过家家游戏丧失了兴趣。

之后，我和罗伯特只通过几次信。两年后，他给我发了一张来自越南的画着中国海滩[1]的明信片。妈妈说我肯定给他留下了好印象。那是我生平第一次给人留下好印象，所以给他寄了一张我的校园照。他给我回寄了一张他穿着绿色迷彩军服的照片，照片里的他指着一个挂在棕榈树上像手榴弹的东西。后来我听说，三年之后他从战场回家参加自己的二十岁生日宴会时，突然从餐桌上站起来，说不知道为什么他活着，战友却都死了。然后他哭着跑回卧室。枪声响起的时候，他的老婆和孩子正在切白色的生日蛋糕。

这大概是我听过的唯一一个暗示妈妈家的人生来"神经紧张"的故事。哦，妈妈家可是出了不少惹人议论的叛逆儿。妈妈的父亲有工程师学位，可偏偏要跑去开修车店，这把他当银行家的老爹气得不轻。妈妈的伯公厄尔以前喝醉的时候喜欢扮成斗牛士，妈妈的爷爷是个私酒商，喜欢给她五美分，让她骂脏话给他听。我从来没听过这么奇怪的故事。外婆的咖啡桌上放着套有厚实塑料包装纸的家传《圣经》，里面印着她所有族人的名字，其中大多数我都不认识。

终于有一天，外婆因为妈妈口红的颜色太暗跟她吵了一架，于是那天早上妈妈决定回去找爸爸。外婆在吃早饭的时候提起口红的事，接下来跟毒蜥一样缠着这个问题不放。最后，妈妈忍无可忍，把我们的新衣服扔到她死去父亲的格拉德斯通旅行包中，又把还穿着睡衣的我们塞进她的车里。那天外婆也在卷头发。我们准备出发的时候，她把她满是发卡的头探进我这边的车窗内。有几绺鬈发从

---

1. 即岘港市的麦科海滩，被美军称为"中国海滩"。

发卡上掉了下来，所以她看起来和妈妈给我们看的神话书中的美杜莎一模一样。那老妇人骂利奇菲尔德是沼泽地，鸟不拉屎的地方，地球的肛门，直到妈妈踩下油门逃离才作罢。外婆甜腻的风信子香水的味道在妈妈点了一只沙龙牌香烟后才散去。

我们开了整夜的车。莱西娅在后座蜷成一团，而我在后车窗斜面下方的水平架子上舒服地张开四肢打着盹。天还没亮，我家乡难以言喻的臭气把我熏醒了。炼油厂和化工厂让小镇弥漫着一股臭鸡蛋的味道。如果风向对，我们可以闻到海腥味，不过这很少见。而且因为小镇位于湿地，无论工厂往天空排放什么毒气，最终都会沉下来，在热浪中凝聚。后来我才知道，当时利奇菲尔德是橙剂[1]的制造中心，这我一点都不惊奇。那天早上，当我从后车窗斜面下方醒来的时候，整个世界闻起来就像一个密闭房间里的臭屁。我睁开眼睛。在一片片人造草坪中，你可以看到后方石油钻机缓缓作业的剪影。这些石油钻机让我想起牛仔骑士，或者某种巨大的仆人，起身朝前方的什么东西鞠躬。在远方，每座炼油厂都矗立着巨大的高塔，吐出火焰，把每一块夜空染成奇怪的酸绿色。我第一次见到荧光绿色念珠项链的时候，想起了夜晚围绕着小镇的这些五层高塔。还有很多白色的储油罐，绵延不绝几英里，好像某种可怕的史前昆虫弃下的卵。

你可能觉得我把利奇菲尔德的糟糕夸张了，《商务周刊》有次把它评为世界最丑十大城镇之一。这个新闻报道出来的时候，妈妈正在小镇报纸当兼职记者。小镇镇长（他的全部职责是每天早上打开镇上的红绿灯）为此还开了一个记者招待会。妈妈去的时候把我和莱西娅也带上了，跟着我们的还有一个《阿瑟港新闻》的记者。那个

---

1. 美军在越南战争中用到的毒农药。

记者嚼着雷德曼牌烟草，专门带了一个福尔杰咖啡[1]罐把烟草吐在里面。在消防站后面的空地里，有人拉起了童子军大露营活动时才会见到的蓝色丝绒做的横幅，横幅上面写着金色的大字：利奇菲尔德润滑全世界！妈妈给市长拍了一张拍立得。他站在横幅前，举着《商务周刊》，好似自己抽中了奖一样。阿瑟港的那个宽下巴记者告诉我和莱西娅，他觉得自己好像在报道一个赢了吃屎大赛的人。妈妈照完照片后，我们三三两两地站在消防卡车周围，吃着市长老婆用特百惠盒子带来的撒着糖霜的月亮形状曲奇。就是这种活动使得利奇菲尔德令人心碎，爸爸说利奇菲尔德丑到让人不得不爱，就是这个意思。

妈妈把车停到院子里的时候，夜晚最后的几颗星星正在隐去。从家里开车去外婆家的时候，我们的雪佛兰羚羊老轿车在房前院子里留下了泥痕。而这些泥痕代表我们盼望回归的世界。

爸爸刚上完夜班，在厨房前的水槽边刮胡子，他把工帽放在滴水板上。爸爸刮胡子从来不照镜子，只用肥皂和冷水，这是他打仗时学的本事。对他来说，不多看自己是一种理所当然的谦逊。他裸着上身站在厨房水槽前，下巴上到处都是小血斑。莱西娅和我奔向他，抱着他瘦削的双腿，但是他不动声色，好似我们根本没离开过。和他自己的爹一样，他就差问我们咖啡买回来没有。

妈妈威胁离婚很多次，但是爸爸的反应总是耐心地翻着白眼。他从来没提出过离婚。如果我因为他们吵得很凶，担心地问他问题，他只会告诉我，我不该说自己妈妈的坏话，好像提出他们可能会分开就是对她的不敬。在他的世界里，只有精神失常的疯子才会离婚。婚姻糟糕的普通人只会咬牙坚持忍下来。

---

1. 美国的廉价咖啡品牌。

举个例子，他叔叔李·格利森去世前四十年都没跟他的老婆讲话，但是他们没离婚。据爸爸说（他一九三一年夏天帮叔叔驯过马），那年叔叔因为他老婆安妮花太多钱买白糖跟她吵了一架，之后两个人就再不说话了。他们为了让马镇静下来，养了一头骡子，安妮·格利森给骡子安了个马鞍，骑了一路到得克萨斯州的阿纳瓦克，靴子上蹭满了灰。她在那里买了一袋五十磅的白糖，又掉了个头，一路骑着骡子回了谷仓。谷仓里，爸爸和他的叔叔刚给奎特马的马蹄铁锤进最后一颗方头钉。安妮还骑在骡子上，从围裙口袋里掏出一把野营军刀。她瞪着叔叔，把刀挥向正空，然后一下子捅进了骡子臀部绑着的麻布袋子。爸爸说，袋子里面的白糖像水一样地流了出来。

爸爸讲这个故事的时候，我记得我们正和库特、亚格和本·贝德曼钓鲈鱼。我们坐在本的大玻璃纤维摩托艇上，比我们平时租的小平底船高级很多，我们每个人屁股底下都垫着兼作救生衣的可口可乐软垫。我不记得当时我多大，但肯定还没到嫌弃和爸爸钓鱼的年纪（大概在十一岁）。当时我甚至还不知道，自己会逐渐不喜欢和爸爸外出钓鱼。我记得库特的雪茄烟难闻极了，而我用香蕉黄色的路亚[1]在水面划着，让小小的螺旋桨转动又停下，停下又转动。水底的鲈鱼看到这个不停转的东西，会以为它是什么？我更喜欢把塑料虫子沉到水底的淤泥中，但本非要我用这新玩意。

"那你叔叔做了啥？"库特问道。有时候，我觉得谎言俱乐部允许库特加入，是因为他总会接着问问题。他每次钓到的鱼都不合格，其他成员都会让他丢回河里。

"做什么？"爸爸脑袋一歪，"那他能做什么。他摇着头，然后跟

---

1. 一种假装小鱼来吸引大鱼的钓鱼工具。

她说：'蠢婆娘。'然后他们就再没说过话了。那是他们最后一次说话。就三个字。"

"爸爸，讲讲他们俩怎么分的房子。"

"他们冷战，"爸爸说，"冷战了十多年。"他在冷藏箱里摸着啤酒，"一开始，他们在房子里给对方留字条。买菜清单之类的。很快连字条他们都不留了。后来，发生了很奇妙的事情，好像安妮在知道她自己要什么之前，李就已经想到了，反之亦然。比如说，如果她需要猪油什么的，李便正好买了猪油回家。或者他早上起来想吃黄油酥饼，她便已经用空罐头的口切好了面团。"

亚格发出"嗯嗯嗯"的声音，好像在说神奇的事情层出不穷。

"他妈的，两个人一次架都没再吵过，"爸爸说，"睡一张床，吃一锅饭。我从德国回来的时候，正往他家去，他从他的吉普车里爬出来。'皮特，'他说，'万事俱备，只欠你这东风。'然后他跟我讲了他的计划。

"第二天早上我们起床。果然，他们还在冷战。老安妮抱着我的脖子——她抱人抱得可紧了。她跟我讲话，好像他不存在一样。过了一会儿，她给我们做了鸡蛋、培根和燕麦糊。我们围着桌子坐，吃着早饭。她去教堂后，我和叔叔拿着锯木机，像掰牡蛎一样把房子利利索索地一分为二。从上到下，从屋顶到地板。她那天晚上开着吉普车回家的时候——那天教堂有活动，所以她待了一整天，我们正准备用拖拉机把她那半所房子拖走。"

"她对这也没有啥要说的？"亚格问道。他正帮我把路亚的一个三头鱼钩从绿色的尼龙线中解出来。

"她被堵得一句话都说不出来。崽子，那边的芦苇你看到了吗？"他用拿着施利茨啤酒罐的手指了一下。"我要是你，就会把钩子放那里。"他总是离开自己钓鱼的地方来教我，但我那天听了贝德曼的指导，放弃了我的塑料虫子，用起了这个路亚，正感觉不错，所以没虚心听爸爸的教导。

"他们为什么不离婚？"亚格问道。

爸爸瞪了亚格一眼，好像亚格是个疯子，然后耸了耸肩。我的路亚"扑通"一声掉进水里，而我眯着眼睛，想象着那座一分为二的房子。房子的两半坐落在同一亩土地上，中间有一排松树挡着。爸爸和他叔叔在房子切开的地方钉上原木板。但是一想到一座房子就这样被分开，里面的东西都露在外面，我就起了一身鸡皮疙瘩。

或许爸爸妈妈应该这样。虽然如此，我在那艘船上暗暗对自己发誓，如果爸爸妈妈分开了，我就离家出走去住埃索加油站的厕所。我会买三十五美分的玉米热狗，隔天就在路边小铺买墨西哥粽子。不管需要多少钱，我都会通过在理发店给人擦皮鞋挣到。

妈妈至今还留着一张地图，是我有一次离家出走前给她留的。地图上有一条连接我家和海湾加油站的直线。加油站的女厕所上有个"X"，上面写着"我"。

在我十五岁第一次离家出走之前，我都不知道如果我从家里跑了，是不会有人组织大家来找我的。该死，他们肯定觉得我无论去哪里都比待在利奇菲尔德强。我是第七代得克萨斯州人，先人从田纳西州搬到得克萨斯州，再之前是爱尔兰。作家哈利·克鲁斯[1]笔下的"没找到活干，别捎话回家"，说的就是我们家族这类人的光辉传统。几代人以来，我的祖先都是把铺盖绑在牛背上，一路向西。到最后，我是没法像其他美国青少年那样"离家出走"的。在我们家，凡是辗转迁徙，都被视为一种进步。

有时候，父母在厨房吵得很凶，我和莱西娅就会开始商量着离

1.美国作家，作品中多暴力怪诞的角色，背景多在美国南方。——编者注

家出走，找个沙滩上的茅屋住。有时，我们交叉双腿，躲在蓝色的棉被下，拿着手电筒，模仿他们吵架。莱西娅会说"第六卷，第五十一场。开拍！"。然后她把手臂像绳结一样叉在一起，好像我们听见的一切不过是我们正在拍的电影的又一个场景罢了。她知道怎么把手电筒放在下巴下面往上照，然后缩起双颊，模仿妈妈的内双和尖颧骨。她还很会模仿妈妈情绪激动时或者在药物的影响下偶尔出现的北方佬口音，像福音派教徒版的凯瑟琳·赫本：我许愿管他来个什么上帝，用雷劈了我的车，免得我过桥跑到这个上帝遗弃的得克萨斯东部的屎坑。有时候妈妈会哭，而莱西娅模仿她哭的时候毫不留情："好绝望，好绝望。"莱西娅用格洛丽亚·斯旺森的肥皂剧口吻哀号道。她挥手把手腕贴到脑门上，好像手腕长在了那里。

我总是演爸爸，因为技术含量比较低。他要不就是缄默，要不就是低声咕哝。他唯一会大声骂出来的话是："你给我舔屁股还差不多！"有时，妈妈因为什么人发火，他就会把这句脏话变成一句忠告："你让他们来舔我屁股！""他们"可能是税务局的人，也可能是敲我们家门来感化我们的圣经传教士。他一般都会说："舔我屁股还差不多！"（即便到现在，我也会突然想起"给我舔屁股"这句话，它的确适用于很多场合，真是令人称奇。）

有时，我们会听到很大的碰撞声或者身体撞在油毡上的声音，我们便会穿着睡衣跑去偷看，看是谁摔了什么东西或者谁晕了过去。如果他们还是半清醒的，便会把我们凶回房间。"回去睡觉。没你的事。"爸爸会说，而妈妈会指着我们说："别在孩子面前这样跟我说话！"有一次爸爸在睡觉，妈妈把一杯伏特加倒在他身上，他咆哮而起，吓得她跑向后门。我们跑到厨房的时候，刚好看见他把她拽回到厨房水槽旁，盛满了三杯凉水倒在她头上。很难得，那天晚上以他俩的笑声结束。他们心情大好，还带我们去停车场电影院看了一场《巫山云雨夜》，其间他们俩坐在前排，搂搂抱抱。

每次他们吵完架后的第二天早上，我从前门走出来的时候，忙着丢垃圾或者除草的邻居抬眼看我，他们所做的一切看起来都无比纯洁无辜。他们怎么能用这种琐事填满自己的生活？有时，我觉得我们家就像李和安妮的家一样被一分为二。有时，我感觉邻居们的眼神仿佛在我们家的墙上钻出了无数个小洞，以致整个房子像有虫害的木头一样溃烂了。每次父母吵完架，第二天大家看我们的眼神很奇怪，我总是对此耿耿于怀。这是因为我会察言观色，还是因为过于敏感？我不得而知。如若我们在超市碰到了一个女邻居，她就会条件反射般地张嘴邀请妈妈去她家喝咖啡，都还来不及想象妈妈去她家做客会多尴尬。每次妈妈拒绝邀请，这些女人都很明显地松了一口气。我还注意到，我朋友的妈妈敲门找邻居串门，从来不会来我家。那些更虔诚一点的家庭都不让孩子进我家院子。

谁知道呢，这可能不全是妈妈的错，爸爸也不是善茬。有些日子，他几乎是在找机会和人打架。有一次，我们正排队交燃气费，他把一个可口可乐公司的年轻司机揍了一顿，原因是这个年轻人说美国不该打越南。

不仅如此，我和莱西娅也无时不刻在撒泼犯浑。莱西娅十二岁的时候，就能把邻居家十五岁的男孩打得屁滚尿流。而我，我记得自己站在我们家院子的水沟后面，臭骂卡萝尔·夏普把我的鼻子打出血了。我新买的黄色连体衣（那种扣子在肩膀上，裤腿是松紧带的）上面全是血。我大概连六岁都不到，但是我兴高采烈地管她叫蠢货小婊子。她妈妈站在自己家前廊，一边晃着拖把，一边说我嘴吐毒蛇，但我说我他妈才不在乎。在和人发生冲突时，我遵循了爸爸的建议，一有机会就叫女邻居舔我的红屁股，如果她们追着打我的屁股，我就躲回家里。

一九六二年夏末的一个黄昏，大量蚊子从浅河和排水沟里出现。很多小孩得了昏睡病，也就是脑炎。马娃琳·西雅克从六个月的昏迷中醒来，从此（用我们的话说就是）"脑子缺根弦"。其他小孩能醒来的就已经算幸运了。妈妈帮拍了一堆葬礼照片，上面是一个又一个小墓碑，登上了报纸头条。利奇菲尔德的公共施工队派了一辆除蚊卡车，去给情况严重的地方喷雾消毒。每天晚上，卡车都会路过，卡车有盘子那么粗的软管在车后留下一团滴滴涕喷雾。那年夏天，追着卡车比谁自行车骑得慢成了我们晚上回家前的最后一个游戏。

　　慢速比赛是最具利奇菲尔德特色的比赛。谁最慢，谁就赢。听起来容易，但骑双轮自行车的时候太慢容易摔倒。慢骑自行车的技巧是速度要足够车直立，但不能跑到其他人前头。除此之外，除蚊卡车喷出来的白色消毒液，会裹住你汗湿的身体，让你的肺部感受到一股甜甜的辣味。这就是我们最喜欢的比赛——赢家反而会呕吐晕厥。我记得汤米·夏普就是这样，在游泳池前面的水沟里吐得稀里哗啦。雪莉·卡特刚坚持到把她的红色施温自行车的撑脚架踩下去，就像个木头一样倒在路边，搞得莱尔·珀蒂当护士的老妈得一个劲地给她的脸吹气，让她起来再接再厉。看来雪莉不是能赢比赛的狠角色，我一边想着，一边和其他小孩站在一起，看她发青的脸蛋慢慢有了血色，然后我听见妈妈叫我。

　　所有的小孩都抬头了。叫我们回家的从来都不是我妈妈。自从夏普先生告诉她，她喝啤酒和在前廊给我哺乳有伤风化，她会下地狱，她连家前院都不怎么去了。"你这个老鬼，连一棵树劈叉的位置都能被你看出有伤风化。"她本想这么回嘴。从那时起，爸爸负责丢垃圾和叫我们回家吃饭。听见她的声音，小孩们都有点惊恐地抖了一下，好像非洲自然纪录片里面因为闻到狮子的气味突然抬头的羚羊。

我跑起来，越过那排模样雷同的房子前面的水沟。当我看见外婆的红色福特旅行车停在家门口时，我刚跳过小龙虾留下的一个泥巴墩。我们自己家的车，只要坐过人，无论时间多短，车内都会一片狼藉，四处是糖果包装纸、空的汽水瓶和装着尿的咖啡罐。而当我透过福特车的车窗往里看时，我发现那个老女人横穿了得克萨斯州，身边只有一盒粉色的餐巾纸。我爬上家里的水泥门廊时，妈妈正一边把着纱门，一边给自己画眼影。她的颧骨高高地突起，她的眼睛是有裂缝的大理石的脏绿色。她告诉我外婆有癌症，所以要跟我们住一段时间，但是我得装作不知道。

或许把我们家最伤痛的记忆怪在外婆身上是不公平的，但她真是个好斗的贱人，所以我怪她也无妨。她把妈妈巨大的装饰性椅子（薄荷绿的塑胶材料，方形的黑色把手）推到我们家靠前院的大窗前，像个奢靡的老佛爷一样坐在上面，好像随时要向世界发表什么宣言一样。

从早到晚，外婆不断吹毛求疵，弄得妈妈在家里忙来忙去，长着脸，嘴巴像一条横杠一样绷着。窗帘太破了，赶快做个新的。我们上次洗窗户是什么时候？（从来没洗过。）妈妈胖了吗？看起来肥嘟嘟的。我又黑又胖，像个墨西哥人。（莱西娅不知怎的，成功长出一头白人的金发，但外婆对我长相隐约有爸爸的印第安人血统耿耿于怀。）而且我一副"可怜相"，这个表达是她专为没吃饱的农场畜生保留的词。我们夏天的下午在泰勒浅河旁边，看到满肚子钩虫的卡津族小孩捉小龙虾时，她也说他们一副"可怜相"。（其中一个叫马娃琳·西雅克的女孩有一次告诉我她为什么整天在捉小龙虾："你不捉，你就没饭吃。"）

而我经常早餐只吃玉米卷罐头，而且不加热（我记得我老是舔玉米卷包装上有孜然味的番茄酱），这就是我家的作风。外婆却从

《读者文摘》上剪下一篇关于四个主要食物种类的文章，贴在我家的冰箱上。突然，我家的晚餐出现了电视上看到的那些菜，比如方肉饼——开烤箱才能做出来，而妈妈连感恩节都懒得做这种菜。

我们家在父母床上吃饭的习惯也一夜之间画上句号。妈妈把两个床垫缝在一起，把床架子用衣架铁丝连起来，所以床大了一倍。她说因为天气潮湿，需要更多伸展四肢的空间。我和莱西娅一直以为她说的不是"潮湿"，而是"愚蠢"[1]（所以我们总是学着说"不是热，是蠢！"）。那是我见过的最大的床，从房间一面墙顶到另一面墙。她还专门缝了合适的床单，连卧室的抽屉都得被挪到走廊上。床边唯一可以放下的家具在爸爸那一侧，形状像维京战船的黄铜立式烟灰缸，妈妈那侧放着一叠摇摇欲坠的精装书。

以前，我们一家四口盘着腿，坐在床边吃饭。我们各自对着一面墙，背靠背，看起来像个四首图腾，盘子放在两腿间堆起来的被子上。妈妈说这是野餐风格，但我现在长大了，回想起那个场景，真是十分怪异。我经常幻想在各大报纸上登广告，问问其他人家里是不是也是这样背靠背在父母床上吃饭的，或者这种饮食习惯到底是什么意思。

自从外婆来了，我们不仅用上了桌子，还用上了餐桌布。妈妈雇了一个黑人梅·布朗来洗熨沾上油污的桌布和餐巾。而且我们从外面的热浪中跑回家后，再也不能像以前那样随便脱衣服。在我们家，我们本来随时都可以脱得只剩内衣或者换上睡衣。在天气最炎热时，我们都是光着膀子四仰八叉地躺在地板上的，对着黑色的电扇，从一团洗碗抹布里吸碎冰。而现在，外婆竟然想要我们穿着袜子和鞋，每天晚上还必须洗澡。在开始几次泡澡的时候，那个老女

---

1. 英语中"潮湿"（humidity）和"愚蠢"（stupidity）读音相似。

人用粗毛巾包着我，架在她腿上，用洗甲水擦我的脖子。（据她说，我脖子上的泥垢都起壳了。）

外婆还担任起了宗教教育的重任。之前，我们的宗教教育不过是偶尔去一下基督科学教会的主日学校，或者跟着妈妈的一本瑜伽书锻炼。（五岁的时候，我可以轻易搞定莲花式。）外婆给我和莱西娅一人买了一本带拉链的白色真皮《圣经》。"如果你每天读三章，星期日读五章，一年就可以读完《圣经》。"她说道。而我撕开《圣经》的包装后好像就再没打开过。外婆对任何看起来比较难的事情都容易半途而废，或许在她眼中，把我们俩变成基督徒是难上加难。

很久之后，等我们可以让妈妈开口讲自己的童年的时候，她讲了很多她母亲怪异习惯的故事。外婆摩尔那时可不是什么宗教狂热分子，她完完全全就是个疯子。比如说，她有一次从杂志上订了一套侦探训练器材，她和女儿准备用它们来监视邻居——在当时的拉伯克，人口也就是百十人。据妈妈说，她们监视了邻居好几个星期。外婆会把妈妈抱起来，让她能够到牧师家挂着窗帘的窗户——并不是因为她怀疑牧师偷情或者犯下了什么其他罪过，而是想调查牧师的老婆到底是不是用原材料烤的蛋糕。她把调查结果写在一个笔记本上，上面按首字母顺序排列着镇上各个大家族。她还会专门针对一些让她不安的个人，连续几个星期追踪他们的行踪。她还学会了录指纹的程序，把妈妈的指纹录在了一个菜谱卡上，以免她以后被绑架。外婆还开始收集她拜访别人家时在家具上找到的各种头发和灰尘，放在一个个法医信封里。妈妈说，她们在某位女士家喝茶时，她母亲会突然悄悄把一坨灰尘收集到信封里，塞到自己的围裙里，这种行为持续了整整大半年。那些"证据"后来被用来干什么了，妈妈也不知道。整个"侦探训练"期仓促地开始，又仓促地结束了。

外婆到我们家的时候，也把这种近乎疯癫的审视习惯带了过来。

在此之前，我们的生活没有外人的参与。虽然父母的吵架声晚间会从纱门传到屋外，虽然我也可以猜到邻居对我们的不屑，但从没有人真的问我们家里的情况或者妈妈的"神经紧张"。我们从来不去教堂，也没有人来家里做客。对邻居们来说，我们可能就像坏了的电视屏幕那样模糊。突然，外婆那蓝莹莹的眼睛透过她角质框架眼镜的边缘审视着我们，说"我能提个建议吗？"，或者每句话都以"你为什么不……"开头。

然而，她自己行事却很神秘。她风风火火地来来去去，好像有什么重大计划，但鬼才知道她在干吗。比如说，她总是提着一个巨大的医用黑色鳄鱼皮包，里面除了有一般女士包里有的东西，比如化妆品和绣着牡丹的手帕，还有一把实打实的大钢锯。那把钢锯是在B级片里才能见到的型号，是犯人用来割监狱铁栏杆用的。如果你觉得我是编造的，那么莱西娅也是证人。我们甚至会经常开玩笑说，我们把外婆囚禁了，她正准备越狱呢。

我一直觉得我们家缺少的是一位充满关爱、会烤布朗尼的女性，能帮我把头发卷好，像唐娜·里德一样溺爱我的人。但是在外婆的新秩序下，我比以前更调皮了。我开始咬指甲。我闹脾气闹到连爸爸都觉得不好笑了。我把家里餐厅新装的窗帘扯下来，还在莱西娅脸上抓了两道血印子。打我也没办法让我收敛半分。虽然我是世界知名的爱哭小孩，在被抽的时候我却坚决不哭。我还记得爸爸拿着小马鞭，而我小腿上全是红印子，疼得很，但我说："你继续打，如果打我这个小女孩让你觉得自己很有男子气概，那就打啊。"然后他就打不出手了。

和我相比，莱西娅脾气更好，而且更会溜须拍马，所以她的日子好过一点。但是家里的压力对她肯定还是有影响。外婆在我家的时候，她把挣扎着的我塞到浴室墙上的脏衣篮里，让我一个人困在发霉的浴巾里哀号，直到梅·布朗买菜回家发现了我。而且，她还开始往自己刘海上喷巨量的定型喷雾，让刘海硬到在大风大雨中都纹丝不动。（我管她叫铁盔头。）她还把所有的裙子往下拉，直到遮过膝盖。在照片里，她像个模仿大人的小孩，但看起来却不伦不类。有一次，她还让我爬到她肩膀上，然后把一个灯芯绒的画家袍子从我的肩膀罩到她的膝盖。我们一家家敲门，假装我们是为美国癌症协会募捐的女士。我还记得我在她肩膀上摇摇晃晃，拿着咖啡罐伸到各种陌生人面前。我们一分钱都没要到。

不过，站在外婆的角度，她当时才五十岁，因为癌症正走向死亡，所以她的脾性估计也正常不了。虽这么说，我心中对她仍没有一丝好感，她对我也一样。她的颧骨像个坏苹果一样逐渐枯萎，闻起来像风信子。虽然我很喜欢用双臂搂任何和我关系不错的成年人——不管是吸尘器销售员、修车工，还是女收银员，但对于外婆的脸颊，得有人动手强迫我，我才会去亲吻。

但最糟糕的不是外婆的到来所带来的改变，而是随着改变而来的沉默。没有人再提起我们之前是如何生活的。好像改变是掠过我们的巨浪，把之前的我们夷为平地。不知为何，我知道如果我提议在床上吃饭，或者在玩完回家后脱光衣服，会让我们一家蒙受难堪的耻辱感，所以我根本不敢这么做。很显然，在此之前，我们做错了一切。

第三章

如果有邻居问起我外婆的癌症，我就这样草草打发她们："第一，癌症夺走了她的脚指甲，然后是脚趾，再然后是脚。接着医生往她的腿里释放芥子毒气，直到双腿烧焦，她整整尖叫了六个星期。然后他们截了她的腿，所以她现在基本上就是一具支在枕头上的焦黑躯干。我们去看她的时候，她叫错了莱西娅的名字。后来她回家等死，癌症跑到了她脑子里，所以她疯了，蚂蚁又开始在她胳膊上四处爬，然后她就死了。"

不管是在谁家，说完这一通后，我和莱西娅就开始在这家人的厨房里四处搜寻，看有没有曲奇或酷爱饮料。出于某种本能，我们知道，讲自己死去的外婆可以换取一些回报。一段时间后，莱西娅甚至还学会假哭，因为掉眼泪说不定能骗到冰棍。（如果让我姐姐书写这一章，她会告诉我说我记错了。直到如今，她声称外婆的去世让她肝肠寸断，外婆有着善良的灵魂，而我太小，心眼又坏，所以记错了。我认为她关于外婆的美好回忆仅仅是方便使然，而非现实：莱西娅还是那种觉得编织蕾丝很有意思的人，而且她觉得里根总统[1]

---

1. 里根是共和党总统，出台了许多削弱工人阶级权益的政策。

是个好人，还给他投了两次票。）而我，就算有人给我上刑，我也不会为外婆流半滴眼泪。但我还是演好了我的戏份，在莱西娅哭哭啼啼的时候十分肃穆地点头。我和大多数成年人打交道时就是这样，盲目地寄希望于利用他们的怜悯，以得到我想要的。

很久以来，外婆的癌症和缓慢的死亡过程被禁锢在我们的哭诉中。语言代替了现实，这是很明显的一例。或许当时听我讲述的女邻居，并不是为我的麻木无情而愕然，而是对此惊恐不已。对她们来说，我点头不过是进一步证实了我的谎言。相信我，当我把那长达十八个月的噩梦般的经历全部抹去，欺骗了的只有我自己。

莱西娅向外婆屈服，因为这样才能维持家里的和平，让她更受妈妈的青睐。我仅仅是躲着外婆，具体原因是什么我却不得而知。她是喜欢给我洗澡，还是用细梳子扯我头上缠结的头发？几十年来，我一直记不起。每当回想起那段往事，唯一鲜明的情感是从我脊背低处慢慢爬起的恐惧，直到恐惧几乎变成恐慌。即便到现在，只要有人提起外婆，一部分的我也会不自禁地颤抖一下。我宁愿脑海中她坐的轮椅上没有那个幽灵。

或许我对外婆的厌恶是因为儿童天生对病人缺乏宽容。如果家里有人病了，那小孩从大人身上获得的注意力就会大打折扣。但相信我，对一个小孩来说，这就如同坐着看墙漆变干一样难以忍受。真的，我没法对这一切有任何积极情绪。或许有的小孩可以，或许有在虔诚家庭里被抚养长大的基督教小孩，他们傍晚会给他们老朽的祖父母读《圣经》。但我不行。外婆的死带来的影响持续了很久，她让妈妈哭得太多。

而且，在她生病之前，我们对她了解不多。我继承了她的名字，玛丽。但除了那次我们去拉伯克看她，她仅仅是用维纳斯牌铅笔仔仔细细地写在用建筑用纸做成的卡片上的一个名字罢了。这些卡片中有一张是红色心形的，贴在了一个纸质蕾丝餐巾上。那张卡片不知为何，被保留在了爸爸的金色雪茄盒中。外面信封的地址是M.D. 安德森医院（现在叫休斯敦医疗中心）。心形卡片被打开后，呈现出这段奇怪的话："亲爱的外婆，我希望你情况好些了。有个男人因为车祸死了，他只有三英尺高。这就是那个男人。"接下来是一个横着的简笔小人，眼睛用"x"表示，躺在一辆泡沫状的汽车旁边，那个人身上好似还有一个创可贴，应该是我当时对死亡的精心模拟。

然而，无论你向癌症这一恐怖的疾病投以何种空洞的眼神，以不被它的无聊伤害，如果你和任何不住点头的心理医生讨论起癌症，你最终都会陷入深邃的沉寂中。从那种沉寂中，你的脑袋会像发生化学反应一样，冲洗出一张关于恐怖本身的快照，一张浸在冲洗溶液里的底片。我一生不断重述外婆的癌症，以为那段干枯简短的历史包含了所有真相，一处阴影却突然从那段经验中显现，向我揭露了苦难的真面目。苦难不是你瞥见饱受关节炎困扰的垂暮老人，在汽水售货机前挣扎着打不开他的黑色搭扣钱包。也不是你在网格栅栏包围的后院中偶遇的小婴儿，在中午的热浪中像狗一样被拴在晾衣绳上。这只是关于苦难的谣言。真正的苦难有脸庞、有气味。无论你给它盖上什么遮羞布，它都以最强烈的形式继续存在。苦难，它知道你的名字。

医生在外婆腿中注入芥子毒气，阻止黑色素瘤继续扩散。这一疗法造成的副作用，就是我描述的那种苦难。现在，我们很难想象那种中世纪的原始疗法。我长大之后读了关于"一战"的书，里面讲到芥子毒气在战壕中弥漫，把士兵的肺都烧焦了。我无法想象医生是出于什么理由决定把芥子毒气打到那个老女人的腿里，她苍白的腿最后被这种疗法烧焦石化。腿是骨肉组成的，里面的骨髓都被灼烧殆尽。据妈妈说，外婆无间断地尖叫了几个星期（几个星期，不是几天），而且注射了吗啡也不管用。坏疽形成了，他们最后不得不给她截肢。

一开始，外婆被截肢的消息并没有让我心神不宁，因为这听起来虚幻而抽象。莱西娅和我还幻想着她能坐上轮椅，还能载我们出去兜风。我们当时很喜欢彼得·潘，所以我想象她会像海盗一样有一条木腿。第一天，我们坐车去医院看她的时候，我还画了一张画，上面她像虎克船长一样有一条木腿，戴着带羽毛的帽子，上面有骷髅和两个骨头组成的海盗图案。莱西娅懂事，在妈妈发现之前把我的画折了起来，藏在她裤子的后口袋里。

但是妈妈当时神经过度紧张，即便她看到了我的画，也不一定能反应过来。虽然她"神经紧张"，但她在危急时刻却总是雷厉风行。这时候的她可不是一般人。我曾见过她拆卸了一整个洗衣机，然后又组装回去；在一天之内，她对着一个时装杂志的样板缝了一条由三十块布组成的裙子；她四十岁的时候回学校上课，大学微积分课得了优；她还会干粗活砌砖头。我们以前总说，她就算坠落到悬崖腰间的树上，也能想办决爬回来。外婆的重病正是这种危急时刻。妈妈任何"神经紧张"的痕迹都突然消失得无影无踪。她的下巴上扬，一副有决心又镇定的样子。她身体变得精瘦，只在必要的时候才行动，但又好似一刻都不停歇。难怪她在外婆葬礼之后垮了，因为她从一开始就在透支自己。

在那个年代，肯定有不许小孩进癌症病房的规矩。但妈妈一拍脑袋，觉得我们去能给外婆打气。而且当时爸爸上白班，所以她也找不到人看我们。我从来没去过医院。当然了，关于那个年代，你会记得医院里高乐氏地板清洗剂的味道，人们跑来跑去，颇为引人注目，病床上被推着进进出出的病人，头顶上方各种管子和瓶子摇摇晃晃的。

莱西娅拽我胳膊走的时候，我正看着一个男性病人往一个肾形状的银色盘子里呕白水。从那一刻起，医院的记忆变得鲜明起来。我把目光从那个男性病人身上移开，进入一团隐形的气味之云中，是当时妈妈周围总有的味道：娇兰一千零一夜香水、烟草和圆环薄荷糖。不知道为什么，我记得那一团气味就在我头上飘浮，也就是妈妈胯部的位置，所以我可以仰起头然后深呼吸，像是把她的一部分吸到自己的肺里。她穿着一件军绿色的长丝绸连衣裙，系着香奈儿鳄鱼皮皮带。她走路时步履宽大，双腿前后交错，让她看起来像时装模特。她脚跟落地的方式很特别，让她的高跟鞋在地板上几乎不发声。对我来说，她的脑袋好像总是离我很远。她的头发又短又厚，梳在脑后，从我的高度看，像狮子的鬃毛。

她推开了几道双扇门。你可以听到有人哭着说"求求你了，求求你了，求求你了"，但音量却如耳语般低微。我们经过了一个年轻得出人意料的女人的病房，她黑色的头发在脑袋上编成大大的塔状。你走过的时候，她坐在乐至宝躺椅上，手里拿着红色的橡胶灌肠瓶抵在自己的下巴上。然后我们到了外婆的病房，轻轻推开了病房沉重无声的大门。

截肢最令人诧异之处是伤口原始血腥的外形。你或许以为他们会把伤口收拾干净一点，可能现在他们会了。任何用猎刀把小鹿大卸八块过的人，甚至任何炸过鸡或兔子的人，都知道刀口砍骨头和软骨是极为残忍的。我想在那个年代，他们在手术室里用的是小圆锯，不过结果都是一样的。我本来想象外婆切下的腿会像芭比娃娃的腿那样，不沾血，切口干净。或许我以为伤口上会有绷带。

他们把膝盖上方的腿也锯掉了，外婆剩下的大腿被放在一个枕头上，看起来很突兀。大腿上还有从截口流下来的黑色物体，像是逐渐变窄的河流。这些是芥子毒气的烧伤还是血中毒，我也不得而知。你可以看到医生们尝试着从切下来的腿上留下足够的皮肤，用于盖住刚切完的骨头创口。有人还试着把这片皮肤一路缝到底下，让它看起来好像本来就是长在上面的。但是从缝口，你可以看见皮肤的边缘参差不齐地搭在一起，好像刚塞完内馅准备包起来的烤猪肉。缝线是黑色的，撕扯着她白皙的皮肤。不仅如此，他们还在她的大腿各处抹了软膏，所以整条腿又油又亮，令人难以直视。虽然外婆的姐妹们给她送了五束花，整个病房还是充斥着我有一次在一个农场闻过的黑色马膏的刺鼻气味。我想那很可能是治烧伤的药的味道。

　　仅仅是看一眼外婆的腿，我就想立刻离开那里。但是身后的门"嘶"的一声合上了，外婆的脸也朝我们这边看了过来。（不知为何，时间突然缩短，变得奇慢无比。我几乎得刻意让自己的脑袋静止不动，才能让自己不往后退。）她如此瘦弱苍白，好像一眼就可以把她看穿。她的嘴唇发青，头发更白了，让她的眼睛在睁开时看起来比以前更加黯淡，好像她看到了什么在她体内灼烧的东西。莱西娅立刻就走到她床边，就好像这场景没什么大不了的。外婆的嘴巴像鱼一样张张合合，但什么也说不出来。他们把她的假牙取了出来，放在她床头柜上的纸巾上。她嘴唇之间有像弦一样的白色唾液，嘴角有黄色的痂。妈妈说本该有人帮外婆洗漱，把假牙放回嘴里，但她看起来并不是特别担心。我有点愣了，因为我平时一直觉得妈妈至少和我一样胆小，而我已经准备破门逃跑了。外婆用手轻轻拍了一下她身旁的空位，莱西娅立刻把她的手握住了。外婆突然吸了口冷气，莱西娅赶紧把手松了，退了一步。妈妈靠向外婆，轻轻抚平了她的白发，问她感觉怎么样。但外婆又对着莱西娅拍了拍床边的位置。她空洞地瞪着莱西娅，好像莱西娅突然从云里面蹦了出来。外婆又吸了口气，说："贝琳达！你到哪里去了？感谢上帝，贝琳达。"然后她的声音又低下来，不断重复自己如何想念和寻找贝琳达。莱西娅应和着，假装自己是这个我们都没听说过的人。

但是不知为什么，外婆喊贝琳达这事让我脊梁骨直发凉，甚至比她那怪物一样的截肢还令人恐惧——那上面满是黑色的缝线和流向她蛋饼颜色的大腿的黑色液体。

我们走之前，妈妈尖叫着，把给外婆做芥子毒气疗法的那两个医生骂得狗血淋头。看着妈妈在公共场所闹事从来不是什么好玩的事，但这次，我几乎求之不得。她整整一天都像僵尸一样魂不守舍，现在魂终于回归身体了。（或许，像希腊人所说的，她突然充满了"ate"。）那几个医生就站在那里，拿着自己的咖啡杯，好像他们没想过要走开。我记得有个医院管理人员，一个身形庞大的女人，穿着花裙子，让她看起来像个沙发，准备从玻璃窗后面跑出来拦住妈妈。妈妈正高声骂那些医生是秃鹫，专门以人们的痛苦为食，那个女人过来把手放在妈妈胳膊上，说她可以为外婆念一段《玫瑰经》，妈妈对她吼道："你别对着我妈妈赞颂圣母马利亚！"

然后我们匆匆离开了那些医生和沙发女士，那通向外婆病房的长长走廊越来越远、越来越小。医院的门"嗞"的一声开了，潮湿的热气将我们吞没。妈妈需要用擦盘子的抹布才能掌好方向盘。

虽然我们俩一声不吭，让妈妈可以哭，但那天她没哭。一开始，我爬到车里，叽叽歪歪地说我想要条毛巾坐在上面而且口很渴，但莱西娅只要瞪我一眼，就能让我立刻闭嘴停止抱怨。相对于她的那张孩子气的脸，那个眼神非常严肃。我到现在还觉得那眼神简直有种国会议员的感觉。她的棕色眼睛在眼角处微微下垂，而且眼睛上面的刘海被发胶喷得像一排金黄色的锥子。她总是能用那个眼神拿住我，让我话没说完就闭嘴。

不知为何，我们接下来开车到了休斯敦动物园。这肯定是妈妈在去医院前答应给我们的奖赏。只有疯子才会在那种大热天在室外待一下午。当时的动物园有一个穿行全园的免费小火车，我们坐了上去。但火车上坐满了妈妈最受不了的那种到处撒东西、一直在嚼东西、放着屁的农场小孩，所以我们在礼品店下车了。

妈妈给我们买了彼得·潘戴的那种帽子，上面用潦草的手写字体缝了我们俩的名字。然后我开始玩展示珠宝的小摩天轮。如果你喜欢某样珠宝，你可以按下按键，摩天轮就会停下来，而我每次看到一个上面挂着小动物的金色手链就会按键。我还没开口要，妈妈就给我们三个人一人买了一个。我记得那个卖珠宝的男人把手链戴在她手上时，他的食指抚摸着妈妈的手腕内侧，这让我的心窝突然再次充满极度的恐惧。虽然妈妈很讨厌男人占她便宜，有次 A.D. 伯伯捏了她的屁股，她用自己的手包打得他脸朝天，但她这次什么也没说。

然后，我们在圆形水泥野餐桌上吃了汉堡。水泥桌的位置很奇怪，正好能闻到旁边猴子洞散发出来的臭气。为了表示支持妈妈和医院作对，莱西娅说那些医生可真是蠢货。但妈妈歪了歪脑袋，好像不明白莱西娅在说什么。她喝着黑咖啡，木木地看着前方。她之前总是在骂医疗行业，或抱怨我们惨兮兮的湿地气候只适合毒蛇和蟑螂生存，但她早已越过了这一阶段。饭快吃完了，我被压得喘不过气，再也不能忍受她的沉默了。我离开桌子，跑去看猴子。猴子们手里抓着的好像是自己的屎，正互相往对方身上砸。

在热浪中，猫科动物的笼子也臭气熏天。那个时候，动物园不像现在这样造了带有石头和瀑布的自然栖息地，而且那个年代的笼子都特别小，动物们也很悲惨。孟加拉虎的眼皮上全是苍蝇，而它连眼睛都懒得眨。有一个小孩朝着它丢花生，莱西娅不知道用什么法子威胁了他，让他停了下来。

我长大之后发现了德语诗人里尔克时，想起的就是这些可怜的大猫。年轻诗人里尔克早年被雕刻家罗丹送去研究动物园里的动物。我从那些皮毛无光的猎豹们身上觉察到的受挫的力量，他用几行字就捕捉到了：

看起来这里有
千条铁栏杆；铁栏杆后面没有世界。

随着它在窄小的原地打转，
它强韧的脚步迈着柔软的步伐，
仿佛一场祭祀之舞，围绕着一个中心，
其中强大的意志瘫痪地站着。

现在想起来，我觉得妈妈可能在某种程度上，也被她自己的沉默禁锢了。她穿着丝绸裙子，喝着不新鲜的咖啡，看起来体形很小。在她的太阳镜上，我可以看到身后的猎豹在笼子里踱步，好像它就在她的身体里，向外看着我们。有的时候，我在记忆中这样看着她，想给她喝一杯水，或者让她到背后的柳树阴凉下躺一会儿。还有的时候，我想把她的太阳镜摘下来，用我有力的大手摇她瘦削的肩膀，直到她哭喊出来，或者让她摆脱那座沉默的孤岛。

为了躲避热浪，我们跑到一个像山洞一样的建筑里，里面凉快又潮湿。那个时候，我痴迷德古拉软绵绵的邪恶形象，所以径直跑到吸血鬼蝙蝠区，可是透过厚厚的玻璃看，里面的蝙蝠个头很小，令人失望。它们被倒吊在一根棍子上，还没有田里的老鼠大。它们的牙齿很小，完全不像电视上贝拉·卢戈西那样。其中一只蝙蝠终于跳了下来，歪歪扭扭地来到展示区中心装血的碟子附近。它吃力地梳理着看似柔弱的翅膀，让我想到一把破伞。莱西娅从一个窗口走到另一窗口，看着猫头鹰、负鼠和其他夜行动物——当时她的梦想是当兽医或者护士。妈妈坐在红色的"出口"标志下面的石长凳上，抽着烟。我等着蝙蝠去吸血，看入了迷。我轻敲玻璃，向它示意血的位置，但是它最终没有去。

黄昏的时候，我们在像意大利面一样错综复杂的高速路上找回家的73号高速。车窗外掠过正在建起的摩天大楼，后视镜中妈妈的眼睛仍然是一片古怪的空洞，而我的目光徘徊在两者之间。她的眼睛里什么也没有，除了公路上的白色虚实线，它们好像从路上飞起，像小刀一样消失在她眼球最黑的部分。

自我们去休斯敦看截肢的外婆后，就没怎么见到妈妈了。她要不就是早上从医院回到家里，换一身衣服又回到医院，要不就是在我们上床睡觉之后才回家。她的体重压上我们的床垫时，我会被弄醒，她过来亲我的时候，一千零一夜香水的气味弥漫在我周围。她把我们的雪尼尔被子拉上来，被子上有棱纹，在我手中摸起来像盲文。有几次，她会坐在我床边，抽一晚上的烟，直到窗户开始透出黄色的晨光。她用手挥去我面前的烟雾时，总能扇起一股舒服的微风。我把眼睛闭着，因为我知道如果我动了，她就会离开。而在那样的夜晚，除了在她身边沉浸在她的香气中（我至今还抹同一款香水），想象她抽的沙龙香烟烟雾的形状，我别无所求。在我脑中已经开始挖掘的深坑里，已经埋葬了外婆可怕的截肢和妈妈在动物园的精神瘫痪，所以我并不想讨论那些事情，也不想听她安慰我。（有时，孩子和猫狗一样，身体的舒适能让他们获得慰藉。）她离我躺的地方有几英寸的距离，我可以透过被子感觉到她身体微微的热量，而这热量正是我所需要的。

除了妈妈偶尔出现的身影，我们那个夏天剩余的时间都是由爸爸照看着，虽然他很粗心，但也把我们照顾得好好的。外婆来我家后，我父母一直睡在客厅的沙发床上。有一天，谎言俱乐部的男人们开着皮卡车，载着工具箱来到我们家，帮爸爸把车库改装成我父母睡的卧室。我想他们想给外婆留个位置，让她舒服地死去，但我当时并没有意识到。不管她是死是活，是病还是健康，我已经在脑中把外婆的存在抹去了。每天早上，我和莱西娅把泡得软塌塌的晶磨麦片快吃到见底时，就能听到工靴在我们家前廊走动的声音，纱门一开，然后爸爸就开始给大家洗咖啡杯。

俱乐部的各位成员很早就开工，在每天最热的时候也不停歇。为了帮爸爸，他们都调了年假，免费来帮忙，只能喝到免费提供的咖啡和啤酒。早上还没过完，他们就已经热得脱了上衣。他们的背都很宽，手臂很长，身上有我那年夏天见过的最严重的晒伤。本·贝德曼有个光溜溜的圆形啤酒肚，在他的木匠围裙下凸着。他背上有晒伤，起了一层死皮，然后又被晒伤了，直至最后死皮变暗，成了蔗糖浆的颜色。每天早上，爸爸都把两个带冰块的科尔曼冷藏箱装满。到了下午，大家从里面取孤星牌啤酒喝。

有成员的老婆会带着食物来看他们，每天都有几次。虽然做苦力很惨——我有次夏天打工给大学的宿舍刷墙，差点累死——但能让你胃口大开，让吃东西几乎有了一种神圣感。管他是装在白色塑料袋里的萨宾河道产的烤螃蟹，还是路边小摊子买的玉米叶包的墨西哥粽子，这些男人们都会放下手中的工具，微笑起来，好像自己有饭吃是何等好运。他们总是会先从容地欣赏一下自己的食物再开动——这可能是一种谦虚，或者是一种敬畏，好似要先确定一下食物不会像海市蜃楼那样突然消失。爸爸总是先把自己的红色头巾浸在冷藏箱的冰水里，随后一边用它给自己擦汗，一边眯着眼看着食品袋里那热腾腾的食物（无论是什么食物）。"老天爷，看看这美味。"然后他会向带饭的人眨眼示意。

本的老婆鲁比又一次拖了一大缸子带沙子的鲜牡蛎过来，要两个男人才能把它从皮卡车厢里抬出来。她花了一大早上的时间用军刀把每个牡蛎打开。她弄完后，干净的牡蛎有两个巨型泡菜罐那么多，用瓷缸装着放在冷水里。我们蘸着辣酱、黑胡椒和柠檬把牡蛎吃了。（莱西娅说我非要两个两个地吃，那样牡蛎在我肚子里不会太孤单。）当你把柠檬滴在牡蛎上，它们好似在做苦脸。它们在嘴里一开始是凉凉的，但是很快就变暖、滑下去，留下一股咸湿的海味。接着你喝一口加了一点盐的啤酒漱口。（我七岁的时候就喜欢喝酒了。）最后跟着吃一片苏打饼干。

在那年夏天以前，在教堂的野餐活动上，我常听见某个浸信会牧师对着扑克牌桌上的土豆沙拉和炸鸡没完没了地祈祷个十分钟，但爸爸那些满头大汗、满脸通红的朋友围坐在堆得高高的木材旁边，狼吞虎咽地吃着牡蛎，才真正让我了解了什么是简单的快乐。干了活，有吃的，他们就高兴。有力气锤钉子，还有口气，他们就满足。当然了，他们也会大声哼唧自己腰酸背痛，还互相嘲笑对方的抱怨。除非我完全把他们的友情美化了，这些男人之间的关系仍有着一种尊严感。甚至在盖楼顶的时候，需要一大桶烧开的焦油，需要整日爬上新车库的屋顶，还没有我们家苦楝树的树荫的时候，也未能削弱这层关系。晚上，他们脱下工靴，把双层棉袜从脚上揭下来，放在暖和的砖头上晾干。爸爸总是把啤酒冷藏箱倾斜过来，让冷水冲他们汗湿的光脚。每天那个时候，夜晚迅速降临，他们休息半晌，分享一瓶田纳西威士忌，点根烟，我便可以感觉到他们之间留存的一种魅力正在消失。当他们爬进自己皮卡的驾驶室时，我有时会感到一股追过去的冲动，想把他们叫回来。

和妈妈在一起时，我总觉得我们在某种新事物边缘，是我们从没见过、没读过和没买过的，而且会改变我们。当你坐上她的车，你永远不知道会到哪里。如果有个百科全书推销员敲我们家的门，她可能会花一个月的工资买那种你会一整天都在研读的书。但和爸爸及他的朋友们在一起时，我永远知道会发生什么，所以跟他们在一起有一种梦一样的安全感。

到了八月，他们走了，我父母有了一个新的用木板围成的卧室，还带独立的瓷砖淋浴间。房子后面还建了一个独立的双车车库。车库还附带一个给妈妈用的画室，是爸爸对她想画画的愿望做出的一点肯定。画室有高屋顶和天窗，在那个时候是极为少见的，还有一个黑色的炉子，让她在下雨的时候可以生火。她立刻搭好了画架，开始画油画。她画的第一幅作品是外婆穿着蓝色裙子的肖像，原型是外婆截肢之前照的一张拍立得照片。

妈妈肯定是从医院回来后深夜画的。不然她哪里有其他时间画画。她牺牲了报社的工作来照顾外婆。但是她白色画布上那粗略的棕色线条不到一星期就变成了外婆逼真的面庞。每过几天，我就从厨房的钉子上偷走画室的钥匙，进去查看一下她画的进度。真的，每次我把锁从门上打开拿走，把画室门推开，我都觉得自己像教堂的贼一样。我正进入一个睡前故事中才有的艺术世界，故事讲的都是妈妈喜欢的艺术家：凡·高切掉的耳朵；高更的土著女孩；驼背的德加疯狂地爱着他的舞者；波洛克[1] 花大价钱买了一张毕加索的铅笔画，然后把它擦干净，想根据笔触痕迹推算毕加索是怎么画出来的。画室里混杂着浓郁的松节油的气味、潮湿的柴木烟味，还有隐隐约约的伏特加辛辣味，这是我从来没闻过、之后也不会再闻到的气味。她仅用带颜色的油料和脑中汹涌澎湃的灵感，就在画布上呈现出一个人——光这个想法就让我惊得目瞪口呆。

---

1. 指杰克逊·波洛克，美国抽象表现主义画家。

妈妈平时的作品潇洒恣肆，偏向印象派，而最后外婆的肖像看起来比她其他作品更僵硬拘谨。外婆的手臂弯成了直角，肩膀像个军人一样方方正正，脸上没有一丝表情。可能我想修理这空洞的表情，所以把黄色的颜料挤在一个貂毛刷上，在她的嘴角加了几小笔。可我最终在画中人脸上留下一大坨橙色污迹。或许我只是想用某种办法把她遮住，让她闭嘴。如果你问我，我只会说我本想让她的口红鲜艳一点。

妈妈看到我捣的乱之后啜泣起来，一边哭，一边诅咒那个破门而入的无知破坏者。她甚至都没问我们是谁干的。她喝得酩酊大醉，披着墨西哥披肩生了火，骂着这操蛋的沼泽地和沼泽地居民。"他们根本，"她有一次狠狠地告诉我们，"不配管自己叫脊索动物门的一员。"莱西娅跟我解释说她的意思是他们没有脊柱，所以跟泥鳅、毛虫和水蛭一样。第二天早上，妈妈跑到五金店买了一个断线钳都切不断的大锁。新锁的钥匙仍然挂在厨房的那个钉子上，但自那次之后，我害怕进去又弄坏别的东西，便再也没在没人陪同的情况下擅自进去了。

外婆回到我们家后，她已经像化石一般没了人样，非常可怕。她比我们去医院看她时更瘦弱，但没那么苍白了。她安了一条义肢，每天早上要系在身上。义肢上有一只结实的鞋子，从来不会脱落。晚上，她把义肢卸下来放在床旁边。有一次，我上厕所的时候经过她门前，瞅到那条义肢孤零零地站着，上面没有人，在走廊里留下长长的影子，影子差点挨到我光着的脚，我被吓得赶快跑到莱西娅被子里，心脏狂跳，宁愿尿床也不敢去厕所了（我那晚尿了床）。那些晚上，长在纱门上的金银花在墙上留下了带刺的影子。有的时候，我能听见外婆跳着经过短走廊，她的拐杖敲着门板条。我记错了某一个场景：她站在我们门口，她的断腿毫不掩饰地悬在她的睡衣下，双臂张开，这样她才能用门框把自己支起来，她的头发在她的脸周围成扇形散开，像一团白色的火焰。对我来说，这一记忆就像昨天的早餐一样形象生动，但莱西娅非说从来没有这回事。

外婆穿着非常浅的粉色尼龙睡衣，还有配套的浴袍，但她的轮椅特别安静，那种可怕气氛不是走路的人可以比拟的。以她做蕾丝编织时才有的那股疯狂的耐心，她故意用爸爸的三合一润滑油，把轮椅润滑得悄无声息。她把轮椅倒着放在床上，给所有边边角角都挤上油，弄得轮椅只会滑溜。然后，她会突然悄无声息地出现在家里的某个角落。她有个习惯，就是偷偷跑到我和莱西娅背后吓我们，大叫一声"啊哈！"，语气好似我们正用火鸡滴油管注射海洛因，或在折磨小动物。有次她抓到我们玩金拉米牌，她喊了声"啊哈！"，然后把妈妈叫来。她叫妈妈的时候还盯着我们，仿佛我们会趁妈妈还没来的时候把牌藏起来。"查理·玛丽！给我过来，教训你的小孩。我向老天发誓……"从来不善于打小孩的妈妈走过来，愣愣地问了几个不着边际的问题。接着外婆像个福音派传教士一样，义正词严地讲起赌博（和饮酒，很奇怪吧）的危害，可她自己在教堂活动和人打宾果牌的时候可是个作弊专家（而且在她做完手术后，每天大概能喝一箱啤酒）。最终，妈妈屈服于外婆的喋喋不休，做样子拿着蚊拍对着我们的腿挥了挥，直到我们跑回自己房间锁上门。我还记得当时我趴在莱西娅腿上，抱怨说我并没有犯错。莱西娅解释说我们那天大概干了五十件坏事都没被打，不管怎样，就算扯平了。

在八月的某一天，我开始梦游。其实，我不仅仅是梦游，我还会蹲在客厅里的窗帘后面蹲着，去厕所里蜷着，大人们有时候第二天早上才发现。有一次我还跑到家外面，爸爸在我身后追着跑。

那年秋天我上学也很不顺利。我在二年级被停课了两次，第一次是因为我咬了一个叫菲莉丝的女孩，我觉得她没听老师的话把剪刀快点拿出来，第二次是因为我把一个塑料尺子砸断在我暗恋的一个叫萨姆·乔·泰勒的男孩头上，让他剃着平头的金发下面鼓起了一个浅青色的包。这两次犯事后，我都被送到校长那里，校长是一个长得很帅的前橄榄球教练，叫弗兰克·多尔曼。他让我和莱西娅管他叫弗兰克叔叔。（莱西娅和我在三岁以前没有人教就学会了读书，让他印象深刻。妈妈总是轮流带我们俩去他的办公室，让我们老老实实地在他面前大声读当天报纸的头版，让他确定我们不是随便背了篇文章骗他。）

他让我在他办公室待一下午，跟所有进他办公室的人下国际象棋。他特别喜欢让我和那些呆头呆脑的五六年级的男孩下棋，他们被人支下楼来拿游泳浮板，最终也没拿成。他想让我把他们打得落花流水，这样他们就会对自己的愚蠢感到忐忑。"这个牙还没长全的二年级学生六步就把你搞定了。你说你是不是该多听威利梅老师的话，别整天犯浑了？"当海斯老师严肃地带我走过走廊，来到弗兰克·多尔曼的办公室时，我总是会假装要哭，但脑子里想的却是布雷尔兔[1]被扔到他出生和长大的荆棘丛里的场景，尖叫着："请别把我再扔到荆棘丛里！"每次到傍晚，弗兰克叔叔开着他的白色敞篷车送我回家，路过一帮放学的小孩时，我会神气地向他们挥手，好像我是肯尼迪夫人。

也正是在那个时间，一个年长的男孩怂恿邻里的小孩把我孤立出来。在那之前，我们那帮小孩在一起，几乎是一件神圣的事情。无论我们的家庭背景有多奇怪，只要一起玩，我们就不分你我。出于某些原因，我总是记得我们光着脚在橄榄球场上跑着，像电视上从飞机上俯拍的非洲斑马一样，转弯停靠都聚成一群。

---

1. 美国南方非裔的民间故事中的一个形象。

但很显然，那个邪恶的男孩在我身上嗅到了某种恐惧和伤口的存在。他知道可以把我拉到一边，更多地吓唬我和伤害我。他来找我的时候，我跟他走，但后来我感觉我的顺从好像很久以前就被某种庞大而隐形的因素计划好了，可能是上帝吧。

那个男孩把我孤立出来之前，光是跟着其他小孩在湿球场上狂奔就让我有安全感。我们有几十个人，最大的是十三四岁的男孩，最小的是芭比·卡特——他只有两岁大，总是在后面跟着我们。我当时七岁，年龄正好处在中间。我虽然骨架很小，瘦弱，但我的刻薄弥补了我体形上的不足。莱西娅到现在还说我那时候天不怕地不怕，连圆锯都敢跳过去。爸爸也教了我"公平较量"的道理，不仅意味着我可以拿棍子、板子和石头给自己助力，也意味着要记仇。所以，如果有比我大的小孩把我打败了，一个星期后，我会毫不犹豫地从背后偷袭，狠狠咬他一口。根据我的记忆，在打架方面我从来不退却，即便最后是我哭着惨败。我可能要韬光养晦一个多星期，但最后总是能一雪前耻。（到现在我也不知道这是勇气还是懦弱，但这习惯我从未改变。我成年后，唯一一个打过我的男人两天后在熟睡中被我一记右勾拳打在下巴上。之后我告诉他，如果他这辈子还想好好睡觉，最好别再对我动手。而我姐姐成年后在肢体方面也是近乎疯狂地胆大。有一次在她所工作的保险公司外面的停车场，有一个拿着点 22 口径手枪的抢劫犯要她交出首饰，她骂了句"去死吧"。抢劫犯逃跑后，她打开她的奔驰车门扬长而去。警察调查的时候特意问她她的老公是做什么行业的，她回答说她没老公，警察说："原来如此。"）

从某种角度来说，我们家附近的小孩都差不多。我们的爸爸在同一个工会。（爸爸工会单位接电话开头会说："石油、化工和原子能工会，1242 区。"）他们一起打卡上班，工资也几乎完全一样。（因为妈妈在报社有兼职工作，我们家被认为是条件比较好的。）或许一个小孩的老爸在海湾石油公司，另一个在德士古，其他的在大西洋利奇菲尔德公司，但干的活都大同小异。可能有人是锅炉工，有人是裂化车间管催化剂的，但都是把原油生产成我们七年级科学课上必须背下来的各种副产品——煤油、汽油等。因为夜班工资比较高，家里的男人都干夜班活。因此，我们小孩都知道，哪天谁家老爹下了晚班，玩的时候要轻手轻脚，不能打搅他们睡觉。工会还给工人的老婆们发了硬纸壳标志贴在门口："嘘！夜班工人在睡觉。"除了妈妈，周围没人上过大学。（她上了得克萨斯州理工大学和艺术学校。）

周末橄榄球场要除草的时候，我们就尾随着拖拉机收集干草，依循着老兵政策贷款被批准后老爹们拿到的房屋设计草图，把干草横横竖竖地摆成房屋的格局——两个卧室、一个卫生间、一个连屋车库，每家都差不多。鲜切的三叶草和奥古斯丁草闻起来那么湿润，看起来那么鲜绿，我成年后再也没在其他地方见过。

草的味道让我回到了那个特别凉爽的日子，我躺在自己精心布置的"草屋"中。我的脊柱几乎可以感受到土地的曲线。我看着天上的云躲到水塔后面。然后我翻过身伏在地上，旁边有一株株野辣椒，可以从上面取辣味种子放在嘴里。三叶草从地上被拔出来的时候，总会嘎吱作响，根是白色的，有一股黏黏的甜味。

有一次我被蜜蜂蜇了，我说的那个年纪比较大的男孩用口水和泥巴做了个石膏给我敷伤，直到最后我不再怠慢他了。我以为他喜欢我。我很渴望让别人喜欢我。

在夏天，因为总有小孩中暑，大人不准我们乱跑，我们会玩某个小孩发明的"折磨"游戏。听起来很恐怖，其实不然。一个年纪大一点的小孩会把我们赶到一个热得让人窒息的封闭空间，比如卡特家后凉台下面满是蜘蛛网的爬行空隙，或汤米·夏普的老鸽笼，或街上某个等待着被装进垃圾车的破冰箱。然后我们蹲进里面，弓着背，一副惨兮兮的样子，自以为很像集中营的囚犯。那个邪恶的男孩有一张历史书里的布痕瓦尔德集中营幸存者的照片。我们一起仔细研究过这张照片，刻在脑海里。我们这么做，不是因为对幸存者的伤痛有任何同情，或对正义有任何思考，而只是想模仿他们的样子玩"折磨"游戏。我们在那个男孩纳粹一般的蓝眼睛下并肩站成一排。他既没有掐我们的胳膊，挤我们的脑袋，也没有让我们受伤。他的坏更阴险。家长喊我们吃午饭的时候，他仍冷酷地掌控着我们。我们低着头，一动不动。我估计我们所有人的体热能让那个小地方的气温升到一百二十华氏度[1]。眨眼和抱怨都是被严厉禁止的。我们软塌塌地融为一体，温顺乖巧，几乎像是某种冥想。世界都慢下来了，而你对自己身体的感知变得极为鲜明，几乎不堪忍受。汗水像河水一样从我的肋骨上流下。我可以感觉到脖子褶皱中的每一个细小的沙砾。纳粹男孩威胁我们，用的不是明目张胆的残忍手段，而是向我们投来职业性的空洞眼神。因为我们本来就不敢动，所以他根本不需要用鞭子抽我们。这就是整个游戏。我们坐在那里，因为这惨状而喜气洋洋。当然，最后终于有个大人的手臂伸进我们躲的地方。有人的妈妈把我们拽出来，捉我们回家吃午饭或者晚饭，游戏告终。

就是在这样的一天——奇怪的是，这次是晚上，那条手臂伸进来踅摸，但它没有发现蜷缩在角落里的我，所有的其他小孩一拥而出，四散开来各回各家吃晚饭，只剩下我和那个男孩。

当时太阳正在落山，他找了个天知道的什么借口，突然抓住我。

---

1. 约合 49 摄氏度。——编者注

我不记得他说的其他话。他的祖父母出钱给他的满嘴歪牙上了牙套。牙套的金属在昏暗中像机器人的盔甲一样锃亮。

（我想象着他正在读这本书，我想伸手抓住他的衬衫前襟，告诉他，让我们来好好重温一下。嘿，蠢货。你可能不读书，但说不定有人读给你听呢——要么是你的漂亮老婆，要么是现在还跟你一起去钓鱼的发小。这段话飘到你身边的时候，你会在哪里？不知道为什么，我想象你正给你的老婆换轮胎。她会提到我写的某本书里，说到镇上有人被指控强奸七岁的我。或许你听明白后，脑子突然转了一下。或许你会在轮胎盖上看到你自己的脸，好像被锤头锤平了一样。或许你以为我忘记了你做的事，或许你觉得这没什么大不了的。在几十年之后，几千英里之外，我写下这些，只是想提醒你：我爸爸常说我的记性很好。）

他完事的时候，外面天已经全黑了。我把我皱成一团的衣服拿起来，想把上面的虫子拍走。他帮我把衣服穿回去，还给我系了球鞋鞋带。他用某人房子外边的一个水龙头把我洗干净。水管里的水在大太阳下晒了一天，很暖，但洗完后我的腿还是黏糊糊的。

我们前廊的灯是琥珀色的。房子其他部位都很暗。从我家，你可以看见少年棒球联盟公园里的聚光灯，还能听见有人在用喇叭宣布即将有人准备出场击球。我总纳闷那个男孩是不是对此早有计划，是不是专门等到所有人都在看球赛的那天下手？这更可怕——他是突然兴起把我抓走的，还是事先计划、只待合适的机会出手？我不知道。我不想这样被人不当回事，可是显然我失败了，即便我只有七岁，我也懂。一想到他可能有意选了我，像兔子一样跟踪我，我就一阵反胃。他带我回了家，一路上一言不发，好像自己只是受人之托照顾小孩而已。

然后，我一个人站在家门口的前廊上，还能听见他的网球鞋拖拖拉拉走远的声音。我看到他那方形的白色 T 恤衫越来越小，然后在角落里消失了。

那晚金银花的味道腻人地甜。我在外面站了很久。我努力整理表情，想让自己看起来仿佛没有发生任何特别的事情。我们前廊的角落有一个灰色的黄蜂窝。窝上面有一个个的小房间，像蜂巢，每个小房间都有正在睡觉的小黄蜂宝宝。我想那样睡觉一定很舒服吧。过了一段时间，爸爸把前门拉开，纱门一推，问我是不是刚刚也在看球赛。"进来，崽子。我给你盛碗吃的，"他说。我个头很小，还可以在他的胳肢窝底下一起进门。你可以听见公园里传来的喧闹声，应该是有人来了个双杀或者击中球了。我想象那个男孩也爬上看台，朝他的钦慕者走去。我想象他们会讲的黄色笑话。

我朝爸爸看去，他如果知道，肯定会立刻跑到看台上，像宰鱼一样把那个男孩开膛破肚。我朝妈妈看去，我不知道为什么，我想象如果她知道了，她会突然哭起来，然后跑去卫生间把自己关起来。轮椅上的外婆肯定会说，发生这种事，她一点都不意外。莱西娅当时在看比赛，肯定坐在看台的最高处用尖梳子摆弄着自己的刘海，有男孩朝她那边爬，她肯定会笑起来。他根本不需要威胁我闭嘴。我自己知道，如果我说了，我会被当成什么人。

第四章

中秋时节，外婆的癌症已经扩散到大脑。我的肿瘤学家朋友跟我说，大多数人这时候会开始卧床。但外婆却对我们越发过分。别的不说，她有什么病痛或者对死亡的感想，最后似乎都变成了她整我们的决心。

她没有打吗啡和其他止疼药。她唯一做的就是不断地喝啤酒，但好像永远都喝不醉。她弃用义肢，说戴着很疼，所以她睡裙下的短腿正好在我们孩子眼睛的高度晃来晃去。她滑着轮椅走向你的时候，那短腿让人感觉是根对你指指点点的大手指。她牛角框眼镜后面的眼睛也越来越发白了。可能她有白内障，可能这一切只是我的臆想。她眼睛蓝色的部分每天都那样明亮，白色的尖刺从黑色的瞳孔扎向虹膜。当时，你可以从超人漫画的背面订购 X 射线眼镜，沃特·克朗克特[1]的报道里也刚开始讲激光疗法这些东西。因为这两件事情，我不知道怎么开始相信外婆在我睡觉的时候可以穿墙看到我。有的时候，我会突然从沉睡中惊醒，觉得有两束发热的白光从隔壁房间她的眼球里射

---

1. 美国电视主持人，被称为"美国最值得信任的人"。

出来，想直接穿过我们之间的墙，聚焦在我身上。晚上，她坐在轮椅上"哐啷哐啷"地在屋里滑动，要去卫生间的时候，我不会朝房门看。我很担心会在黑暗的走廊里突然看见像车前灯那样的光线。其实，我害怕的不是看见那束光线，而是怕她看见我看见那束光线。如果她看见了，她可能会把目光照在我身上，然后把我像蜡一样熔化掉。

所以，晚上我基本上躲着她走。早在我五岁的时候，我发明了一种让我在县展览会上骑飞轮不吐的方法。如果我使劲收紧腹部肌肉，把眼睛闭得紧紧的，用力抓住前面的铬栏杆，坐飞轮时就不会犯恶心。我的头发仍然四处乱飞，我可以感觉到灯光在我脸上滑动，但我好像可以陷入自己体内，远离汽油电机的轰隆声，也不会把吃下去的玉米热狗全吐在莱西娅的乐福鞋上。因为我是坐这些可怕飞轮的年龄最小的小孩，所以在街坊中出了名。话说回来，如果我在床上听见外婆"咚咚"的脚步声，我也会这么做，蹲坐下来，绷紧肌肉，直到我可以把一切感觉塞进腹部肌肉后面的一颗小石头里。

妈妈也像一颗石头，以她自己的方式。她总是心不在焉，浑浑噩噩地游走在外婆给她布置的越来越多的家务之海中。唯——次妈妈稍微没那么消极的，是在外婆说服妈妈每个星期打我一次屁股，然后我真的反抗的时候。

别误会，妈妈这样管我，根本没有给我造成什么生理伤害或带来什么恐惧，算不上虐待儿童。她打我的时候，真是惨兮兮的。她非常害怕伤到人，所以打得只有一丁点疼。而且，她可能也害怕自己的脾气，或者害怕自己有任何情感——如我所说，除非外婆闹腾她去做事，平时不管我们干了什么，她都视而不见。有一次，莱西娅和我把一盒汰渍洗衣液倒在厨房地板上，然后把花园水管拖到屋里，直到整个房子，包括地毯和所有家具，都淹在一英尺深的肥皂水里。（我们在模仿一个地板蜡广告。）当时外婆正在睡觉，妈妈仅仅是让我们到外面玩，然后自己默不作声地收拾了乱局，连一声脏话都没骂。

但是她的内心一定正在酝酿一股暴怒。有的时候，她不打我们的屁股，而是握紧拳头，指节发白，朝家里的顶灯歇斯底里地尖叫，说她不会抽我们，因为一旦她动手了，她会把我们打死。这番发泄比打我们的屁股有震慑力多了。你妈妈威胁杀人——虽然她把话说得好像这不会发生，这能立刻杀了你的锐气。

不管怎样，她一般不打我们，但偶尔对我们动手的那几次几乎让我们松了口气，因为这总比她阴郁的沉默好。而且只要像莱西娅那样会看眼色不乱动，妈妈打屁股的持续时间其实很短。而我从头到尾一直在逃跑，导致被打的时间很长。（打我的屁股是我家的体育盛事，不仅有场次之分，而且据莱西娅说，这场"体育盛事"的计分规则简直比蜘蛛交配信号还复杂微妙。）如果妈妈没法把我弄到墙角，她必须握着我的一个手腕，把我控制在蚊拍可以打着的距离，然后再挥舞着拍子朝我动手。她动手十次，打到我一次，就已经算她的最佳战绩了。我把脚死死地定在灰色的毛毯上，和抽鞭子时一样使上了全身力气。在被打屁股的时候，我就是轴点，就是扭力，是她必须围着转的重心。

我和妈妈就这样扭在一起，从一个房间跑到另一个房间，外婆在轮椅上跟着我们，斥责叫骂，添油加醋，召唤上帝之怒来惩罚我这个不知羞的、被宠坏的小孩，一边说还一边前前后后地移动轮椅，随时占据有利位置。

我还很清楚地记得莱西娅的脸，她像个裁判员一样站得远远的。她站在门口，一边微笑一边摇头叹息我自找苦吃。（被打屁股倒还好，在被打屁股的时候被笑是最痛苦的。相信我。若有其他小孩在场，你的羞耻感会呈指数级上升。）妈妈的手拿着蚊拍在我身上起落，在墙上投下一个影子，每次我转身，我都能感觉到莱西娅的微笑，好像她在说"你真是蠢到连鞋里有尿都不知道倒出来"。然后我又在家里跑一圈，最终又看到她那倦怠的微笑，"鞋跟上有说明你都学不会"。

那段时间，我感觉妈妈像被某种力量附身了一样。至少她抓住了我。她抓我的那股劲，仿佛我把她拖到哪里她都不会撒手。

飓风季到了。和天气讲解员说的一样，冷热空气在水域上空交汇，形成了猖狂的暴风雨，在蓝天上有整整几英里宽，而飓风的中心却是静止的。我也一样，在被打屁股的时候心情几乎静如止水，好像家里的一切悲惨都围着我旋转。至少，被打屁股能让家里的某种动能和力量浮上表面。至少我们像疯了一样在家里跑来跑去，而不是整天默默地走着，担心着大家内心多么悲惨，纳罕着悲惨什么时候会像幽灵一样现身，会怎样现身。

在学校的时候，我偶然读到了叶芝的一首著名的诗，讲的是世事如何分崩离析。当我读到鹰隼挣脱绳索，从掌控着它的人手中逃离，我想到的就是自己被追着打屁股的场景：

> 回旋，回旋，轨迹愈宽
> 鹰隼再也听不见养鹰人的呼唤；
> 世事分崩离析；中心无主；
> 混沌被释放于世间，
> 血色浪潮泛滥，处处，
> 纯真之礼溺亡；
> 人上之人再无信念，人下之人
> 却激情澎湃。[1]

---

1. 出自叶芝的诗《再次降临》。

我钟情于这首诗的最后一段，说最优秀的人缺乏信念，这让我想起妈妈。最差的人却总是激情洋溢，和外婆一样，除了满腔激情什么都不会。

当然了，那个时候，妈妈仍努力追随着她认为正确的事情的碎片，外婆去世后，她松开双手，完全迷失了。

一天早上，妈妈给我编辫子的时候，外婆突然迷上了她在杂志上看到的一个项目。她随便吃了两口黄油玉米粥，然后兴致勃勃地拖着病身跑到基蒂的手工店。她没戴上义肢，连轮椅也没坐。妈妈帮她坐到驾驶座上，然后她就一路开到镇上。接着她在车上一直等到基蒂出来问她有什么可以帮忙的。我们后来还听说她跑到五金店买了一根三英尺长的工业橡胶管。外婆抱着装着这些玩意的纸袋回家，然后把自己关在房里大半天。她傍晚开门出来的时候，她在头上方挥着一根带须的马鞭，跟安妮·奥克利[1]一样。她给橡胶管表面编上了棕色、米色和黄棕色的皮须，交给妈妈用这个来抽我们。

那是我唯一一次见妈妈正面反抗外婆，把外婆气得抽风："这两个小孩算是给毁了！你以为她们现在给你惹了麻烦，你等着瞧。"妈妈哭了起来，摇头不愿意用马鞭。她不愿意直视外婆，只是站在一处不动，双臂交叉，不断地摇着头。整个过程，她都只是看着自己的脚。

然后这个老女人转头向莱西娅挥舞着马鞭须，像上次在医院里一样管她叫贝琳达。"我希望贝琳达会对你做你对我做过的那些事。"外婆说，一边向莱西娅挥着马鞭，一边死瞪着妈妈。我的恐惧又涌上来，这个掌控妈妈灵魂的老女人连我们的名字都记错了。

莱西娅想让她们母女和解，便说自己不介意被马鞭抽，其实马

---

1. 美国西部传奇女枪手。

鞭和爸爸的皮带或梅·布朗从树上剪下来的苦楝树枝差不多。我说我不是什么农场的骡子，不能用鞭子打我。外婆对妈妈说，我竟敢想控制自己被体罚的方式，这成何体统！对她来说，这无可辩驳地证明我需要被打到皮开肉绽。我还说自从外婆来了，我被逼着洗澡，老是被打，"扭曲了我的性格"，这更是把外婆气得够呛。据我妈妈说，这是我的原话，听得她当时一边笑，一边摇头。接着，她让我去帮她拿橙色的儿童阿司匹林，因为她头疼得简直像有人用斧头砍了她的脑门。（这时候，她已经离不开儿童阿司匹林，每天从一个超大的罐子里像抓花生一样吃药。罐子上有两个长着粉脸蛋、像瑞典人的小孩，他们手拉着手走向一座红色的学校，这情景令人悲哀。）她把马鞭挂在她新卧室的门把手上，以后打我用的还是蚊拍或者卷起来的《纽约客》杂志。

外婆住到我家后，爸爸就总是不在家了。这一切都像个不成文的协议。因为她觉得他是下九流，又凭着她自己命不久矣，她似乎打败了他，让他远离了自己的家。他每天上早班，还加了很多夜班。不工作的时候，他就跑出去钓鱼。后来猎松鼠季到了，他就整天跑去打松鼠。

有一个星期六，他带回几十个松鼠尾巴给我玩。尾巴的末端是带血的创口，我记得自己用别针把尾巴全部别在一起，围在脖子上，把莱西娅恶心得不行。我戴着这条松鼠尾巴围巾，以为自己是格雷塔·杰宝和丹尼尔·布恩[1]的结合体。

莱西娅决定负责做松鼠肉炖菜。她有一个卡津女邻居给她的蒜味黑色油面糊食谱。只要闻一闻那个炖菜，就能让你口舌生津，喉咙直痛。北方人的炖菜总是有各种番茄、秋葵和娇滴滴的香料，但

---

1. 美国知名探险家。

莱西娅做的野味炖菜——里面有松鼠、鸭肉或鹿肉香肠——却是由难看的原料做成的。炖菜里只有必需品——猪油、面粉和洋葱。黑色又原汁原味的淡汤由三种辣椒做成，正是这汤让你鼻道畅通，之后的几天里，你还能尝出嘴里的大蒜和檫树根味。外婆说油面糊炒焦的味道让她想吐。她把妈妈带到阿尔的海鲜餐厅吃了一顿大虾蛋黄沙拉。（对外婆来说，大虾蛋黄沙拉代表那道把松鼠残骸肢解并用油煎的菜的道德对立面。）大虾被煮成粉色，剥皮去线，然后挂在一个圣代盘子的边缘，向一个个年轻女孩悬在泳池边的腿。圣代盘子里摆满了碎生菜，纯粹出于美观。蛋黄沙拉酱是一种柠檬味特别重的蛋黄酱，有着优质珍珠的微暗光感。

轿车倒车去餐厅的时候，车灯切过爸爸身后的厨房墙面。他穿着网眼汗衫，坐在他自己用胶合木板和清漆造的餐桌前。他拿勺子的手法我后来发现是监狱犯人常用的手法：整个手臂围在盘子上方，防止别人动他的食物。以这番姿势，他不紧不慢、一勺一勺地舀着炖菜往嘴里送，直到盘子空了才停下。我仍然戴着松鼠尾巴围巾，问他妈妈和外婆不吃他打回来的肉是不是让他难过了。这个问题把他弄笑了。"这有什么，崽子，"他歪嘴微笑，"她们不吃，我们就能多吃点。"

星期日爸爸上白班，我很晚才起床，发现外婆一个人在厨房坐在轮椅上。厨房到处都是早饭的脏碗，她大腿间夹着一瓶啤酒。我从来没和她独处过，也不太想和她独处。她突然抬头，好像刚才打了个盹。她见到我时突然惊了一下。"小声点！"我记得她说。她怔怔地看着我。我跟她说我根本没说话。她说莱西娅叫妈妈开车带她去了教堂。我对此很不屑一顾，因为莱西娅对宗教的兴趣跟我一样淡薄。如莱西娅所愿，莱西娅说要去教堂，取悦了外婆：外婆告诉我的时候，脸上一片欢喜的样子，好像去一次教堂就能让上帝给莱西娅在天堂留个位置。接下来外婆跟我说她房里有个东西要给我看一下。

我暗自庆幸她那天至少戴着义肢。她还用萨普侯丝牌的厚连裤袜把腿给遮起来了。这种连裤袜是橙色的,比香肠肠衣还重。那天她戴了义肢,还把塑料脚上的黑鞋穿上了。(塑料脚上穿鞋感觉过于隆重,多此一举。)我们到她房间后,她把门一关,然后把自己连着轮椅架在门口,把我堵在了房里。

我先跟你讲一下她房间的气味:是一股蛇味,尤其是食鱼蝮的味道。

如果你穿着防水靴在沼泽里走,比如在暖冬的早上,在天空找参差的 V 字形阵容绿头鸭飞过,你在见到食鱼蝮缓缓滑来之前早早就能闻到它们。那种味道是死亡的味道,但还没完全腐败,腹部皮肤下面还没有虫子不自然地蠕动。通常,如果我闻到腐烂的尸体味道,不管是犰狳、海狸鼠,还是鸟,我就会停下脚步,四处看地上有没有铜头蝮那近乎黑色的三角形脑袋(铜头蝮和陆地上的眼镜蛇、响尾蛇以及大多数毒蛇是近亲)。在浅河里游泳的铜头蝮,我从来闻不到,但在陆地上,它的气味几乎和臭鼬一样冲鼻。(我认识一个毒贩,以前在玻璃缸里收集铜头蝮。他还有一只兔子,不知道为什么兔子能让它们不发臭。我们磕高了之后傻乎乎地争论起来。我们说话像埃尔默·法德[1]一样,商谈可卡因价格的时候简直和卡通片一样:"你尖的觉得啧是纯的?"听见自己说话成了这副鬼样子不是什么易事,而且我当时用了致幻剂,根本找不着北,到他那里去完全是为了买点能让我缓下来的东西。)那个味道不仅仅是死亡的味道,还是乐于死亡、期待死亡的味道,让你想到蛆,或者那些一个一个吞噬

---

1. 美国动画《乐一通》中的角色,说话时会发音不清楚。

尸体的细菌的味道。

不管怎样，当外婆对我宣称她一直在等待我们"独处的机会"（她是这么叫的），要给我一个惊喜时，我们被包围在这种味道中。我可以看到她蓝色的棉裙子口袋里藏着什么东西。终于，她从里面拿出了一本黄铜色的小书，只有她的手掌那么大。书有两半，都是合上的，像两个并在一起的桌子。她两手抓住书，做出一副祈祷的样子。我脑中浮现了她的《圣经》中摩西的全彩像，手里拿着两块用皮革绳捆起来的石头。

过了一会儿，她打开腿上的两半书，原来它们是十美分商店里的黄铜相框，里面有两个小孩的学生照，一个男孩，一个女孩。照片泛着芹菜绿色，好像它们被太阳晒太久了。"这是你的姐姐和哥哥，"她说，"这是特克斯和贝琳达。"

很奇怪，我听到这个消息之后第一反应是松了口气。我终于知道外婆一天到晚讲的这个贝琳达是谁了。她是个真实的小女孩，和莱西娅一样是金发。她顶着小小的非洲爆炸头，那时候安吉拉·戴维斯[1]还没赋予这个发型以政治意味。那时候，托尼家牌的用永久染发剂十分流行。那是一种具有腐蚀性的化学烫发剂，二十世纪五十年代末和六十年代初整整一代小女孩都用过。在我们那个时代，烫发剂的腐蚀性很强，当地人用橡皮筋绑着火柴盒和棉球挂在耳朵上，免得滴下来的药剂把耳朵烧掉。因此，我十分同情贝琳达。而特克斯因为是男孩，对我来说是更为抽象的存在。他有两个大门牙，头发油黑锃亮地向后梳着。他戴着黑色的蝶形领结，是牛仔喜欢戴的那种。

她说他们比我和莱西娅大很多，现在在另一个州上高中。在我的记忆中，外婆的声音遁入了迷雾之中，我的思绪飘离她说的话，

---

1. 美国著名民权运动家。

进入完全的迷惘中。这两个小孩和我有什么关系？

我从未见过他们，但外婆却说我们有血缘关系。不是表兄表姐，而是亲哥亲姐。当她说他们是我有一半血缘关系的哥哥姐姐时，我也听不懂。见鬼！除了妈妈和保罗离婚（这还是我们家从不声张的秘密），我从来不认识离过婚的人。除了伊丽莎白·泰勒，我都没听说还有谁离过婚。一想到我有一半血缘关系的哥哥姐姐，我陷入好奇之中。哪一半和我的一样？我可能问了外婆这个问题，因为她最终跟我解释说他们是妈妈和"另一个老公"生的"其他孩子"。我问她说是不是爸爸很久以前揍过的保罗，她说不是。她每次想起妈妈把保罗甩了，都会疲惫无奈起来，所以她花了几秒钟做了个疲惫无奈的表情，然后才告诉我，他们的爸爸是妈妈的另外一个丈夫，第一任丈夫，是我没听说过的，名字也叫特克斯。妈妈的另一个新丈夫和另外两个小孩，这更让我觉得自己对来到利奇菲尔德之前的妈妈一无所知。她的历史简直是个谜。我知道她"二战"时在纽约上过艺术学院。但那个故事里没有说到其他小孩。妈妈总是跟我们强调，她三十岁才有了第一个孩子——我和莱西娅，说三十岁生孩子算很晚了。我一直盯着外婆腿上的那两张照片，直到她突然合上相框，放回自己的口袋里。

虽然我脑中正在尝试着理解这两个小孩存在的事实，到现在莱西娅都说，外婆做的这件事一点都不像外婆的作风，所以肯定没有发生过。外婆抓着我的肩膀，口中死亡的气息扑向我的脸颊，然后说如果我再不听妈妈的话（她的嘴离我的脸只有咫尺之遥），如果我再嘴硬闯祸（她脏兮兮的牛角镜框眼镜后面的眼睛几乎全白了），我会被"送走"，和这两个小孩一样。他们再也没见过妈妈，自婴儿时期起就没见过。

就是在那个时候，我发现她房间里蛇的味道不是来自她的床用尿盆，也不是来自屋里犄角旮旯的腐败食物。味道来自她身上，实际上是来自她的嘴里，来自她体内毫无疑问正一点点蚕食她任何人性的癌症。如果你在那一刻告诉我，她的肚子里有几十条食鱼蝮正从卵中孵化出来，我估计我都不会感到惊讶。她鼻孔周围还擦着维克斯伤风膏，可能是为了让自己闻不到那如死亡一般的口臭。维克斯膏里的桉树油气味浮在她铜头蝮气味的上方，让一切感觉更糟了。

（在那次之前，我那么近距离闻到这种气味是有次差点被蛇咬了。那天晚上，爸爸把我们租的船划到一丛牵牛花中，他突然举起滴着水的船桨，在我头上三英寸的地方一挥，桨上的水洒在我的脸和裸露的胳膊上。船边的水里"扑通"一声快响。爸爸说，铜头蝮刚刚正挂在我头上的一个树枝上。我们看着它拖曳着S形的身子游进了浑黄的水中。我开始颤抖，却不是因为冷。）

那天，在外婆的房间，家里没有其他人来解救我，这个气味又让我颤抖起来。我从她轮椅旁边冲了过去，往厨房跑去。

妈妈回家后，外婆逼着妈妈打我屁股。她说她抓到我乱翻她的抽屉，想偷她的耳环，这谎撒得我都懒得辩解。我听从了莱西娅的建议，只是站在那里没动。果然，妈妈像个北方佬一样，不出一分钟就停手了。我可以看见她下巴紧绷着，她的手机械地落在我的屁股上。

被打的时候，我开始在脑中抹去特克斯和贝琳达的存在——这次遗忘持续了整整十九年。那天早上，我的记忆张开大口，把这两个孩子完全吞噬掉了。以前我对妈妈有什么猜想，都会去找莱西娅分析判断，但那次我没告诉她。（后来我才知道，外婆也给她看了那两个孩子的照片。莱西娅也迅速把他们忘得一干二净。我们俩不约而同地失忆了。）我当然知道三个丈夫的确太多了。三个丈夫不再是个小错误，而是一种可怕的恶习。（我有一个经常离婚的朋友跟我说，当你第三次或者第四次说"我愿意"的时候，你必须承认可能不全是他们的问题。）所以外婆围裙口袋里冒出来的两个小孩，是令人难以想象的。

我之所以把特克斯和贝琳达抛诸脑后，也不完全是这个原因。我是个非常容易相信任何事情的小孩。那年，莱西娅没有任何依据就让我相信我是个机器人，被组装起来帮她做家务的。她说如果我不听话，她随时都可以把我的电源拔了。所以我的大脑可能还没完全发育好，尤其当有人说我不好、不是人或者不对，我就相信他们的时候。我现在知道，我无法完全接受多出来的这两个小孩，因为他们已经被弄丢了。如果他们可以被丢掉——两个活生生的小孩，和我们一样是妈妈身上掉下来的肉——那我们也一样会被弄丢。如果我相信妈妈可以丢掉这几个小孩，自然而然，她也可以随时从我们的生命中消失，她从虚无中出现，也会回到虚无中，我们会成为她的另一个秘密。

简而言之，当外婆说我会因为不听话被"送走"时，她的话中透出的威胁带着真理般刺耳单调的声音。

自外婆威胁我以后，我开始密切观察妈妈，看她有没有"神经紧张"的迹象。但一直到飓风卡拉来临，我什么都没发现，也就是说——我后来才发现——什么迹象都没有就是最确凿的迹象。

我时刻在察言观色。而她每天晚上都看飓风的跟踪报道。我们有一台便携小电视，有一次她发脾气把电视的卫星天线打断了。电视两侧的天线被大衣衣架代替，出来的画面效果是浅蓝和灰白的。天气播报员全身微微闪烁着光圈，一副见怪不怪的样子。当时，天气预报还不像现在这样，有云层围绕着真正的海岸线旋转的定格动画的画面。天气预报员还兼职主持一个叫《畜牧员比尔》的午后儿童节目，他站在一面白板前，上面用马克笔画着一幅海湾区地图。

地图上的螺旋就是热带风暴。他在上面画了几个箭头，表示风暴移动的大体方向（风暴从加勒比海往西北方向，或者从佛罗里达礁岛往西北行进，最终都会到得克萨斯州东部的海岸）。当螺旋变得足够大——有一次，它占据了一百多英里的海岸，风速达到每小时一百五十英里——就算飓风。

我们的游戏变成了猜测飓风会吹向哪里，或者用本地人的说法是"进门"，好像飓风是个迷了路的远房亲戚，要来小住一段。无论你的车开到哪个加油站，满身油腻的机械工都会先给你的车灌油，然后把头探进你的车窗，问你觉得飓风会从哪儿进门。每年秋天，猜飓风的上岸地点是整个镇的盛事，和高中橄榄球赛一样受欢迎。任何在海湾工作的人，无论是捕虾的，还是看守离岸油井的，都突然成了神婆一般的存在。他们中有人进了老兵俱乐部的门，酒吧侍者就会立刻降低电视或点唱机的音量，打上一杯啤酒。所有的客人也都安静下来，高脚凳往他的方向一转，或者竖起手中的台球杆。大多数渔民都会尽情发挥，语气中都透着一股巫毒法师的气质。"昨晚月亮的光晕是老黄老黄的一圈，"一个卡津捕虾人说道，"那个风暴在萨宾河道进门咧。"离岸的石油工人预测时比渔民收敛一点，他们说：某某老家伙，在路易斯安那的摩根城油井干活，有个打橄榄球留下的膝盖旧伤最近疼得比以前厉害咧。话音刚落，在吧台喝酒的人就都起身去了停车场的电话亭。他们排队打电话给博彩公司，给自己加码或者对冲赌注。

几年前，因为飓风奥德丽，利奇菲尔德的居民撤离过一回。那是我记得的第一个以女孩名命名的飓风。飓风奥德丽肆虐的时候，妈妈发脾气说他们又把飓风当女人，让女性担自然灾害的罪责。"见鬼，是男人喜欢打仗。"我记得她这么说。奥德丽之后是飓风贝齐。飓风贝齐刚刚绕过我们，但跑到新奥尔良附近，突破了那里的大堤和沙袋，让整座城变成了淹满海水的浅水缸。

飓风卡拉初次在我脑中形成印象，是在一个特别的傍晚。外婆正坐在轮椅上编织蕾丝，动作细密，简直就是焦虑的化身。妈妈躺在沙发上，一杯咖啡神奇地平衡在她的胸骨上。莱西娅和我正蹲在她脚下，逼她做我们发明的"美甲"，这需要用蜡笔在她的脚指甲上涂各种颜色。（我喜欢紫色、薰衣草色和海军蓝色。莱西娅只中意更时髦的粉色。）电视上正播着飓风奥德丽的视频资料，《畜牧员比尔》的主持人吹牛说他当时划着皮罗格独木舟——一种卡津独木舟——在镇上的主街做采访，拍摄人员坐摩托船跟在他身旁。"胡说八道。"妈妈说道。她说他当时把老婆孩子留在高中的体育馆里吃救济食物，和秘书"撤退"到了俄克拉何马城。妈妈认为外婆胆小如鼠，每次得克萨斯州西部一有风暴就怕得要死，只要风一起就第一个跑到防风地窖里躲着，而那个主持人和外婆一样胆小。但外婆好像根本没听到飓风卡拉的消息，只是继续动作流畅且细密地来回编织着她手中的蕾丝。

飓风最终还是刮进来了，外婆不知哪来的半疯勇气，于是我们家没有第一时间逃出镇子。但我想我们也不是最后撤离的家庭。国民警卫队的人在我们所在的街道把车开来开去，拿着大喇叭让大家赶快撤离。他们跑来催了我们两次。

风暴到内陆的两天前，大家就在做准备了。天气预报中说的情况越来越恐怖。窗户都用胶合木板钉了起来。旅行包里都装满了必需品。大家都到超市抢购电池、蜡烛和豆子罐头。我们去哪儿都比我们所在的地区海拔高，大家都各自找地方躲去了。晶体管收音机一遍遍地重复说这是四级飓风。没人敢在家按兵不动。很多人在自家阁楼里翻找，想抢救一些有纪念意义的照片和结婚证之类的文件，免得它们被《畜牧员比尔》的主持人所说的"肯定躲不过"的海浪给淹了。我还记得卡萝尔·夏普的老妈把她的婴儿鞋用餐巾纸包起来一起带走了。

而我们什么都没做。爸爸总是不把风暴当一回事。"见鬼，要是来了，那房子肯定保不住了。"他说。他觉得惊慌失措也没什么用，因为风暴要是直击而入，我们谁都逃不了。他这番态度自然对我没有任何安慰作用。其他人的老爸都在请病假，收拾自家草坪上的椅子，把贵重家具放在阁楼里，我爸却照样跑到工厂埋头上班，回家待上一段时间，往餐盒里装满吃的，然后又径直回去了。久而久之，他连家也懒得回了。

现在回想起来，那个秋天，我竟然让他在如此恐怖的时刻，这样从我们的生活中消失，这令我很不解。或许，自外婆来了之后，他就一步步地从父亲这个角色中退位了。家里没有了他，外婆唠唠叨叨就更方便了。或许随着我们长大，他必然会越发没存在感。

话说回来，我们当时有充裕的时间撤离，所以风暴并没有威胁我们的生命安全，只是威胁到了本来也不值多少钱的房子。而且海湾石油公司为了让工厂做好防灾加固的准备，让这些还没带着家人逃跑的工人日夜不停地赶工，还给了双倍加班费。尽管如此，我还是纳闷我当时为何会那么轻易地让他走了。没有他，让妈妈一个人带我们，意味着如果我们哼唧央求得足够多，就可以说服她买任何我们想要的玩具、衣服或零食。她总觉得我们过得比别人家的小孩苦。在她眼里，我们简直跟街头的流浪儿童一样可怜。所以她照顾我们的时候，做了很多爸爸这种具有吃苦耐劳的勤俭价值观的人看不惯的事情：又是在牌桌上剪纸壳当娃娃屋，又是用油画颜料在车库的墙上画画。爸爸是个极为宽容的人，基本上会纵容我们做这些事，而这在邻居眼里都是令人不齿的。但是他也有一条强硬的底线：凡是浪费钱的事情都不能干，所以在这一点上，我们更偏爱妈妈。

爸爸第一次干脆不回家的时候，莱西娅和我给他打了很多次电话。我总是想象我们的声音在电话线里爬行，穿过一道道精密的信号塔和转接站，最后才到他的耳朵里。"海湾石油，有啥能帮你的？"每次刚接通，海湾石油的接线员就这么说。"请转接到691，谢谢。"我们这么说。莱西娅和我在厨房，耳朵凑在一起，恨不得把对方从听筒旁挤开。那一天，我们为了霸占听筒互相掐对方，弄得小臂上满是半月形的淤青。他总是会和我们聊，我们想聊多久聊多久，但无论我们怎么抱怨哀求，他就是不回家。我记得他说："你们好好照顾妈妈。"然后我问他谁来照顾我们。（我不记得他回答了这个问题。）他挂断电话之前，莱西娅建议他和妈妈通话——可能是想让他知道妈妈精神情况不是很好。但是他立刻说有人叫他，匆匆挂了电话。

那天下午，镇里的人都撤离得差不多了，但我们没走。新闻报道也越来越具体，播了淹没海边公路的大浪，橙色大桥上向北撤离的密密麻麻的车流。人们撤离的时候，大白天也开着车前灯，好像在参加镇上的某个葬礼。

第二天，报纸的头版照片是水晶沙滩上的一棵被吹断的棕榈树。学校关门了，所以我和莱西娅在家里一边用纸袋做木偶，一边看永远不会完结的电视剧，类似《我爱露西》和《天才小麻烦》这种家庭情景喜剧，里面的爸爸们总是穿着西装夹克走来走去，妈妈们总是穿着高跟鞋，拿着吸尘器打扫家里。

那天早间新闻没有《畜牧员比尔》的主持人。代替他的是一个大汗淋漓的矮胖体育赛事播报员，勉强扣上了西服扣子，系了根很细的领带。他报道说风暴的前端中午之前会到我们镇上。"我们建议你寻找庇护，"他说，"我再说一遍，我们建议你寻找庇护。"他说这番话的时候一副自以为是的样子，像《安迪·格里菲斯秀》里面的巴尼·法伊夫，虽然只是个管学校人行道的小镇警察，但总是一副大侦探的做派。这番报道后过了半个小时，镇上的龙卷风警报就拉响了。

当地的教堂团体中有人说这次飓风是世界末日。卡萝尔·夏普在她家人撤离之前，站在自家前院里，给我详细讲解了世界末日的来龙去脉。我们站在黄色合欢树下面，树上毛茸茸的粉色花朵被风吹得四散零落，她爸爸妈妈一起把防水布罩在他们的雪佛兰上。卡萝尔说末日的四骑士[1]会从云中骑马而来，黑色斗篷在身后飘荡着。她还说耶稣会带着她和她的家人走上通向天堂的金色楼梯。她说昨天有个福音派信徒把手放在她的脑门上，然后她手指上的子疣立刻就消失了。不到一星期前，我还亲自"治"过她的子疣，用一根针将它挑开，那天早上，那颗疣果真没了。我被震住了。但出于记恨，我还是跟她说，上帝让海浪淹了穷人的活动房屋，却有闲心治她的子疣，我才不想信仰这样的上帝呢。（虽然我天真好骗，但偶尔能吐出几句符合基本逻辑的话。）

在家里，我们窗外的日光越来越暗了，最终变成了黑炭的颜色。妈妈正在大窗户前挂窗帘，而透过窗户，我看见夏普家的雪佛兰车正在车道上倒车离开，防水布也没摘。"如果夏普先生说的关于上帝和耶稣的那些事是真的怎么办？"我的自言自语肯定出声了。或许我向家人建议我们最好祈祷一下，以防万一——我不记得了。但我记得妈妈对着屋顶竖起中指说了一句："去你妈的，上帝！"妈妈这么一说，又有龙卷风警告和掠过我们窗口的黑色天空，而外婆还在入迷地编着蕾丝，对妈妈的亵渎之语充耳不闻，面对此情此景，我开始觉得我们可能真的会因为罪恶深重被上帝冲到海里去。

莱西娅估计也害怕了，因为她开始游说大家立刻动身，一起坐

---

1. 记载于《圣经·启示录》第六章，传统上，四骑士被解释为瘟疫、战争、饥荒和死亡。

车去爱莉丝姑姑家。爸爸的姐姐住在柯比维尔城往北六十英里的山里。"我们现在就走吧。"她不断地求着。我记得她还理论道，现在堵车情况有所缓解了。她还尝试跟外婆说，但是外婆仍然旁若无人地编着她的蕾丝。

爸爸给我们打电话了。令人惊奇的是，妈妈竟然自己接了电话。我记得她一只手上拿着洗碗抹布，听起来很气愤，他竟然会打电话回来。她跟他说门外的车已经启动了，我们马上就要走了，但其实她都还没从衣柜里把她老爹的格拉德斯通旅行包拿出来。电视里正在放《邻家小鬼》。妈妈摔话筒的时候，我和莱西娅坐在地板上，在给用纸袋做的印第安人服装剪流苏。

现在我才知道，那天她特别需要他在身边，而她的暴怒是她唯一可以做到的邀请。在她的暴怒中，我们把爸爸搞丢了。我们之间的联结被切断了，而那天早上，他在我模模糊糊的脑中越来越小，最后完全消失。我看着莱西娅，她耸了耸肩，继续自顾自地以一种病态的精准剪着流苏。在那一刻，我知道一切已经太晚了。一种恐怖的宿命感压得我喘不过气。

妈妈后来跟我们解释说，我们本来日出时就该走的，但是外婆不知为何不愿意离开。她莫名其妙地觉得来的不是飓风，而是一点毛毛雨。就好像她一辈子对飓风的恐惧突然物极则反，让她以为径直向我们家刮来的四级飓风连她的一根指头都动不了。连穿着迷彩服的和善警卫兵拿着喇叭到我们家客厅喊，她都不为所动。"谢谢你来。"她说，一边用她轮椅的轮子轻撞他的膝盖窝，想把他弄走。此时此刻，妈妈正坐在餐桌上痛哭流涕，用洗碗抹布擦着自己的脸。警卫兵最终威胁外婆说，要把她连人带轮椅抱起来塞到车里，她说好，但是她得先泡个澡。他说他估计现在已经停水了，但莱西娅打开水龙头放了水。外婆滑着轮椅进了卫生间，把门锁了。

就是在门锁上的那一刻，莱西娅才决定给爸爸打电话，让他来救我们。她立刻行动了。但是电话已经接不通了。她把话筒给我听的时候，我看到她一脸愕然。（在危机中莱西娅永远是从容不乱的。她十二岁就学会了开车，我还记得有一次她被拦下，骗州路交警说自己刚刚把驾照落在家里了，因为她正趁她的小孩睡觉出来买奶粉。）但是那天早上她听话筒时的表情暴露了她的年龄。她的眼睛闪烁了一下。她也只有九岁而已，龙卷风警笛响的方式，是我们音乐老师说的只有苏联从古巴朝我们发射导弹时才会有的。给爸爸打电话，但电话线断了。莱西娅看起来像是准备停止继续当大人了。

　　她把电话给我。她不希望只有她自己知道我们处于绝境，便把电话递给我，让我也知道我们所处的绝境。那绝对的寂静紧贴在我的耳朵上，让我彻底领悟当时的情势了。平时，你听着电话拨号音在耳间震动，从来不会注意到自己与他人的联系是多么紧密，好像整个世界的电路都在等你发言——直到这种联系断了。接着，你仔细聆听，寻找那遥远的声音，却只听到连你自己也不知道接下来该想什么的寂静的麻木感。

　　警卫兵最终把我们救了出去。雨开始横着下，像 BB 弹那样打在窗户上时，他回来了。外婆泡澡的时间太长。妈妈让他用一个起子把门撬开，发现外婆仍坐在轮椅上，无动于衷地编着她手中的蕾丝，浴缸里的水溢到地板上了。

　　他最终还是不得不把她抱起来。他两手把她捧起来，好像她是个新娘。她的好腿悬着，但被截肢的腿不断从他的胳膊中滑落，悬在半空。莱西娅和我看着这一幕，站在前廊咯咯直笑，因为外婆肯定会觉得自己两腿不断叉开的样子很不淑女。

　　屋外，大风把电话线杆吹得摇摇欲坠。一些房顶的瓦片被吹散，沿着街道飞走了。大风还挤进窗缝里，发出尖锐的呼啸声，而且声音好像变得越发刺耳。莱西娅和我奔向汽车，仅十码不到的距离，我们的全身就湿透了。上车后，我们像是从风暴的第一声怒吼中逃离，坐在一个寒冷的泡泡中。雨水从窗户上流下，我们几乎看不清窗外的警卫兵。尽管他每走一步，外婆的断腿就往下滑落一点，他却似乎仍在尽力保持英勇而庄严的体态。不管怎样，他比我们跑得慢，我们又笑了一番。但当妈妈坐上驾驶座，我们便立马不再笑了。

从后视镜里，我们可以看到她不哭了。不哭是个不祥的征兆。她瘪着嘴，像一根横杠。

我看着警卫兵爬回自己的吉普车里；接着灰蒙蒙的天气和雨水把一切都吞噬，只留下巨大的暗橄榄色的模糊一片，跟着我们从前院倒车出来。我突然有一股疯狂的冲动，想打开车窗，把头伸到风暴中喊他回来。但是大风肯定会吞没我喊出来的话，所以我看着他模糊的吉普车影越来越小，最终消失在视野中，只剩下雨、警笛和银色长后视镜中妈妈冷冷的灰色双眼。

从利奇菲尔德到柯比维尔的爱莉丝姑姑家一般只要一个小时。那是在最佳天气条件下。"六十分钟，从家门口到家门口。"爸爸踏出自己的卡车，走到她家前廊时总是这么说。（有一次夏天早上，我喝得酩酊大醉，开着一辆被改装的野马车，只花了四十五分钟就到了。一路上车速不低于每小时八十英里，拐弯没减速，遇到红灯也没停。）但今天，妈妈花了五十五分钟就到了。莱西娅计了时。这还是在倾盆大雨中开的车，连用刮雨器都没办法看清前方的路。刮雨器刮过一片模糊，刮回去又是更多的模糊。当然，我们开得这么快，肯定有背后的风助力。尽管如此，迎着第一轮飓风，我想妈妈没有一丁点犹豫，她踩紧油门一路没撒脚。或许她知道她母亲马上要死了，她根本不在乎我们能不能活着逃到高地。幸运的是，我们走得太晚，一路上没有其他车。如果有的话，我们肯定会撞到它们。我们走了狗屎运，竟然没有从狭窄的柏油路上滑出去，掉入路上无数浅河里。出城五英里后，你可以听到警笛声慢慢弱了，也就是说风更大了。这让我们感觉好像正在迎头驶入风暴，而不是逃离风暴。

当我们开到得克萨斯州的亚瑟港时，妈妈开始低声哼歌，哼的是她每次喝酒时在唱片机上播的老歌。她有一张佩吉·李和德拉·里斯（一位威士忌嗓音的酒吧歌手）的划痕累累的老唱片：

> 哦，鲨鱼有着利齿，宝贝，
> 它露出珍珠一样白的牙齿。
> 它的牙齿像小刀一样，宝贝，
> 它藏着不让人看到……

我们家人都五音不全。我们少数几次和邻居去教堂礼拜的时候，我和莱西娅都很懂事地张嘴假唱赞歌，免得被别人注意到。妈妈的歌声也很难听，飘飘忽忽，口齿不清。她是个天生的女中音，却被过于女性化的唱诗班老师调教成了高音。那天早上，她低声用断断续续的高音唱着错误的歌词，像在低语，但声调很高。随着她唱歌，车速好像也提起来了。当我们看到橙色大桥近在咫尺的灰色钢梁时，在我腹中徘徊了一早晨的惶恐突然变得无比具体。

当时的橙色大桥据说是美国最高的大桥。开车穿过的时候，你会耳朵疼。为了让运带井架的钻井平台的拖船能从底下轻松开过，工程师把桥设计得很高。桥跨过的萨宾河并不是很宽，所以橙色大桥是我有生以来见过最陡的。

自然而然，橙色大桥大概每年都会成为自杀现场。被拒绝的追求者和破产的油矿老板很喜欢这里。从桥最高处一跃而下的自杀者一般都会粉身碎骨。我记得妈妈有一次在报纸上读到这一点，还念给我们听。然后她说，女人喜欢开煤气或者吞安眠药自杀——那样做不会把她们的外表搞得太乱七八糟。她还总引用詹姆斯·迪恩的话，说要留下一具好看的尸体。

妈妈正唱着《麦克刀》最恐怖的部分时，我们的车正爬上桥。她唱的音量很低，像是摇篮曲：

当鲨鱼的牙齿咬下，宝贝，
殷红的波浪散开来……

我们往桥上开的时候，车整个向后仰着，像是过山车从高空落下前长长的爬升过程。妈妈唱歌的声音立刻被车轮轧过钢网的声音淹没了，整个车都开始震动起来。同时——很难以想象——我感觉车开得越来越快了。

据莱西娅说，那一刻，我开始尖叫，妈妈方向盘一转，伸手想抓我，引发了接下来的一系列事情。（如果莱西娅在写这本回忆录，我可能只有三种状态：歇斯底里地痛哭流涕、故意在最不方便的情况下尿裤子或者咬人。一般咬的是她，而且都是无缘无故地把她咬了。）

我不记得妈妈转身抓了我。而且我根本没有尖叫。虽然我耍老把戏，把肚子绷得像一块石头那么硬，还晕车了。我们刚上桥，我就感觉肚子里的苦水到了嗓子眼，车轮飞上金属台，像跳台滑雪一样颠簸。我们着陆时，"噔"的一声，车尾还甩了一下。

我立刻就知道自己马上要吐了。但我仍像在游乐园坐飞轮一样收紧自己的肚子。我眯着眼睛，尝试控制自己的内脏，但我肚子里翻腾起惊涛骇浪，我失控了。我死也不敢在风暴里把车窗打开，我肯定也不想让妈妈在桥中间停车。那天，莱西娅负责和妈妈的一切讨价还价，但她却跟我们俩一样，选择保持沉默。虽然她平时很喜欢看车速表，催妈妈开慢一点（或者让爸爸开快一点），那天早上她却一言不发。当我感觉早上吃的麦片翻腾到了喉咙里，我只得低下头，把 T 恤衫的领子拉过我的鼻子，远离我的身体，然后吐在了衣服里。呕吐物在湿衣服下从我的胸口滑下，闻起来像发酸的牛奶。

妈妈一点反应也没有。而平时鼻子比狗还灵的外婆也像个木头人一样没反应。真的，她脸色一片惨白，说她是用象牙色的肥皂做的，我也信。莱西娅一般会把握机会扇我一巴掌，说我很恶心。或许当时我恨不得有人扇我一巴掌，我当然想打破这个沉默的泡泡。但莱西娅把红色的头巾系在鼻子周围，像个银行抢劫犯一样，然后侧着看了我一眼。我明白了，那天是妈妈情况最糟糕的一天，连我吐在自己衣服里，也不值得有人出声。莱西娅看着妈妈，妈妈看着前面一片勉强像路的模糊。

不管怎样，那是撞车前我最后的记忆——莱西娅鼻子上的红色头巾。

我不明白为什么车会突然失控，三百六十度旋转起来。我不知道这是事故，还是妈妈故意为之。如我刚才所说，莱西娅说是因为我在哭闹，妈妈转身抓我。但我记得妈妈突然向左转动方向盘，迫使车突然旋转起来。转了好久后，我看见桥另一边的栏杆向我们飞来。接下来的一瞬间，我们冲向空中，四个车轮全部离地。车撞上了比车道高的人行道，然后往栏杆顶部撞去。（当然了，行人从来不会步行上桥，只有工人会把施工平台挂在栏杆上做涂漆和修理工作。）我看着栏杆向我们飞来，然后车"咯噔"一下停了。到这一步，我的确在哭闹尖叫。

很幸运，除了前挡泥板被撞坏了，右前灯掉了，车基本上完好无损。除了我，其他人似乎都没被吓到。妈妈甚至都没下车检查。外婆只是更认真地织蕾丝。妈妈说："大家都没事！"但语气特别喜庆，好像完成了长距离徒步的夏令营指导员。她说这句话的时候连头都没回。在镜子里，她咧嘴微笑，露出了牙齿，模样十分恐怖。

我现在基本上是在哀号了。我们开始倒挡，把车从栏杆里开了出来。车尾撞到了另一边的人行道栏杆后，车子加速下坡了。

莱西娅滑向我，她和我手指相扣，这一举动我到现在仍感恩不已。我当时肯定全身散发臭味，还抽泣着，鼻子下面流着大把大把的鼻涕。她还是用两只大手抓住我的大手。（我们俩都长着非常适合干农活和打排球的手。）她每次这么做，都让我很有安全感，而且通常都会让我闭嘴。但这次我低声问她妈妈为什么想杀了我们，妈妈这次是不是真的疯了。莱西娅让我小声点，说还有二十分钟就到姑姑家了，然后一切都会好的。

到了姑姑家后，一切都没有好起来。我们逃离了风暴，的确。飓风卡拉没伤到我们。但是，我们下车之后，车仍因长时间慢速驾驶发着咝咝和咔嗒声，而我一点解脱的感觉也没有。不知道为什么，爱莉丝姑姑家长着大松树的泥土院子在我眼中和利奇菲尔德的天气一样灰暗。我没有谢天谢地，也不想像卡通片里被救出沉船的水手一样亲吻脚下的土地。在我脚边打转的猎犬只得到了最心不在焉的抚摸，接着便满腹怨气地跑回了前廊。

姑姑（我们那儿叫"格乌儿"）越过一群狗向我走来，把手在围裙上擦了擦，问我："旅途还好吧，宝贝？"然后我听到我自己的声音说好，而这谎我撒得越来越自然了。我很好。旅途很好。我们很好。我太害怕了，再也说不出任何其他话。实际上，我害怕得都不能哭着钻进爱莉丝姑姑的怀里，靠着她围着棉布的柔软胸脯。我唯一能说出的需求是要洗澡，这是显然的需求。我身上很臭，连狗都从我身边跑开了。它们伏身靠近地面，侧着身子跑回到前廊，哼唧着，围着对方转圈。它们长长的口鼻处都带着斑点，发黄的眼睛仍盯着我们。

然而，我无法描述那天爱莉丝姑姑的脸庞。我也无法描述叔叔和堂兄弟从家里出来欢迎我们的脸庞。可能我一直低头看着狗。可接下来，连这些狗的形象也越来越模糊了，好像有人在我眼睛上蒙了一层纱布。我只能看见这些狗模糊的身形——闻来闻去、一脸疑虑。我正在把一切音量调低，内心正在准备迎接下一次危险的飙车游戏。

外婆被安置在姑姑的客房，而我洗了澡。我意识到，这些安排自然比在利奇菲尔德待着、和爸爸的通话被切断，以及等着大浪把房子冲垮要强。但妈妈可怕的沉默仍在继续，而爸爸的父亲——他看起来比耶稣还老——立刻代替外婆成为死亡的象征。

爷爷卡尔八十多岁了，但还活蹦乱跳的。但自我记事起，大家总是在预测他马上会死。这一点，加上他的印第安人血统，让他有了一种我觉得老年人该有的权威感。但当时我很看不惯他。他什么家务都不用做，你跟他讲话，有一半的时候，他连耳朵上的助听器都懒得开。他几乎从来不跟你打招呼。大多数情况下，他就坐在前廊的竹藤椅上，等人每天按部就班地给他递食物、烟草、咖啡和冰茶。没人看管他的时候，他有个爬东西的坏习惯——不是谷仓，就是车顶和小木屋，总之是无所不爬。爱莉丝去药店上班之前跟我们说了他这个习惯。有一次，他爬到家中院子里一棵很高的碧根果树上。所以莱西娅和我每人收了堂哥鲍勃·厄尔十美分的贿赂看着他。规则是如果他又开始往上爬了，我们就得赶快跑去叫正在田里放黑安格斯牛的堂哥。爷爷坐在树上摇来摇去，啃着他的烟管，偶尔还会唱唱关于走丢了的猎浣熊犬的小曲。妈妈特别受不了这曲子，因为实在太土了。

有人偷了我的老猎浣熊犬
我指望着他们把它们送回来。
他们让大个的跳栅栏
小个的说不定饶它们一命。

我记得我们很纠结，一边要看着我们收了钱、负责监视的爷爷——他看起来像灌了水泥，基本上不会动；一边还得看着妈妈——她看起来很不对劲，要闯大祸。

我们终于商量好了。莱西娅会坐在外面看爷爷，背靠着纱门。（为了报答她，我把我的十美分也给了她。）我呢，就坐在屋里和她背对背贴着门，监视着正在看电视里飓风报道的妈妈。她在房子前厅的壁炉里生了火，但屋里已经够热了。她只是坐在那儿，戳着火中的木头，满脸大汗，在火焰的照耀下，脸就像红漆一样。她用那种很有弹性的松紧头带把厚厚的头发扎在脑后。头发在她脸周围散开来，像个皇冠。她像被掏空了一样，身体是内陷的，蹲在那里用铸铁棍戳着火，我从没见过有人这样。我不忍心看她，所以把视线转向了电视——《柯比维尔天气预报》中白板上的地图，以及更多棕榈树被风暴吹倒的录像。

我想给爸爸打电话。我还问了长途电话接线员。但是她说她不能帮我转接到利奇菲尔德，因为那里所有的线路都被占线了。我问她是因为主干线上打电话的人太多，还是因为爸爸在海湾石油公司的电话坏了。她说她没时间跟我讲这些，挂了我的电话。

我看着莱西娅贴着纱门的方格牛仔衬衫。过了一段时间后，我决定去上厕所，所以跑到了姑姑的卫生间。

从卫生间出来后，我注意到后客房中外婆的手在床边坠着。我悄悄走了进去。客房很小，有一股陈旧的味道。姑姑把一个大冷冻柜放在了里面，装满了鹿肉、松鼠肉和鸭肉。白色的铁床很窄，有点垮了，放在冷冻柜旁边。外婆的眼镜也在地板上，所以我知道她睡着了。我想着要不要把眼镜放在床头柜上，又想着要不要偷她的缝纫剪刀，这样我就可以在客厅用报纸剪雪花或者东南西北折纸玩具。外婆的眼睛差不多合上了，眼球好像翻到脑袋上去了，我偷看的时候只看到白色的半月形。

当我蹲下去拿眼镜的时候，我看到她在眼镜上撒了什么东西，粉色的，黏糊糊的。爬在眼镜上的原来是我们称之为"糖蚂蚁"的红色蚂蚁。去年春天，我把莱西娅"玻璃蚂蚁农场"里的蚂蚁全都解放了（我可怜它们被关着），之后我就一直想找些新的蚂蚁补偿她。找新蚂蚁可是个大科学项目。我一边想办法把蚂蚁从眼镜架的一侧赶下去，一边想把它们困在我在床底找到的鞋盒里，然后我注意到了外婆的手。

外婆的手半张着，手指几乎着地。她手臂上很白的那部分有一条线，我刚开始还以为是挠痕或者眉笔画的。但那条线正在动。我在她身旁弯下腰，才发现她把止咳药或者红色的汽水洒在了手臂上，糖蚂蚁正爬上爬下，吃着她上面的糖，但她一点感觉都没有。

我不知道自己是不是以为她死了。我只知道，她当时的状态超出了我的心理界限。我倒退着走出来，回到了客厅。我靠着纱门坐下，可以感觉到莱西娅的脊柱和我的碰在一起，让我感觉很安心。我坐在那里，直到妈妈走进外婆的房间，然后尖叫起来。

第五章

爸爸在海湾石油公司看着飓风卡拉从海湾上岸进入近岸运河航道。他说他当时站在高处的一个瞭望台上，有厚厚的玻璃墙挡着，能看见大半个县。瞭望台处于一个面向炼油厂的巨型塔上，炼油厂后面是一个个原油储存仓，再后面就是运河。运河其实就是个水沟，是休斯敦石油商为了可以直接把油从离岸油井运到炼油厂花重金挖的。爸爸后来说，塔在大风中晃来晃去。他和本·贝德曼都信誓旦旦地说，轮椅在四处滑动，他们得抓着操作台。透过瞭望窗，他们看到二十英尺高的海浪随着运河向镇上袭来。我几乎可以看到爸爸歪着脑袋，眯着眼睛，好像在追踪远处的动物。他在讲这个故事的时候，还花时间用他的长手臂指了指，好像大海浪此时此刻正朝我们扑面而来。"就像用水做的一座大楼。"他说。我后来才开始纳闷，他怎么能在风暴之中看得那么清楚。但是看他讲故事的神色，你永远不会怀疑他像牛仔一样顺利地渡过了一切危机。

很神奇的是，虽然海浪朝利奇菲尔德直线进军，任何留在那里的居民都会像蟑螂一样被拍死，飓风却没有进到镇里。飓风本来是铁定要进镇里的，却奇异地转了个弯，后来大家说，就像快速进攻的四分卫临危闪过粗脖子的前锋。卡拉上岸后，到利奇菲尔德之前，暴风雨几乎偃旗息鼓，紧接着转了个六十度的弯。只有飓风的边缘擦过得克萨斯州东部，剩下的部分往毫无准备的路易斯安那州的卡梅伦全速攻去。

卡梅伦是否做准备其实也没什么区别，因为墨西哥湾的一大片海域腾空而起，整个覆盖了低洼的城镇。人们都爬到树上，躲避上涨的水平面。公民自卫队在最后一分钟做了最大的努力实施救援；一些居民听到电台的警报，也设法在飓风到来前撤离了。但很多人碰巧没开收音机。很多人死了。电视播着人们在自家客厅及腰的大水里艰难地蹚着，在水下捞还没被大水冲走的家具。

暴风雨还把浅河淹了，把咸水和淡水里的各种生灵全冲到大楼和平房里。水退去之后，我在报纸上读到一个男的看到一只八英尺长的铰口鲨，在他自家厨房瓷砖上拍打着身子。好多人打开自家抽屉，在一个个卷起来的袜子旁边看到蜷成一团的铜头蝮。还有好多人被海狸鼠咬了，多数是小孩。很多两三岁的小孩在自家后院被海狸鼠突袭。这些老鼠和浣熊差不多大，牙齿像凿子一样，齿面是亮橙色的，让被袭击的人更是恐惧不已。邻居回家后，都会讲自家亲戚和朋友的朋友被咬了，得在肚子上打狂犬疫苗这些令人痛苦的事情。我特别喜欢这类故事。

外婆在这乱局中死了。后来我们才知道，她在姑姑家时还没完全死去，只是深度昏迷。他们跟我说她从昏迷中醒了，在我们利奇菲尔德的家的床上躺了几天才归西。但我的记忆不是这样。可能和其他事物一样，她最后一次到我们家的那段记忆被我删除了。她死了，我一点也不伤心。

外婆死的那天下午，弗兰克·多尔曼拖着莱西娅到我的二年级教室。海斯老师让我带上我的午餐盒和游泳鞋板。在走廊里，莱西娅往棕色的擦手纸里擤鼻涕，纸遮了她的半边脸，所以我看不清她是真哭还是故意擤出鼻涕声。弗兰克叔叔蹲下来跟我说外婆已经"去了"。我记得这个词用得太委婉，像《伯南扎的牛仔》里面的台词。我脑中立刻浮现出一系列"死亡"的当地方言——"她买了农场""中了大奖""兑了筹码"，还有我最喜欢的——"她的身体向虫子农场开门营业了。"（我有一次在美国北部用了这个表达，一个马上要去银行工作的年轻人问我是不是得克萨斯州的农夫卖虫子给人当钓鱼的诱饵的意思。）

我坐在弗兰克叔叔白色敞篷汽车的后座上，莱西娅在副驾驶座哭个没完，他肉乎乎的大手时不时拍拍莱西娅的肩膀，跟她说没事的，想哭就尽情哭吧。而我脑中回荡的却是《绿野仙踪》里多萝西的房子落到穿着条纹袜子的女巫身上时，小矮人们唱着的歌："叮当，女巫嗝屁了。"当然了，我知道不能唱出声，尤其是现在莱西娅装得这么楚楚可怜。但歌声的确在我脑中不断回响。

我们到家的时候，爸爸穿着蓝色的工服和施工帽，蹲在前廊抽烟。他显然也是干活干到一半被叫回了家。他把我和莱西娅抱起来，一手一个，他身上脏兮兮的，有一股原油味。但校长却毫不犹豫地握了握他的手，握完之后也没掏出手帕来擦手。校长喜欢硬挺的白衬衫，但也知道不能总是吹毛求疵。

弗兰克叔叔倒车出发的时候，爸爸、莱西娅和我站在家前院的车道上挥手跟他告别。我记得自己倚在爸爸的蓝色工服前，跟莱西娅说她装哭装得可真像。她听我这么说，把擦手纸放下，让我终于可以看到她的脸。擦手纸像粗糙的棕色舞台布，露出的却不是我想象中的那个微笑面具。她的鼻子和眼睛都是红的，嘴巴歪着，口水横飞。突然，我明白了她的伤心不是装的。看到她那么伤心，我感觉也有人割了我一刀。因为我一点也不伤心，而她如此悲痛，这一心理差异让我们的隔阂越发深了。

因为她如此悲痛，而我却松了口气，这一隔阂也惹怒了莱西娅。那天晚上，爸爸正在炸鸡，她因为我说了外婆的坏话追着我跑。她那时跑步就很快了（上初中的时候，她在四乘四百米接力赛中跑最后一棒），所以我还没跑过院子的一半，她就拎住了我的后领，把我扯了回来。领子把我的气管卡住了，我摔倒之后半天喘不过气来。我还没反应过来，她就把我压在了多刺的奥古斯丁草上。

她以全身的重量坐在我胸口。她的膝盖压着我两个肩膀的球窝关节。她说让我收回我说的话。我大吸一口气，说我不收回。我用力努着胯部，想把她颠下去。然后我试着用双腿钩住她的肩膀，但她把我压得死死的。但我还是嘴硬。我唯一占上风的就是我的执拗（我因为嘴贱且常常被打，被训练出来了）。我从来没堂堂正正地赢过，没赢过莱西娅，也没赢过其他人。所以我总是在被打趴下之后等候时机偷袭报仇。但我很会把人惹怒，而且就是不肯投降，一直拖到最后。对此我有一种扭曲的自豪感，但是我现在知道为这种事情自豪挺可悲的——被人胖揍没啥可骄傲的。

我不记得她把我骑在胯下多久了。她的膝盖在我肩膀上留下了两块淤青。我是那天晚上穿睡衣的时候发现的，每块淤青有大汤勺那么大。她肯定把我压在地上很久了。黄昏的天空成了粉色，我可以听见爸爸的锅铲在平底锅上拌着鸡肉碎，准备做奶油肉汁。最终，她厌倦了僵持，决定往我眼睛里吐口水。她从自己嗓子眼里咳出一口黏黏糊糊的痰，偶尔停下来，跟我说她要吐在我脸上。那口痰体积很大，形状还很对称，在我面前像一滴巨大的眼泪那样悬着，像钟摆一样摇晃。接着爸爸把纱门一摔，快步过来把她从我身上拉走了。

那天晚上，我可以听见她埋在枕头里哭。我把手放在她肩膀上，她耸了耸肩躲开了。

这一切发生的时候，妈妈正在安排外婆的后事。感谢老天，因为每次我和莱西娅打架都会以妈妈坐下来哭泣结束。她小时候渴望有个姐妹，不懂为什么我们总是成天打架。

莱西娅准备朝我眼睛里吐口水的时候，妈妈正开着外婆的老英帕拉车横穿得克萨斯州的沙漠，从休斯敦的医院到拉伯克再到葬礼现场。她说她穿了一身香奈儿套装，还戴着外婆的米色象牙浮雕胸针，是妈妈的曾外祖母从爱尔兰带到美国的。她还戴着珍珠耳环和杰奎琳·肯尼迪的丈夫被射杀时戴着的圆帽。（我们家的女人记得任何小场合中人们的衣着细节，但其他什么都记不住，这也体现了我们的可悲之处。场合越重要，比如葬礼、婚礼、离婚法庭，我们对衣服的记忆就越牢，对其他细节忘得也越快。）妈妈因为不想让我们难过，所以一个人去参加了葬礼。至少她在电话中是这么解释的。"不必让你们这么远，去找难受"是她的原话。她突然对我们这么充满母爱，我现在想来也觉得纳闷。毕竟在她的照顾下，我们可是饱经风霜，见证了各种丑恶和屠夫般的场景，包括在 M.D. 安德森医院里看到外婆的断腿伤口。而且随着癌症吞噬外婆的脑部，我们也见证了"神经紧张"的新高度。所以妈妈的话根本说不通。

在很多年的时间里，莱西娅都让我相信，妈妈让我们留下，是因为她的英帕拉后座要放外婆的尸体。那天晚上我们和妈妈通完电话，莱西娅很快就跟我扯了这个谎，而我像个大嘴鲈鱼一样上了钩。我想，妈妈落下我们，我需要一个理由。事实上我们让她神经更加紧张，而这个原因我无法承受。有一天早晨，在床上我问莱西娅妈妈为何不把外婆的尸体放在后备厢。莱西娅用胳膊支着脑袋，说因为把死去的老妈放在后备厢不太好。根据莱西娅的逻辑，我自然想到，把自己老妈的尸体像猎来的小鹿那样捆在车顶估计也不行，所以妈妈自然而然不能带我们一起去。因此，很多年来，我想象着妈妈开车五百英里横穿得克萨斯州，后座载着外婆的尸体。（后来我读了福克纳的《我弥留之际》，里面讲到几个小孩拽着自己母亲的尸体穿越密西西比州，直到最后尸体变得臭气熏天，被苍蝇和蛆入侵。这我才知道肯定是救护车把外婆的尸体运走了，因为妈妈不太能容忍臭味。）

　　妈妈的那段旅程肯定很痛苦。不管怎么说，刚死去的亲人会占据你很大一部分思绪。我想象妈妈一个人开着车，旁边坐着外婆的幽灵。因为天气凉爽，车流很少，妈妈和外婆一样喜欢在夜里开车。旅程一共有十四小时，所以其中有一段车程是在漆黑的夜里完成的，好像有人在你脑壳上盖了一个黑碗。公路虚线有规律地出现在车灯的光晕下，让你进入发呆的状态。正如约翰·弥尔顿所说："心灵是个自主的地方，一念起，天堂变地狱；一念灭，地狱变天堂。我即地狱。"

　　有时我幻想能穿越到那辆英帕拉中，这样妈妈就不用一个人开车了。我总是幻想自己很有用——又是从热水瓶中给她倒咖啡，又是在收音机上找到舒缓而经典的节目——绝不会像现实中的我一样，满口怨言，总想上厕所。或许我还会把所有的窗户摇下来，把外婆刻薄的幽灵赶出去。

　　妈妈把我们留在家里，是因为她受伤了。对她来说，一旦受伤，她就缩回自己的世界。（我们有个老笑话：路易斯安那最孤独的地方在哪里？你自己[1]。）所以我只能随她去，一个人在黑暗的高速路上，看着路边仙人掌高高低低地从身旁穿过。

　　外婆的死让我第一次经历了严重失眠。我躺在熟睡的莱西娅身

---

1. 浅河自己（bayou self）和你自己（by yourself）同音。路易斯安那州以浅河闻名。

边，闭上眼睛，脑中就会浮现出外婆苍白的手臂和上面的蚂蚁。我不仅能看到这一画面，耳朵中也开始听到低沉的嗡嗡声——像个疯了的大提琴演奏家不断拉着同一个音符，或像几十亿只蜜蜂从地下冲出地面。那嗡嗡声是妈妈有意或无意把车撞过扶手栏杆，让我们尖叫着掉入河中时轮胎发出的。我把眼睛睁开，这一嗡嗡声就停止了。一闭上，不过一秒钟，那嗡嗡声就淹没我所有的思绪。在晚上，我躺在床上醒着，眼睛灼热。为了让自己不受思绪的侵害，我一直没睡。我想如果"神经紧张"早期发病有任何定义，我就是教科书级的范例。

那小小的心灵危机转化成了抽象的危机。为什么大家总是对自然和上帝争论不休？我旁边坐着的这些小孩，一本正经地歪着脑袋在巨大的画纸上画着画，他们似乎忘了海洋就这样无缘无故地决定翻腾过路易斯安那州的河，淹没成千上万的人？放学后电视上播放的影像很可能是我们自己的尸体。视频上的一家家人从一个儿童尸袋走向另一个儿童尸袋——这些尸袋成行地码放在电影院的停车场中。警长打开一个尸袋的头部，一位爸爸伸头往里一看，然后摇头说不是。他往后退，然后警长重新拉上尸袋的拉链，走向下一个尸袋。认尸流程进行了一遍又一遍，直到警长终于打开了那家人要找的脸——和爸爸同名的小儿子或者宝宝杰基，整张脸发青肿胀，黑色的舌头伸在嘴外。

镜头当然没有直接对着这些小孩的脸。但爸爸在战争中见过很多死人。我记得他揉了揉他褪色了的蓝灰色钱布雷布衬衫，说人的脸可以像那样发青。他还说死人的皮肤冰凉倒没什么，最让人起鸡皮疙瘩的是尸体完全变硬了，所以摸尸体就跟摸木头和水泥一样。

在聊这些话的时候，我们正坐在床上吃晚餐，外婆死后我们重新找回了这个习惯。不过这次我们还开着电视，电视的蓝白光成了我们家的壁炉。"我说真的，"爸爸一边说着，一边扯下一大块饼干，"你什么时候去摸摸死人。"他喝了一口白脱牛奶，"和那张桌子一样硬。当然了，也和桌子一样死！"

比起爸爸的描述，更让我感到恐惧的是电视上一个爸爸看到自己小孩的脸之后崩溃的样子。妈妈们当然也哭了，哭得很惨，但她们似乎更有心理准备。他们哭的时候抱着对方，或者一下子跪了下来，或者对着天空哀号。但是从他们的哀号和大吼中，你可以听到这些大男人是在宣泄内心的痛苦，因为他们毫无其他办法。我坐在父母的床中间，面前的被子上是一盘热气腾腾的豌豆和饼干，电视中的男人一个个瘫了下来，好像五脏六腑都变成一团软泥，而我也知道死去孩子的脸会永远刻在每个爸爸的脑海中。我看着这些壮实男人在卡车工帽或牛仔帽的阴影下哀号，开始不太信任这个世界了。

但除了我，所有其他二年级学生对这苦难似乎免疫了。或者他们以为我们逃过了飓风，是我们在道德上高人一等的证明，是上帝回应了我们的祈祷的征兆，因此我们应该更虔诚。

课间休息的时候我问卡萝尔·夏普，难道她觉得卡梅伦的人在暴风雨来临之前没祷告吗？她说可能上帝觉得，比起路易斯安那州的人，利奇菲尔德的浸信会教徒是更优秀的基督徒。她说他们很可能是天主教信徒。聊天的时候，我们正在旋转木马上坐着。旋转木马是普通操场的必备设备，全是由涂着鲜红油漆的工业钢铁做成。如果有其他小孩使劲推转轮，让它加了速，你得抓紧金属支架，不然会飞出去。有一次我们转得很快，我想把卡萝尔抓在支架上的手指掰开，结果她向雪莉·卡特尖叫求救。她们俩一起挠我的胳肢窝，让我把手松了。我被甩了出去，在空中的时候整个操场在我面前变得一片模糊。我摔到了沥青上，蹭得膝盖流血了才停了下来，我的方格裙子翻到了腰上，内裤都露出来了。我冲卡萝尔·夏普尖叫，说她的耶稣是个哼哼唧唧的狗屎蛋（这是我在妈妈不那么像个基督徒，骂起人来的时候学的词）。海斯老师扶着我的腰部把我拎起来带回她办公室，我仍一边挣脱一边骂着。

海斯老师"扑通"一声把我放在课桌前，给了我一盒蜡笔。课桌面对着一个贴满蜡笔画的公报栏。她让我在课间休息结束前画一幅好画。面前的一堆蜡笔画让我更生气了——雏菊丛中的一只花斑蝴蝶，工整的蓝色海浪上摇摆的帆船，微笑着的黄太阳。

那次课间休息，我把黑色蜡笔涂得只剩一截头。我画的是满是冒着浓烟的烟囱的天空。我一遍一遍把蜡笔头在蜡笔盒上削尖，在画越来越窄的螺旋状云的时候笔很快又钝了。这是一张很大的纸，我还没画完，整张纸上都是亮晶晶的黑蜡笔油。画面的背景有一座绿丘，上面全是鼓起来的棕色坟头，上面插着白色的十字架，每个十字架上都写着"逝者安息"。

死亡一来，一切就这样盲目地被抹去——这是逐渐在我脑中成形的事实。这事实越来越强劲，势不可当，仿佛一股独一无二的飓风。不知不觉中它正在把我和其他小孩分离开。他们眼中的世界仍是上帝微笑着照耀的操场。而我眼中的世界却不是这样，他们的天真让我愤怒不已。唱诗课时站在我旁边的浸信会女孩在唱紫色山脉的壮丽时，总是眼睛湿润，一副感动的样子。出于纯粹的恶意，我经常会用胳膊顶她们一下。如果她们愤怒地朝我看过来，我就假装无辜地瞪大眼睛跟她们道歉。我没法克制自己。每个星期日，卡萝尔·夏普从圣经学校回家——她的黑头发用两个塑料小发卡梳成两束，她的粉色短裙被下面的衬裙弄得往两侧凸着——都会跟正在花盆里挖虫子的我说上帝是怎样用泥巴造出的我。我说我不是泥巴造的，也不是什么上帝的芭比娃娃。而且，如果上帝那么爱我，干吗没事就像个怪兽一样让死亡在人间肆虐？卡萝尔可是有备而来的。"生命中有一些秘密是上帝不想让我们知道的。"她这一番神态宁静的发言，让我忍不住拿着花园的水管，使劲往她身上喷。虽然我一点也不想念外婆，但她死了之后，我有一部分也死了。我强烈地感觉到自己失去了对世界秩序的信任。

光是利奇菲尔德就足以让你这样了，尤其是地形。在利奇菲尔德，你需要随时警惕自然世界，保护好自己。有次秋天早晨，我和一个朋友的家人穿过草坪去甘蔗地，突然，跟在拿着猎枪的男人们身旁的捕鸟猎犬转过身，朝我们一行人中的一个小女孩脚边直奔而来。有人的爸爸让我们别动，我们没动。他用自己的温彻斯特猎枪瞄准了那个四岁女孩红色的球鞋，让女孩吓尿了裤子。他开火后，一条响尾蛇被打飞到空中三十英尺高的地方，落地的时候在野草中发出"啪啦"一声，猎犬们扑了过去。那次之后，大家都会想随身带来复枪或猎枪了。带枪不是为了提防其他人类。在其他地区被人尊敬的大自然，到了利奇菲尔德就成了给枪支打的最佳广告。这个纬度常见的各种毒蛇、蜘蛛和携带狂犬病病毒的小动物，在镇上的树林里应有尽有。

即便在沙滩上，也有警示牌让你不要往大叶藻丛里去，因为里面有鳄鱼。墨西哥湾像洗碗水一样又暖又浑，水下藏着黄貂鱼和海蛇。我们偶尔还听说有鲨鱼袭击人，虽然几十年来没有人进了鲨鱼肚子。海水暗流涌动，你还没反应过来，就已经被卷到古巴了。

就是在麦克法登海滩这一段凄惨的地区，妈妈一回来我们就去游玩了一天。

那天，我们根本不知道她会回家。那天早上，她悄无声息地从后门进了屋，连一声早安也没跟我们说。爸爸说，哈喽，陌生人，你要喝咖啡吗？她懒散地摇着头，像你在别人车仪表盘上看到的长脖子狗一样。莱西娅和我肯定径直扑向她怀里了，因为我记得爸爸让我们别在她还没进门时，就像猎犬缠猎物一样缠着她。

妈妈坐在厨房的凳子上，我们坐在她脚边的毯子上。她还赤着脚穿着丝袜，没穿鞋，因为她总说开车最容易毁掉一双好高跟鞋了。她的丝袜上有一条条抽丝，从她的大脚趾像梯子一样往上爬。我立刻便玩起了这些抽丝，我拉了拉，抽丝变长了，一路延伸到了她的前胫部位。我继续拉着抽丝，直到它一直延伸到膝盖部位，变得越来越宽。我问她痒不痒，但她懒懒地拍了拍我的手。她仍然一句话都没说，闭着眼睛按摩着她的太阳穴。

莱西娅揉着妈妈的脚，她的脚像职业舞蹈演员的脚一样扭曲，因为常年穿高跟鞋，到处都是硬疙瘩和老茧。（莱西娅成年之后也是高跟鞋狂。有一次，在波士顿的一次聚会上，一个穿着平底鞋的年轻女人跟她开玩笑说，如果上帝想让女人穿高跟鞋，他就不会这样设计我们的脚。莱西娅说如果上帝不想让我们穿高跟鞋，那他就不会让我们穿了高跟鞋后腿变得那么好看。）莱西娅这样揉脚让我想到了《圣经》里的人物。然后爸爸过来了，用大手指深深地按摩妈妈肩膀上的肌肉。她把头向后倚靠，她现在肯定感觉自己像《格列佛游记》里被小矮人推着走的格列佛。从地上往上看她，她比我记忆中还要高。（我后来开始相信，沉默能让人体形变大。悲痛也可以。一个人身上散发出的庞大而悲哀的沉默能让你觉得那个人突然庄严起来。）她眼睛下面有了眼袋，她腮红上有干了的泪痕，肯定是开车的时候哭泣留下的。但是她的口红还很新，亮晶晶的，是深李子色。我的记忆变模糊之前的最后一个思绪是，她在车上补了妆。

第二天，我们去沙滩让妈妈开心一点——理论上来说，是个好主意。参加葬礼的人很少，来去的旅程很长——关于拉伯克的情况，我们只问出这么多。她独自一人和外婆神经兮兮的姐妹们一起过了整整一星期。

但我们家从来不擅长出门这件事。我们挤在一起——挤在没有空调的福特车里，穿着泳衣，腿下的汗粘在塑胶座位上——很快情况就失控了。我们开车快到的时候，我和莱西娅正像吸血鬼一样抓着前座的椅子，像个拍卖官一样高速齐声叫着"妈妈——爸爸——妈妈——爸爸"，直到爸爸巨大的手臂一巴掌朝我们脖子挥过来。我们低身躲开，然后车开上了一个沙丘。我们从沙丘上下来后，就到了麦克法登海滩和墨西哥海湾。

当时已经傍晚了，我们总是避着人流，傍晚才去沙滩。但沙滩上的情形，其实任何正常人无论什么时候都会躲得远远的。当时沙滩上有飓风吹回来的浪，或者漏的油，一下车就是扑面而来的死鱼味。我们在沙滩上停车，面对着海浪。爸爸开始把东西从后备厢里拿出来。

莱西娅和我向大海跑去，以为妈妈会跟在我们后面。妈妈是在沙漠中长大的小孩，一天中的大部分时间，她可以坐在沙滩上，交叉着双腿，用手指玩着湿沙子建一个个摇摇欲坠的城堡角楼。她根本不会游泳，但很喜欢漂浮在水里。她可以在沙滩上睡好几小时，让海浪带着她的身体上上下下地浮动。但是那天，她连脚踝都没被打湿。我们立刻穿着泳衣下了水，跨过海浪。最终，我们回头看见她的背影在大叶藻丛旁边，离车越来越远。太阳低悬在我右边。我得用手罩着眼睛才能看见她。她走到一块阳光较弱的地方，然后又不见了。接着她变成了一片阴影。

那片阴影通往一个叫作"微风酒馆"的啤酒酒吧，酒吧楼梯破破烂烂的。四面都是带纱窗的小木棚，用细长的支架高高地支起。暴风雨把木棚掀翻了很多次，但他们事后总是把它重新支起来。木棚里面是酒吧，专门招待捕虾人和需要酒精才能撑过家庭野餐的男人们。酒吧里还有一台弹珠机器，一般都是身上有晒伤的小孩在玩。这些小孩看起来都气鼓鼓的，等着他们的老爸喝完最后一口，接着回去给他们烤热狗。妈妈穿着黑色泳衣，走上微风酒馆的台阶时，我仔细观察着她。她的泳衣外面套着爸爸的旧白色 T 恤衫。和很多有着一双好腿的女人一样，她懂得沿着一条隐形的线走路，在上台阶的时候则更明显。这样走路让她屁股看起来更翘了，我记得当时这让我有点不安。她手里拿着一个小扑克牌桌那么大的素描本，一副要去画渔夫的样子。但我非常确定，只要我的脚一进水，她就会走进酒吧里喝个酩酊大醉。

或许她把我惹怒了，因为我突然转身面向莱西娅，用双手舀起尽可能多的海水，一股脑洒在她身上。她想遮着脸免得刘海被弄湿，但还是湿透了。她向我竖中指的时候，爸爸关上了后备厢朝我们走来。

但她没放下中指，为了不让爸爸看见，她把整只手藏到了脑后，就那样站着。她站了很久，比她放下中指花的时间还长。

我看见爸爸沿着沙滩朝我们走来。他穿着黑色游泳裤和网球鞋。他戴着红色孤星棒球帽，向我们走来的时候正往身上套蓝色工服衬衫。他走路时有着小时工男人特有的潇洒，一副毫不费力、不慌不忙的样子。他宽大的胸膛和双腿都很苍白。一条小腿上有血色伤痕，是被李·格利森的奎特种马弄伤的。那匹马还拽着他转了半天的圈，直到他腿上露出了六英尺长的前胫骨。同一条腿上的膝盖上方还有一团战争中留下来的铁蓝色子弹片伤疤。但他走路的时候从不一瘸一拐。他脸上一副笑嘻嘻的表情。可能他知道莱西娅脑后藏着竖着中指的手，这把他逗笑了。

他站在一个沙堆上，朝我们喊话："你们俩过来，我给你们看个东西。"我们沿着沙滩向他走去。

我们经过一整块尺寸不小的看起来是某个木棚的屋顶的东西。周围有一大堆死鱼，是一整群鲻鱼。它们朝一个方向看，眼神空洞，一副诧异的表情，像是它们整齐划一地跳出水面，回来的时候海浪却凭空消失了。爸爸还用鞋把一条幼年黄貂鱼翻过来，让我们好好看它的脸。它两眼间距很宽，嘴巴就是一个小缝，像油酥派表皮用刀划出来的口子。

离我们车不远的地方，我们看到十几个男人在沙滩上收渔笼。收渔笼基本上是穷人的捕鱼法，不需要鱼饵、船或耐心就能把鱼从水里捞出来。你只需要八到十个人帮忙，撒一个四五英尺长的大笼子。首先，放渔笼的人要一起走到海里去。他们穿着衣服下海，如果你在远处看着人这样走，手里却没拿卷起来的渔网，你说不定会以为他们在搞集体自杀或者什么怪异的浸礼。他们一般穿帆布鞋，保护自己的脚不被割伤，穿牛仔裤或轻型卡其裤，防止被水里的生物蜇到。你往海里走得越远，捉到的鱼就越好，最好走到用沙子堆起来的小堤之外（它们把海浪切得波澜起伏）。爸爸总说，你得尽量走远，但不能被海湾往佛罗里达礁岛群去的海浪冲走。如果捕鱼的人比较矮，海浪可能会淹到脖子，放鱼笼的男人们还举手提着啤酒罐，免得进了海水。（他们喝完了就把罐头往海里一扔，根本不在乎什么保护环境。）等他们觉得到的地方够深了，他们就会分散开来，把笼子敞开，一人抓一边，直到每一边都被抻直了。到最后，笼子有三四十码那么长。接着，大家慢慢地走回岸上，渔笼里是各种海鲜，需要好长时间才能在沙滩上清理好。然后你沿着渔笼把能吃的鱼虾挑出来。

那天晚上，他们估计早就捕完鱼了。因为我们走到他们附近的时候，他们的卡车旁的火上有一大缸海水正在煮着。你可以闻到煮螃蟹的专用调料——洋葱、大蒜，估计还有一大堆墨西哥辣椒。在离海水很近的沙滩上，两个男人正拿着白色的鱼饵桶，蹲下来把缠在网中的软壳螃蟹和虾拿出来。其中一个男人留着平头，穿着迷彩裤，站起身来，手上拿着一条两三英尺长的小鲨鱼。他让一个叫布基的人赶快去拿拍立得相机。有个人（估计是布基）起身往车里跑去。拿着鲨鱼的人（手上戴着那个年代外婆洗碗用的粉色手套）问爸爸他的两个女儿是否想看双髻鲨，爸爸说好。

我从来没有近距离见过鲨鱼，鲨鱼给我留下的最深刻印象是它们没有下巴，嘴巴低低的，位于本该是脖子的地方。这给鲨鱼一种齿牙大开的锁眉表情，让它显得蠢蠢的。而且鲨鱼的整个身体就是一条肌肉，估计不超过十五或二十磅，但抱着他的男人很吃力才能抱住它。他吼着让布基快点拿相机过来。与此同时，鲨鱼在半空中激烈地左右挣扎。后来爸爸出手相助，用脚帮那个男人把鲨鱼按在地上，让莱西娅和我可以摸到它粗糙的皮肤。我摸反了方向（爸爸明确告诉过我不能那么摸），它的皮肤像砂纸一样，蹭掉了我手上一块皮。在布基用拍立得相机拍出来的黑白照片中，莱西娅严肃地看着那条鲨鱼，而鲨鱼在那个人戴着手套的手中变成了一根模糊的摇摆的短棒，爸爸夸张地微笑着，而我正盯着自己流血的手指，仿佛那是我需要破解的密码。我脑中正想象着妈妈爬上楼梯去喝酒，这样她就能把自己"带走"。我的焦虑没留下任何拍立得照片，只能动脑唤醒那种感觉。

继续沿着沙滩走，我们遇到了一堆海藻，上面满是死去的僧帽水母。这就是爸爸想让我们看的东西。我从来没在一处见到这么多被棕色海藻缠绕着的僧帽水母。飓风把它们吹到岸边，爸爸想让我们到沙滩上来找它们。如果你从来没见过僧帽水母，那这种生物就简直像从科幻小说里出来的。它们的头部是个半透明的球体，大概有垒球那么大，里面全是气体，这样它们就能在水面漂浮。头部有的地方是透明的，但其他部位布满落日色调——皇室蓝和丝绒红，这些色彩互相晕染。从某种角度来说，漂浮在海浪上的僧帽水母看起来就像水中的花朵，像百合，甚至是荷花。它们的颜色就是这么显眼。你可以用手指戳一下水母的脑袋，可以感觉到它们像泡泡糖一样挤出泡泡。但水母表面下方的触角有剧毒。它的触角是鲜玫红色的，可以长到几码长。那天下午，爸爸跟我们说，在你看不见的地方，它们会偷偷游过来，找一条腿把自己绕上去。我们对普通海蜇了解更多，它们的触角短硬，而且不会乱动。我们两个都被海蜇咬过，跟被蜜蜂蛰差不多。而且如果海蜇蹭过你的身体，你可以直接拎着它的头部将它甩开。爸爸说僧帽水母可以像章鱼一样困住你，触角像吸盘一样吸在你的腿上，怎么拉扯都甩不掉。他说如果我们在海浪中看见它们的泡泡，就算我们离它还有十码远，我们也应该赶快上岸。它们的触角可以伸很远，触角满是吸盘，每个都可以蛰你，相当于一下子被蛰几千次，比一窝大黄蜂还可怕。这种水母可以杀死一个心脏较弱的成年男人。爸爸的警告可不是闹着玩的，所以我们赶紧从那堆海藻中退了出来。

但爸爸跑到微风酒馆去陪妈妈的时候，莱西娅好像忘记了害怕。我们正在水里闹来闹去。海浪中随便一股很弱的暗流都可以把我们冲到一英里开外，但如果那天我们还知道要谨慎，也都用在不要离我家的车太远这件事上了。莱西娅这次跑到很深的地方，海水至少有她的胯部那么高。我记得她潜入一股棕色海浪中，海浪刚达到高处，就吞没了她白色的脚底。"像美人鱼的鱼尾。"我记得自己当时这么想。浪打完之后，她的头在泛白沫的浪花后面冒了出来，金色的头发湿漉漉地贴在脑后，像一只海豹。

或许我记得了爸爸的警告，所以才没下水。我记得我在沙滩上踢着浪，纳罕妈妈在喝什么，喝了多久。我大喊着问莱西娅，微风酒馆是不是只有啤酒。因为妈妈从来不喝啤酒，第二天宿醉起来也不会喝，所以这是个很重要的问题。莱西娅完全无视了我，转过身又潜入到另一股浪中。（我想提一下，孩子最可恶之处，是他们的孩子气。）莱西娅冒出水面后，我又喊着问了她一遍。这次向她挥了挥手，表示我真的急需知道问题的答案。我不记得微风酒馆是不是也卖不含酒精的饮料，如果卖的话，我纳闷妈妈有没有带手提包。一个手提包可以装五分之一瓶伏特加。我记得自己看到她手上有一个巨大的素描本，但没有手提包。是不是？我急得上蹿下跳，手指着酒吧。莱西娅做了个鬼脸，嘲笑着模仿我的表情。她像只小鸡一样扇着自己的双臂，转身又投进了海里。我决定找一个东西往她身上扔，不是什么重东西，就是一块小石子或者一小块漂浮的木头。

我在沙子上找到一只炮弹水母。这只水母是暗白色的，像一个从人头骨里弄出来的自由漂浮的大脑。我找到一根棍子，戳到它坚硬的白色触角下面，直到棍子扎得很深，水母内部的黏液全流了出来。因为水母和蟑螂一样能让莱西娅尖叫，这是个用来追她的有力武器。我站在海沙交界的地方，挥着棍子上的水母头，我把棍子支到离我远远的地方，免得上面的毒液洒到我身上。莱西娅蜷缩成一团。海浪白色的顶部冲过她头顶，把她的头发全冲到脸上。她肯定往头发上喷了定型喷雾，头发全粘成一片一片的，而且她一个劲地揉着眼睛。她一边用一只手揉着，一边突然尖叫起来。

一开始，我以为她尖叫是为了嘲笑我。她的声调特别高，像被枪杀的小野猪一样。接着她在水中跳来跳去，把膝盖提得高高的。我不断朝她挥着棍子上的水母。我估计当时我很开心，以为自己终于吓到她了。我想让她别捉弄我了，告诉我微风酒馆的供酒执照是什么类型的。不过，莱西娅当然仍继续尖叫着，头发仍粘在脸上。但当她水下的腿开始扑腾的时候，我往后退了几步。如果我是个更勇敢些的小孩，我会冲过去帮她。但我不是。我快速向后退，害怕如果我不看着她，她可能会被神秘的海底怪兽吃掉，消失在水面之下。过了一会儿，我把棍子扔了，用尽全身力气飞奔到酒馆。

从深深的沙滩跑到酒馆的楼梯很费力气。我的脚不断陷在沙子里，没有任何摩擦力，像在噩梦里跑步一样。

爸爸妈妈和我一起跑回到沙滩，但是他们到沙滩的时候，却出奇地漠然。我是说，他们没有点起香烟什么的，只是磨蹭了很久才开始行动。

原来在我去叫爸爸妈妈的时候，那个穿迷彩裤的男人把莱西娅从水里拖回了岸上。我们找到莱西娅的时候，他正跪在她身旁，还戴着外婆式粉色洗碗手套。莱西娅坐在沙子上，双腿张开，像个药店卖的洋娃娃。她停止尖叫了。她表情木然，好像被僧帽水母绕住的腿不是她自己的。她甚至都没哭，但偶尔会因为疼痛倒吸一口气。穿迷彩裤、戴粉色手套的男人正在把触角从她腿上扯下来，但动作笨拙。妈妈看着爸爸，问他该怎么办。她一遍遍地说着，而爸爸像没听见一样。

我跑到莱西娅身旁坐下，和飓风那天一样，我肚里突然有了一种硬邦邦的紧张感。我用胳膊抱着自己的膝盖，低着头，向我一点都不信任的上帝祈祷了一番，大概说了：不要让莱西娅死。让爸爸赶快想个办法。别让他们把她的腿割下来……但是突然，我又听到了脑中的嗡嗡声，像电流一样在我的祷告之下穿梭着。我立刻睁开眼睛，嗡嗡声就没有了。

爸爸终于在旁边找出一个尖锐的贝壳，把僧帽水母的脑袋割了下来，把它像旧气球一样捏爆了。但他很快发现这么做一点用也没有。水母的触角仍绕在莱西娅的腿上，而她的腿开始发肿了。在她的胯骨周围，触角在水母气球一样的脑袋的位置聚集起来。它们缠在她的整条腿上，一直到脚踝处。戴手套的男人刚扯完一条触角后，我可以看到触角在她的皮肤上留下了圆形的小印记。凡是触角所到之处，她的皮肤都变得紫红发烂。浑圆的水泡出现了。如果爸爸在身边，就不会出这种事，我想着。我记得爸爸讲过的一个故事，说他有一次在这个沙滩和四个县中最狂野的卡津人吉米·本特一起喝酒。吉米喝田纳西威士忌喝高了。那是一次渔笼捕鱼聚会。穿着七分裤的女孩们坐在老树干上，从蒸螃蟹的锅里捞着贝类海鲜吃，突然吉米开始用他的柯尔特点45口径手枪往爸爸脚那里开枪，一边说着："只有大男人才敢在沙滩起舞咧。"爸爸回嘴说道："我就是大男人，吉米。"一边跳着躲子弹，直到聚会的另外一个捕鱼人偷偷从背后靠近本特，用棍子朝他脑壳挥去。对我来说，这个故事就是爸爸无所不能的证明。只要有他在，任何人都不会受伤。

我记忆中的下一个时刻，是所有人终于把所有触角都扯开了，但红色的螺旋状印痕布满莱西娅的腿，好像她被柳树枝毒打了一番。妈妈在沙里挖了一条沟，把莱西娅的腿放进去，然后用湿沙子盖住，就像平常用膏药或者芥末硬膏来消肿一样。莱西娅的腿已经不像一条腿了，上面的皮肤紧绷着，发了炎，看起来像是卡津人做的灰色血肠。我们周围的人越来越多——捕鱼聚会的所有男人，还有另一家人，他们身后的日光越发暗淡了。天空变成了灰色，大家衣服的颜色也变柔和了，好似有人给我们的衣服洒了青柠汁。有人给莱西娅喝了一口可乐，可是她立刻就吐了出来。她全身都开始发白，和腿的颜色更配了。

我的再下一个记忆里，天终于黑了。爸爸在路边和一个警察说着话，问她应该把莱西娅送到哪个医院去——高岛医院还是阿瑟港医院：哪家更近，哪家更好。有人出主意，让大家把车头灯都照在我们身上，所以我们被从各个奇怪角度射过来的光线包围了。我跪

114

在莱西娅身旁，抓着她的手，但我回避着没看她的脸。我上次看的时候，她的脸和刚升起的月亮是同样的颜色。妈妈正用从手提包里取出来的洗而干[1]湿巾擦着那张脸，在海水气味和他们了为给莱西娅止疼让她喝的加了可乐的伏特加气味之下，我可以闻到湿巾上的消毒剂气味。我并没有看莱西娅的脸，而是一个劲地看着远处的海湾。海湾似乎越来越远了，海浪在黑暗中裂开电光般的长长的白线。

妈妈开口说话了。她说破浪时闪出的光是磷造成的。她在跟莱西娅说话，好像莱西娅真的在听一样。妈妈的声音低低的，听着就让我犯困。她说，在海水中，微小的海洋生物在荡漾的水波的刺激下，在海浪破碎时发出光芒。有一天晚上，我们三个人脱光了衣服——和今晚一样磷光荡漾的晚上——跑去裸泳。爸爸在沙滩上把我们的衣服捡了起来，站在卡车旁边笑我们。"疯婆娘。"他冲妈妈喊着，但声音中满是高兴。接着海浪吞噬了他的声音，我潜到水中，看着自己的整个身体都发起光来。

可能我在某人的腿上睡着了，因为我看到的就是那个情景。妈妈和我在水下飞着，像浅绿色的幽灵。这让我想起了她从书上剪下来贴到浴缸上方的马蒂斯油画。在画中，几个裸体女人围成一圈，而妈妈和我就像这些体形巨大的女人一样，像液体一样，浑身苍白。在我们前方绿色的水里，我可以看见莱西娅苍白的脚，像一只逃跑美人鱼霓虹色的鱼尾。

在梦中，我很确定莱西娅会死，估计这就是我睡得很沉的原因。我心里想过很多次她死了，有的时候，我甚至会祈祷她死了，和祈祷外婆死的愿望一样强烈。上帝发善心把外婆弄死了，现在他要用僧帽水母杀死莱西娅作为满足我愿望的代价。这一切都是因为我拿

---

1. 二十世纪六十年代的美国湿巾品牌。

水母追了她，都是因为她在我害怕的时候嘲笑了我。我还是个小孩——只有三英尺高，一文不名，没干过一天活，字都不怎么认识，可是手上已经有了两条人命。

我对医院没有任何记忆。可能莱西娅和妈妈乘着高速公路的巡逻车去了医院，我和爸爸在后面跟着。爸爸开车的时候，我在他身边睡着了。在某个时候，车子滑脱了路肩，把我惊醒，看到一大片黑暗正往车窗后面掠过去，身后的星星也越来越长，越来越远。爸爸让我躺下，说莱西娅在后座。他跟我说了那句他常扯的谎：一切都好，躺下就好。所以我躺下了。

第二天早上，我发现在莱西娅腿上被僧帽水母吸住的地方有一百多个水泡。她被命令在床上待着，但她毫无怨言，开开心心地躺在那儿，肿腿搭在一个枕头上。她没有死，我心里感激不尽，让她当了一整天女王，我当仆人。我用妈妈的骨瓷盛着鸡肉派给她送午餐，还花自己的零花钱跑到药店给她买了薄荷棒棒糖。我还把《大英百科全书》拿出来，给她读关于章鱼、战船长度和"二战"期间巨鲨袭击遭遇船难水手的条目。

到第二天，她已经开始让邻居小孩排队交钱看她的水泡了。花十美分，他们可以摸一下，花二十五美分，他们就能用酒精泡过的订书钉挑开一个水泡。生意正红火之际，她又被我惹毛了，气得下床把我塞到卫生间墙上的脏衣篮里。我挺着身子撞脏衣篮，想打开一个口子，可是篮子盖太重，总是"啪"的一声关上，在我能逃出去之前就压了我的手指。我又想让莱西娅去死了。我在黑暗中，在满是沙子的脏毛巾和湿泳衣中坐了将近一小时后，她才放我出来。好像爸爸已经回去上班了，妈妈又睡上了无穷无尽的午觉。周围什么人也没有。

第六章

"好，我一五一十地告诉你我老爹是怎么死的吧，"爸爸说道，"上吊死的。"这很可能是爸爸扯过的最大谎言——至少在我听过的谎言中是的。他老爹还活蹦乱跳呢，在柯比维尔的前廊上坐着，还有捕鸟猎犬陪伴。我目瞪口呆地看着扯着弥天大谎的爸爸，屋里的其他男人也因为他严肃的表情而坐立不安起来。对他们来说，死亡如《圣经》福音一般严肃。他们在折叠椅上不断换着姿势，好像宁愿在地板上打个孔钻进去，也不愿意听人讲老爹上吊自杀的故事。为了让听众再难受片刻，爸爸慢悠悠地把他的口袋军刀打开，切了一片意大利辣香肠。他拿起插着香肠的刀放到嘴边，嚼了下去。"这香肠有点硬，是不是？"

这次聚会发生在费希尔鱼饵商店后屋，时间是圣诞节前夜的早晨。爸爸已经好几个月没带我去谎言俱乐部了，而今天是他们最特别的一天。我正把干酪酱一圈一圈地挤在苏打饼干上，给俱乐部的成员吃，希望爸爸能注意到并再邀请我跟他去。我很想念和他一起出门的时光。我想念打台球，喝免费可乐，听满是脏话的故事。一整个月，我都困在家里，看着妈妈一动不动地在床上读书，她的指尖简直要长出蜘蛛网了，估计她心里正巴望自己死去。当然，她不会明说，但也不用明说，连我这种经常被莱西娅称为蠢货的人都看得出来。只要能跟爸爸出趟门，像这次去费希尔鱼饵商店，就已经让我振作了不少，谁再想在我旁边读我都可以忍受。

每年，俱乐部的男人们都拿杰克丹尼威士忌当礼物交换，之后便立刻开瓶享用。今年的瓶子是白色的，上面有一只野鸡模型正从灌木丛中往外飞。这些打开的酒瓶中有四瓶正摆在扑克桌的角落。扑克桌中间是本给自己孙女买的电动猴子玩具。猴子拿着两个钹。一装上电池，猴子就开始敲钹，你得打它的脑袋才能让它停下。接着，猴子便龇牙向你嘶声叫着。爸爸觉得这猴子比放屁笑话还有意思。

当爸爸感觉男人们都无精打采，想转变话题时，他便开始顶嘴。"我打完仗回家后，立刻发现他不太对劲。他站在房子前的水沟里，用镰刀割着草。我老远就看到他了。我是下了火车后下坡走回家的。然后他看到了我，但继续挥着镰刀。野草大概齐胸高。那时候，蚊子跑到那种野草丛中繁殖，那可是能咬死活人的。该死，我有次见它们咬死了一头牛。蚊子爬到那头牛的鼻子里，爬到肺里，活活把牛憋死了。"

"那时候没有防蚊车，"亚格说，"总有人得昏睡病，也没办法治。"

"在农村肯定没有，"爸爸说，"在镇上说不定有。"

库特清了清嗓子，本挠了挠猴子的脖子，好似猴子是只活的猫崽子或者别的什么。我不动声色地听着。因为我心里知道这个故事是编的，觉得有些好笑，等着爸爸慢慢把其他人也哄得信以为真。

"我沿着路跑到他跟前，跟他打招呼。他啥也没说，继续挥着镰刀。从这边，挥到那边，像个老爷钟一样。然后我又打了声招呼。

118

'好啊。'他说。"爸爸眯着眼睛看着前方，好像他正细细打量着他眼前的老爹，自己也正被老爹打量着，"他就那样看着我，一本正经的。过了一分钟，他说：'我晓得我们是亲戚，但我不知道是哪门子亲戚。'"

"老爷子犯傻了。"库特说。

"没错。"爸爸说。库特朝其他人点了点头，其他人也会意地点点头。"他完全不认得我，就跟不认得她一样。"他用大拇指指着我，我坐直了。我正坐在一个倒着放的鱼饵桶上，腿上放了一个盘子，而我往里面的苏打饼干上一圈一圈地挤着干酪酱。我正在打发时间，等着本再次把电动猴子打开。那天是圣诞节，我非常想要那只猴子，感觉可以品尝到它的味道。猴子正盯着我，好像我们是久别的表亲。

"他后来搞清楚没？"本问到。

"他偶尔搞清楚了，"爸爸说，"大多数时间，他都是稀里糊涂的。可怜的老头。视力很差，估计只能从这里看到米诺鱼鱼缸那么远。"在鱼缸里，米诺鱼黑色的身体抖动着，面朝着我们，像一群逗号。爸爸仿佛想起来什么事情，突然笑了起来。"但他还是能开吉普车的。'汤姆。'比弗·毕肖普总是跟他说。比弗跟我老爹年纪差不多。从我记事起就是贾斯珀县的警长了。"爸爸把嘴一鼓，模仿比弗·毕肖普两颊胖嘟嘟的样子，好像满嘴都含着食物。"'汤姆，别让我再看见你开那辆吉普车了。你年纪太大，别再上路了。'我老爹总是摇摇头，说：'比弗，这可是我自己的路。'说真的，他就是这么以为的。我们那儿的路是他和县里的其他白人伙计、印第安人、黑人，还有管他什么人一起修的，甚至还有中国人。那时候，树林子可密了，连猫都穿不过去。比弗总会和他一起开一段路。'汤姆，你晓得，我也晓得，但得克萨斯州政府可不同意你的说法。'"

"在路上这些老家伙可吓人了，"库特说，"有一次，我去镇中心商场时后面有个老头开车——"本狠狠地瞪了他一眼，那眼神都可以让橡胶熔化，所以库特闭嘴了。

"毕肖普把爸爸的驾照收走了。你以为那就管得住他了？"他扫视着每位听众的脸，好像他们质疑了他，"该死，那一小张纸对他来说根本不算什么。如果他想去哪儿，谁也拦不住他。有个星期日，比弗终于来了，还带着他儿子，让他儿子把我老爹吉普车的轮胎给卸了。'卡尔女士，'他说，'如果你想去商店啥的，叫我们来接你去。我不能让那老头开车了。'"

"他那样持续了多久？"亚格问道。他把一瓶威士忌倾斜了一下，把酒倒进自己的纸杯里。其他人也跟着添了酒。一般来说，爸爸很喜欢别人提问，但如果有人想像亚格这样催他，他可就不乐意了。爸爸从我盘子里的苏打饼干中拿了一块，我立刻又给一块饼干挤上干酪酱，把空位填上了。他嚼着饼干，等大家传递酒瓶的声音静下来。如果谎言俱乐部的男人们举办不说话大赛，爸爸总是坚持到最后的一个。

"我想他那毛病断断续续持续了一年左右，"他终于开口了，"有时候他认识我，有时候不认识。

"他犯毛病的时候，喜欢爬东西。爬到谷仓上、木棚上。只要能把爬梯靠上去的东西他都喜欢爬。他说他想离上帝更近一点。他还喜欢梦游。有一次我听他半夜起来在家里乱闯乱撞。'皮特！'我妈总叫我，'皮特，他又开始了。你赶快去把他抓回来。'"他尖声模仿母亲时，不像其他男人嘲笑女人那样带着鄙夷。他的模仿很真实，有着老太太的那种坚定语态。"他有时候就穿着内裤一个人跑到60号高速路上，跑得可快了。我穿着内裤在他后面追。他每次爬起来梦游，第一件事就是把帽子戴上。那帽子是深肉色的斯特森牛仔帽，帽檐很短。我晚上追他的时候，很多次都看见前面那顶帽子上上下下地在他脑袋上颠着。"爸爸可以感觉到听众正在失去兴趣，所以他的故事突然极富戏剧性起来，"他死的那天也戴着那顶帽子。"

"那可不得了。"库特说，"戴着帽子上吊。"库特觉得自己发现了故事的某个秘密。

"你没搞清楚要点，库特。"亚格说。他们俩互相瞪眼，对峙了一番——库特和亚格——好像马上要吵起来了。本看到他们俩剑拔弩张的样子，手掌"啪"的一声打在桌子上，威士忌都洒出来了，猴子也倒了。"消停点，今天可是圣诞节。"本说道。他把猴子立直，但没把它打开。大家又聚精会神地听起来。

"我正在前廊睡觉，突然听到房顶上有声音。我一开始还以为是浣熊之类的，所以又睡着了。很快我老妈起床了。'皮特，他又开始爬东西了。'果真，我们出门一看，他站在房顶最高的位置，正向上盯着长针松树的树干，好像他有东西卡在里面了。他越过水沟俯视着我，头上顶着那顶帽子，说道：'你让他先下来。'"爸爸跷起拇指，指了指头顶那棵看不见的松树。

"他觉得谁在树上？"库特问道。

"鬼才知道。他脑子里空想出来的人呗。我老妈跑到房子里去取带巢的蜂蜜。在大多数情况下，她能用蜂蜜把他引下来。我拿了爬梯，开始往上爬。正爬到可以看见他裤头后面的扣子和他帽檐上的汗渍的时候——月亮刚出来，老爹又开始讲话了。"爸爸盯着头顶灯，上面有蛾子飞来飞去。他又模仿起他老爹的神情。他老爹是切罗基人和爱尔兰人的混血儿，凶煞得很："'你这娘娘腔，滚出我地里！小子，把我的枪拿来。'这是他死前说的最后一句话。他在一根年久失修的房梁上用力踩脚，直接把房顶踩破，掉到屋里了。他瘦得很，踩出来的洞也就他脑袋那么大。或者他掉下来的时候扭着身子，反正那个洞卡在他下巴下面，把他给勒死了。等我爬到他身边的时候，他早没命了，眼睛还瞪着头顶的树干，舌头伸了出来。那傻不拉几的帽子还在他脑袋上。"爸爸把他骆驼牌香烟的烟灰抖在桌子上，停顿了一下。嗒嗒嗒。抖烟灰就说明他故事讲完了。

"这死得也太惨了。"本说道。

"怎么死还不都是死。"亚格说道，"皮特，你还亲眼看到了，真是苦了你。你老妈也在。"亚格知道他说好话的时候不能直视爸爸。大家都耸了耸肩，好像这些安慰话就是淹没你的水，你得从水里探出头来，让它们滑下肩膀。

那时候我脑中想着的全是最近遇到的人死了或者差点死了的事情。我想到自己发现外婆时她在床上歪着下巴的样子，又想到莱西娅在沙滩上木木的眼神。有一阵，我甚至开始想妈妈日夜歪在床上读书的样子，她身边的书堆得越来越高，越来越晃悠。这么一想，我脑中便不再是外婆歪着的下巴，而是妈妈的，她的手悬在半空中，蚂蚁在上面爬来爬去。一时间，我完全忘记自己身在何处。估计这就是令人信服的谎言的厉害之处吧。与此同时，和爸爸开口讲故事之前相比，我更清楚自己的真实心理状况了，谎言就是这样向你揭露真相的。我坐在倒着放的鱼饵桶上，眼睛与扑克牌桌齐平，在爸爸的阴影中很安全，但脑海中却是自己发现妈妈死了的情景。

我自己还没反应过来，就已经张口问了一个我发出声音前就知道不该问的问题。我问爸爸，他觉得人死的时候会发生什么。

这个问题让亚格瞪了我一眼。本是浸信会教徒，对死亡这个话题很敏感。爸爸还总是因为这个逗他玩。他还偶尔会用叽叽歪歪的声音唱小曲，声音像拉歪了的小提琴：耶稣，我的灵魂的爱侣。/请送我进温柔乡……每次爸爸唱这首歌，本都会生气，但本又觉得对这种显然是异教徒的人生气很没有浸信会教徒的风范。所以，这时候，本总是会突然想起来自己预约了剪头发或者需要去商店买盒牛奶。他这么一想起来，就代表今天谎言俱乐部的聚会到此为止了。大家都不想让爸爸讲天堂、上帝这种事。这就是为何亚格会拉长脸瞪我。

也许这就是为何本终于打开了电动猴子玩具背上的开关，转移了话题。猴子开始一边敲钹，一边摇脑袋，仿佛在说"不，不，不，不"，或者想确保我们都在看它。

我们的确都在看它，除了爸爸。他把自己的芝宝打火机的盖子翻开，嘴唇上叼着骆驼烟，盯着面前的蓝色火焰。"我知道人死的时候会怎样，"他点完烟后，终于开了口，"我见过发生了什么。你躺在盒子里，然后他们把土盖在你身上。"他这么一说完，用肌肉发达的手臂敲了敲猴子的头，猴子张开嘴朝他喳喳几声。爸爸也龇牙朝猴子喳喳几声，把嘴里的烟全吐了出来。接着我的记忆凝固了，爸爸和猴子互相瞪着对方，两者之间的路上烟雾缭绕，仿佛他们不得不来到这一瞬间。

爸爸好像从来没有承认自己在这故事中撒了谎。这个谎言仿佛成了他在自己和朋友间竖起的隔栏，不让他们太过了解自己。

那年冬天，妈妈对外婆的去世只字不提。她似乎总是被肚子上摆着的任何书迷住，不愿意下床。

新年过后，两件事情让父母的关系急剧恶化——喝酒和吵架。妈妈把这一切都归咎于爸爸，但我觉得如果爸爸会回嘴，肯定会说一切都是妈妈挑起的。这是鸡蛋和鸡的无解之谜。爸爸可能会说，妈妈酗酒还整天愁眉苦脸的，把他逼出了家门。妈妈说，在外婆得癌症期间和葬礼之后，爸爸对一切都撒手不管，这才导致她开始酗酒。我不知道到底是谁的错，该怪在哪件事上。

我也完全想不清楚是什么让妈妈"神经紧张"发作，差点丢了命。或许酗酒让她疯了，或许她的疯狂早就潜伏着，喝酒实际上让它延迟到来了。我只知道，妈妈先是酗酒，然后和爸爸吵得越来越厉害，最终他们用皮带把她的四肢绑起来带走了。

喝酒在我们家不是什么新爱好。爸爸经常喝酒，我也从没看出什么副作用。我说他"总"喝酒，意思是他每天都会喝。他冰箱里总是有一箱六瓶装的啤酒。而且他的卡车座位下总有五分之一瓶威士忌。他每次神秘地说他要去检查自己的卡车时，我们就知道他其实是去偷喝酒了。多年来，我一直以为他检查卡车是因为卡车一个人在车库太害怕，太孤单，需要他来陪。我现在才知道，爸爸那样喝酒仅仅是一种可持续的酗酒习惯，不是那种周围人可以明显看出来的酗酒。我们买上学用的鞋，需要钱的时候，他就会去打台球、掷骰子和打牌，在这些时候他还会绵绵不断地抿着手中的小杯威士忌。但那个时候，喝酒并没有太改变他。他偶尔会摇摇摆摆地回家，像个火车检票员一样。我还记得有几次他拉着我在厨房跳舞，我穿着睡衣，脚踩在他的钢趾靴子上，我们俩晃着身子，周围萦绕着他嘴里吐出来的威士忌酒气。就这样，真的。他在工厂干了四十二年，没有旷过一天工；第二天醒来的时候，他也从来没抱怨脑门像被斧子砍了那样疼；他从来没趁酒劲抽出皮带教训我们，也从不像老兵俱乐部有些人那样听了一首牛仔歌就泪眼模糊。

但妈妈则完全是另一码事。外婆到我们家来等死后，妈妈戒酒了，我想是不得已而为之。她从葬礼回来后，我们一拥而上的那个晚上，她立刻打开了酒瓶。她问我能不能帮她从瓷器柜子下面把她的嘉露葡萄酒和七喜拿来（她管两者的混合物叫"泡泡勃艮第"），我说好吧。然后我像只骡子过棉花地一样，勉强地、惨兮兮地给她兑了这杯酒。

葡萄酒杯很久没用过了，上面有灰扑扑的黄色脏东西。我用布里罗牌海绵故意精心把葡萄酒杯洗干净，然后用洗碗抹布把杯子擦得一尘不染。如果我当时有任何心理活动，估计是"加了七喜之后，这个杯子就装不了多少酒"。妈妈喜欢暴饮，过足瘾之后，又几个星期或几个月滴酒不沾。但只要她沾了第一杯，那就谁也挡不住她了。

那天晚上她回家后，只喝了那一小杯葡萄酒，然后她脱光衣服，跌跌撞撞爬进她的大床，睡了十二个小时。

新年后的某个时期，葡萄酒开了她的胃，让她开始馋猛一点的酒了。她打电话给烈酒商店，整箱整箱地订伏特加，然后跑到橱柜里拿了她可以找到的个头最大的印花杯。她不需要冰块，不需要量杯，也不需要搭配味美思酒，更不需要那些喝吉普森鸡尾酒的精致人士喜欢的小洋葱。她一次倒出的酒量就有五根指头宽[1]。奇怪的是，她并不喜欢伏特加的气味，所以喝的时候还得拧着鼻子喝下第一杯，像被逼着喝药的小孩。但第一杯下肚后，她喝伏特加便像地狱里的幽灵喝冰水一样一饮而尽。

妈妈开始喝酒，我便不得不又开始那荒谬的游戏：猜测她的情绪走向，这样我可以引导她，避免惹上相关的麻烦。我事先把她的车钥匙藏起来，这样她开车就不会飞出路面。或者我会和电话的忙音"聊天"，让电话占线（七岁的小孩自然没有什么电话粥可煲），免得她打电话给什么老师或邻居骂他们。然而，我虽能防止她在冲动之下给谁打电话，或者开车上高速前往什么无名之地，她终究会惹上什么麻烦，或者干脆放弃，昏睡过去。

我想，莱西娅受不了这么近距离地看着妈妈胡闹。她让自己负责记录妈妈喝的杯数。她一直记录着妈妈倒了几杯酒以及大概喝了多少盎司酒精。如果爸爸也加入喝酒的行列，这件事可不简单。而且她根本不用纸和笔，一切都是在脑中计算，这令我瞠目结舌。（她大一点后上了微积分课，还发明了一个公式，可以把每种酒的酒精

---

1. 表示一杯高度为五根手指头握住杯子所占的宽度的酒量。——编者注

含量算进去，比如，红酒只有百分之十四的酒精，还涵盖了开喝了多久、妈妈是否进食、体重等因素。然后，她会把得出的结果和妈妈另一次酗酒后的反应进行比对，情况大概是这样的："感恩节的时候，她每小时喝至少四盎司四十三度的酒，喝了四小时。当时她比现在轻十磅，而且绝对没有现在这么野。不过她当时吃了很多东西……"）对我来说，数字不再是重点。只要妈妈开了酒瓶，你就没法预计会发生什么。喝两杯酒和喝十杯酒说不定根本看不出区别。所以，当我那爱钻研技术的姐姐计着数时，我却在死死地盯着妈妈脸上的皱纹、听着她的语气，希望猜测出她会达到何种程度的"神经紧张"。

要揣测她的情绪，一个很有用的办法是看她放的唱片。如果她突然心情很文艺，就会放歌剧。

歌剧是个好迹象，因为一放《艾达》或《卡门》，她就没心情跟爸爸摔盘子吵架了。但歌剧会让她想起她的青春圣地纽约，让她觉得自己成了纽约弃儿。（当我读到拿破仑被打败，被船运到那个脏兮兮的火山岛，整日在浴缸里叹息自己失去的帝国时，我总会想起在利奇菲尔德想纽约的妈妈。）唱针一挨上唱片，她的思绪就立刻回到那里。回到纽约一般会给她带去些许慰藉。她泪眼蒙眬，变成了烟嗓，说话也开始带北方口音了。

不知道为什么，我记得有一天晚上她在放《茶花女》。唱片机搁在厨房水池上面的窗沿上。妈妈穿着一件黑色的旧高领衣服，袖子上有星星点点的镉黄色颜料。她坐在厨房里用胶合板做的吧台前，而我和莱西娅刚在那里吃完了瓷碗装的香草味植脂冰激凌（劣质冰激凌）。为了盖住植脂冰激凌的橡胶味，妈妈用贝克牌巧克力、黄油和真香草做了一个巧克力味浇汁。

我的记忆从我拿起妈妈装了墨西哥香草豆的玻璃管起变得清晰。

我想着：其他人的妈妈都用人造奶油。人造奶油和香草精，高中男孩为了找刺激偷喝的香草精。我手上拿着凉凉的玻璃管，仔细看着里面的香草，纳闷妈妈是从哪里搞来的。在我身后，她正在跟莱西娅讲她以前去大都会歌剧院看玛丽亚·卡拉斯的表演。唱片机上正放着《我亲爱的巴黎》。玻璃管中的香草豆泛着红黑色，像植物虬结的根部或鸟类的爪子那样皱巴巴的。透过玻璃管，我看见妈妈茫然地注视着后门之外的地方。她伸着下巴，紧绷着肌肉，以便继续使用她那铿锵的东海岸口音。

她盯着的后门外是湿润漆黑的夜晚，可以闻到她去年夏天种的香蕉树的味道（其实是芭蕉树），还有金银花腻人的甜味。后院的栀子灌木，无缘无故地突然绽放了许多滑溜溜的小白花。冬天到了，灌木丛本不该开花。

妈妈说这个味道让她想起她去看玛丽亚·卡拉斯表演的时候自己手腕上戴的栀子花。那年她乘的出租车在歌剧院喷泉前停下，前面是一辆黑色长轿车，轿车窗户里放着银色芽花花瓶。

那时，我突然说我从来没见过喷泉，除了学校饮水处的那种喷水头。这立刻让妈妈从回忆中清醒过来。她直直地看着我，问我是不是觉得我的童年条件太差了。接着莱西娅说我总是瞎说，说我见过银行门口的喷泉（高中生总喜欢往里面吹肥皂泡），还有休斯敦博物馆门口的喷泉，更不用说妈妈逼我们看的佛罗伦萨建筑书里面成百上千的喷泉了。莱西娅说我插嘴，只是因为我想听见自己说话，她让我赶快闭嘴。我说明明是莱西娅在插嘴。

像往常一样，妈妈叹了口气，好像在说"别吵了"。她又朝长方形的后纱门望去，门框外是亚热带的夜晚。我们安静下来，看向她的目光所在之处。音乐突然变得激昂了些，像翻起的海浪，然后妈妈的思绪又离开了我们，回到了大都会歌剧院外的曼哈顿出租车上。

她又开始跟我们讲她前面的黑色豪车，说从车中露出一双白色缎面高跟鞋和白色亮片晚礼服垂落的后摆，礼服在像是用海狸毛做的染成奶白色的外套下滑来滑去。然而，穿着这双鞋和这件礼服的女人不是别人，正是玛琳·黛德丽[1]。（如果爸爸在，他就会立刻插嘴说，玛琳在一次美国劳军联合组织的军演上给了他一记深吻。我的中间名玛琳由此而来。）在要签名的过路人拥上来之前，她透过出租车玻璃和妈妈对视了片刻。妈妈说风把玛琳的雪纺围巾吹到了她脸上，一时间像戴了个面具，所以一开始妈妈只看到了她的口红和围巾上露出来的眼睛。"她有着我见过的最孤独的眼睛。"妈妈说。

然后她突发奇想，想教我怎么像黛德丽那样画烟熏妆。她在餐桌底下粗糙的地方擦燃了一根大火柴。她拿起我的冰激凌碗，举在半空中，把火柴放在碗下面烧了一会儿，让下面的瓷产生了灰色的烟痕。然后她从皮夹里翻出她总是随身携带的凡士林，用一个小的貂毛画刷蘸了一点，在碗底下被熏黑的地方划了划。

她用左手托着我的下巴。让我往后仰，眯起眼睛，然后用画刷轻触我的眼皮，弄得我痒痒的。她一边画，一边说我有世上最美的睫毛。妈妈自己的睫毛很不明显，必须花时间戴假睫毛，所以对睫毛很重视。"我怀你的时候，根本不在乎你的性别，也不管你是不是脚趾、手指都长全了。我只向上帝祈祷你有长长的睫毛。"她抽了抽沙龙烟，我们在烟雾、她的娇兰一千零一夜香水和伏特加的味道中徘徊了一会儿，等她吐出那口气。她挥了挥我面前的烟雾，然后继续给我化妆，这次在我眼球上凹陷的部位画了一道弧线。"我母亲说，如果我向上帝祈祷这些鸡毛蒜皮的事，上帝会赐我一个脑袋进水、

1.德国演员兼歌手，拥有德国与美国双重国籍，1930 年她凭借在《蓝天使》中的表演赢得国际声誉。

脸色发青的婴儿。我跟她说：'至少那婴儿有长睫毛。'果然，你就有很长的睫毛。"这是她从葬礼回来后第一次提到外婆。我尝试着朝莱西娅那边瞅了一眼，想知道妈妈这么说有什么深意。

但莱西娅正一手拿着妈妈的化妆镜，一手拿着睫毛膏。我看见她正忧心忡忡地给自己涂睫毛膏。她的睫毛和我的差不多长，但妈妈却说我的睫毛最美，而且手里托着的是我的脸。（我和莱西娅成年后吵架，她总是这么冲我吼道："你老是一副可爱的贱样！"我冲她吼道："你老是一副很能干的贱样！"这就是我们在家扮演的不同角色。）我看了一眼莱西娅，妈妈却立刻把我的脑袋扭了回来，把我拉回了只属于我和她的世界。我可以感觉到她的呼吸轻轻吹在我的鼻子上。她往后靠了靠，看着我，开始抹她用拇指涂在我的眼皮上的东西。她以前画过我们俩人的油画肖像。我们穿着星期日才穿的漂亮衣服，坐在她画室的模特平台上，看她从画架后走出来，冷静地观察着我们的神态，但这次不一样了。这次，我们离得很近，她的手轻抬着我的脸，在我脸上作画，好像我是艺术品，而她正在集中注意力通过画画把我从无到有创造出来。（好像我就是马琳·黛德丽。好像画家乔托正照着我的形象在天主教堂的壁画中塑造着天使。）

到这里，我的记忆又烟消云散了。记忆飘出门外，消失在栀子花树丛的另一边。不过不要紧，我和莱西娅经常度过这样的冬季夜晚。在这些夜晚，我们看着妈妈喝酒，听她怀念她失去的纽约生活。

她总是跟我们讲些名人趣事，但其实我们只对她感兴趣。而她只会讲某个哈莱姆区的夜总会里、拿着银色麦克风低吟的墨迹斑斑的乐队，讲有次宾·克罗斯比在某位不知名人士的顶层公寓的阳台上抽大麻，头上顶着又大又圆的月亮。

她还总是讲她在贝尔实验室（多年后，我们才发现战争时期她曾在实验室工作,职责是画机械图纸)时听过爱因斯坦的一次讲座。她发誓说在讲座结束后的问答环节,爱因斯坦非要让听众席中的一个工程师解释最基本的机械定律。当工程师因为这位伟大的物理学家不知道这么简单的定律而感到震惊时,爱因斯坦说:"我从来不会去背诵我可以查到的信息。"爱因斯坦这个连金枪鱼罐头都不会开的天才,小小的脑壳却承载着整个宇宙的奥秘,妈妈想到这个就赞叹不已。她还说,在回答不同问题的间隙,他总是像在祈祷一样低着脑袋。抬头回答的时候,又神似科尼艾兰那些给二十五美分就能给你算命的、戴着头巾的印度教神棍投币游戏机。讲座后,在人头攒动的互动酒会上,妈妈说没有人敢上去和他说话。他坐在角落的一张直背椅上,像某个聚会成员的怪舅舅。

歌剧一响起,妈妈还会把家里的艺术书翻出来。我现在还能想起胶合木板上的一摞摞书,堆在伏特加印花杯旁边,书脊上金色方正字体标着毕加索、马蒂斯、凡·高、图卢兹·罗特列克、塞尚等人的名字。(书中的画都深深地刻入我的脑海中。我想,只有童年的记忆才能这么鲜明。多年后当我在博物馆看到这些画作时,经常有种回到了老家小学的感觉,感觉自己在一个巨大而失控的世界中又变得渺小了,但那些矮矮的喷泉意味着我已经是个成年巨人了。在我十八岁的时候,我看到了凡·高的《在亚尔的卧室》,那张画小到近乎荒谬,但又极为熟悉。)

但是歌剧有一个致命缺点,它能立刻让妈妈开始抽抽搭搭地啜泣,哭得十分伤心。只要有一个意大利女高音哀号自己如何为艺术而生,或者嗓音如结核病人般嘶哑的女演员向自己的前男友倾诉(当然是用意大利语)"来巴黎,成为我的呼吸",妈妈就会开始抹眼泪。她的脸上慢慢浮现出一些平时看不到的似有似无的皱纹。接着,她像只病猫一样开始呻吟,把脑袋埋在手中,用厕纸擤着鼻涕,并解释道，虽然我们不懂她的伤感，但她哭不是我们的错，好像我们在乎谁对谁错，而不是如何让她别哭了。

莱西娅对此也没有什么好的对策。不过，她确实试着把歌剧音量调小了。如果妈妈一把鼻涕一把泪哭得太惨，她会把妈妈带到卧室去睡觉。我不知道莱西娅为什么总知道该怎么做，但她总是一副胸有成竹的样子，让妈妈乖乖地跟着她到如海一般庞大的床上去，让她瘫倒昏睡过去。接着莱西娅会在睡衣抽屉里翻一番，略过所有光亮的丝绸睡衣（要是我，我就会选择这种睡衣），直奔舒服的男款法兰绒睡衣。然后，她端来一大桶冰块和一杯水放在妈妈床边，免得她早上起床口渴。接着放一瓶橙色的儿童阿司匹林，治她次晨的宿醉。

这就是我们放歌剧的夜晚。放爵士乐的夜晚比这还要糟一些。不过，最糟糕的是爸爸在家的时候，妈妈放蓝调。

我生日的那个夜晚就是这样的。唱片机上，埃丝特·菲利普斯[1]哀唱着《悲惨》："我的坟上不要放碑。／我一辈子就是个奴隶……"这些歌词本应让我对未来做好心理准备。但妈妈正在给我们烤千层面，那味道把我香得魂不守舍。我还忙着玩爸爸那天早上给我的旧军用望远镜。

我跨过后纱门，透过望远镜往外看。家后院的栅栏那边，我看见米基·海因茨跪坐在他肥肥的膝盖上，用玩具自卸卡车刨着地上的泥。我每次见到米基都忍不住皱眉。有一次我们用餐巾纸包着雀巢速溶巧克力粉，卷成烟哄他抽，结果把他的舌头烧伤了。他伤得有点严重，跑着去向他妈妈告状，忘了他妈妈和他全家都是不喝酒、不抽烟、不跳舞的虔诚教堂成员，结果被他妈用大梳子狠狠打了一顿屁

1.美国歌手，以其 R&B 嗓音而闻名。

股。我们蹲在他们家卫生间窗户下，把一切都听得清清楚楚——塑料梳子打在米基肥屁股上的"啪啪"声，他像报丧一样哀号着。

那是一月的一个早晨，我透过我生日所得的望远镜偷看米基，心想我是不是要到他家院子里让他蒙着眼睛和我玩捉迷藏，然后我径直回家，让他找不着。我差点就说服自己这么做了，可是爸爸的卡车"轰"的一声开进了车库。

我把望远镜一转，看到爸爸的银色大帽子向我靠近。（不知道为什么，神像墨丘利的头盔总是让我想到那顶硬帽子——当然，帽子没有头盔两边的翅膀。）"生日过得怎么样啊，崽子？"他说。然后他的帽子从我的视野中消失了。一秒钟后，他的工靴在我周围的水泥地上蹭了蹭。我把望远镜放下来，朝他看去，告诉他生日过得还不错。

除了深夜，爸爸会跑到卧室来帮我把下巴两边的被子掖好，我一月份基本上没怎么见到他。工会和海湾石油公司的合同到期了，所以他整个月都和县里的其他人在搞罢工活动。如果他没在搞罢工，就肯定在捕虾或者猎鸭子——只要能给家里添食物，他什么都干。晚上，他在工会大厅待着，等着听工会谈判的小道消息。和妈妈一样，他成了一个我总盼望着能看一眼的陌生人，但我从来不奢望能近距离和他接触。

那天早上，他出门去罢工前，给了我一个包装得漂漂亮亮的望远镜和一本阿奇出版社的漫画。收到他贴心的礼物，我感觉眼后发酸，眼睛不觉湿润起来。"见鬼，别哭啊，崽子。"他尴尬地笑了笑。他说如果我不再哭得这么伤心，让他心碎，他就答应那天晚上回家一起吃晚饭和生日蛋糕。

那天，我几乎整个下午都坐在家后门的台阶上等他，脑子里有很多想跟他说的话。当他的影子终于出现在我头顶的时候，我开始叽叽喳喳地讲起我和妈妈及莱西娅一起去了博蒙特，买了生日穿的裙子。

那是一条黑色绉纱连衣裙——是我的第一条黑色裙子。光是穿着裙子坐在家里，我就觉得自己如电影明星一般，我跟他说。我们找了好久才找到小孩可以穿的黑色裙子。妈妈带我们开车来回逛遍了整座县城才找到。（除了偶尔给我们做顿饭，给我找黑裙子是妈妈自葬礼回来后第一次有精力起床做的事。）我们最后决定买一件下摆宽松垂坠的带白色小丑领子的黑色直筒裙，前面还有三颗纯正的水钻扣子。据那位导购员女士说，这条裙子可是"斜裁的"。莱西娅看了一眼裙子，说裙子有了，葬礼在哪里？她话音未落，我已经穿上裙子在三面镜前搔首弄姿了。我转起身子，裙摆和领子都开始向两侧抖动出波纹。妈妈说我像她日本八音盒里的芭蕾舞者。她翻了个白眼，说了句"管他呢"，然后把导购员的开票拖盘递了回去。不到十分钟之后，她又在商场玩具部给莱西娅买了一整套化学实验玩具。在回家的路上，我们还去阿尔海鲜餐厅吃了大虾蛋黄沙拉，妈妈喝了两杯伏特加马丁尼，庆祝我们满载而归。

爸爸擦了擦他的鞋，说裙子很漂亮，但他看都没看我一眼。他正一丝不苟地把鞋子上的泥巴蹭到黑色的"欢迎回家"地毯上，将它们带进了家门。

突然我想起来，我不该告诉他我们用妈妈的卡买了东西——大虾沙拉和化学实验玩具什么的，都应该瞒着他，更不用说我那价值六十三美元的裙子了。虽然没有人明言叫我保密，但他当时没有收入，而且每天都在抱怨自己没有收入。我脑中浮现起他重重地翻着报纸的样子，说海湾石油如何又想骗辛苦工作的工人阶级，让他们吃不上饭。不到两天前，他还拿着一些罐头食品和我们小时候的旧衣服到工会大厅。他说，一些天主教家庭的小孩都饿肚子了。我不用动脑子，都能猜到我们那天犯下的罪行——妈妈、莱西娅和我——我们不只是在放松休闲，我们破坏了家中不成文的原则，犯下了恶行。我还知道我那天穿的黑色裙子不只是件普通的衣服，它过于招摇了。我突然感觉自己像是被教堂审判的女巫。直到裙子晾在晾衣竿上，我穿回了牛仔裤，这种耻辱感才从我心中散去。

过了一会儿，我正在地毯上给芭比娃娃脱衣服——这已经是第十几次了，爸爸妈妈愤怒的吼叫声传到我耳中。莱西娅坐在我旁边，正用发夹把她芭比娃娃干草一样的头发编成法式辫子。我听不清楚他们具体在说什么，但大概内容我很清楚。妈妈怒吼着，摔着橱柜门。接着纱门"啪"的一声响，这意味着爸爸摔门而去了。那时候，爸爸已经收养了那条凶狗尼佩尔。尼佩尔从屋子地板下跑了出来，一边嘶声叫着，一边扯着拴它的链子。爸爸的靴子在后门台阶上蹭了蹭。纱门又"啪"的一声，我听到了一声巨响，很快我就明白，那是装千层面的玻璃碗摔在爸爸身后的后廊地板上的声音。"今天是她生日，你这个狗娘养的。"妈妈喊道。莱西娅把娃娃的法式辫子盘成一盘，自顾自地说道："第十卷，第一千场开拍：生日快乐个鬼。"

在厨房里，妈妈站在水槽旁边，把两只手腕放在凉水下冲着。你可以看到她尖尖的颧骨下有一大片红色，好像有人用画笔在她脸上乱涂了一番。"你要吃点阿司匹林吗？"妈妈对我说，我说不要，谢谢。在屋外，尼佩尔还在哼唧着。妈妈吞了一把儿童阿司匹林，然后把头低到水槽的位置接了口水将药送了下去。她把冰箱上的德国巧克力蛋糕拿了下来。"我们晚餐就吃蛋糕吧。"她说。莱西娅也跑到厨房来，让我感觉到她的身体在我身后发着热。我跟妈妈说我们可以把裙子退了，不要紧的。"不行，我不能。"她说。然后她开始在蛋糕的巧克力奶油上面插蜡烛。房子里有一股千层面的味道，还有她放在蛋糕上的新鲜椰子的味道，是她自己敲开椰子并刮出椰子肉的。"老天，别再跟我提那条裙子了。"她说道。

我出了后门，还可以从栅栏的空隙中看到米基。他正坐在泥巴里，像个草坪上的石膏小像一样。他肯定什么都听见了。毫无疑问，他肯定会兴高采烈地跑去告诉所有邻居，说妈妈骂爸爸是狗娘养的。我花了一分钟时间，诅咒了一下他那蹲着的躯体，然后开始捡地上的碎玻璃和撒得到处都是的千层面。

在车库里，我先分辨出爸爸烧的红红的烟头，其他什么也没看见。过了一会儿，我的眼睛适应了黑暗，看见他白色的 T 恤衫和他嘴边的酒瓶。"爸爸？"我说。

"进屋里去。"他说着，吸了一口烟，烟头更红了，"没事的。"他说。过了一分钟后，他说了句："对不起。"

"没事。"我说道。在外面，蝗虫开始扇着翅膀。我只听到蝗虫发出的声响，直到突然树上发出了像蝙蝠尖叫一样的声音。"那是蝙蝠吗？"

"崽子，你到屋里去。"他说。然后他好像又想起什么，说道："要不你到屋里去问问你妈妈想不想到布里奇城吃烤螃蟹。"

我进屋后，碎了的千层面碗已经被收进簸箕里了。妈妈正拿着点燃的火柴，准备点燃最后一根蜡烛。黑色的风扇吹过我们，让烛光在她脸上忽明忽暗。莱西娅的脸庞就在旁边，一副麻木的表情。莱西娅说，你个小屁孩郎，赶快吹蜡烛许愿吧。我使劲眯着眼睛，默默地许愿自己能被陌生的家庭收养，搬到其他地方去生活，就像《天才小麻烦》中演的一样。然后我在肺中吸满了气，吹灭了所有蜡烛，让整间屋子陷入黑暗之中。

我不记得那天晚上我们一家穿越橙色大桥到布里奇城咖啡馆吃饭的事。我也不记得吃了烤螃蟹——很可惜，因为我特别喜欢螃蟹甜丝丝的油脂味和润滑的烟熏口感。我不记得妈妈在那个浅河咖啡馆里喝了几杯酒。在那个咖啡馆，你可以走到船坞的边缘，把吃剩的炸玉米喂给饿着肚子的鳄鱼。

我们在回家的路上靠近橙色大桥时，我的记忆又清晰起来。从我坐在后座的位置，可以看到爸爸一部分棱角分明的侧脸——他的鹰钩鼻和方下巴。对面的车灯滑过他的脸庞，又滑到我的脸上。我想看妈妈的脸，想判断她喝完红酒后的情绪走向，但只看见她脑后乱糟糟的棕色鬈发。

突然，汽车向后一倒，感觉像骑马时，马为了躲开路上疾跑的小动物蹐起前半身那般。我们上桥了。路上的钢网让轮胎嗡嗡响着，和那次飓风后我脑中常出现的嗡嗡声一样。夜晚淹没了我们的汽车，像黑色的水一样四散流淌。我几乎可以感觉到黑夜在我们身后慢慢苏醒。途中，车里突然充满了外婆房间里那股麝香般的蛇味。在这味道回到我鼻腔的那一刻之前，我都没意识到它已经从我的生活中消失很久了。莱西娅把车窗摇下，可能是想把臭味排走。她的法式辫子正慢慢松散开来。我感觉风马上要把我吸出窗外，甩到桥栏杆上。空气冲进来的声音和轮子的嗡嗡声融为一体，仿佛我们小小的车厢中塞满了一艘很大的火箭，让我觉得自己非常渺小。

我鼓足勇气看了看窗外长长的深渊。这让我的胃翻腾起来。桥的钢架从我眼前如断奏般快速闪过。远处，我看到两座正燃烧着的精炼塔。塔发出的光芒有点像《绿野仙踪》里奇怪的奥兹国那样，给天空的下半部分染上了颜色。那光芒有着面包霉菌的颜色，是化学剂的那种绿色，像水渍漫过墙纸一样往空中蔓延。河的另一边是湿地和浅河。一艘黑色的驳船从桥下缓慢地驶过。

妈妈开始吼叫，说她恨不得在嫁给爸爸前就送了命。她恨不得自己当即在这座桥上被闪电击中，不用再开进桥那边的雾里。利奇菲尔德是宇宙的屁眼，鸟不拉屎的地方。而爸爸是个可悲的无名小卒。我在黑暗中找莱西娅的手，但她的手紧紧握成一团，触感冰凉。我把她的手小心翼翼地放回原处，好像那是一杯我不想打翻的凉水。

从黑暗中，我看见妈妈白皙的手掌从腿上举起来，好像手掌内部有什么东西在给予它动力，透着光。仿佛世上所有的光都倾泻出来塑造出了这双手。她抓着方向盘紧紧不放，指节发白。我们的车向路边撞去，跳上了人行道。她想把我们的车开到深渊里去。这次没有任何疑虑了，这就是她想要的。我紧紧闭上眼睛，莱西娅用她的身体紧紧罩住我。我们俩都摔在了后座地板上，所以我什么都看不见，但我可以感觉到爸爸妈妈在抢方向盘，车正剧烈地左右晃动着。

突然车前座一声巨响，像是树枝断裂的声音，随后车子又开始平稳前行了。我几乎可以感受到轮胎重新回到黄线内的正道。他们在抢方向盘的时候，后视镜被打歪了。我和莱西娅从后座抻着脖子的时候，只能看见镜中我们自己惊恐的面庞，好像我们是深水中浮上来的海洋生物。

神奇的是，车开下了桥，安全回到了路上。妈妈张着嘴，歪在她那边的车窗上。原来，爸爸抽了她一巴掌，才让她重新控制住车身。他以前从来没打过她，他这次近身的一巴掌，把她直接打昏了。

妈妈醒来的时候，我们已经开进了自家院子。随后，她用指甲抓破爸爸的整张脸，让他流了很多血，好几天脸都像是被豹子的爪子好好对付了一番。在海因茨家院子玩夜间抓人游戏的小孩们都愣住了，站在我们两家分割线处，看着我们从车里出来，妈妈还在用手指挠爸爸，爸爸两只铁一样的大手卡着她的手腕。过了一会儿，乔·迪拉德偷偷跑过来，问我他们俩为什么打架，她哥哥说肯定是因为抢酒喝。在这段记忆中，我最后听到的一句话是朱尼尔故作聪明地说："肯定是因为抢酒打起来的。"然后妈妈突然从爸爸那里挣脱出来，朝着那群围观的小孩顿了顿足，他们像落下的弹壳一样一哄而散，回到自家漆黑的院子里。就这样了，这就是我的生日回忆。

第七章

外婆终究给妈妈留了一大笔钱，但这笔钱最后没有给我们带来一丁点好处，虽然老天爷都知道，我们当时很需要那笔钱。爸爸的罢工活动一直延续到三月中，我们各种账单都付不起了。他勉强还上了房贷和水电费，但买日用品和药的费用，还有其他各种开支，他都顾不过来了。每次星期五他到工资部领支票的时候，他都直接在那里把支票换成现金。然后他开车到利奇菲尔德药房，直接跑到店里的处方药柜台前去跟华雷斯先生——小孩们管他叫兔八哥——说他来还个账单。他说"个"的时候，我可以看到他脸上细微的抽搐表情。他眯着眼看自己的钱包，隆重地拿出一张崭新的五美元票子，平平整整地放在他们之间的柜台上。那个小小的"个"字隐藏了他心中如潮水般的耻辱感。它暗示着那张票子比爸爸自己的身体还沉重，在某种程度上超越了他本身。在他长大的贾斯珀县，欠款买东西就意味着你是个不知道自己几斤几两的男人。从没听说过有人贷款买车，县里人去选新吉普或者拖拉机的时候，都是背着装满一美元票子的洗衣袋去的。

兔八哥了解这些习俗。这些习俗对他也很重要。他是个善良的人，他看我阅读能力这么好很高兴，便总是给我免费的漫画。爸爸换钱的时候，他总是一副不情愿的样子。"见鬼，皮特。拿回去。我们可没在等你还钱。"他总是这么说，但爸爸会把钞票往前一推，让他赶快把钱收了。然后兔八哥耸耸肩，说好吧。他会在收银机上点两下，把那张钞票放到相应的那一沓中。他的款项明细都记在柜台下的一个绿色账本中。他把账本拿出来，用他染着尼古丁渍的手指找到爸爸的名字，把还的钱款记下来。我们走之前，兔八哥还会把我带到他办公室，拿出他的折叠刀，把角落里绑着的一捆新到的搞笑漫画的绳子切断。我坐在他的书桌上，大声把《超人》或者《阿奇》全部朗读出来，这认字水平让他一边喝着马克杯里的咖啡，一边止不住地微笑。爸爸总是摇着头，让他别再激我了，我已经够骄傲自大了。

每次发薪日，我们就会来这么一出。这一程序既是如此精准，又显得极其随意，我从未认识到欠钱不是什么随便的事，相反，它事关重大。那个星期余下的日子里，没有人会提还钱这事。沉默像冰冷的熨斗一样轧过我们的房子。如果你没把黑眼豆吃干净，或者没把冰箱门关好，浪费了冷气，给家里添了电费，你可就倒霉了。爸爸会大步走过来把门摔上，或者抢过你的勺子，把最后一勺豆子舀进他自己嘴里。做完后，他侧脸冷眼盯着你，仿佛对你邪恶的铺张浪费行为充满恨意。

他没再上晚班，坐在床上研究着他的收据和账单。他喜欢把已经标记了"已付"的旧账单放在床单左边，把还装在信封里的新账单放在右边。为了整理这些账单，他已经发明了一套方法。信封一到邮箱，他就用小刀把信封割开，然后在信封上透明的地址栏，也就是露出他名字的部位写上他所欠的数目。这样，这差不多就是当即承认他欠了债，好像在说"我知道，我知道"。而且也不用一遍遍重新打开这些信封，把自己弄得很焦虑。他看着前面摆放的一堆堆信封，狠狠地灌了一瓶又一瓶孤星啤酒，在《利奇菲尔德公报》的白边上计算欠款数，却从来不会对我们提半个字。

我也十分清楚有很多人遇到的麻烦比爸爸的大得多。许多人没有工作，也没有房子。或者他们的孩子得了白血病重症，更不用说出生在卡拉哈里沙漠或者加尔各答街头的人，其中很多像麻风病人一样眼盲、缺胳膊少腿、全身烂了一半。但爸爸每晚计算账单的神情，是我平生第一次近距离面对如此强烈的焦虑情绪。他用歪歪斜斜的笔迹写下的长串数字，简直就像某个忏悔者的祈祷，忏悔者不断重复，结果要么就是他的祈祷得到回应，要么就是他祷语中想避免的灾难最终还是来临了。

与此同时，妈妈会躺在他身边，一边拿着绿色铝杯灌伏特加，一边读列夫·托尔斯泰（她最喜欢的书是《安娜·卡列尼娜》），或者一边听贝西·史密斯唱片一边落泪。他们俩毫无交流，与那张巨型大床中间建了一堵砖墙无异。莱西娅和我往往会趴在床尾，假装在做我们在学校就已完成的家庭作业。我们时刻观察着他们的焦虑，害怕它会超出他们可以控制的程度，殃及我们俩。

家里的气氛比外婆到我们家住在后边的卧室度残年的那段时间更紧张。我们回到了我们自己的"常态"。但我们家的习惯似乎比以前更加古怪。外婆的死亡仿佛意味着对我们的某种审判，妈妈对外婆去世那病态又无言的悲哀，都一一扭曲着我们所谓的常态。

那个春天，妈妈又开始一丝不挂地在家里走来走去了。爸爸只穿着裤衩。爸爸不在的时候，莱西娅和我总有一个人光着屁股在家跑来跑去。爸爸在家的时候，我们穿着睡衣上衣和内裤（我们叫内裤"小累裤儿"）。别误会，我们不是什么"自然主义者"，虽然妈妈有一次在利奇菲尔德家长教师联谊会上妈妈间的聚会中说她在新泽西的裸体海滩打过排球，把其他妈妈吓得不轻。（那次之后，学校再也没邀请她参加任何活动了；之后，她偶尔会在学校的圣诞演出时不请自来，但学校的其他活动中，她都是比较微弱的存在。）

我们不穿衣服的原因是失眠。我们家集体性失眠了。在长时间惨兮兮的疲惫中，我们昏头昏脑地觉得，如果我们穿上睡衣或光着身子，睡眠或许会来得更自然，但临幸我们的只有间歇性的小憩。我们赤裸的身体是行走的睡眠邀请函，睡眠可能会来造访我们中的一个。早间时光，你跌跌撞撞进入我家客厅，肯定能看到我们中的一个人在沙发旁的地板上四仰八叉地昏睡着。或者你夜里两点走出卧室时，会看见妈妈裸身穿着围裙正在灶台边煎蛋饼，围裙带子在她圆圆的屁股上方系成了整洁的蝴蝶结，而莱西娅穿着内裤，正交叉着双腿在电视测试卡前打单人纸牌。在这些时辰里，我们从来不聚在一起，只是以不同程度的裸露形态在屋里游荡着。

那个春天，只有在要封上窗户，免得邻居看到我们的时候，妈妈才会下床走动。有个星期日，我一丝不挂地正倒挂在我家窗户外面的铸铁栏杆上——莱西娅和我正在做引体向上比赛——我看见迪拉德一家开着皇家蓝色的卡车从我们身边经过。他们张着嘴看着我光溜溜、倒立的身体。我被吓坏了，全裸着身体原地愣住了，胸部被冰冷的玻璃弄得硬硬的，之后才想起要松手下来，避开他们的视线。我躲在窗台下面，心里骂着娘：在我们街区，除了我们，从来没人起这么早。

迪拉德女士和费伊坐在卡车后座，戴着黑色的蕾丝头巾，好像正要去参加早上六点钟的礼拜一样。连朱尼尔和乔都被塞进白色的衬衫和纽扣领结里。他们俩蹲坐在卡车车厢自带的工具箱上。他们俩金黄色的脑袋用布奇·罗斯牌的蜡抹得油光锃亮。透过卡车消声器的轰隆声，我可以听见他们笑。

当妈妈听见莱西娅在厨房揶揄我的时候，她决定起床了。她把腿上的床单一掀，我们几乎都忘了她还会做这种动作。妈妈说笑别人裸体有什么意思，反正大家衣服底下都是光溜溜的，但她真是听够了我对迪拉德家那几个愣小子的抱怨了，决定把家里的窗户全封起来，连上帝她自己（她每次提到上帝，都会特意用女性代词）都无法看到我们家中的情况。

她封窗户的方法非常奇特。第一步，她用奶酪刨丝器把一堆不同颜色的蜡笔刨成丝，然后把它们撒在几张蜡纸之间，用熨斗烫蜡纸，把蜡笔碎屑都熔化。然后，莱西娅和我拿着貂毛刷和埃尔默胶水，把带颜色的蜡纸块贴在我们家所有的窗户上，妈妈管这叫花窗玻璃效果。

这么久以来，妈妈第一次对某件事情抱有热情，所以我们都积极加入其中。莱西娅开始和自己赛跑，还计算时间，看自己多快能把整扇窗户贴好，下一次还要比这次更快。

我们把窗户堵住后的不久的一天，我从学校回家，发现家前门开着，纱门掩着。奇怪，我们家一向非常重视隐私，而且在我们那个地区，所有人都会关门挡蟑螂、甲壳虫、蜥蜴和蚊子。亚热带的气候还意味着，如果你不把室外的潮湿挡在门外，星星点点的绿黑色霉菌就会开始爬上室内的白墙。虽然关门无法完全防止霉菌，但没有人会这样敞着门。

在我脑中，我常常回到这扇敞开的大门。我在室外穿的便士乐福鞋是牛血色，因为我的脚内八，鞋里面磨损得很厉害。我几乎可以感觉到我右胯上方格斜挎书包的重量。

那天很热，空气像纱布一样浓厚。我拼写考试拿了一百分，刚从学校回来，蹦蹦跳跳地爬上家前廊的台阶。我的分数和跟我抢第一的佩姬·方特诺特只差两分，因为她把"said"拼错了。她的卷子是我改的，当我看到她把单词拼成"sed"的时候，我的心在胸口怦怦直跳。我手里攥着我的卷子，上面有一颗金星，表示我的成绩是班上最高的。我快速跑上水泥台阶，在敞开的门前停了一下，然后冲进家门，高喊着我到家了。我把书包甩在沙发靠背上，继续喊着妈妈。

回答我的却是沉默，这沉默比室外的空气还要沉重，像沼气一样飘过粗糙的地毯。这寂静让我立刻担心起来。或许我停了半响，意识到大门敞开得的确有些奇怪。我跑到厨房，手里扔攥着试卷，等着给妈妈看。厨房里只有黑色的风扇，正对着一杯冷咖啡吹着钝钝的微风。除此之外，没有任何动静。回到客厅后，我发现外婆的律师发来的信函的最后一页，被折成十几层风琴般的褶皱，像是有个小孩想把它折成纸扇。妈妈肯定坐在马毛沙发上，用这个风扇往脸上吹风，然后把它随手丢在这里。我把纸扇抹平了。

那封信最古怪的细节一直在我脑中，但其他细节，比如妈妈继承的遗产的具体数额，却陷入了记忆的黑洞。或许数额太大，有几十万，大到我小小的脑袋完全无法理解。（妈妈每次告诉我的数额都不一样，根据她所讲的故事情节需要，从"只有十万"到"五十多万"都有。到现在，如果我们逼她告诉我们准确数额，她会木木地盯着我们，肩膀松垮地耸一下，好像这个数额的钱，不管是多于十万还是少于十万，我们都得用平常心看待。）文件纸很厚，是奶黄色的。那张纸的页码是"第 6/6 页"。律师承诺会打给她三万六千美元——大概是爸爸一年工资的四倍（除去加班工资）——是把外婆在拉伯克的房子和农场出售给利奇菲尔德银行得来的钱，钱会打到某某账户上。我们对这笔钱早有预料。但这封信下面还提到一笔出租采油权的款项，这是我们完全没想到的。

原来，外婆保留了她土地的采矿权。她并不是真的指望能从地

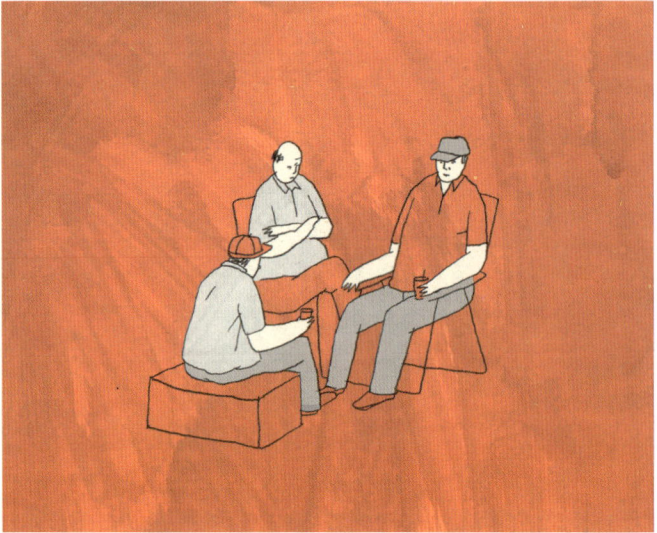

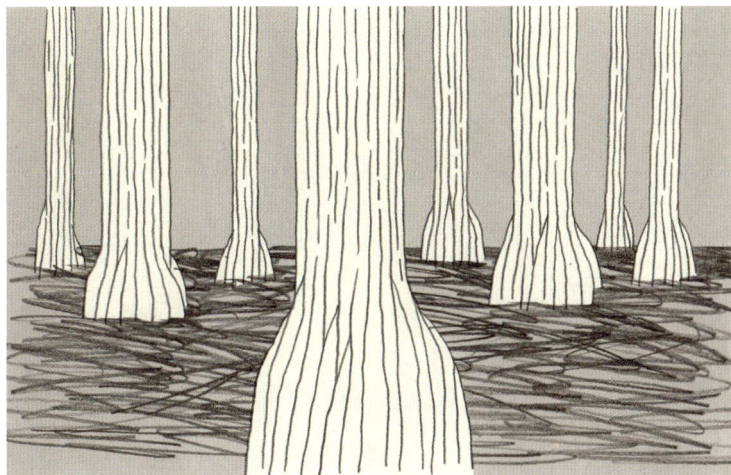

下挖出油，把采矿权保留在名下只是习惯使然。她住的那片区域，曾经有许多"灰碗"地区的穷白人和那一带面朝黄土的农民廉价卖地，结果刚卖出一星期，就发现买地人的凯迪拉克的车身上被喷满了石油。这些先例足以在所有得克萨斯州西部人的脑中种下一个模糊的石油致富之梦，没人会直接卖自己的采矿权，都会留着以防万一。连我那么小都知道。你可以把采矿权以昂贵的金额租出去。（据我所知，我们家还有着那片土地的采矿权，但那片土地没有一寸土有石油，这早已被证实了。）原来，很多有意向的钻井人二十多年来一直缠着外婆，想在她的那片沙漠上挖洞探油。我们怎么也想不通她为什么会将这些人拒之门外。在我后来找到的一封信中，外婆跟妈妈解释说，她是做棉花生意的，不是做石油生意的。或许她担心自己会被花言巧语的石油生意人骗。作为一名寡妇，谨慎的卫理公会信徒，忠实的东星会[1]成员，被骗实在有失她的身份。然而，在外婆的遗物中，妈妈的律师找到了一个达拉斯石油大亨给她寄的信。经妈妈同意，律师可以和这个石油大亨"签订石油租约"。"签订石油租约"是原话。我还记得自己的手指摸着纸上写的五个零，但我无论如何也记不起信上给出的准确数目。当然，信上还有很多其他内容，但我只记得我的手指从一个零滑到另一个零的感觉。我数了半天，终于明白我们收到的钱是以十万计的，差一个零就有一百万美元了，那个让美元符号在电影蒙太奇片段中满天飞的魔法数字。我肯定这么想：这，就是我每年圣诞节早上期盼的斑点小马。这就是吉布森珠宝店里珠宝摩天轮上的石榴石生日宝石戒。因为我没什么慈善心，我可能会想到：我可以去迪士尼公园了，那个肥嘟嘟的佩姬·方特诺特可以一边凉快去。

我又在家里找了一遍，叫着妈妈的名字。我在卫生间看到的一

---

1. 共济会的一个分支，向男性与女性开放。

切让我突然双腿一软。水槽上方长方形大镜子全被橙红色的口红画得乱七八糟。有人——肯定是妈妈——拿了一管杧果色或者桃色的口红，几乎把整面镜子都涂满了，露出来的银色镜面部分只呈细细的条状。在水槽里有一小段余下的油腻口红头，金色的口红管像空了的子弹壳一样掉在地上的黄色椭圆形地毯上。我像躲蝎子一样躲着那条口红管。在我和世界之间，又有了一层薄薄的恐惧。房子里的物品好像变得越来越大，越来越流动。当我走向一个立式台灯的时候，它好像向我笼罩过来。

妈妈卧室梳妆台上面的镜子也乱七八糟地涂上了口红，不过是玫红色的。口红管的"O"形口一路刮过银色的表面。其他房间的其他镜子上也被画了不同颜色的口红——发蓝的红色、紫粉色和像奶头一样的浅粉色，还有妈妈几乎从来不抹，一抹上就像苍白的黑唇默片明星的可怕的棕血色。

我从一面镜子走向另一面被画花了的镜子，最终发现我们卫生间的镜子被打碎了。我想这是她最后一面镜子。镜子中间有一块碎掉的圆形部分，直径大概是她的拳头那么大。破碎的部分像一个气旋，中间满是小碎片，还有更长的尖刺从中央辐射开去。随着镜子破碎，她肯定看见自己的脸也碎得好似一幅立体派画作。我往后退，给地板上的碎片腾出地方。

我跑出屋外，跑下后门台阶，向上帝祈祷，车库顶上的锡铁烟囱正冒着黑烟，这意味着妈妈正在画室里画画。如果她的车不在，我就知道我和她将永难再见。不难想象她的车会顺着弯路侧翻，撞到什么水泥大堤上。我还可以想象妈妈伏在方向盘上，血从一只耳朵上缓缓流出，画面栩栩如生。那天，她肯定希望有人会拦着她。我祈祷车仍在车库里——祈祷成真了；车前灯看起来眼皮沉重，睡眼蒙眬，整辆车仿佛一只蹲在四个轮子上的慵懒爬虫。

从车库到妈妈画室的门是开的。挂锁是打开的，她带绿松石的长角形银色钥匙串仍挂在锁上。妈妈坐在她母亲的老摇椅上，背对着我。她正在把一张张纸放到铸铁炉子里烧。纸白色的边缘被烧成黑色，卷了起来。我知道我不该说话。妈妈头顶的墙上，外婆的画像俯视着我们，僵硬的胳膊呈完美的直角。举行完葬礼后，妈妈把画像从客厅搬到画室，把客厅的墙腾空了。看着摩尔外婆这么俯视着妈妈，让我很害怕。

那天，画室里弥漫着一股奇怪的味道。除了常规的那种醒脑松节油和油画颜料味，我还闻到了打火机油和爸爸用来给韦伯烧烤机上火用的木炭点火液的味道。我走到门口时，妈妈伸手从摇椅旁拿起一个罐子，把透明的液体挤到火里，让火噌噌地蹿上来。火焰从炉子里飞起来，半晌后才渐渐回到低沉的声音。（后来我在拱形天花板上看到了一个棕色的焦斑。我后来才想到，自从外婆死后，妈妈肯定把所有寄给外婆的信件都扔到炉子里烧了——银行交易记录、种子订购目录、拉伯克卫理公会女士附属协会寄来的痊愈祝福卡。）

妈妈坐在摇椅上背对我的样子让我想起了她一九六〇年带我们去看的希区柯克的《惊魂记》。最后，疯子杀人狂戴着灰色假发，像他的疯子妈妈一样起身。他在她的专用椅子上摇来摇去。妈妈转头面向我，神似老托尼·珀金斯。她的脸一帧帧清晰地刻进了我的脑中。在这几秒钟，我终于看见妈妈满脸都是那泥血色的口红。"她想把自己抹杀掉。"我想道。果然，她脸上的痕迹不像非洲面具，更不像小孩画的战士图案。这些笔触和她脸的轮廓没什么太大的关系，没有形状，整张脸上没有任何整洁的三角形或直线。她看起来真的疯了：坐在外婆的摇椅中，下面是整洁的蓝色印花蕾丝坐垫，面前是熊熊燃烧的炉子，炉子散发着一股木炭点火液的味道，脸上是乱七八糟的血痕。

记忆的下一个画面是，我们三个在我和莱西娅共用的紫色卧室里。太阳正在落山，贴满蜡纸的窗户上映衬着葡萄藤一样的图案——是屋外紫藤和金银花的影子。妈妈站在透着光的窗户前，身前是硬纸箱，旁边是我们的衣橱。她把衣橱里的玩具一个个捡起来，丢到箱子里。我们的房间真乱，她嗓音沙哑地说着，听起来不像她的声音。但她只能发出这醉酒北方佬的声音了。"我要当好'家顶祝妇'。"她说，我后来才知道她说的是"家庭主妇"，但她的发音透着德语的刚硬，让我感到害怕。家顶祝妇。"这是我的工作。这就是我——这该死的穷苦家庭的主妇。"只有一只手的芭比娃娃、几把棋子和弹子、塑料士兵玩具、金属车、棋盘游戏和大理石象棋——像雨点一样啪啦啦地落在纸盒里。

衣橱被清理干净后，她把我们的床单全扯了下来，拖着它们走过了房间。她把我们的床垫拽到地板上，然后把我们的弹簧床垫举过头顶。她举起的动作让我想起《圣经》里参孙推倒大石柱的样子。床垫撞到墙上，发出了深邃的当当声，既原始又具有音乐感。我终于被惹哭了，低着头，把脸埋在莱西娅洗得发白的白色睡衣的腋下。

下一刻我所见的，是我们都站在车库后面，面前是玩具、小金书和家具堆成的金字塔。我当时已经参加过橄榄球赛的篝火活动和沙滩烧烤，烧烤的时候，人们用签子穿起一整只小牛。贝姬·赫伯特由此还带我去过一次三K党主持的烤鱼聚会，他们把学校课本和药店卖的流行小说堆得比周围的房子还高，当柴火烧。妈妈堆的金字塔几乎就有那么高，比净身高为六英尺的爸爸还高。

我看到我小时候玩的红色木马，它离我大概有十英尺，通过生锈的弹簧，无精打采地挂在金属架上。妈妈正拿着红色的汽油罐子往木马上洒，汽油下的木马一脸阴郁。

接着，妈妈拿起一大盒安全火柴，胳膊一扫，把我和莱西娅拦在她身后，好像她要展示什么马戏团的把戏一样。我脚踮得高高的，这样在她点着火柴前可以跳起来一把抓住她的手臂。但莱西娅的手稳稳地夹着我的肩膀，免得我出手。她狠狠地推了我一把。我腿一软摔在地上，好像这双腿是另一个女孩的，甚至像是草坪椅的可折叠不锈钢椅腿。我一屁股坐在湿湿的奥古斯丁草上，草尖像塑料一样硬。被倒过来的汽油罐浇的可是我的木马！我把双臂交叉在胸前，想着我本想留下那匹马骑的。那匹木马是给婴儿玩的玩具，但莱西娅不在的时候，我会坐在上面，弹簧咯吱咯吱响，我闭上眼睛，想象自己在大草原上飞驰。现在，那匹马眼神空洞且疲惫地看着我。

我四处瞄有没有石头或木板，可以用来把妈妈打晕。但莱西娅抓着我的肩膀就是不松手。她面无表情，如果说她在看电视里的天气预报，我也信。我跟她说，妈妈现在正乱动我的木马呢。但莱西娅对我的抱怨做出一副无聊的样子，我便也泄气了。再见吧，老伙计，我想着，我要离开夏延镇。[1]

妈妈正以慢动作往盒子的黑色侧面蹭安全火柴，火花“砰”的一下在红色的火柴头绽开。她把火柴丢到木马上，动作简直称得上优雅，一时间她看起来像是一位丢手绢的贵族女士。火焰“嗡”的一声吞噬了我的木马。好一阵子，你都可以在橙色的火焰中看到黑色的木马形状。但一段时间之后，那个形状向内坍塌，火焰腾起，妈妈往里面丢其他东西，木马就这样变成灰烬，一丁点也没留下。她把盒子里剩下的玩具也倒了进去，动作和刚才在我们房间把高脚柜里的东西倒在地板上时一样。

火势凶猛，腾起并吞没了金字塔中的每一件物品。她还在烧自己的画作，或者说一部分画作，大多是沙滩的风景画。画布先着火，然后才是画框，金字塔一边的画框错落有致，火焰成为框中的作品。

1.《再见老伙计》是一首著名的美国西部民谣。

镀金框、蒿木框、时髦的现代黄铜框里无一例外地呈现着熊熊烈火。

接着妈妈把最大、最深的箱子沿着草地拖了过来——一个老旧的冷藏盒,我们想切开这个盒子做玩偶剧场的计划也泡汤了。她从冷藏盒中拿出我的衣服——裤衩、带有肩带的防晒衣、裤脚带珠子的旧睡裤(穿着那条睡裤在卫生间地板上走的时候会有咔嗒声,让你走路不拖脚)。她手中抛出一件带有彼得潘领子的白色上衣,飘过黑色的天空,接着飞过一件红色的巨大衬裙,是我跳康康舞穿的。这条衬裙总是让妈妈想起德加画笔下的舞者。衬裙从她手中旋转着飞出,轻柔地落在火上,然后被火焰一口吞噬。几十双网球鞋从妈妈的手中飞出。它们聚成一堆冒着烟,直到帆布起火。黑烟飘起,随之散发出一股橡胶烧焦的熏人臭气。

鞋子着火后,妈妈开始拿裙子了。她把每条裙子从衣架上取下来,打量一番,然后将之送入火海。很快,她脚边就出现了一堆衣架。每个衣架从她苍白的手上落到地上时,都会发出微弱的叮叮声。那声音让她的动作突然重了起来。她握着每条裙子的肩膀处,好像它们是学生,而她在去教堂前检查他们的衣服上有没有脏东西。一个接着一个,它们离开她飞向火里。我复活节穿的白色蕾丝裙子,外婆缝上粉色法式花结的背带裙,都未幸免于难。还有莱西娅在休斯敦的墨西哥礼品店买的粉色宽摆裙。还有绿色的方格背带裤,裤子口袋周围缝着牛仔女孩挥的黄色绳子,我们俩都穿过这件衣服。这些裙子就像是小女孩的身体,女孩已然魂飞魄散。(爱比克泰德说过一句关于身体和灵魂分离的名言——"你是一个穿着身体的幽灵。"我很多年后读到这句话的时候,立刻想起这些空无一人、以优雅的曲线飞进烈火中的裙子。)

终于,火焰慢慢成为一道橙色的背景,我只是一个劲地盯着妈妈的脸。她脸上满是口红和灰,看起来像个真正的疯子。她嘴唇蠕动低语着，我根本听不清。尼佩尔吼着，嘶叫着。它住在房子外一个阴暗的角落里，在我的记忆中几乎未留下任何痕迹。我可以听到它猛地扯链子，它的吠叫声乍然被卡住，接着便悻悻地跑回房下的阴影中。妈妈提高嗓音，这样我可以在火焰声和狗的哀号声外听见她说了什么："见鬼的该死他妈的'家顶祝妇'。"

如果我不让眼睛聚焦，只从眼睫毛下看这个世界，我可以把整个夜晚化为自己笔下的蜡笔画。我们周围的树树冠蓬松。飞进火里的裙子是从纸娃娃玩具书上剪下来的。火烧出橙色、向日葵的黄色和消防车的那种红色（上面有粗黑线的那种）。远处的炼油厂高塔是由我用银色画笔和直尺画的又长又细的直线组成的。塔上喷出的火焰让我想起马上要被吹灭的生日蜡烛。

不知道到什么时候，我终于感到精疲力竭。就算你直接把我带到火坑里，我估计也不会吭一声。我再也无力抗议，我看到莱西娅也仿佛身体被掏空了一样。我们正被一个巨大的机器掌控、磨碎。机器的力量让一切都变得简单。我感觉到一种奇怪的从内而外的镇定。该发生的，总该要发生。所有逃离的路线已经被一一否决了。

我想到卡萝尔·夏普在主日教堂学校学到的约伯故事。他如何最终接受了疼痛，像你在飓风中放弃抵抗，过了一段时间之后，飓风竟然能把你托起来。如果人们相信疼痛来自一种比他们自身更强大的力量，他们就能这样适应疼痛。所以在大瘟疫中，所有人都得了腹股沟腺炎，胳肢窝肿胀，到处流脓，反而大家都像没事一样继续活动。所以，我也一样镇定，知道外援已经被掐断。没有消防车会来，也没有邻居会给爸爸或警长打电话。

我想象老海因茨女士在隔壁，正用氨水兑柠檬做每个星期六的大扫除，她站在水槽上方的窗户前看着我们。她可以看见我们。我可以感受到她的目光。她正在擦餐具晾板上的最后一个盘子，思忖

151

着她是不是该出门看看。但她决定不管闲事了。妈妈像莎士比亚戏剧里的女巫一样往火里丢东西，老海因茨女士从那带褶皱的欧式窗帘后偷窥着我们，窗帘上的花边肯定是她照着西尔斯的购物目录上的样子，用从十美分商店买的方格布在缝纫机上缝出来的。她大概仔细瞅了瞅火焰中的那一堆玩具、家具和框着腾起的火舌的画框，瞅着妈妈用棍子搅着火焰，自言自语道："不关我什么事。"然后她把粉色方格窗帘拉上，把她和我们分隔开。

其他邻居也是如此。我可以感觉到他们放弃了我们，任由我们被即将发生的一切吞没。所有的窗帘都被拉上了。每扇纱门都紧紧地闭上，每个门钩都落在小小的钩眼里，每扇大门都重重地合上了，门闩也闩上了，把高温隔离在外。我几乎可以听见街区的每一个家庭都在这么做。电视声音开得更大了，这样就能盖过我们家的吵闹声。或许有人给爸爸打了电话，说："皮特，你看。这不关我的事，但是……"（至今，最让我有心理负担的是或许有人给爸爸打电话说了，可是爸爸和我们一样被同一架机器掌控、磨碎，就这样屈服于命运给他设定的轨迹中。）爸爸说他打算直接回家，或者骂了一句"亲我的红屁股还差不多"。如果他愿意，他可以根据需要把世界任何部分的音量调高或调低。我可以想象他的大手把话筒挂在黑色电话上。或许他操作间的工友正在炸刚捉来的鲇鱼。从他工作的高塔上，他可以透过弯曲的窗户望见遍地的工业管道和储油罐，眺望到铁路调车场，还有那些单调的样板房组成的网格——在其中一个房子的院子里，妈妈正把我们的生活抛入火海——或许爸爸决定给自己的脑子换个频道，离开这场大火，转向面前正漂在滚烫猪油上、蘸着玉米碎的鲇鱼。我可以想象他说："老天，闻着真香！"

当妈妈把东西都烧完后，她跑回屋里，而我们像牛群里的小牛一样跟着她。我们没跑到邻居家里大叫"救救我们！"。妈妈这种状态，我们不可能把她抛下。我们踏着湿润的草地，穿过炙热的火焰跑到潮湿的黑暗院子里和熄了灯的屋子中。我们脚步平缓地踏上水泥台阶，进入厨房。她穿过长长的走廊，跑到卧室，在那一刻，莱西娅好像被闪电击中一样，想让我们逃脱，不再继续这段狂野的冒险。她顶着我的胳膊，向我示意我们卧室的方向。我像一头眼盲的小牛一样，往她推我的方向走去。

我们的房间一片狼藉，毫无秩序可言。靠在墙上的床垫弹簧把我吓坏了。我可以想象妈妈把弹簧举起来，再听一遍弹簧落地的巨响。我还看到了外婆用从裁缝那里要来的一沓西装碎布料缝起来的灰黑色被子。莱西娅把那床被子铺在地上，好像我们在野餐。我躺在被子上，然后她把白色的雪尼尔床单拉过我们的膝盖。我们把被子撑成小山形状。雪尼尔布料的纹路像古书经文。我们侧过身子，面对着对方，身下被子上的布块相互扯着。我们用指头在被子上玩跳房子游戏——从黑色华达呢到炭灰色的法兰绒，再到灰色的细条纹，像从飞机上看到的陆地上的农田一样。妈妈早先用扫帚把我们房间的灯泡全打碎了，所以我们周围一片昏暗，也看不清周围七零八落的家具，它们在我们所在的那一小块地板周围形成了凸起错落的直角，崎岖如山地地形。

我可以听见妈妈在厨房。她肯定在把抽屉里的厨具全都倒出来，金属碰撞的声音先是刺耳，接着戛然而止，刺耳，又戛然而止。当我闭上双眼，这声音就像亚瑟王的战场。我脑中浮现出穿着盔甲的骑士将利剑刺向盾牌、弓箭飞入城垛、长矛射向骑兵的胸甲的场景。当我睁开双眼，面前却只有身下平淡无奇、由布料样本缝成的深色被子。在我旁边，莱西娅坚硬的刘海下是一张双眉紧锁的苍白的脸。她看起来可怜兮兮的，像一只巴吉度猎犬。她不再用手指在被子上玩跳房子游戏，而是食指紧挨着嘴唇，示意我不要说话。但我有什么话好说的？一片长方形的灯光从门口洒在我们身上。

一个深色的身影占据了那片光，像我妈妈的体形，但她的头发像狮鬃一样乱糟糟的，看不见脸，只有阴影。她举起双臂，步伐加大，让她的影子从一条长线变成一个巨大的"X"。其中一只手落了下来，攥着一把十二英尺长的锃亮的屠夫刀，有点像《惊魂记》浴室场景中那个疯子手里的刀。那把刀呈宽三角形，爸爸每次杀松鼠和鸡之前都会先用磨刀石把刀磨得很锋利，不过刀的尺寸足够切开一只羚羊的胯骨。刀尖上反射着一点光，像一颗星星一样，我脑中响起了那首儿歌："星光，星亮，今夜见到的第一颗星。但愿今晚的愿望，可能，或许，会成真。"但我不知道要许什么愿。莱西娅的手指紧紧地贴着她的双唇。她双眼圆睁，一刻不离地盯着门口的身影和那把刀。我不想尖叫，尖叫会惹怒莱西娅，我一看她的神色就知道。现在我非常希望自己不要尖叫。这个想法一半是许愿，一半是祈祷，我在脑中不断念叨，终于没叫出声。

我刚把尖叫吞到肚里，奇迹就发生了。我脑中突然散开一片寂静。莱西娅的脸突然缩小，像反着看望远镜时的图像。连妈妈的身影也开始发生变化并逐渐淡去。那穿着黑色松紧裤和高领上衣、抬着胳膊挥着刀的瘦弱身影仅仅是妈妈形象的小人画罢了，就和我上个星期日给她的母亲节贺卡上用马克笔画的一样。我在卡片上用粉色字母写了字，还用蜡笔画了蕾丝装饰："你是个不错的妈妈。我爱你。和你在一起很开心。来自玛丽·玛琳的爱。"那个星期日早晨，她打开了那张卡片，读了之后抽泣起来，并狠狠地抱住我，她的眼泪都流进了我的耳朵里。最终莱西娅拿着一杯她调的伏特加马丁尼出现在妈妈床边，说："来吧，喝口这个。"然后妈妈喝了一杯又一杯马丁尼。唱片机上，德拉·里斯正唱着《麦克刀》。妈妈不断念叨着"我可怜的宝贝"和"这不是你的错"。当我最终鼓起勇气偷跑到厨房把伏特加倒进下水道时，瓶里只剩下了一英寸高的酒。

那是一个星期前的母亲节。在我的卡片上，我画了一个妈妈的简笔小像，直线代表的脖子上戴着乒乓球大小的珍珠项链。此刻在我的脑海中，妈妈就是这位简笔小人，有着圆形的脑袋和用波浪线条画出的头发。但她跟我画的简笔小人的相似度到此为止。我面前的小人正拿着三角形的刀，刀尖上还带着一颗星星。我的简笔小人姐姐正藏在她白色的睡衣里深呼吸，我故意使自己的呼吸节奏和她的同步。我们躺在那间像卡通一样的房子里，感觉过去了很长时间。接着，妈妈突然像一头母狮子一样大吼一声："不！"她的嘴巴变成了一个巨大的黑色"O"，尖牙线条清晰起来，保持了半晌。那黑色的"不"从她嘴中飘出来，乘着气球，像彗星一样带着尾巴，擦过我们的身体，冲出被蜡纸贴满的窗户，消失在了烈火燃烧的夜晚中。

上帝就这样回应了我的祈祷：我突然获得了把我们全部变成卡通人物的超能力。黑页上，简笔小人点状的眼睛上方的眉头紧紧地皱着，像一个愤怒的 V 字。她不再是我妈妈，而是星期六卡通杂志里的怪兽。她不再是我妈妈。我把所有的恐惧锁在肚子里，直到那恐惧逐渐变硬，变成另一种我没注意到的东西。我自己也变硬，变成了一个我不认识的人。我可以感觉到莱西娅正歪头看着我，似乎很好奇这一切有什么好笑的。

现在那小人版的妈妈把刀放在地板上，跑去拨电话。我数着她拨了七个数字，电话转盘在她的指头下返回原位。她正在哭，简笔小人妈妈，正在抽泣。她两个点状的小眼睛正像喷泉一样流出蓝色的眼泪。我估计是布德罗医生接的电话，因为妈妈说："弗雷斯特，我是查理·玛丽。快过来。我把她们俩杀了。她们俩。我用刀把她们捅死了。"

第八章

他们把妈妈带走后，我陷入了强烈的孤单和对再见到她的渴望中，没有其他事情能让我从中摆脱，也没有人来刺破这孤单，把我解救出去。我的意思是，爸爸再也没提家里着火的那晚，没提妈妈什么时候会回家，只是告诉我们快了。或许我们对这一话题的沉默——莱西娅和我的沉默，因为我们俩也缄口不言——是为了保护爸爸，免得他太担心。如果说我们没告诉他事情的来龙去脉，让他失望了，那他不懂得要问我们，也让我们失望了。

在学校，我变得很乖。我再也没骂人或打架，而且再也没被送到弗兰克·多尔曼的办公室去下象棋。我二年级的期末成绩单上"行为"和"公民精神"两栏都写着"令人满意+"，那是我第一次获得这样的好成绩。显然，我以为只要我在所有权威面前表现优异，就能让妈妈回家。

在家里，我把我卧室的那一边也收拾得干干净净，还很不情愿地帮莱西娅把床单的四个角像军床那样包起来。我做家务的努力止步于此，但莱西娅一到星期六就会开始给家里做大扫除，连马桶内壁也不落下。她偏执地清理爸爸的烟灰缸。每次他刚往里面弹了弹骆驼烟的烟灰，手还没全收回来，她都会"呼"的一声蹿到他跟前，把烟灰缸洗好擦干。

因为对妈妈的心理健康没有了解（其实是一无所知），莱西娅和我开始想象出一些令人担心的场景。有一天晚上，电视上播了一部叫《蛇穴》的电影。奥利维娅·德哈维兰在里面扮演一个神经质女人。这个女人在家做卫生的时候戴着过于华丽的胸针、穿着系腰带的漂亮裙子。在影片一开始，她轻微抽搐的嘴角就为她之后的歇斯底里埋下了伏笔。"蛇穴"指的是影片所描绘的精神病院。精神病院里有一个满是冰的浴缸，有一个狂躁病人头上盖着湿帆布，被丢在里面。影片还这样描述电击疗法："把电极贴在你的太阳穴上，然后嗞嗞嗞嗞嗞——几千伏的电流从你脑中蹿过！"影片最后，可怜的德哈维兰被锁在一个四面贴了海绵的房间，身上穿着逼得你一整天双臂互抱并且看起来十分溽热的长袖束身服。不仅如此，她还产生了幻觉，以为周围爬的全是蛇。这部电影成了莱西娅和我对彻底"神经紧张"的病人在精神病房里生活的全部想象。这是我们唯一的信息来源。

邻居家的小孩们对我们也没有起到慰藉作用。和我们一样，他们对精神病房所知甚少，但对于精神病院的俗语，他们知道的可不少。用最粗鲁的当地俗语在你的伤口上撒盐简直是利奇菲尔德居民的特质，到今天也是如此。甚至可以说，你的遭遇越糟糕，别人的议论就越残忍直接。这就是为何先天腿部萎缩的人的外号是"瘸儿"，脸上长青春痘的女孩被叫作"比萨脸"。

我爸爸还有一个同事，那个人十几岁的儿子在夏天的某一天突然疯了，拿着点十二口径的猎枪跑到他的中学，杀了一个升学辅导老师。学校校长（后来我们才知道他才是枪杀目标）藏在学校的保险柜里，躲过一劫。爸爸的同事们立刻给这个小孩取名"埋伏专家"。

当地的报纸报道那个男孩入狱，然后在州医院做了脑白质切除术。同一个星期，炼油厂的同事竟然给那个男孩的爸爸举办了一个气球和鞭炮庆祝派对。真的。爸爸跟我说，他们给那个可怜父亲的祝福卡片上写着："祝愿埋伏专家放下屠刀，立地成佛！"

这种直接和鲁莽对我们来说见怪不怪了。其中的原理是，如果不用最伤人的话反复提起这段遭遇，那就等于无视这种惨境的存在。无视这种惨境其实就等于撒谎，就是把痛苦的人（比如上面这个例子中埋伏专家的老爹）排除在外，所以它比令人悲伤的真相更加残酷。而且，他唯一的儿子做了脑白质切除术，如果别人对这个悲剧闭口不言，可能暗示他老爹被这事"削弱"了，或者"承受不起"。

所以邻居家小孩跟我说话的时候，也是以最残酷的语言，意在让我坚强地直面生活冰冷的现实。他们说妈妈和疯狗一样疯，和傻帽一样傻。她脑筋缺根弦。她出生的时候脑袋被撞傻了，她是傻子工厂造出来的傻子、五星级疯子、缺根筋大本营营长。

有三四次我会像电锯突然启动了一样，"锯"向那些像这样喋喋不休地说妈妈的小孩，却弄得自己被胖揍一顿。最后，爸爸不得不给我出主意，让我使劲咬那些打架占我上风的小孩。他说如果我示弱，最后反而会落得被他们不停地打一顿，而我这小身板，靠正面交锋绝对赢不了。他的原话是"把你那小象牙亮给他们看，崽子"。虽然我每次咬人都以自己被揍告终，但我留下的牙印一般都是永久性的。那年夏天，我大概把人咬出血七八次。我有一次把里基·卡特的肩膀咬了块肉下来，引发了一系列事情，让我获得了邻里间最暴躁的小孩的名声。

红脸里基十二岁时，因为我咬了他，害得他在一堆比我们更小的小孩面前哭了鼻子。他恼羞成怒，想报仇雪恨。他四下扫视一番，向莱西娅扑了过去。找莱西娅麻烦的人从来都没有好下场。里基年纪比我们大，个头更高，但莱西娅可不是好惹的。她每次跑到药店买冰激凌，都会有一些粗人指着她说："那可是皮特·卡尔的女儿。"这一番夸奖总是让其他人扬起眉毛，瞅她一眼。言归正传，莱西娅很快就把里基按在地上，里基的弟弟菲利普偷跑到她身后，使尽全力用一根棒球棍打向她的肩胛骨之间，把她打晕了。木头砸在脊椎上的声音一响，所有的小孩都被吓得一哄而散，跑回自己家。莱西娅倒在地上，过了好几分钟，血色才重回她的脸颊，她眨了眨眼睛。

第二天日出后不久，我把 BB 枪从书柜顶部拿了下来，决定不杀红眼不回头。这有点像几年后一个叫查尔斯·惠特曼的人，那人在得克萨斯大学的钟塔上枪杀了十三个人。我带了一个纸袋，里面放了一罐墨西哥粽子和开罐器，还用印花玻璃罐给自己泡了一杯茶。其他小孩还穿着睡衣，在家里一边吃带糖粉的甜甜圈，一边看着电视时，我正潜入房子后面的黑莓地。田地中央有一棵孤单的苦楝树。我爬到树上，掏出我的 BB 枪静待卡特家小孩的出现。我先前偷听到，他们那天早上打算来摘莓子，给他们妈妈做果酱饼。

我没等多久他们就出现了。太阳从粉色变成辣眼的白色，卡特家的小孩热热闹闹地顺着田地周围野草丛生的水沟走来。带头的是他们的老爹，小孩们拖拖拉拉地跟着，每个人手里都拎着一口小锅或装鱼饵的桶。我把 BB 枪举起来，透过枪上的"V"对准里基眼镜上的白色反光部位。我准备一枪射到他两眼之间。我嘴上重复着爸爸教我慢速扣扳机的要点："动作别太突兀，崽子。"他总这么说。我的动作不突兀，在令人满足的"噌"的一声响起之后，奇迹发生了。我看到里基·卡特突然捂住自己的脖子，好像他以为有黄蜂蜇了他。

我接下来的几枪没打中，但卡特家的老爹听见子弹从野草中飞过，循着声音找到了趴在树上、以树叶当掩护的我。我离得那么远，都可以看见里基脖子上被我打中的地方在流血。卡特老爹吼我的名字，高声问是不是我干的。但我像布雷尔兔一样按兵不动。他继续大声问我是不是在树上藏着什么武器。接着，芭比·卡特把她的锅一扔，哭着跑回马路上，菲利普紧紧跟在她后面。雪莉也开始逃跑。她的人字拖"啪啪"地打在她光着的脚上，然后她跳过水沟，也跑回了马路上。里基双手叉腰，一副气鼓鼓的样子，但他横着走，让他爸爸挡在他和苦楝树中间。你个胆小鬼，我想着，仿佛里基回避子弹，便是他不是个真男子汉的铁证。卡特先生吼着我，让我从树上下来，说 BB 枪可以把人打瞎。我的回复至今还令利奇菲尔德年迈的家庭主妇们咂舌，可能是利奇菲尔德的人们有史以来听过的、从小孩口中说出的最脏的话。

邻居给爸爸打电话告状，爸爸用摩尔外婆的自制马鞭（马鞭本身就是对我的侮辱）抽了我一顿后，我才搞明白。听到这句话后，估计我还哭了。

第二天，我准备到卡特家车道上抗议。我以为，家里有工会成员的小孩是不会越界跟他们玩的。我用妈妈的油画颜料在硬纸壳上写了抗议语，我和莱西娅一人举一块。我的抗议语非常普通："打倒卡特一家！"莱西娅的是"卡特打架作弊"。但后来莱西娅说服我放弃了抗议。我那天早上的狙击行为让邻里开始对我又恨又怕。小孩们也没再说妈妈的坏话。我的反卡特活动至少让我忙了起来，得到了一点宽慰。没有卡特一家当我的敌人，我又会开始孤单地想念妈妈。

爸爸在谎言俱乐部讲过一个故事，透露出他自己的母亲也不是善茬。他故事中主要讲的是他妈妈抽他时的心狠手辣，他讲自己挺过这些毒打的时候语气颇为自豪。"我老妈会在我的屁股上留下一道一道血印子。你别以为她不会。她和我爸一样，动不动就准备抽人。"

我们当时在洗鸭子——爸爸、我和俱乐部的其他男人。当时才早上九点，我们已经打完猎，满载而归。我正在把绿翅鸭的肠子掏出来，爸爸正在拔一只巨型加拿大鹅松软尸体上的鹅毛。他手一扯，就拔光了一大把羽毛。"我妈发起脾气来，比伐木工人的屁股还硬。"他说，一脸赞扬的神色。在他长大的伐木营中，伐木工人骑着骡子拉的车，后面装刚砍完的木材。因为他们的屁股整天蹭在没抛光的松木上，全长出了硬邦邦的茧。

"你们要几个鸡蛋？"本问大家。所有人都说要三个。他把一大摊假猪油滑到黑色的平底锅里。我们在库特的一居室木屋中歇了歇脚，把鸭子洗干净，顺便吃了早饭。他的木屋在楚皮克浅河上，位于路易斯安那州的河对岸。

"我妈身材娇小得很。"爸爸说，"但你要是跟她撒谎，她就可以跟蛇一样狠。"

亚格一点也不戏谑地说，爸爸竟然还撒过谎。他正在把鸭子切成大块，放进白色的冷冻袋里，等着我们回镇里好每个人分一袋。

爸爸朝亚格歪了歪头。"她上次打我就是因为我撒谎。我当时以为自己年纪够大了，怎么可能被打屁股。见鬼，我当时胳膊就有这么粗。"他看了看脚踝旁水缸里的死鸭子和羽毛，好像那是他老妈的幽灵要从缸里蹦出来的神谕。

当他确定所有人正在仔细听后，他回到故事开头做起了铺垫。"那年八月有飓风，往内奇斯河里灌了几千万上亿吨的水。你们觉得水位不高？"他瞪着我们，等我们回过神来，"老天爷，水位可高了！"一屋子的人都很安静，只有鸡蛋在热油里滑动和亚格折牛皮纸的声音。有一刹那，"飓风"一词让我想起飓风卡拉期间在橙色大桥上发生的一切——桥的栏杆似乎即将横着向我们的车撞来。我使劲摇了摇头，把思绪转到手中的绿翅鸭上。清理鸭子这活特别容易搞得哪儿哪儿都黏糊糊的。

"我记得那次暴风雨。"库特说，他和故事也有关系了，声音中透着一丝兴奋。

"库特，你当时还穿着纸尿布乱跑呢，"本说道，"你出没出生都不知道。"他用锅铲把蛋黄戳破了，让鸡蛋煎得更熟。如果你在卡车休息点的餐厅吃饭，你得跟服务员说："把鸡蛋翻过来踩一脚。"

"我反正记得一场类似的暴风雨。"库特说。

"见鬼，我们谁没见过类似的。"亚格说。他忍库特很久了，而且因为他是黑人，库特总是指使他做这做那。"亚格，把舷外马达拿来。亚格，你开枪开得太早了。见鬼，亚格，我留着这些饼干以后吃呢！"库特几乎忍不住要开种族主义玩笑了。库特总是提到波兰佬和阿吉[1]，但所有人，包括亚格在内，都很清楚如果不是因为场上有一个黑人端坐，他们肯定满嘴都是"黑鬼"。爸爸说库特只是无知而已，他以前从没见过黑人，所以不是他的错。但我现在回想起来，从来没人直接跟库特顶嘴，这很不公平。的确，大家偶尔会让他收敛一点，不让他彻底犯浑。但没人直言"你总是找亚格的麻烦，因为亚格是黑人"。有的时候，我觉得我们好像得装作不知道亚格是黑人，或者只要提起这茬子事就是没礼貌的表现。这令我很疑惑，因为我觉得亚格显然是黑人。在任何其他方面，只要有人跟其他人不同，大家都热情高涨地议论，对于肤色却缄口不言，让这个话题显得严肃又格外令人困惑。

爸爸的声音打破了我的思绪。"反正，我妈跟我哥 A.D. 直说不要去河里。'小子们，离那条河远点。有男孩在里面被淹死了。'我们说好。但是 A.D. 跟我眨了眨眼。我知道我们俩想到一块了。

1.得克萨斯农工大学学生的外号。

"我和老 A.D. 跑到窗户外面蹲着，大声说我们要去锯木厂，故意让她听见我们。我们说我们要去锯木厂，看看老爹需不需要帮忙。我们沿着林中小路走去，然后一拐弯，她就看不见我们了。"他把指头张开，示意那条路，"我们慢慢偏离正路，往河那边去了。其他小子们也要去河边。所以我们想跟他们会合。我们到那儿之后，一股脑脱得光溜溜的，然后像两把黄油切刀一样双双跳进了河里。"

爸爸拔完了鹅毛，然后把那刺手的粉色尸体递给我，让我清理内脏。他又拿起了一只绿头鸭，鸭头是荧光绿色的。早上早些时候，当本把所有绿头鸭提起来时，它们光亮的绿色脑袋被他发红的大手攥住，像一束鲜花。除了它们空洞的黑色眼睛，几乎看不出来它们已经死了。

"你那个兄弟是你大哥，对吧？"库特问道。

"管他是谁呢，库特，"亚格说道，"见鬼，你真是我见过的最多嘴的婊子养的。"

库特突然在椅子上扭过身体，盯着亚格。库特脑袋抽搐的动作很像一只鸟，好像他马上要咕咕地在房间里踱步，低头啄地板。"我想知道。关你屁事。"库特说。

爸爸把手中的绿头鸭收回，好像要拿它打人。"我向老天发誓，你们俩再不闭嘴，我就拿鸭子抽你们。"他说道。

"他先开始的。"库特说着，缩回到自己的衬衫领子里。

本让大家别吵了。他正在炉子旁，把平底锅上多余的油倒回猪油壶。

爸爸又扯了几下绿头鸭的毛，等大家把目光再聚集到他身上，又开始说："那天晚上我们顺着林了回家，然后碰到我妈了。她把围裙扯到一旁，塞到裙子里，免得被灌木丛缠住。她总是戴着一顶老旧的蓝花圆帽。"爸爸两手在脑后扇着，代表圆帽，"西边的太阳下山了，也就是她的右边。所以那圆帽在她脸上投下一片阴影，让我们看不见她的脸。但光看她脚蹬在草地上的样子我就知道她生气得很。而且她砍了一根榆树树枝，攥在手上，树枝大约有她的身高那么长，好像她早早就准备好了要抽我们一顿。我跟 A.D. 小声说别告诉她我们游泳了，就说我们只是围观其他人游泳。他说好。

"不到一分钟之后，她在我面前停下，'J.P.'她说，'你到河里去了？'

"'没有，'我说，'我们就是看看其他小孩游泳。'她说好。然后她把树枝拿起来对着我，拍了拍 A.D. 的肩膀。她拍的力气很轻，好像就是为了引起他的注意。'A.D.，你到河里去了？'你猜他怎么说？'没错，老妈。我到河里了。他跟我一起的。'然后我心里想，你这狗娘养的。"

我看到本把一盘用蛋糕模具装的饼干从烤箱里拿出来。他用一个尖尖的开瓶器把一罐全新的黄色蔗糖浆戳开。我喜欢用大拇指给饼干戳一个洞，然后往里面灌满糖浆，你咬一口的时候糖浆会漫溢出来。我心里想到要这么做，喉咙后面就溢满了对那甜味的渴望。爸爸重新开始讲故事的时候，我仍然渴望那甜味。

"我告诉你们，我妈那时候个子还没有我家玛丽·玛琳高。"他突然用大拇指指了指我，让我来证明他母亲身材之娇小。我无视他这一举动，假装对切开的肥厚鹅肚兴趣盎然。"估计穿了靴子还没有九十磅重，我妈。她把我们带到家里有纱窗的后廊——我们夏天在那儿睡觉。她先抽我哥，一副恨不得打死他的样子。凌厉的一鞭打在他身上，仿佛不打得他皮开肉绽不罢休。他被打的时候，每次他和我一对上眼，我就忍不住笑出声来。我想她打他这么用力，轮到我的时候估计就不会那么疼了。"

亚格说："我老爸打我和我哥也那样。轮流打，让我们轮流看着对方。"

"你又插嘴了！"库特用手一拍桌子，"为啥没人让他别插嘴？"库特脖子上青筋暴起。本让他赶快去拿盘子，少在那儿为自己鸣不平。

爸爸把绿头鸭甩在水缸里，好像回忆自己被打那天的事突然让他筋疲力尽了。整件事情好像一下子全部压在他身上。他塌着肩膀，脸上的皱纹越发深了。然后他茫然地向不远的前方望去，好像他正是在这间小屋被打的，而他正在目睹一切，转述给周围的伙计们。"她用那树枝往我背上来了四下，我的衬衫立刻碎成几片。"他的脑袋低了低，好像正承受着那树枝的重量，这一切在我面前变得越来越生动，"我可是被很多成年男人打过的，有用拆轮胎的铁棒子的，用装满硬币的袜子的，各种各样的棍子我都见过。但我妈像小母鸡一样蜷缩着，拿着那垂枝榆树枝，把我全身上下从肩膀到屁股打得火辣辣的。她每说一个词，就抽一下。'你——再——跟——我——撒谎，你——再——逃跑！'我的天，我从她手中逃跑了几次。我跑到纱门那儿，可是后廊的松树板因为下雨全发涨了。门也涨大了，所以我没法全打开，门钩也扯不下来。我刚把半个身子挤进门里，那树枝就落在我背上了。打在背上半秒钟之前，你还能听到那树枝在空中发出的呼呼声。我妈只是在我身后往死里抽，好像我是一棵松树，她要奋力把我砍倒。我连摔在地上都不敢，我怕自己倒地就没法活着站起来了。我没有夸张。你以为她打 A.D. 打累了？"他斜眼看着我们，然后把那只绿头鸭捡起来，又拔了几下毛，看起来像是弄得差不多了。"老天，打 A.D. 只是热个身而已。"

"他们最见不得你逃跑了。"本说道。他正把最后一个鸡蛋铲到盘子上。"我外婆也这样。你逃跑，只是在拖延挨打的时间。"当然了，我自己在被打的时候也喜欢逃跑。听说我爸爸以前也喜欢逃跑，这让我很骄傲。我总觉得傻蛋才会站在那儿任自己挨揍。我正捉摸着往炉灶那儿走，眼睛正好平视那盘蓬松、焦黄的饼干。只要本朝我眨眨眼睛，我马上就会拿第一块。

"我终于冲破了纱门，"爸爸说，"在纱门上留下一个浑圆的人形轮廓，像个纸娃娃。"亚格朝我眯了眯眼，显然觉得这不太可能。虽然我是个小孩，还是个出了名的难搞小孩，亚格总是会跟我分享他对爸爸故事真实性的判断。

爸爸把鸭子又放下了，脸上绽放出微笑，眼睛眯起来，双肩一挺，好像故事最精彩的部分马上就要像泡泡一样飘然而至。"老A.D.会得报应的，你别以为他能全身而退。"

"A.D.伯伯不是比你块头大吗，爸爸？"我总是会用其他方式补偿我自己的瘦弱，A.D.伯伯像橡树一样壮，满头金发。在所有卡尔家小孩的照片里，他总是挨着爸爸站着，低头顺着鼻子的方向俯视着自己的兄弟，好像自己是领着一群小兵的将军。

"管他壮不壮，都一样，"爸爸说，"壮是壮。但除了壮，还有好些方面，崽子。你别忘了，壮算个屁。我就是这么想的。

"我跑到木棚后面躲着，"爸爸说，"老A.D.正在地上趴着。'喂，老哥。'我跟他说。"爸爸把他和A.D.伯伯对话的声音模仿得像融化的黄油一样顺滑甘甜。"'你当时情况肯定不妙。'我跟他说我有烧伤药膏能给他止疼。A.D.弯起身子。我开始把他背上和伤口粘在一起的衬衫揭起来。他咬着牙咝咝地吸着冷气。他把那旧棉衬衣扯过两肩，问我是不是伤得很重。我说：'你这可怜蛋。'当然了，她把我的衣服也打碎成几片。'把你那衬衫再往上提一提，提过脖子，'我跟他说，'我可不想把药膏弄到衬衫上，又惹得老妈更生气。'于是他又往前弓了弓身子，脸朝地，两条胳膊全卡在衬衫袖子里，像被塞进袜子里的蛇。于是我开始报仇了，一股脑把松节油风油精全抹

166

到他的伤口上。那可是我妈用焦油做的深紫黑色风油精。我用手把他撑住，用手掌抹得他满背都是。他猛地跳蹿起来，想挣脱我。"

亚格停下了手中包装鸭肉的活。他歪着脑袋看着爸爸，说他的老妈也用焦油做风油精。这就说明亚格也是从那片松树林来的人。"我记得她用的是焦油和松树液，估计还放了点香茅，是种发凉的香料。"亚格他妈认识爸爸的老妈，因为她俩都是有名的乡村医生，亚格和爸爸偶尔还一块骑着马回家，去搞点类似这种风油精的香料或者其他药方。他们脸上的表情隐约变得温柔，这让眼泪在我的眼眶打起转来。我自己也开始孤单地想念这些素不相识的老妇人。

爸爸说正是这种药。他从满是羽毛的水缸边站起来，踱到水槽那儿去洗手。他看起来挺开心的。亚格知道这种风油精的存在，就说明爸爸讲的故事是真的。但亚格紧锁着眉毛，仿佛这个故事让他不快。亚格跟爸爸说，这种风油精的味道是驱散不掉的，不管是抹伤口还是其他什么地方。爸爸说那正是他的用意，让 A.D. 为打小报告付出沉重代价。

这让我纳闷起来。我听说过爸爸会做这样刻薄的事，我也见过他踱步到酒吧台球桌的时候别人都躲着他，但他对我就像对待易碎的玻璃一样，他打我的屁股都是象征性的，温暾暾的。我大清早起床和他去浅河的时候，他还把我的袜子放在取暖器上加热，然后才让我穿上。（莱西娅那天在朋友家过夜。她已长大，不需要爸爸的照料了，她还伶俐地学会了获得更安生的人家的信任。）我想要什么，爸爸都买给我。我讲什么笑话都能把他逗笑。他每天还告诉我五十多次，说他在世界上最爱我。我虽然见过他打架，但现实生活中，我从没见过他做他在谎言俱乐部讲的那种偷偷摸摸的刻薄事。我一边看着他用一个浅蓝色的塑料刷子刷指甲里的血，一边疑惑起来。他正扬扬自得地笑他恶搞 A.D.，同时用洗碗布把手擦干。"我任他那样在地上滚来滚去，恨不得从自己肉身里逃出去。"

本把饼干盘倒过来，一个个热腾腾的圆球全都翻滚出来。它们底部是香脆的焦黄。他朝我点点头，让我开动，我立马动手抓了一个。因为饼干太烫，我像拿热土豆那样两手抛来抛去免得被烫伤。最终我把饼干放在柜台上，把两只手像帐篷一样捂在上面，用嘴把它吹凉。当我抬头时，我看到本一脸严肃，好像他也没法转动脑筋，想象爸爸竟然能做出这么恶毒的事。

或许正是爸爸这种隐约的邪气，让我不敢过多问妈妈在医院里的情况。他对这件事的沉默像一种栅栏，不允许我逾越。但我以前看到"闲人勿入"警告牌会直接闯过去。

那天晚上，爸爸开着他那辆蜥蜴绿色的卡车带我们回家，我的思绪又回到了后院着火的那天。那时候，我已经完全淡忘了妈妈向我们举起屠刀的记忆。我连大火和她烧我们衣服的事也不记得了。我只记得布德罗医生、他毛毛虫一样的胡子，和他询问我伤口在哪里的情景。我知道是他把妈妈送进了精神病院。我壮着胆问爸爸那是什么地方，为什么我们不能去看她。爸爸说小孩不能去那里，因为小孩看见自己老妈穿着睡衣和其他人关在病房里会被吓着。他转过头，从骆驼烟包里摇了一根烟出来，摁下打火机。打火机就像一句话的句号，让我不要再问了。我可以感觉到热风中我的头发飘来飘去。我透过车窗，看着橡胶工厂滑向我们身后。

不知为何，我大胆地继续问了下去。我们正准备从皇家农场餐厅回家。在那家餐厅，我喝着樱桃冰沙，女侍应生倚在爸爸的车窗旁。爸爸喝了至少三罐啤酒，她竟然没让我们买单。或许啤酒让爸爸话多起来。我问他见妈妈的时候是不是很害怕。他说，那里的病人其实并不是全疯了，更像是处于悲哀的情绪中。他说，他们整天坐在那儿玩桌游，也不怎么动自己的棋子。

病人们不动棋子这个细节突然让我想象中的医院鲜活起来。我一直以来隐藏的怒火突然爆发。我终于跟爸爸说，如果妈妈回家后因为我们不收拾房间再这样发疯，那她还是别回家了。

接着他做了一些事情，和我平时认识的他是如此不同，这一刻立即在我脑中成了最能代表他的动作。他突然急转弯，把我们的车开进了沙土路，狠狠踩了一脚刹车。我们像鱼尾一般摇摆半晌，终于停了下来。爸爸连看都没看我，两眼死死盯着窗外，不是在看侧视镜中他自己的脸，就是在看远方的高塔。这让我有机会仔细打量他的侧脸——他又高又尖的颧骨和鹰钩鼻。他眼睛一眯，终于开口了。他说如果我再这样说妈妈，他会一个大耳光把我扇到墨西哥。我们在这暴力威胁的余音中沉默了半晌。他从没扇过我耳光，甚至从没威胁过要扇我。我一想到这里，两颊便通红起来，但我一声没吭。一两秒后，他把手刹压下去，换到第一挡，又上路了。

最终，爸爸把我们带到了医院去看妈妈。医院是坐落在杂木丛生的田地中的一栋矮楼。在热辣辣的阳光中，周围没有半寸阴凉地。我们没进去，只是站在医院看起来像是活动大厅的房间外面。他事先跟妈妈约好了时间。我们靠近的时候，我可以看见窗户上的纱和加钉的一层铁丝网——估计是为了防止病人逃跑用的，还可以看见妈妈睡袍上鲜艳的热带花纹。爸爸得抱着我的腰把我举起来，这样我才能够到窗户，但我的鼻子大概只够到窗户下沿。妈妈把手放在铁丝网上。她的手很苍白。我举手和她掌心相对，尽量和她有最大面积的接触。纱窗动了动，让我们的掌心透过铁丝网碰在一起。她的脸淹没在房间的阴影中，只是一个苍白的椭圆，看不太清五官，但她说她想我们的时候，我可以听见她带着哭腔。她拿纸巾擦了擦她椭圆形的脸庞，颅内发出流鼻涕的声音。我们又轮流告诉她我们想她。

然后我说了"对不起，妈妈，你被关起来了"。这引得莱西娅掐了一把我的脚踝。我这么一说让妈妈笑了起来。"见鬼，宝贝，"她说，"你们也都被关起来了，只是你的房间大一点而已。"她刚说完这句话，从房间的另一个我根本没留意的角落传来了起落的咯咯笑声，让我脊背发凉。我朝声音的方向望去，隐约看到一群穿着蓝睡衣的女病人围着一张大圆桌坐着，被笼罩在低沉的灰色香烟烟雾中。我突然想到这些人也是疯子。我看不见她们的脸，但我并不害怕。反而，她们可以整天和妈妈在一起，这让我很嫉妒。她们可以和妈妈一起吃饭，和她玩金拉米牌，但我只能这样被托起来透过窗户看她，仿佛我是她不忍见到的一团东西。爸爸看到我正望着那些女病人，把我放了下来。我说："我爱你。"然后避开了她的目光。妈妈也看向别处，接着便渐渐地离开了我的视野。

莱西娅比较高，所以爸爸可以把她抬得更高。他把手搂成马镫的形状，然后把背挺直，让莱西娅可以看到整个窗户。我看到莱西娅和妈妈低声交谈，心里很不是滋味。我得踮着脚，勉强把头够到窗沿下方，像个小偷或者偷窥狂。莱西娅整张脸离妈妈只有咫尺之遥，而且她们说的话我一句也听不清。她们俩之间总是有秘密。晚上莱西娅帮妈妈做马丁尼饮料或者换唱片的时候，我一走近，妈妈就立刻安静下来。她和妈妈秘密交谈的时候，还总喜欢把我赶到一边去。她对我挥挥手，好像我是只讨厌的马蝇。她们之间总是特别要好，这俩人，好像一起站在某个无形的相互理解的圆圈中，妈妈对我和爸爸无话可说，把我们放逐到她生活轨迹的外围。

在医院的那天，一位护士的白色身影终于出现在妈妈身后，催她走。莱西娅抻着脑袋想跟妈妈吻别。她把双唇贴在铁丝网上，让我想拍她穿着李维斯短裤的屁股。妈妈的嘴唇竟然也贴在铁丝网上，亲到了莱西娅，这让我更难受了。

爸爸把卡车从石子铺的停车场中倒出来的时候，妈妈睡衣上的热带图案又出现在了另一扇窗户前。她把手放在铁丝网上，让我想到有一次我在一本《哈姆雷特》的书页中找到的一朵白兰花标本，上面撒着某种粉末。那个月，我们只见了她这一次。

　　见完妈妈的那天晚上，我晚上很快就睡着了，这还是几个星期以来的第一次。我做了一个最恐怖的噩梦，像宽屏电视节目一样在我脑中上演。在梦中，爸爸正在厨房的胶合木柜台上砍一只巨大动物的尸体。我穿过餐厅向他靠近，透过两个房间之间的窗户看着他。我看不清楚那是什么生物——是鹿，还是公猪？反正是只很大的动物。而且，一般爸爸会把猎物放在家里后廊的水缸里清洗，这样他可以用水管把砖头上的血都冲走。在梦中，他的 T 恤衫上全是血。他砍得如此用力，手上青筋暴起。过了一会儿，他把砍刀举起来，使劲砍了下去。然后他开始割断关节中的脆骨，发出"咔"的一声。我听到屠刀切断骨头的声音，骨头应声重重地砸在木桌上。

　　此时，爸爸看到我，让我回屋里睡觉，说他很忙。"快回去睡觉，崽子"是他的原话。他几乎没看我一眼。我转身准备走，但又止不住回头看，仿佛被他所干的活迷住了。他拿起一块肉，仔细打量着。接着，屋里的光线一下子变了，我发现他拿的其实是一条从手肘处切断的人的胳膊。那条胳膊上的手是妈妈的手，上面还有外婆的结婚戒指。手腕已经被掰得和手臂呈直角，好像妈妈正准备举手抗议，结果却永远被冻结在那个动作上。我倒吸一口冷气醒来，我的 T 恤衫全粘在胸口，嘴唇上满是大滴的汗珠。

　　我突然想起，妈妈被切断的手的姿势和她贴在医院铁丝网上的姿势一模一样。那段时间，还有一只手被深深刻入我的记忆里。那是兔八哥华雷斯的老婆。有一天早上，她敲我们家后廊的门，手上全是面粉。那双手落在我家潮湿的早餐桌上，她跟爸爸说："快来，八哥开枪自杀了。"听到猎枪枪声时，她正在做饼干。她说，兔八哥还专门把用来遮草坪家具的塑料防水布铺在车库的地板上，免得弄得到处都是。她还说，这是他生前做的最后一件事，是不是很细心。她脸上露出晦暗的微笑，若有所思。当然，爸爸正忙着给警长打电话，没有回应她。我记得，华雷斯夫人的白色手印在那张桌子上停留了一整天，好像幽灵摸过这里。我每次路过那只手印就想到妈妈，直到莱西娅在吃晚饭前用海绵把它抹去了。

第二部分

科罗拉多，1963

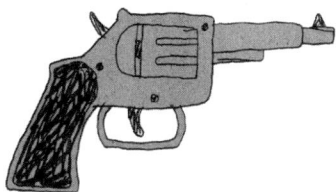

人很难了解自身的头脑，因为只能用头脑才能去了解。他可以了解自己的心，可是他不想。不想是对的。最好不要探究自己的心。

—— 科马克·麦卡锡《血色子午线》

第九章

我们搬到科罗拉多州纯属巧合。我们正穿过州界线，准备去西雅图的世界博览会。一路上妈妈一直呆呆地望着英帕拉车窗外，途中却突然高声叫爸爸停车。车子尖鸣一声紧急刹车，我以为她晕车了。一路上，他们两人动不动就晕车，好似是深受斯米诺伏特加之害。我们缓缓地停在路边。公路是下坡路，往一片满是耧斗菜、粉色毛茛花和野胡萝卜的宽阔山谷地区延伸。山谷另一面就是派克斯峰，对一个在低洼地区长大的小孩来说，这景色简直不太真实。在我的合唱课本里有一张类似的山峰图片，和合唱歌曲《美丽的美国》的乐谱是相邻页，图中的山峰呈紫色，有白色的雪顶，被纤长飘浮的云朵环绕着。从开着空调的车里下车，我们感觉像是走进了一张明信片。奇怪，我想，空气凉丝丝的。这是因为在利奇菲尔德，蓝天永远有令人窒息的热浪相伴。常青树的味道也令我不知身处何处，因为常青树让我想起了妈妈画室的松节油。

出门旅行时，我是家里最擅长噘嘴耍脾气的。此时此刻，我正因为突然停车噘着嘴。有时候他们不停车我也会噘嘴。比如说，如果我非要去参观一个养蛇农场或者去冰激凌店，或者如果我不想尿在车后座的咖啡罐里，免得路过的卡车司机看到我，争先恐后地向我按喇叭，把我当耍猴戏的，我甚至会把鞋丢到窗外，逼着我父母停车。

科罗拉多斯普林斯的假日旅馆户外游泳池日落时就会关门。我整天都在催爸爸赶快开车，赶在关门之前到达。开车的时候，我把嘴噘到离他耳朵只有两英寸的地方，像只昆虫一样不断地哼哼唧唧，威胁说如果我们到的时候泳池关门了，我会在汽车旅馆大堂来一出尖叫撒泼的好戏，可此时妈妈竟然让我们停下来欣赏风景。

我气鼓鼓地往轮胎的白色橡胶上扔石头。在我的脑海中，我正酝酿着情绪，准备在汽车旅馆撒野：我会告诉前台工作人员，那男人不是我爸爸，他在抢银行的时候持刀把我绑架了。稀薄的空气让我有些头晕，我望向天空，一只老鹰嘴中叼着一只挣扎的啮齿动物在不远的地方飞旋，距离近到我可以看见它亮晶晶的黑色眼睛。妈妈看到老鹰，又不禁拿起柯达相机照来照去，身边的莱西娅像个傻瓜一样挥着手臂，喋喋不休地讲着什么食物链。爸爸正在打开车前盖，准备检查散热器水位时，妈妈神气地踱到他身边。她歪着脑袋靠在他的卡其衬衫前襟上，问他我们能不能在这里多待一会儿，拜托了，宝贝，这光线让她很想画画。

我想继续上路。莱西娅和我已经打开了在埃索加油站买的地图，在上面画出了要走的路线。我们用红色马克笔把这些代表西部小镇的黑点连接起来，形成了一道很宽的横穿美国、直达西雅图的红色闪电。我还想去西雅图的太空针塔礼品店，给佩姬·方特诺特寄明信片。我还在自己的樱桃红日记本上打了草稿，日记本还带着妈妈出发前在药店给我买的廉价小锁："亲爱的佩姬，我的假期是不是完败你那假期圣经学校？"

爸爸转钥匙开动汽车的时候，还在纠结我们是留还是去。汽车

"砰"的一下开上了黑色的柏油路，青瓷色的天空又开始快速扫过我们的车窗。他终于在后视镜朝我眨了眨眼，宣布他也想继续往西走。但妈妈不想。她先是比较温和地说服他，后来话越说越难听，弄得莱西娅和我遮住了自己的耳朵。很快，车里关于是否应该停车的讨论变成了泛泛之论——谁以前做了这个、谁从来没做过那个。最后，妈妈把一个火柴盒砸在爸爸身上。他一个急转弯，把我们带到一个小镇上。姑且叫这座小镇"卡斯卡德"吧。在那里，我们最终买了栋房子。

妈妈买的石砌房子坐落在一座山的山腰上，简直像《BB鸟与歪心狼》动画片里的景色。我们还有照片证明。似乎用个结实点的千斤顶或在房子的另一边用铁锹使劲一推，就能把房子从木桩上掀起来，让它一路顺着泥土路像球一样滚进镇里。

这座房子证实了外婆的遗产提升了我们生活的总体舒适度。在得克萨斯州，我们就有了预感。在走之前，爸爸在每个卧室的窗户上都装了空调。当我们把肮脏发黑的电扇捐给救世军组织的那一刻，我们已经正式成为县里的上层社会。而且，在休斯敦，妈妈给自己买了一件豹皮外套和一顶配套的帽子，让她看起来像是伏特加酒瓶上的哥萨克游牧民。（或许那件外套——在热带穿简直是酷刑——证实了妈妈根本没准备度完假后回到得克萨斯州。但她本人却否定这预谋。）

但所有这些迹象中，我们的西部公路旅行在我们和邻居之间画上了一条再明显不过的分界线。爸爸只有三个星期的假期。他准备中途飞回家——没错，坐飞机回家。方特诺特太太估计一边穿着围裙剥豌豆，一边和其他主妇们嚼舌根子，说他竟然留我们母女几个，没男人照看。在我们镇上，离开丈夫跑到远方镇上去居住已经算得上丑闻了。说实话，在我自己认识的家庭中，往西没人出过阿拉莫，往东没人出过路易斯安那州举办小龙虾节的布罗布里奇。新奥尔良虽然就在我们家东边三百英里处，但也只是《日出太阳之屋》歌词里的一个名字而已。

我们倒车出发去西雅图的那天，邻居家的小孩都跑来围观——他们先是跟我们挥手道别，然后便一把一把地抓地上的石子砸我们的车。小孩的父母们像木头人一样站在各自的前廊上，好像他们小孩追着我们的老英帕拉车扔石子是正常的道别方式。我们奢华铺张的假期意味着我们欺骗了他们，这是对整座小镇的背叛，所有人都有权将此当作对他们的不敬。

同样，我们在山上的房子看起来也很豪华。我们不认识任何拥有两套房子的人（除了捕鸭子的草棚和河边的活动房）。一个从事银行业的丹佛家庭建造了这所小石屋，用来在这里度过苦夏。但对我来说，房子里满是不为人知的秘密。房子的花岗岩地基让我想到古代城堡。房子的地窖是利奇菲尔德这种湿地地区没法建的。在老家，你刚把一丁点土铲到身后，地下水就冒了出来。

房子的客厅区域很长，能在里面打保龄球。刚买完房子，妈妈就买了一套设计带曲线的高级暗橙色沙发，给那间太过空旷、像赛狗跑道一样长的房子做了空间分割。房间一边有一座石砌的壁炉，几乎有爸爸那么高。不出几天，妈妈就雇了一批工人在所有的墙上打洞开了看景色的窗户，直到整间房子像水族馆一样通透。烧木头的炉灶被换成了燃气灶。妈妈还买了《建筑文摘》介绍的同款瓷砖，给卧室切割工艺粗糙的木地板勾缝。

有几星期的时间，我们的生活像迪士尼电影一样。每天晚上，麋鹿会到我们家旁边，在短叶松上蹭它们的尖角。早晨，莱西娅和我爬到父母各自的床上透过景窗看屋外的熊。每天早上，有一只大灰熊妈妈会带着它的两只小熊下山翻我们家的垃圾。妈妈把那扇窗户上"X"形状的木工胶带留在上面。透过那扇窗户看着熊，总让我觉得我们家是熊身上的寻宝地图上的一个藏宝之处。

天一亮，我就跑到爸爸的单人床上坐着，靠着他从被子里伸出来的骨瘦如柴的大白脚。他的脚底和砂纸一样硬，我不想它蹭在我身上。而且，莱西娅却能跟妈妈一起窝着，我却被赶到爸爸房间，和爸爸一动不动地待在一起，这让我心里很不是滋味。我是个湿漉漉、脏兮兮的小孩。如果我想跑到妈妈被窝里，她会把我的双臂从她脖子上解开，说我这样让她很热。

有一天早上，我们听到熊纷纷踏过林地上松针和灰尘的声音。在两棵巨松搭成的拱顶之下，熊妈妈的身影隐约地闪烁着。它大步向前，肩膀上巨大的肌肉在它的皮毛下滚动。我一看到它，后脊梁就本能地紧张起来。我呆住了，直到小熊们跳蹿到熊妈妈身后才放松下来。

第一个垃圾箱砸在地上，把爸爸弄醒了。他"噌"的一声喊着从床上跳起。他睡眼惺忪，以为那头熊弯曲的身影是小偷。我还没来得及抓住他从我身边闪过的腿，他就一步冲到窗前猛捶玻璃，把我们吓得目瞪口呆，大气都不敢出。或许妈妈喊了几下他的名字，除此之外也没做其他的。爸爸仍捶着窗户，好像自己被困在了一个半睡半醒的噩梦中。他吼那只母熊，让它赶紧滚出他的后院，那架势惊人，把小熊吓得直往母熊身后躲去，留下一路的垃圾和西瓜皮。

这把母熊惹毛了。它开始向六英尺高、大发雷霆的爸爸示威。它挺直巨大的身躯，耳朵朝后一歪，张开双臂，发出雷鸣般的吼声，接着便跟跟跄跄地向窗户走来。它身上厚厚的肌肉在发光的皮毛下晃动着，大概有那么一会儿，它和爸爸只有三英尺之遥，中间只有一块薄薄的、贴着"X"形胶带的玻璃窗户。熊呼出的气让爸爸黑色头发一英尺以上的窗玻璃起了雾。他的头发被枕头压得乱七八糟，让他看起来格外傻气。我藏到被窝里，祈祷我们赶快回到利奇菲尔德。至少在利奇菲尔德，上帝会派来铜头蝮和黑寡妇蜘蛛，用毒药慢慢毒死你。

我正祈祷时，爸爸突然清醒了因为当我偷偷看他时，他正慢慢往后退。他的膝盖窝碰到床脚，他双腿一软，坐到了床上。他完全愣住了。那只熊仍站在那里，毫不退缩。它长啸一声，亮出牙齿和油光锃亮的爪子。我们坐在那里，大气都不敢出，直到它向爸爸歪了歪脑袋，好像在考虑该怎么办。最终，它转过身，重重地落下前爪，慢悠悠地回到了山里，几只小熊争先恐后地跟着一起走了。

在山底，你可以到马厩花七美元租一天的马。除了带空调的小轿车，妈妈骑什么都吓得半死。然而，有个阳光明媚的早上，她散着步走到马厩的饲料间。在饲料间里，马厩的主人，一个叫瑞克·麦克布赖德的年轻牛仔正专心致志地修补着一副马勒。她当时正穿着豹皮外套。她把饲料间的门摔上，让屋里只有他们两人，引得畜栏旁干活的其他工人戏谑地发出嘘声，吹起哨子。她出来的时候，已然和瑞克讲好了价格，给我和莱西娅一人买了一匹美洲奎特马。我们早就爱上了这两匹同父异母的小马。我的马叫"够大"，是两匹马中较小的一匹，它的毛发是浅棕色的，带有黑色斑点；莱西娅的马叫"够稳"，是匹胸肌发达、性格更活跃的深红色花毛马。

如果我们在科罗拉多的阴暗时光有任何乐趣，那就是这两匹马了——除非你像妈妈那样有严重的生理性恐惧症，每次你费力骑到它们身上的时候，都很难不被这些动物的强大力量折服得目瞪口呆。在那段时期留下的照片中，我坐在"够人"背上，看起来又蠢又小。而在我的记忆中，我英勇地骑在它身上，腿长长的，落在两边，只需要轻轻一踢或者一拉马绳就能转弯。但其实我的腿还没到马那如水桶般厚实的侧身的三分之一。我的脚踏在长度缩到最短的马镫上，双腿向外傻傻地翻着。

从我每天早晨第一次闻到马厩里的味道——马屎、泥巴、一股啤酒味的浸满尿的干草，我就吸进了足够的马的气息，几乎起了一丝醉意。如果麦克布赖德先生正在旁边给什么马装马蹄铁，你就可以听见马蹄铁、锤子和铁砧碰撞的声音或者锉刀磨马蹄持续的沙沙声。除此之外，只有动物的声音——绿色马屎不规律地落在地上；睡着的母马将自身重量从一只脚换到另一只脚的声响；小马的口鼻撞在空饲料槽上，发出钝钝的扑通声。我们很快就学到，只有那些来自芝加哥或洛杉矶的业余男性才会穿牛仔靴，所以我穿网球鞋，鞋总是会陷入泥中，每一步都需要使劲才能抬起脚。泥巴很快就灌过鞋帮，把我的白色班龙牌袜子搞湿了。我用手抚摸着"够大"的屁股（我得爬上马栏侧边的几个木板才能够着），说着"放松，放松"，这一切还都历历在目。我把"够大"从马厩里牵出来之前，还会花几分钟用马栉梳梳它背上的毛。

马虽然还没有猪一半聪明，但老天赏给它们一副警觉的表情。一个稍微有点孤单的小孩只要用马栉梳梳理过马脖子上结块的灰尘，或者花一点时间揉过马脑门上的白色斑点，就能被这种表情感染，以为这世上只有它最爱你，最懂你。如果这匹马性格够稳重、温和，能长时间带你散步，而不会蹭树想把你从它身上颠下来，也不会对你这负担显出不耐烦，你便容易信以为真。

虽然我喜欢直接骑在马背上，只用一根马勒，但每天早上我都会给马套上马鞍，像一种我向旁人证明自己很能干的公共仪式。或许这是我这辈子第一次感到自己有能力。我把"够大"事先牵到马厩前的拴马桩上，这样其他想目睹我完成这一壮举的牛仔也有机会看到。

首先，你把一张墨西哥毛毯挂在马背的正中央部位；然后把马鞍举过头顶，放在毛毯上。其实这一步我需要莱西娅帮我才行。我们得从办公室搬两把椅子站在上面。马鞍很重，所以我们两个得一齐使劲才能借着惯性把它举起来，把马鞍甩到马背上，如果不成功，马鞍就会"扑通"一下重重地落在地上的灰尘里。然后，你得把左边的马镫系在马鞍的角上，才能用环肚皮的带子把它固定在马肚上。因为我的马以前在接待游客的时候学会了给自己肚子胀气，这样就能把系上的皮带顶松，因此，我给我的马系皮带的时候，总得打几下它的肚皮。马把皮带顶松后，很多游客骑到一半就从马背上滑了下来。但只要打几下它的肚皮，它就会把气呼出来，让你能把皮带系紧。接着，你把剩下的皮带塞在马鞍一边的银环里，绕一圈后再打结，随后就可以把马镫从马鞍角上解下来。麦克布赖德先生和他老婆波莉总会在我上马之前过来，看能在皮带下面塞几根手指，再根据需要把皮带拉紧一点。

最后一步才是安装马勒。很长时间，只有麦克布赖德先生才能做这一部分。后来，我和莱西娅总是去一家牛仔们买鸡蛋的咖啡厅，还老在那里赊账。每天早晨，我会偷咖啡厅的几颗方糖，在系马勒的时候从裤兜里把方糖掏出来，骗马张嘴咬绳子。我把马勒的金属小圆盘部分藏在拇指和食指形成的圆洞之间，再把方糖塞进去。我现在还可以感受到它的嘴巴在我手指上的感觉：像是黑色的丝绒，马胡子微微有些刺手。马张嘴咬的时候，我总能闻到一股三叶草的味道。一闻到味道，我就知道要把圆盘滑进它的牙齿。之后，你把它下巴上的皮带绑好，就可以上山了。

我在"够大"身上感受到的信任感是前所未有的。因为那种信任感，我的骑术也精进了。我有种愚蠢的勇敢和天生的平衡感，那年七月赢了当地的马术障碍赛，那红色的缎带我现在还留着。（莱西娅得了华盛顿穿桩赛第六名，但她估计会让我指出，她那个类别的竞争比我的小屁孩轻量级比赛激烈很多。）整个夏天，"够大"虽然偶尔会比较活跃，追追穿过赛道的花栗鼠和地鼠，但它一次都没有把我甩下来。然而，如果在路上看到推土机或听到推土机的声音，它会吓得屁滚尿流。有几次，我们过桥回马厩的时候被堵在这种起重机后面，让我体验了当骑疯牛的斗牛士的感觉。我一次都没被甩下去过，并不是因为我有什么高超的马术技巧，而是因为我骑马时十分认真——我已经成了一个谨慎警觉的小孩，只要有任何危险迹象，我就会牢牢地抓住马鞍角。

我们每天都骑马，到达过现在想起来可能并不安全的海拔。我没有向导，也没有地图；马儿总会找到有水和燕麦的地方。在得克萨斯州东部的空茫的苍穹下，很难想象这种多变的地形。我们每穿过一片树林，另一番景色就会展现在眼前。我们在空旷的草地奔驰而过，把野兔们吓得一哄而散，也走过狭窄的石头路，马儿像芭蕾舞者一样踮脚前行。我们还找到一个开着泥泞小口的山洞，里面是像天主教堂一样的巨型赤色石窟。我们有一次带着午餐去了那个山洞，还把手电筒系在马鞍后面。我们还用从咖啡馆偷来的纸火柴、死木头和松针在那里生了火。后来，我们发现我们头顶的哼唧和吱呀声并非来自夜行鸟类在高处建的几个窝，而是来自挂满水果蝙蝠的窟顶。我们两个人一人一把手电筒，照过那堆吱吱作响的蝙蝠。它们双眼通红，像我之前见过的海狸鼠。从山洞退出来时，我们的凯兹网球鞋和我们一直以来想寻觅的印第安幽灵一样悄无声息。

还有一次，我们把马骑到了一个废矿外，沿着矿车铁轨一路进入里面，在一面黄铜墙旁边找到了一个废弃的安全套。我以为那是蛇蜕下来的皮，还把它当作纪念物带回了马厩向他人炫耀，引得那些牛仔捧腹大笑。我们还偶然遇到过很多瀑布和清澈的山泉，虽然泉水太冷不能游泳，我们还是喜欢把脚放进去，从中取水饮用，水的味道和我喝过的浅河盐水和墨西哥海湾浑水完全不是一码事。在水面下，你可以看到四处乱窜的虹鳟鱼。你可以把两手拢起来，一直喝到胃里发出咕噜咕噜的水声，直到脚踝和关节被冻得疼痛发青为止。

当然，如果遇到麻烦，我们就孤立无援了。有一次，我们的马正在一个满地岩石的山口四处觅食，我们看到了一群野山羊。突然，悠闲踏步的两匹马儿"叮哢"一声慌张跃起，双耳坚硬地朝前顶着，脖子高高扬起，好像它们闻到了什么邪恶的事物，想要目睹它的到来。过了半晌，"够大"的黑色耳朵平平地贴近它的脑袋。"够稳"开始横着走。蓝色的天空突然滑过一片钢板一样的黑云。当云终于破开时，突然下起了棒球那么大的冰雹，害得我们趴在马鞍上，让已经受到惊吓的马更加惶恐不已。

我们从马上下来，想找树躲冰雹。莱西娅以前教过我怎么根据闪电和雷声的时间差判断距离。因为时间差越来越短了，她说风暴正快速向我们袭来，也会很快离去。但一梭白色闪电打到离我们不远的一块空地的死树桩上，我们估计刚刚才路过那截树桩，说不定还往那儿吐了口口水。闪电一打，我们吓得抱着脑袋"砰"的一声趴在地上。两匹马把缰绳从我们手中挣脱开，往山下跑去。

我们徒步走了三四英里才下山。没戴帽子，牛仔夹克也湿透了。天气突然降温了。我们到马厩的时候，冻得嘴唇发青，瑟瑟发抖。我在办公室用浴巾擦干了身体。"如果我们受伤了，会发生什么？"我问麦克布赖德先生。他说山猫一般会把大一点的骨头和动物尸体拽到林木线以上的海拔，但秃鹰和秃鹫一般会结伴搜寻有猎物的地方。

还有一次，我们骑在光背的马上追几个小孩——莱西娅骑的是一匹借来的叫乔治的杂色马。其中一个脾气差的脏小孩朝她的马扔了一条束带蛇。马跃起前身，让莱西娅掉了下来，摔断了锁骨。在她的白色衬衫前领下，锁骨在皮肤下往外突，好像马上要刺破皮肤。我们在一家牛仔酒吧找到妈妈的时候，她正在喝伏特加吉普森鸡尾酒，仅从手提包里掏出来几颗儿童阿司匹林给莱西娅。她说如果看医生，医生肯定搞不好的。她说，骨头治了也没用，接着问我们想不想喝樱桃可乐。我们说不用了谢谢。我还记得莱西娅的脸——苍白，没有眼泪，下巴上还有一道泥巴印子——她突然明白，没有人会主动带她去治她折了的骨头。她用另一只手托着胳膊，好像胳膊是件死家具。

那家酒吧的调酒师是一位帅气的黑发墨西哥人，叫赫克托。我们进门的时候，他正在看妈妈的手相。他把妈妈的手短暂地放下一会儿，用酒吧抹布给莱西娅做了一个胳膊吊带。那块抹布隐隐有股发酸的金酒味，上面还有一道红色的石榴糖浆渍。赫克托还打开了收银机的抽屉，给了我们几个二十五美分的硬币去唱片机上点歌。但我们拿着硬币跑去买了炸弹牌棒棒糖，然后回到马厩。

这些情况下，我们需要一个神志清醒的成年人帮助我们，但周围却没有一个这样的人。除此之外，我们还是比较有安全感的。而且我们也不再特别留意父母的状态。我并没有注意到，比如他们从来不在一起。爸爸有时候会跑到马厩和麦克布赖德先生一起喝喝咖啡。爸爸只需要看一下母马的口腔，就能猜到它多少岁；只要看一眼未阉割的公马，就能八九不离十地猜出体重；而对于阉割了的公马，他还能准确预测它后仰的时候能站多高。虽然当地牛仔都不太喜欢得克萨斯人，爸爸年轻的时候因为驯过牧牛马，所以稍微赢得了他们的尊重。麦克布赖德先生有一天甚至把自己带蓝斑的阿帕卢萨马免费借给爸爸，让他带我和莱西娅去山里。

有一次我们把马停在一个乡村礼品店前，店里还有真正的饼干桶。爸爸给店主钱,让他给我们做奇迹牌面包烤牛肉三明治。店主在三明治上加了有颗粒口感的芥末酱和红洋葱薄片。我们还买了三文鱼鱼子酱罐头,租了钓鳟鱼用的飞钓竿和隔水裤。

钓鱼是我唯一能毫无悬念地打败莱西娅的运动。她射击时的那种灵敏(她到现在还可直接从树上一枪打下一只鸽子)让她在钓鱼的时候很不安分,傻傻站着等鱼上钩对她来说太无聊了,她需要手上有更多的事情可做。

那天下午我挎在脖子上的帆布包里很快便装满了活蹦乱跳、身体光亮的鳟鱼。当帆布包重到我没法提的时候,我蹚回岸上把包递给已经放弃钓鱼、开始吃三明治的莱西娅看管。我差点就把竿子也收了。幸好我没犯这大错,因为我钓起的最后一条鱼估计有五磅重,它扑腾着直跳,浑身是力。

我钓起那条鱼的时候,爸爸笑得快喘不过气来。我的鱼竿弯到几乎对折。我被鱼竿拽到水深处,叫着向他们求救。但爸爸得先回岸上把自己的鱼竿放下,才能来帮我把鱼拽上来。我一个人勉强把渔网拽到身体下方。我和爸爸一起把鱼甩到了岸边茂盛的草地上。它还到处扑腾,害得莱西娅踮着脚躲来躲去,呈现出和她性格极不匹配的窈窕感。她还软绵绵地来了一句“咦……”。爸爸两只大手稳稳地抓住了那条鱼,把鱼脑袋往石头上重重一甩。

鱼立刻安静了,眼睛直直的,鱼鳃反射性地往外鼓着。伊丽莎白·毕肖普有一次描写过一条老鱼,“饱经风霜,令人生敬,其貌不扬”,还有着满族人那样的长胡子,但我们这条鱼可不是这样。但同时,它身形也不够大,不是那种能让海明威激动不已的大型金枪鱼。但跟其他鱼比起来,这条鱼简直完美,在阳光下呈现出干净的银色,无瑕的鱼鳞上交错着粉色、蓝色和黄绿色的彩虹条,连一寸苔藓和污渍都没有。这条鱼简直像一件珍稀的中国工艺品——鱼鳞精致地镶嵌其上，好像是珠宝工匠用发红的烙铁一片片粘上去的。爸爸都没让我把鱼开膛破肚或把鱼鳞刮掉。他想把鱼带回乡村礼品店，让租设备给我们的店主也乐一乐。

爸爸抓着鱼鳃把鱼带回了乡村礼品店，把鱼平铺在那家伙的肉类食品柜台上。他两手搭在我肩上，说这是崽子自己钓的鱼。店主点了点头，跑到屋后把自己老婆也叫来，她也点了点头。我们站在那里，傻傻地点着头，然后店主跟我们报了一串当地动物标本工匠的名字，话音未落，莱西娅突然说她想吃爱斯基摩派牌冰激凌。爸爸给她买了冰激凌后，她还是臭着脸，双臂交叉在她的卫衣前。她的下嘴唇噘得有两英寸长，害得我们不得不匆匆离开了那间潮湿的商店，走进明媚的午后阳光下。

那天晚上，爸爸在我们房子后面的山上五十码左右的一个大石头上生了火。夜幕正在降临，他让我和莱西娅不停把他点的火扇旺，随后自己下山去家里拿平底锅。我们蹲在火旁边一个劲地扇着风，假装自己是印第安人。我还依稀记得，透过泛绿的火星烧起的烟雾，爸爸瘦骨嶙峋的身躯朝我们走来的样子。他绕过树木，手上提着平底锅上山来。他的腿很长，走路步伐稳健，不发出一点声音。

火焰烧高之后，爸爸把小鱼放到锡纸盒装的玉米粉里，然后放在克里斯科油里炸。我饥肠辘辘，只有骑了一天马之后才能饿成这样。我们头上的常青树叶像帐篷一样在风中摇曳。星星慢慢出现在叶子之间的空隙中。火焰不断弹出的团团火星，蹿入空中。

我们用手抓着吃纸盘上的炸鱼。炸熟的鳟鱼因为又小又脆，热腾腾的，口感很酥。我不停地吐出嘴里的鱼刺。夜晚的空气非常冷。我得在齿间咝咝吸气，给嘴里的鱼肉降温之后才能下嘴嚼。因此，我嘴里发出了很烦人的声音。莱西娅说我听起来像一只耳朵上挂了饲料桶的骡子，然后爸爸说"你这不是五十步笑百步吗"。这话本来可以让我们吵起来的，可是我们的怒气旋即就没了，它随着烟圈升起，消散在于我们头顶舞动的常青树中。

爸爸最后才炸我钓的大鱼，弄得很隆重。因为鱼太大，他要把它切成两半才能放进锅里。即使这样，鱼尾巴还是撅在锅外面，被火烤焦了。那是我们当晚吃的肉最多的鱼，肉多刺少，比例最好。莱西娅和我狼吞虎咽着，爸爸开始煎红土豆薄片和切成四瓣的维达利亚甜洋葱。

爸爸给土豆刮皮的场景，对我来说还历历在目。刮了皮，锅里的猪油就不会染上熏鱼味。他正低声哼着《晚安艾琳》，眼神迷离地望着平底锅。透过松树望着头顶的夜空，我突然想起在外婆送给我们的百科全书中读到的一个章节，说冰川顺着大陆流动，掀起了几千亿吨石头，形成了落基山脉。我想象着我们所在的地方曾经有冰川像白色丝绸一样缓慢地移动着。"或许上帝把那块大石头正好放在这里，"我第二天在日记中写道，"让我们在这儿生火做饭。"（舒适的生活很快就耍了我们——小孩总能轻易对生活重拾信心。）在某个时候，爸爸说让我们别出声，在盈凸月的照耀下，透过远处的松树，我们看到了一只驼鹿的鹿角。那头驼鹿丑陋的宽下巴在我眼中却有贵族的气质。它侧着脸缓慢地嚼叶子的时候，动作像棒球运动员那样缓慢。过了一会儿，一只山猫在不远的地方叫起来，吓得我赶快挽起爸爸的手臂。他笑起来，说没有动物会来袭击我的。我相信了他。

我们吃完之后，爸爸又把火烧得更高了。他躺下身子，把牛仔夹克卷成一团当枕头，慢慢品着他银色酒壶里的威士忌。莱西娅和我拆了几个衣架，用铁丝串起棉花糖。我一次烤三个棉花糖，直接把它们放进火里。它们很快烧起来，表皮变得焦黑，但里面是软腻的液体。莱西娅的技巧更高超：她一次只烤一个，烤成浅金黄色。

她还把一个铁丝衣架掰弯，变成一个旋转的把手，转动的时候简直就像在转一根烤肉扦。此时，我终于释然，接受了我们俩之间的区别，它不再令我陷入焦虑的泥潭，担心她的优秀代表我不好，或者缺乏相似的良好品质。她坐在那里转动扦子的时候，甚至还告诉我我今天钓的鱼真的不一般，爸爸也应声同意。

我们在那块奇异冰冷的大石头上靠着爸爸睡着了，肚子里饱饱的，全是鱼和土豆。我们一人靠着爸爸的一个胳肢窝，脑袋枕在他的胸前。他身上还有一股马的味道。偶尔，火中炭化的木头碎了，把我惊醒；睁眼后，我看到的只是呈塔状升起的火星，感觉到爸爸的手正把我们的橄榄球外套拉过我们的肩膀。除此之外，他一动不动，银色的酒壶以完美的角度歪放在他的胸骨上，这样他不用抬头就能抿到里面的酒，还不会滴在下巴上。他用沙子和松针擦拭平底锅，然后把我们抱下了山，但我不记得这些了。

我只能猜想妈妈那晚在干什么，估计在读书吧。那年夏天她对俄国历史很感兴趣。我还记得她的那本拉斯普京[1]传记的护封上有张他的照片，他头发凌乱，眼睛浑浊不清，胡子像鸟巢一样。但她也可能跑到牛仔酒吧点了几小杯纯龙舌兰，喝到不省人事。她也经常坐在家前廊的阿迪朗达克椅上数小时，一个人在黑暗中抿着伏特加，脚底下就是险峻的山崖。她老是这样，一边喝酒一边望着山下。如果我当初用心一点点，就应该察觉到她一个人深坐在那把下倾的椅子里，裹着毯子喝伏特加肯定不是什么好事。

我父母宣布离婚的那天晚上，我和莱西娅甚至都没在家，错过了他们决定离婚之前发生的一切。我总觉得这是我和莱西娅道德上

---

1. 沙皇俄国时期颇有争议的人物，反对他的人先后用毒药、枪击等手段来杀死他，最后把他扔入冰冷的河水中，但法医最后的鉴定却是溺水而亡。此后，拉斯普京一词就用来形容那些生命力顽强的现象。

的失败，仿佛我们本可以说服他们不离婚的。但那天，人们在马厩里举办了夜间骑马活动，我们穿过又宽又平坦的小路，然后大家一起在野外烧烤。我们下山之前，马厩的牛仔还带着吉他，带其他男人一起唱《在老斯莫基山顶上》或者《九十九瓶啤酒》，直到我们骑下山才停。我还记得那天晚上我玩得很开心，我骑马下山，月亮在我头顶跳跃，伴随我一起穿越松林。我的马鞍快滑下马背的时候，我竟然睡着了。马行走的时候轻轻地摇着我，它灵活地躲过前方的石头，这均匀的节奏让我想起老家墨西哥湾的海浪，在此之前，我从未想到过。这节奏像摇篮曲一样，潜入你的心跳，让你的脑电波松弛，眼皮慢慢合上。

我正往自己的卫衣上流哈喇子的时候，"够大"走到小路尽头，突然受了惊。马蹄在柏油地上重重的嗒嗒声让我惊醒，差点失去了平衡。我立刻抓着马鞍前角，随后它看到马厩便朝那个方向小跑起来。在马厩那儿，照亮空畜栏的吊灯下，我看见穿着宽松卡其裤的爸爸高瘦的身影和他的两只大手。他戴着绣着"孤星之州"徽标的棒球帽。徽标下一颗黄色星星借着月光的亮度刚刚好进入我的眼帘。我向那颗星星走去。帽檐下他的脸庞完全是一团黑暗。他的脸一直在黑暗中，伴随着这黑暗而来的沉默也一路跟着我们回了家。

妈妈正坐在客厅里的高级曲线沙发上，面前是堆满灰烬的壁炉。她喝的螺丝刀鸡尾酒里的冰全部化成了水。她下身穿着黑色的松紧裤，上身穿着白色衬衫，是我们在西尔斯买给爸爸的圣诞礼物。我可以看出这件衬衫刚刚才被拿出来穿。衬衫领像牧师的高硬领子一样，里面还露出一小块纸壳。一打全新的自行车牌的扑克在茶几上，没人动过，塑料包装都没拆。

我不记得他们是怎么宣布离婚的。爸爸默默坐在曲线沙发的一端，弓着身子，胳膊肘支在膝盖上，他骨感的大手朝向地板吊在半空中。他的脑袋低着，像斗牛结束后的公牛——这头牛失血很多，肩膀被刺穿太多次，再也抬不起脑袋继续进攻了。爸爸流下硕大的泪珠，落在地板上，他连擦都懒得擦。偶尔，他手背一挥，抹掉鼻子里冒出的鼻涕泡。他的眼泪在木地板上留下了深色水印。我久久地盯着这些印记，免得自己忍不住看他哭。这些记忆像是连线游戏，我无法理解最后连出的形状所代表的是什么。

在沙发的另一端，妈妈没有一滴眼泪。不过别忘了，但这不能体现她的感受。或许她把自己满心的痛苦压了下去，或许没有。当然了，她仍是那一副魂不守舍的模样。如她所愿，大杯大杯的螺丝刀鸡尾酒带她逃离了当下。

他们直接问我们想和谁一起生活。妈妈要留在科罗拉多州，而爸爸会回家。他们把事实一一说给我们听，好像在我们面前摆出两种味道的冰激凌让我们选择。什么味道更好呢——爸爸还是妈妈？或者我们俩可以分开，这样一人得一个。

莱西娅把我叫到厨房，让我们俩能私下商量。她说如果我敢流一滴眼泪，她会一巴掌拍晕我。但我根本没想哭，只想蜷成一团躲起来。

我们透过门缝偷偷看了客厅一下。爸爸妈妈的背影从沙发背上露出来。他们坐在那儿，一声不吭，像是地铁上的陌生人。他们中有一人将从我们的生活中永远消失，这不可能。我脑中出现了画着子午线的地球。我知道得克萨斯州离科罗拉多州有多远。但我的选择不仅仅是个地理问题。我在脑中盘算了一番，又想到要不要丢个硬币决定。在我脑中，我犹豫不决，穿越了沼泽，又来到了高山，从那幽蓝的凉爽又回到难耐的酷热。我还想把我热辣辣的脸贴在得克萨斯州家里的意式瓷砖上。我还想晕乎乎地躺在科罗拉多州的床上，等着熊来把我们叫醒。在我做心理斗争的同时，莱西娅的眼神却格外平静，好像她在八百英里外就看见这艰难的选择像飓风一样向我们袭来。

她最终做出了选择。如果我们把妈妈一个人留在这里，她肯定会惹上大麻烦。但爸爸只会回海湾干活，我们总会知道他在哪里。她说得很在理。"我们回去告诉他们吧。"莱西娅说。

爸爸第二天一大清早就走了。麦克布赖德先生开着卡车上山到我家。他踩着车门外的踏板，没熄火，妈妈问他要不要咖啡，他说不用了。爸爸提着他的部队行军包出门，把包扔进了卡车后车厢。我昨晚半夜的时候尝试着把自己关到那个包里。我把自己埋在平整折叠的手帕和揉成团状的袜子下面。我在包里还蛮合适的。但因为我胆小怕黑，所以只把拉链拉到下巴那里。

爸爸第二天早上在包里找到我时我还在睡觉。他身上一股老香料牌剃须膏的味道。他皱皱的脸上有很多剃胡子留下的小伤口。他在星星的血点上盖着一块块厕纸。他一手拿着他棕色的洗漱包，蹲下来看我。"快出来，崽子。"他说着，一边把拉链拉到我肚脐眼那里，"见鬼了，你以后可是会伤了小伙子的心的。"

接着，麦克布赖德先生的灰色雪佛兰卡车就这样把爸爸拖下山了。他的脑袋在车窗中变得越来越小，最后变成了一个黑色的点，像地图上那些我们火急火燎地驾车想去的目的地。在我们穿越得克萨斯州的整个旅途中，那个脑袋一直在我面前。我清楚梳子在上面留下的每一条痕迹。在自驾的时候，我完全没想到爸爸是离开的那个人，虽然妈妈才是那个不言自明的恒常的不稳定因素。他像手表一样精准可靠，早上起床时的情绪永远是一个样，他会问你要吃燕麦还是鸡蛋。现在，麦克布赖德先生的卡车沿着山路盘旋而下，把他带走了。我不再等着卡车再次从树枝间的空隙出现在我眼前，而是低着脑袋顺着泥土路往山下追去。虽然他们的车早已远去，我一直跑到泥土路和柏油路的交界处才止步。

回到小屋后，妈妈两三下把手中的卷发器扯下来，大声说她感觉自己是被解放的奴隶。

我们开车到一个巨大如山谷的丹佛百货商店。妈妈在那里买了一条"正儿八经的鸡尾酒裙"，还给我和莱西娅买了去教堂时穿的裙子（虽然我们宁愿啃地毯也不愿意去主日教堂学校）。那个百货商店大到让我眩晕。玻璃柜台边缘尖锐，它们发着光，展示着鲜艳耀眼的围巾、镶珠宝的香烟盒、用途仅仅是把眼镜固定在脖子上的纯金链子。商场衣服上的新染料的味道让我眼睛发胀。金属电梯穿梭在商场的各个楼层之间，每次快上地面的时候都差点把我的脚趾切断。

我们每个人都买了一件皮草外套。妈妈的白色皱纹海狸毛大衣比我胳膊内侧的肉还软。那件大衣有奶白色的丝绸内衬，碰在我肩上感觉像是晒伤时抹的薄荷润肤露。那件大衣厚重花哨的下摆还镶着一层黑色宽蕾丝。我和莱西娅挑选的大衣的帽子周围镶着一圈兔毛，口袋很大，估计能放一整块晚餐面包。

那天下午，我们还大大咧咧地踏入了一家豪华酒店挂满吊灯的巨型大理石前厅。给我们按电梯的侍者像海军官兵一样穿着铜扣制服。他说他每天只用按电梯按键，就能有稳定的收入。我推测，当地的工会肯定没放过这些酒店公司。他和妈妈像老朋友一样聊得很开心。妈妈往他的白手套中塞入一张五美元的小费时，他仍是满脸笑容。

那天晚上在酒店的餐厅里，我们的桌子上摆了一大排小勺子。尽管如此，我们的侍者上鲜虾鸡尾酒时，又给我们一人递了一把小叉子。他穿着西装晚礼服，为我们解说，土豆汤本来就是凉的。餐厅里还有一个领子上挂着一个金色杯子的人，他先尝了一口妈妈的酒，然后才给她喝。用餐结束后，戴着大帽子的厨师竟然拿着一个平底锅从厨房跑出来，在我们桌边把锅里切碎的香蕉点上火，然后把香蕉舀到我们金边盘里的冰激凌上。妈妈还点了一瓶唐培里侬香槟，要了几个水晶杯给我们分。我们把鸡尾酒的叉子藏到裙子口袋里留作纪念。我跟莱西娅说，我的叉子看起来像一个小恶魔的三叉戟，把她笑得差点尿了裤子。我们互相干杯，祝愿彼此能像公主一样永远在这家豪华酒店住下。与此同时，穿着黑衣服的侍者们把我们的盘子收走，还用银色的刷子清理了桌布上的残渣。他们的手腕动作极为精准，几乎有点不自然。

此时，我已经完全忘了爸爸。这当然是妈妈带我们来这里的目的。可是当爸爸缺席的事实像一列火车一样朝我疾驶而来的时候，它也带来了一煤车的糟糕感觉。

我正躺在绿宝石色的丝绸被子下，真皮封面的早餐菜单正架在我肚子上。莱西娅在床的另一边熟睡，但窗帘下方的一缕光线意味着已经是早晨了。我的饥饿感并不那么急迫，但当我正纳闷比利时华夫饼是什么东西时，爸爸离去的背影突然溜进我的脑海。麦克布赖德先生的灰色卡车消失在一片常青树后面。我拿菜单的手突然没了力气。我怎么这么快就忘记他不在了？我一直觉得我的忠诚是绝不会动摇的。我想象过，为了高尚的道德，为了同志，为了家族荣誉，我可以上刀山下火海。但我这么容易就被收买了：一件兔毛外套和一把偷来的恶魔小叉子，就足以将爸爸从我的意识中抹去。

妈妈开始和马厩的一个有一口又小又尖的兔牙，名叫雷的牛仔做伴后，我就没再去骑"够大"了。科罗拉多州和这些马害得爸爸走了。我暗暗发誓，通过剥夺自己享受这些东西的权利，以证明我值得让他回归，从而把他引诱回来。所以我整天读书，还开始尝试写诗。我在凉爽舒服的基督科学教会读书室完成了我的杰作。这是我写的一首诗的原文节选：

> 外婆总戴围巾
> 戴在她满头白发的脑袋上。
> 我以为她会一直戴
> 到她嗝屁为止

有一天下午，我正读着 E.E. 卡明斯打盹，被一根尖尖的指头戳醒了。在读书室工作的中年女人建议我晃悠悠走回家睡午觉。

到家推开门后，我看见裸着上身的妈妈趴在壁炉前的地板上，雷正骑在她身上，好像她是待驯的小马。他正在揉她肩膀上的肌肉。他的牛仔帽搭在沙发背上，他棕色的头发看起来又油又瘪。近看，他的帽子在他脑袋上留了一圈凹痕，好像他的头皮可以像机器人那样掀起来。我盯着他，胸口捧着卡明斯诗集。雷一看见我，吓得跳起来。他的罗圈腿很严重（用利奇菲尔德的当地话来说就是，他就算在沟里也堵不住一头猪）。妈妈手四处摸索，终于找到了自己的内衣，然后拘谨地把内衣滑在她胸前，用一只手利索地把背后的扣子扣上了，整个过程都保持趴着的姿势。雷说："喂，你好啊，慢崽。"他的声音又响又粗。我立刻纠正他。"是崽子，"我眼睛都没眨一下，"我老爸叫我崽子，不是慢崽。慢崽是能磕掉你大牙的棕色硬糖，[1] 和崽子不一样。"妈妈套上衬衫，说我终于决定回家吃午饭了，让她很高兴。她的谎言比我看到她衣衫不整半裸地被牛仔骑在身下还伤人。我知道她根本不想看到我。

雷第二个星期就辞掉了马厩伙计的工作，不知道去了哪里。他

---

1. 糖果名 Slo-Poke 与 Slow Poke（慢崽）同音。

的离开和妈妈的墨西哥独行正好重叠。"阿卡普尔科，我来了。"她说，还承诺会给我们买墨西哥宽边帽。但妈妈从墨西哥回来后接我们回家时（她付钱给马厩主人家，让他们照顾我们），站在车旁的男人并不是雷。那个男人太高太瘦，而且是黑发。

我正领着两匹浑身泡沫的马绕过畜栏，看到车边的那个男人让我心里一紧。他站在英帕拉车扬起的灰尘中，穿着灰色的休闲裤和可能是从西尔斯百货商店买的白色短袖衬衫。我把两匹马的缰绳松开了，使得麦克布赖德先生着急地朝我喊道："别让马湿着身子！"但我不顾一切朝那个高个子飞奔而去，兴奋得像圣诞节早晨期待礼物的小孩。然而，我在他面前紧急停下后，才发现他不是我爸爸。我想象过爸爸的大手轻松把我抱起，我像幽灵一样轻盈，而他甩着我的双腿在灰扑扑的马厩前院旋转。不，站在妈妈乘客座旁的不是爸爸，而是赫克托，牛仔酒吧的调酒师。妈妈倾身越过车顶，伸出了一只手，手指上沉沉地坠着一枚单石大钻戒。我突然愣住了。"跟你的新爸爸问好。"她说。我听见莱西娅紧跟着赶上了我，脚上的马刺丁零咣啷地响着，而我正看着赫克托那鳄鱼一样的微笑。莱西娅说了一句我脑袋里正想着的话："见鬼。"

第十章

赫克托进入我们生活后的一个星期日，莱西娅和我走到马厩，发现虽然太阳已经到了山后，饲料间的大门仍然紧锁着。有人来过，但又离开了。所有的畜栏已经被清理过了，四处撒上了新鲜的干草。饲料桶里有燕麦，水槽里有干净的水。但麦克布赖德家的卡车并未停在他们活动房屋前的泥土路上。我们使劲敲他们活动房屋的铝纱门，可没有人像往常一样出现在门后，俯视着我们。我穿过桥，往咖啡馆里瞅了一眼。吧台凳子上空无一人。我跟莱西娅说这有点像那集《迷离时空》，里面外星人绑架了所有地球人，只留下一个坏脾气的老年教师，留她独自悲伤，后悔以前对周围的人那么刻薄。

我们坐在咖啡馆前的煤块上。咖啡馆的主人把煤块码在这里，是为了防止喝醉酒的人一头撞到门玻璃上。莱西娅把我们的三明治从一个纸袋里掏出来。三明治是奇迹牌白吐司夹博洛尼亚香肠——我的抹了芥末，她的抹了蛋黄酱。回家是肯定不可能的。昨晚妈妈和赫克托"嗑多了"（我们把"喝多了"听错了，这么沿用了下来）。毫无疑问，他们要不仍在昏睡，要不正头晕目眩，遭受宿醉头痛的折磨。赫克托发明了一种由生鸡蛋、伏特加和止腹泻糖浆做的抗宿醉鸡尾酒。我管它叫"可怜蛋果汁"。妈妈一看到他把那玩意儿送到嘴边，就会快跑到厕所大口干呕。因此，我跟莱西娅不太想讲这两位新婚人士的早间活动。其实，自从赫克托穿着那双富乐绅牌男鞋踏进我们家门，我们早晨就再也没拥到床上去看熊了。至少对我而言，不到中午我是绝不敢进妈妈的房间的。

我只吃了三明治的中间部分，小口地绕圈咬着吃，把莱西娅烦得不行。她很讨厌我这种小里小气的动作。她说只有松鼠才这么吃，然后把我剩下的面包屑甩给了旁边的麻雀。麻雀在啄面包屑的时候，没有一辆车经过。太阳升高了一点。除此之外，周围一片寂静。过了一会儿，我们觉得麦克布赖德一家可能不会开车回来，开锁让我们拿马鞍了。我们把午餐袋卷成一团，在桥上玩起了原始的足垒球，然后又回到了马厩。

莱西娅找到一对挂在墙钉子上的马勒，所以我们给马安上马勒，在长度有过山车那么长的窄跑道上骑了一小会儿。在靠近跑道末端的地方，有一个水洼，每次路过都让你胃里翻腾。马跑过水洼的时候身上都沾湿了。我们带着马沿着畜栏走"8"字，然后刷了刷它们的毛，给它们喂了水。接着，我们跑到马厩后面的田里捕蛇玩，打发了早晨剩下的时间。我们在一个燕麦桶底端找到两三条相互缠绕在一起的草蛇，随即便听到了麦克布赖德家卡车开过桥的声音。我们撒腿向他们跑去。

麦克布赖德先生向我们问好，我们也向他问好。他问我知不知道今天是什么日子。我说今天应该是星期日呀。然后波莉从卡车门边的踏板上下来，转身露出了搁在她腿上的小婴儿，他们的新生女儿。在我的记忆中，那个小婴儿的脸像极了温斯顿·丘吉尔。"真是个苦瓜脸，"我想道，"女孩脸这么难看以后可怎么在这世界生存。"正寻思着，波莉问我有没有给我们爸爸寄父亲节的卡片。

这个问题仿佛没了我一身冷水，让我备感羞愧。我愣住了，莱西娅马上搭话了，说我们当然寄了。我们还给他寄了一大箱在丹佛买的手工涂色的鱼饵、一大袋红色橡胶虫，和带有一百磅渔线的芝宝牌卷轴。麦克布赖德先生说他不知道还有一百磅的渔线，尼龙材料的渔线是没有这个规格的。但莱西娅可不会善罢甘休，她会继续把他逼到死角。她说比起得克萨斯州东部的鲈鱼来，科罗拉多的鳟鱼可不是吃素的，所以北方佬的鱼竿商店根本没必要卖重渔线。她说，在利奇菲尔德，一百磅的渔线是你可以买到的最轻的规格，最重的得有她的手腕那么粗，她还把手腕伸给麦克布赖德先生看，作为佐证。马厩周围的所有人早就听烦了莱西娅一天到晚吹嘘说得克萨斯州这好那好。那天早上，麦克布赖德先生轻轻地捏了捏她的肩膀，然后去办公室开门了。他家小孩全从卡车里一拥而出，四散开去。他们都有爸爸，所以我憎恨他们。我要我自己高大的爸爸站在我身边，用他高大的身影给我挡太阳。

我又回忆起那天早晨他拉开拉链让我从旅行包里出来的情景，想到我追着载着他的卡车跑。我当时觉得没有爸爸在身边，我肯定活不下去。显然，我现在还活得好好的。赫克托要我管他叫"爸爸"，我没有听他的。（"哪天地狱变得很冷了我就管你叫爸爸。"我说。）我也没像我承诺的那样每天给爸爸写信。前几个星期，我给他寄了五六封信，但只收到一张画着纺锤顶喷油口的明信片。爸爸在明信片上草草写了个蹩脚的笑话，说他"从事石油业"越来越有钱了。他还在笑话后面写了一个"哈哈！"，显得有点可悲。然后他结尾署名"你最好的老爹，爱你"。这让我眼睛又湿润了，最好的老爹，好像会有一大排其他老爹会来代替他的角色。

还有一件事情让我不安：我不知道爸爸是否知道赫克托的存在。写信的时候不提到赫克托的难度越来越大了。可能我们写信的时候，应该把妈妈描述成那些居住在乡村的离婚女人，孤苦伶仃，整天愁眉苦脸。罗圈腿的雷给裸背的妈妈按摩的事情，我自然也知道不能写。我既不能提赫克托，又不知道我是该语气明快些，还是展现出一副没有爸爸很失落的样子，这让我更不知道给他写什么了。我整天泡在基督科学教会的读书室，要不就是盯着白纸啃铅笔，啃到漆着黄色油漆的铅笔从上到下全部平均地布满了牙印。有的时候，我在大酋长牌日记本上一个字都还没动，一早晨就这么过去了。

父亲节那天，莱西娅和我从马厩出发，跑到埃索加油站的电话亭给爸爸打电话。电话亭整天在太阳底下烤着，和熊熊的蓝色火焰一样热。我们一开电话亭的门，里面就像烤箱一样涌出一股热气。电话亭银色地板上的脏东西都被烤成了干壳，还有一些估计飞行途中就因为热气和缺氧坠落到地上的黄蜂和蛾子。我站在门口，免得鞋底踩到它们，但莱西娅却大大咧咧地踩过去投币开始打电话。她手拿话筒，离脸有一英尺那么远，免得脸被烫到。她告诉接线员转接伍德朗 2-2800，让对方接电话。电话响了很久之后没人接，接线员挂断了电话。莱西娅第二次打电话的时候，海湾石油那边的接线员不愿意付费，也不愿帮莱西娅连接到爸爸的车间。莱西娅先颤抖着嗓音装可怜，说有紧急医疗状况。被再次拒绝后，她骂接线员是个刻薄的臭婆娘，摔着挂了电话。她力气太大，话筒从银色的底座上弹了出来，连着电缆在空中来回摇晃，敲打着电话亭的玻璃。

莱西娅突然哭了出来。她缩着身体，好像体内有什么东西碎了。她靠着电话亭的玻璃，身体滑到地上，都没看电话零钱槽有没有找钱。

我们后来用蓝色的美工纸做了两张父亲节明信片。我们用天蓝色的水晶和埃尔默牌胶水摆出了"爸爸"两个连笔字。我的明信片装饰主题是国旗，在上面用蜡笔画了红色的横杠。银色的星星我也用蜡笔画了，但画出来的颜色和蜡笔本身的颜色不一样，是暗淡的炮铜灰。我看着最终做出的明信片，心里有点恼火。无论你脑中想象得多么美好，做完的成品总像是三岁小孩粗制滥造的烂玩意。

妈妈把两张卡片放在壁炉架上晾干。莱西娅的卡片至少是干净的。我的卡片上面全是干了的胶水壳子。而且莱西娅很擅长在线条内涂色，而当时的我还差得远呢。赫克托却晃悠悠地站在两张卡片前，好像它们是什么绝世宝贝。他脸上总是一副困倦无辜的表情，我现在才知道那不仅是因为他酗酒，还因为他有近视眼。他口齿不清地说了一句话，大意是希望我们哪天也给他做一张父亲节卡片，莱西娅回复道："最好别指望太多。"这让我可怜起他来，睡前还给了他一个拥抱。我的双臂挤了挤他滑溜溜的尼龙衬衫内羸弱的腰部。

第二天妈妈一大早勉勉强强地起了床，去邮局买足够的邮票帮我们把卡片寄给爸爸。血液的酒精浓度还没调整过来就起身活动还是很需要意志力的。她还随身带了一个水杯，里面装的是血腥玛丽，杯子带一个小口盖子，像是喂小婴儿用的。她把车停在邮局前，身子重重地陷在驾驶座里，一边在她的棕色蔻驰皮包里找钱包。她的手抖个不停，最后干脆把手提包整个丢在莱西娅腿上，说她全拿去好了。

我被留下来，独自和妈妈待在车里，第一次注意到酗酒对她外貌的摧残。鬼知道为什么，她之前把头发染成了白金色。她还总在白天戴深色太阳镜。这两种迥然不同的颜色——头发像被烧焦的草，眼镜是反光的黑色——让她的脸色显得发黄。她还在头上和脖子上包了一条白色雪纺围巾，像一块纱布，太薄太透所以没有任何作用。即便是做再确定不过的事，比如把烟灰倒在窗外，她的方形大手也会抖个不停。我没说话，但脑袋里急着找话题打破沉默。但一句话刚刚闪过我的脑海，我就立刻能想象出她疲倦不屑的反应。她会说，那段时期她对叽叽歪歪的人很容易没耐心。但我心里明白她对我感到厌烦。我看着她把留在车里的莫顿牌野餐盐罐往水壶的开口里倒。我终于想到一句聪明话，说她跟马场的牧地一样需要大盐块。她听到后，把嘴噘成了一个僵硬的星号。

妈妈漂白的头发让我想到了自己在报纸上看到的杰恩·曼斯菲尔德的讣告照片。听说她出车祸时，脑袋一下就掉了下来。我当时特别喜欢看血腥的照片，所以很容易就能在脑中想象杰恩·曼斯菲尔德的脑袋——还戴着边框镶着水钻的猫眼太阳镜——从脖子上滚下来，像皮球一样飞向蓝色的天空。莱西娅推开邮局的玻璃门，重回烈日照耀的户外时，这景象便从我脑中消失了。那个大蔻驰手提包在她的肩膀上跳动着，像士兵的行军包。

我们给爸爸寄完父亲节卡片大概一星期之后，我和莱西娅每天早晨和晚上都会去一趟邮局，看有没有收到回信。她拿起脖子上挂着的邮箱钥匙，打开那小铜门，邮箱的号码在我记忆中不过是一片模糊。爸爸不是那类擅长写信的人。我们的邮箱像小棺材一样空荡荡的。

公平来说，这也不全是爸爸的错。那个时候，离婚的男人一般都把孩子留给妈妈，自己拍拍屁股走人。小孩嘛，丢了就丢了，就像你把一窝不想要的小狗崽丢到装土豆的麻袋里，系上口子，然后开着福特车越过橙色大桥，加速的时候手一挥，把麻袋扔出桥外。我想爸爸不可能就那样消失，因为他可是我爸爸。我们一块打了太多次台球，钓了太多次鱼，吃了太多次好吃的炖菜。他总是用严肃的口吻向我承诺他对我的忠诚。当我第一次因为没有了他而隐隐感觉到孤单的时候，他对我的承诺就像刺耳的回声一般在我脑中快速回荡："亲爱的，我不是有钱人。但我还可以走路。我走路，是认真地走。我向上帝发誓，如果有人敢欺负你，我就会像参军时那样，认认真真地走，到天涯海角也要找到那个人。我他妈不是开玩笑。"

那年夏天，莱西娅骑马的时候把邮箱钥匙弄丢了。每天两次在邮局柜台前排队，问有没有新信件，这实在太麻烦了，所以我们放弃了。

我夏天最后一次求爸爸回来的计划，靠的全是手中的绿邮票。我们之前都懒得攒绿邮票。当时，商店会根据你买东西所花费的钱给你发放这些邮票。比如每花一美元买日用品，他们就给你二十张邮票。然后你把这些邮票全贴在兑换本上，拿到绿邮票中心去换"免费"礼品。

绿邮票的可换礼品目录很薄，像五金店在总统日的打折活动一样种类少得可怜。而且礼品排序很乱，小孩用品散落在手电筒中，家用产品和灭火器混在一起。如果你集齐了十本邮票，就可以换一个山寨版的凯茜说话娃娃。这种说话娃娃，你拉它的开关线，一个星期后它就说不出话了，只会发出一堆尖细的叽里咕噜声。如果集齐了一百本，你可以兑换野营装备或者能装下迷你棒球游戏装备的小型木头推车。如果集齐了几千本，你说不定就能换一台烘干机或者可调节的单人躺椅。在利奇菲尔德的超市，每次妈妈都会在收银台末端把手上的绿邮票举起来，一边在空中挥着一边问"有人要吗？"。周围的女人都纷纷跑过来，像秃鹫一样把邮票抢个精光。妈妈周围一下子围上了四层购物车，女人们的胳膊越过车里的鸡块和生菜，以及坐在购物车前座上的肥婴儿——他们的小肥腿一个个像烤猪肉卷一样被塞进金属方格里。妈妈不信绿邮票或者消费券这一套，认为它们只是给无聊女人找事做的把戏，让她们在小孩睡着后还能伏在桌子上忙活半天，其实跟补衣服和刺绣没什么区别。妈妈虽然很擅长补衣服和刺绣，但她拒绝做这些事情。她也拒绝为了省两美分绕远路去加油。在继承外婆遗产之前，妈妈就已然对省吃俭用不屑一顾了。

然而，当我开始把绿邮票塞进画着公鸡图案的咖啡锡罐时，妈妈一句讽刺的话也没说。她估计花了很大力气才克制住了自己。每天晚上，我都会雷打不动地坐在厨房的餐桌前舔湿邮票，把它们贴在集邮本上。口水用完后，我就用水槽里散发着酸气的蓝色洗碗海绵。在这些兑换本中，有工整的薄荷绿线条将页面分格。我总是弄得一团糟，但如果我在线内整齐地贴满了一排邮票，心里的满足感便难以言喻。莱西娅每天晚上都问我是不是得了失心疯。但她的语气并不恶毒。

每天白天，我都在镇上的超市自动门后的区域逗留。人们有时会把邮票从纸袋里拿出来递给我，然后把购物车推到黑色橡胶轨道上，轨道感应到车后，便"嗡"的一声将大门打开。

收垃圾的那天，我总是收获颇丰。人们一般会把超市纸袋塞到看起来像盔甲一样厚重的金属垃圾桶里。牛皮纸袋一般会被工整地叠在那些恶心的垃圾上面。有很少的几次，我得拨开咖啡渣和西瓜皮才能找到它们。在这些纸袋里，我偶尔会找到大把的邮票，长度可以码来计算，可能是什么人的丈夫或青春期的小孩忘记取出来了。有几个住在科罗拉多斯普林斯的医生和生意人在这里有度假屋，他们根本不集邮，我一般会先去翻这些人家整洁的小垃圾桶。

经过这一番四处收集邮票、舔邮票背面、计完数之后，我攒了几十本邮票，装在旧伏特加酒纸箱里。箱子很重，莱西娅和我两个人才能把箱子推过车道上的松针和石子，挪到汽车旁，然后妈妈帮我们把它塞到车后备厢里。她开车把我带到科罗拉多斯普林斯，一个被绿邮票营销高手取名为"兑换中心"的地方。

柜台后面的印第安女人戴着一根银项链，项链上镶着一颗磨光的绿松石，吊在她深深的乳沟阴影中。她的乳沟在我眼睛的高度停留了很长时间，所以我记得特别清楚。到那儿之后我才发现，要在架子上真的找到我在目录上钩出的奖品可不是什么容易事。他们没有山寨版芝宝牌鱼竿和渔线轮，更没有马蹄铁状、镶着水钻的金质西服袖扣。那个女人说她可以从俄亥俄调货，但是需要六到八个星期。但我可是我爸爸的女儿，没那么好骗。我既然知道人生在世不能赊账买东西，当然也知道没看到货就绝不付钱（除非是西尔斯百货公司）。

但那个女接待员态度不错，说可以帮我查她的库存记录。她那天上班的一大半时间都花在这事上。我从我折了角的奖品目录里报一串产品编号，她就帮我在她的三环扣文件夹里找。她的文件夹像高中生用的那种，用一根双绞线固定在柜台上，表面是布满灰尘的蓝色布料。随着我们在那里待的时间越来越长，这本库存记录就越像某种魔术秘籍，里面藏有爸爸的礼物。我的旅程从追爸爸的卡车下山那一刻开始，在里面像洋葱皮一样薄的页面中找到礼物则意味着这段旅程的最后一程。每当接待员停下来，终于不再继续翻那文件夹，而是用手指顺着那一页的每排数字往下找，我都交叉起两手的食指，祈祷好运的降临。

与此同时，妈妈站在玻璃门旁一根一根地抽着烟。我可以听见她用脚踩灭烟头的声音。她高跟鞋的鞋尖左右一扭，在水泥地上发出沙沙声。她刚灭一根，就立刻又点了新的。她打开打火机盖子的声音刚落，燧石粗粗地一蹭，便弹出了火星。几秒钟后，刚填满她双肺的沙龙牌烟就向我们飘来。每次接待员一摇头，妈妈就重重叹息，呼出一大口烟。

我选出来的奖品没有一个有库存。这令我震惊不已。每天晚上，我都躺在床上，幻想爸爸开车来科罗拉多，从车里走下来的场景。他会一下子用双臂把我捧起来，任莱西娅在一旁龇嘴。他卡车的副驾驶座上是我寄给他的全新的还没拆封的渔线轮（或领结针，或象牙多米诺牌）。在我脑中，把爸爸引诱回科罗拉多已经不再是愿望，而是既成的事实。我还骗我自己说，有的奖品没库存是好事。命运会帮我挑选爸爸的礼物，免得我自己选出了一个半吊子的东西。

妈妈顺着走廊朝我们走来。我听到她有分寸的高跟鞋声，立刻就知道她要来把整件事情搅黄了。她跟那个接待员说，自从肯尼迪卸任后，就从没见有哪个目录上写明了不提供邮寄服务这回事。她说她的宝贝（也就是我）像头老牛一样好不容易把邮票全贴到那些兑换本上。我扯了扯她米黄色的羊绒外套的衣袖，让她冷静一点，但她立刻挣脱了。她开始长篇大论地抱怨——一群撒谎的共和党骗子，弄出了这个可悲的小里小气的舔邮票的幌子。女接待员听错了"小里小气"[1]，以为是骂她黑鬼，也生起气来，说她根本不是黑人，是印第安人，妈妈回复道："我才不管你是什么鬼，跟我有屁关系……"

我费了半天劲才成功地把妈妈拉到商店门外的绿色雨篷下。外面下起了细雨。巨大的灰色云朵从山顶飘了下来。街道变得又湿冷又黑暗。我的邮票盒子还在柜台上，如果让我无功而返，手上没有给爸爸的礼物（无论礼物多么小、多么不合适）就钻进妈妈的英帕拉车里，用热猪油煎我我也不去。但我知道我现在不能这么强硬。你永远都不能在妈妈面前把话说绝了，也绝对不能下最后通牒。这么做只会让她像被切成两瓣的虫子一样死扛——这是爸爸的原话。她会用尽力气骂你浑蛋，绝不罢休。所以我只能建议，只能游说。后来，我终于说服她淋着雨小跑到对面的酒吧里。酒吧窗户上挂着红色霓虹灯，名字叫"黑猫"。

---

1. 小里小气（Niggardly）与骂黑人的脏话（Nigger）发音相似。

我在兑换中心凉飕飕的宽敞走廊上徘徊了很久，估计有好几个小时。货架很高，和房屋二十英尺高的钢梁橡差不多高。大多数给成人的东西都装在土色的盒子里，所以我总得跑回柜台去问接待员。可是接待员——估计因为她很确凿地以为妈妈管她叫了黑鬼——再也不许我动固定在柜台上的库存文件夹了。

过了一会儿，玩具货廊吸引了我。那里有乒乓球桌和台球桌，还有深到可以潜水的充气游泳池。我差点用我的邮票本买一个塑料玩具工厂。这个玩具可以通过加热再抽真空把小塑料方块——那种用几美分从泡泡糖机里买到的颜色鲜艳的小玩意——塑造成不同的形状，比如迷你橄榄球和小娃娃。它们顶部有小孔，可以穿起来挂在脖子上。玩具包装盒上有两个和我年纪相仿、打扮整洁的男孩和女孩，在街边经营玩具商店。他们周围有一堆小婴儿朝他们递一沓沓的美元，争相买他们的玩具。我当时刚读完一本关于亨利·福特的漫画传记，正幻想拥有我自己的生产线——当然了，是带工会的那种。整整二十分钟，我盯着那个玩具工厂盒，想象着自己在马厩以十美分一个的价钱把造出来的小玩意卖给有钱的游客。

当理智回归的时候，它像橡木上的灯泡发出的刺眼霓虹灯光一样压在我身上。那盏灯的颜色像马尿。我知道任何脑子好使的小孩都不会花钱买这玩意。爸爸的声音又回到我耳中。电视上播各种商品广告的时候，他总是会点评一番："我做了大半辈子的细薯条，竟然没用维吉电动切片机？该死，我真是不走运！"

我最后选了一个瓷器做的大肚子修士雕像，修士脑袋中间是秃的，周围有一圈用棕色绒毛做的头发，手感毛茸茸的。那个修士还带着一根竹鱼竿，上面挂着金色的渔线。修士凉鞋旁边还有一个啤酒杯，里面的啤酒冒着白沫。我还给妈妈兑了一个电动开罐器。开罐器背后还自带磨刀装置，我觉得很厉害。

在黑猫酒吧的可口可乐钟下，妈妈把开罐器从盒子里拿出来。她很开心，但她的开心充满那种神志不清的酒精味。我就算送给她一桶老鼠屎，她估计也能同样喜气洋洋。她用抹了口红的嘴亲了我一下，然后把开罐器递给其他的客人。坐在吧台的牛仔们小心翼翼地拿着开罐器。他们粗糙的手轻手轻脚地拿着开罐器翻过来看，仿佛它的质量很差一样。调酒师还把酒吧的搅拌机的插头拔下来，用他切柠檬的刀试了试磨刀功能。尖锐的摩擦声跟牙医的钻机一样刺耳。

我把修士雕像包在报纸里寄给了爸爸。很快，几乎出于偶然原因，我的咖啡罐里又装满了绿色邮票。但只要我目光一落在它们身上，就深感疲惫。有一天晚上，我踩下垃圾桶的踏板，垃圾桶的盖子像某种生物的下巴一样"呼"的一下张开，我把邮票全倒了进去。

在某个感觉是夏天的最后一天的日子，我们帮麦克布赖德先生和马厩的工人把马全赶到冬季牧场。黄昏正在来临。当地警官根据马过山大概需要的时间把路上的车都清走了。他还用黑白相间的木栏把进山的路都堵上了。

我不知道他们为什么允许我和莱西娅骑马跟着，因为连麦克布赖德自己的小孩——一个个全是骑马高手——都不许一同去。横杆门一开，马群犹犹豫豫地走出来。直到过了石桥之后，它们才渐渐明白自己要去哪儿了，随后便开始整齐划一、有如一体地狂奔起来。它们抻着粗脖子向前，长长的脊背似乎紧跟其后。如果我从马上掉下来，在别人发现马鞍是空的之前，我就已然被踏成一摊烂泥。但我并不是很害怕。大部分的路都是泥土路，而不是柏油路，所以灰尘满天飞，很像牛仔电影里的片段。整个过程，我们周围都笼罩着浓厚的云层，连莱西娅的脸都变得像廉价新闻片段那样模糊。我只能看见周围几码远的地方，一眼望去全是马背——暗褐色和栗色相间的马和蓝斑的阿帕卢萨马——排成几排，步伐完全一致，有时会让我觉得自己置身于马蹄踏出的起伏声浪中。在其中骑行，让我脑壳中雷霆万钧，浑身麻木。过了一会儿，我看见一只花色小马从队伍中走了出来。它跑到一家人的草坪上，然后跃着步子经过人行道，越过低栏杆，又蹿到另一家人的前院。麦克布赖德先生骑上坡，把它赶回队伍中。这只掉队的小马突然让我意识到，我们身处的这如潮水般汹涌的马群前进的速度有多快。我自己前进的速度让我感到一阵强烈的恐惧。我弯下身体，抓住马鞍前角，牢牢趴在马背上，似乎摁住了那种恐惧感，接着又再次被裹挟进急行的马群中。

第二天，麦克布赖德先生开着卡车把装着我们的马的拖车拉到家门口。我才知道我们要离开这座小镇，去上学了。

我们开车往西走，来到了海拔更高的地方，目的地是妈妈在地图上用红笔圈起来的一个黑点——我想这就是她的"冬季牧场"吧。她买下一家酒吧作为投资。如果你妈妈酗酒让你担心，那她突然在一个你从没听她提过的镇上买下一整家酒吧，那你就只能惊得无言以对了。她在跟我们讲搬家事宜的时候，对酒吧这部分的描述尤为委婉。她说"长角酒吧"是投资，这和把塞满赌场筹码的袜子藏在布满灰尘的床垫下没有任何区别。赫克托在那镇上还有亲戚。再者，如果我们留在山上的小屋里，我和莱西娅冬天得每天早上六点起床搭巴士去科罗拉多斯普林斯。"谁愿意这么辛苦？"她说。

莱西娅和我把各自的衣物塞在我们的圆形芭比旅行箱里。我看着木屋在视野中越来越小。接着一丛白杨树挡住了我的视野，把木屋完全遮住了。车盘山而下。

我知道我们再也不会回到那间小屋了，我也是这么告诉莱西娅的。可是莱西娅说，我们最不需要担心的就是这事。她望着窗外不断后退的树，而我望着她严肃的侧脸。她收下巴的样子很特别。她脑袋低垂，像顶着强风飞翔的海鸥。在她金色刘海鲜明的边缘下，一双棕色眼睛定定地瞧着这个世界，下巴进一步收到她脖子里。这是她躲回自己内心世界的方法，在下一次巨变将她淹没之前，找回那具有牢固根基的自我。看着她在我旁边收下巴的样子，我感觉到一股暗流漫过周身，像溪水一样冰冷。现在爸爸即便准备好了来找我们，也不知道去哪里找了。

我们一整天都行驶在高地平原中。一路上，妈妈不停地讲我们在得克萨斯州的生活多么闭塞：镇上没有音乐，只有乡村音乐和柴迪科舞曲；没有书籍，只有女街坊称之为"梦中之书"的西尔斯购物目录。妈妈说，在得克萨斯州，女人唯一会梦想的东西，就是一台装满她自己杀好、洗干净的鹿肉的大冷柜，或者家里有个包着塑胶的巨型沙发凳，忙完一天后可以把她走肿的双脚搭在上面休憩。在路上，妈妈突然把她黑色的贝雷帽扔到车窗外。我看着它翻飞到车后，最后像被撞死的小动物一样躺在地上。

在一家西部美食餐厅，我们点了店里的当日特价菜当晚餐：肉饼和土豆泥——随后我和莱西娅就把它堆成火山形状。出门的时候，妈妈买了一顶男士宽边帽，帽绳上别着两束向后支棱的长羽毛。她还买了一双蛇皮牛仔靴，又花一百美元买了一条南瓜花项链。项链是用掺了铅的银做的，戴上后和牛轭一样沉。

我们的浅色英帕拉车驶离平原，准备上山的时候，太阳突然变红。黑夜降临了。夜光的车速表变得更显眼了。我站在妈妈和赫克托的脑袋之间。赫克托耸着肩膀开车时，他下垂的、爬行动物一样的侧脸——我觉得很像鳄鱼——对妈妈新近的牛仔女孩风格没有做任何反应。在我看来，赫克托说到底只是个搭顺风车的。妈妈懒散地坐在副驾驶座上，牛仔靴架在车窗下。她之前还教给我们一首老牛仔歌。她低声跑着调哼那首歌的时候，我睡着了：

我是里奥格兰德来的老牛仔

腿没弯，脸没黑

牛仔会的歌我全会

因为我全在收音机里学

咦皮——啊——哟——咳——耶……

第十一章

我们的车前灯扫过一块广告牌，表明我们已经进入了安蒂罗普小镇。小镇的创建者本来想吸引滑雪游客，但大多数人直接开车路过这块广告牌——字体是红色的粗草书，和冰激凌车上的字体有点像——往下一站特柳赖德镇开去。安蒂罗普是淘金热时代建的，不过许多矿工的淘金盘网格中也没滤出几块金子。有人用锄头在那里挖出了大块的银和铜，但这些矿挖完之后，小镇居民的生活来源也没了。莱西娅正靠在我肩膀上睡觉，而我用胳膊顶了顶她，让她和我一起观察观察这个地方。

从小，妈妈就在为我们去大城市生活做准备。她给我们讲的睡前故事里全是这种地方：苏格拉底时代的雅典——那时候犬儒主义还不盛行，人们还不会在澡堂里纵向割腕；二十世纪二十年代的巴黎；莫扎特时代的维也纳——生着重病、满头大汗的莫扎特正在给自己写安魂曲。当然了，她最爱的城市还是二十世纪四十年代的纽约。她总对我们说，我们天生就属于纽约这个城市。然而，当我们在那个潮湿的秋天夜晚徐徐开进安蒂罗普的主干道时，只看到几座被昏暗的啤酒广告灯照亮的破败建筑和商店。没有戏院的活字招牌在闪烁，长雨篷下也没有挂着金色出租车哨子的自以为是的门卫守着。

第二天，我们发现镇上的风景美极了。但小镇还笼罩着一股阴暗哥特的气息。大山隐现于小镇之上。而且，那年秋天，天空总是灰色的，和《德古拉》里面的天空有点像，笼罩在满是秃树的喀尔巴阡山脉上。

当时，我成立了一个吸血鬼俱乐部，我是唯一成员。我还在我的红色大酋长日记本里写下了又臭又长的入会仪式规则。首先，你得用订书针把手指戳破，和其他成员交换血液。在莱西娅的见证下，我扎破了自己的两根食指，以示自己对此事的严肃态度。你还得把手指浸在打火机液里，然后用火柴点着，之后再快速用湿毛巾扑灭——这是我万圣节在利奇菲尔德学到的技巧。（我准备等其他成员加入，有更多的人佩服我的时候再进行这一仪式。）随后便是吸血鬼笔试。你必须会拼三四个布莱姆·斯托克书中的特兰西瓦尼亚单词。（我记得 Vlkoslak 是吸血鬼的意思。）虽然我最终没有建成俱乐部，但如果建成了，这些词将是进入大楼的暗号。你一旦通过了这些测试，便可以用洗衣记号笔用两个红点标出你的颈动脉。我主动提出免去莱西娅的入会仪式，还承诺她可以当我的副会长，但她拒绝被画脖子。后来我让她做会长，我当她的"伊戈尔"仆人，她也不干。

但说真的，安蒂罗普就有那种秘密俱乐部和邪恶仪式的气息。那里的德国超市仍然用绳子把香肠吊在房顶上。我第一次推开那扇很重的门时，头上的铃铛一声巨响，吓得我抬头一看，只见一堆香味浓郁、包在血色肠衣里的死肉在我头顶飘荡着。它们让我想起我在妈妈一本艺术书中看到的中世纪蚀刻图——里面几十个异教徒被西班牙宗教裁判所吊死。尸体被悬挂在镇广场的绞刑架上，在微风中旋转、腐烂，手臂脱落，眼球突出。不仅如此，商店店主名叫欧拉夫。他和他的双胞胎妹妹安娜一起经营着这家商店。他们俩估计都有一百岁了，每次到超市，他们得了关节炎的脊椎都好像更弯了一些。他们俩在油毯上的影子像个肿胀的大问号。

他们从药房玻璃罐里掏出一美分一个的糖果，还给客人免费尝他们做的大蒜奶酪蘸酱。蘸酱的颜色是霓虹橙色，根本不像是自然世界的颜色。他们货架上有些东西估计自从艾森豪威尔执政后就没更换过。他们卖的浴室清洗剂在橱窗展示架上被太阳晒了太久，标签的青柠绿色已经褪成了浅柠檬色。标签上关于不许食用的细则已经看不清了。罐子上写着"如果吞食请——"，只剩下烧伤警告标志还看得清。

刚来的时候，我们住在一个老旧的灰泥砌的度假酒店，酒店的墙漆是暗淡的粉色。早餐和午餐，我们吃安娜用油腻的萨拉米香肠或者满是软骨和肥油的火腿做成的三明治。三明治是个头很大的多层三明治，用扁牙签叉起来。即便只想吃一小口，你也必须把整个三明治掰开。三明治的白面包又硬又干，光是咽下去就需要大半罐葡萄汽水。过了一段时间，我直接不吃面包，只吃口感像纸片的萨拉米香肠片和浸了蛋黄酱的冰山生菜。我还把别人的三明治里的东西掏出来吃，包括口感很面的西红柿块。所以莱西娅总是把我的手打回去，说我下次伸手，收回来的可就是血淋淋的断胳膊了。

晚上，我们在镇上唯一的牛排餐厅吃饭。餐厅灯光灰暗，特色菜是整块烤排骨。我们开吃之前，妈妈总会点马丁尼或吉普森（多杯），吃饭的时候喝勃艮第红酒，然后以妈妈比喻为丝滑火焰的干邑白兰地告终。有次吃完饭后我们顺着主干道走路的时候，看到路灯被山顶刮下来的风吹着，在空中摇摆。真是个被上帝遗忘的地方，我心里想道。过街的时候，妈妈靠在莱西娅身上，赫克托靠在我身上。唯一路过的汽车司机将车灯打在我脸上，他肯定以为像弗兰肯斯坦一样跟跄行走的赫克托是我爸爸。我不禁想敲他的车窗，向他解释清楚。

回到酒店后，他们两个昏睡过去，莱西娅催我去刷牙。"你不想变成在马厩工作的雷那样，一嘴发绿的烂牙吧。"她说道。我说，不，女士，我不想。我在镜中看到赫克托的呢子大衣木扣在我脸上压出一个半月形的酒窝，是他靠着我的时候留下的。我一直以来都想像秀兰·邓波儿那样有酒窝。莱西娅费了老半天在我另一边脸上印一个对称的酒窝。她先用大拇指使劲掐我，直到我疼得叫起来。然后她用牙膏盖子压在我脸上，让我数到一百。但我们终究没把两个酒窝弄得对称。

妈妈租了一座殖民风格的房子，墙上贴满了印花墙纸，屋里满是古典风格的红木家具。这房子原本属于镇上最后一位银行行长（如果我记得没错，他因为贪污坐了牢）。莱西娅和我从没住过两层楼房。我们仰着头看着高高的天花板，在房子里逛来逛去，低声交谈着。房子的窗帘很长，用丝绸流苏系了起来。我和莱西娅向对方行了屈膝礼，然后挺着背坐在玫瑰色的双人沙发上，假装倒了杯茶。

这座房子很大。餐桌很长，上面积的灰够我们在上面写字了。我跟莱西娅说餐桌的十二个配套椅子有点像《最后的晚餐》，只是没了耶稣。椅子和牙医椅一样深，带皇家蓝色的缎椅垫。墙角的装饰条上有喜剧面具正笑着俯视我们。在客厅，一台小型三角钢琴放在吊灯下，吊灯的泪滴形玻璃已经褪成暗琥珀色。法式门廊将我们从主客厅带到另一个小客厅。妈妈把她和赫克托的床放在那里，这样我们不容易随意闯入。

在楼上，莱西娅和我第一次有了各自的卧室。我的卧室有一个很高的樱桃木衣柜，抽屉和涵洞一样深。即便我把妈妈在丹佛给我买的所有衣服都放进去，量也显得很少。我睡觉的时候，总觉得衣柜抽屉会突然打开，从里面蹦出个什么小怪物。所以我经常偷偷跑到莱西娅房里去睡。我大胆伸手去扣紧她的手指，她也没醒。

上学第一天，我们路过人行道上的一个涂鸦。这涂鸦正好在安蒂罗普中学门口。那是一座灰色水泥大楼，是镇上唯一的学校，里面包含所有年级。

要进学校，你得先路过一堆在门口抽烟的高中生。他们把头发卷得有面包卷那么高，女孩们画着猫眼眼线，梳着蜂窝头。十英尺之外你就能闻到他们的发油和过氧化氢溶液的味道。在利奇菲尔德，年纪大一点的男孩都留着平头。大部分都像电视上的青少年一样穿着衬衫和毛衣开衫，只有少数几个农场小孩穿着干净的背带裤和高帮靴。不知道为什么，这些科罗拉多州的小孩看起来更成熟些。女孩们在公共场所抽烟，不像在得克萨斯州，大家都躲在厕所和滑冰场后面抽。有人在口袋或者书包里藏了晶体管收音机，正在播放一首跟《路易路易》相似的歌。一个黑发女孩苍白的脸颊两边贴着极为精致的圆形小鬈发，正随着这首歌在所有人面前跳扶地抬腿舞。她的腰往前顶着，噘着涂着白色唇膏的嘴巴。我以前在得克萨斯州只见过一次这种舞。有一次在别人家开睡衣派对，朋友从路易斯安那州来的坏脾气表姐给我们表演了。我目瞪口呆地经过她，因为我当时觉得那种舞跟脱衣舞一样道德败坏。

我们踏上门口抹着蜡的台阶，走到一面墙前，墙上满是均匀排列的黄铜钩子。左边是一堆雪橇，右边是放靴子的地柜。我突然明白，自己会在这里看到雪，会看到我在书里读过的雪橇、矮雪人和雪橇运动。我决定把自己吃胖一点，或许我会去喝"维特昂"增重饮料。我以前看朱尼尔·迪拉德家的哥哥在漫画书的封底广告上订了这种饮料，为了能更强壮，好去打橄榄球。他后来跟我抱怨说，这种饮料让他的牙齿发灰。但我每次买衣服的时候，大型圆形衣架上挂的标有"恰比斯"[1]的衣服都被比我个头大的女孩挑走了。我才不管牙齿会不会变灰，我只想变得更壮。

莱西娅用一根手指把我的下巴抬了起来。她说如果我那天敢惹上一丁点麻烦，她放学后就会整死我。然后她看看周围，确保没人后，把我的双手夹在我身旁，给了我一个不像样的拥抱。然后她穿着自己的新皮鞋，咯噔咯噔地走了。

莱西娅根本不需要威胁我，因为学校根本没有老师让我惹上麻烦。那个学校在开展一个叫"自我安排学习"的项目，让学生独立学习各类阅读文件夹和数学文件夹。一些学生来主持课堂纪律，而老师整天待在休息室里抽烟，吃老师们从家里轮流带来的用特百惠储物盒装的点心，比如布朗尼、杯装蛋糕和曲奇。我被安排在四年级学习。时至今日，我仍然可以不假思索地说出二年级和三年级同学的名字和座位，但四年级的同学我只记得一两个。

开学第一天，老师倒是出现了，带我们唱完国歌宣誓后开始点名。我还记得她手压在我的肩膀上，冷冰冰的，还隐约有股杰根丝沐浴露的味道，然后她把我介绍给班上其他同学。

在我以前的学校，新来的学生靠来自异乡这一点就能立刻成为学校的大名人。得克萨斯州的小孩会写各种小字条，折成纸飞机向她投去，课间都拥到她周围。但我面前的这些同学像木偶一样面无表情地看着我们。课间的时候，除了管纪律的同学——她是校长的女儿，一个顶着黄铜色波波头的蓝眼女孩——没人记得我的名字，更不用说我是从哪儿来的了。

在得克萨斯州，一群长时间没人管的四年级小孩估计早就掀桌子扔椅子、在黑板上写脏话、在垃圾桶里点火了，一样都不会少。

---

1. 美国男士短裤品牌。

大家还会找一个替罪羊来欺负欺负。但在这里，老师像没事人一样沿着走廊离我们远去，都不回头看我们一眼。在安蒂罗普，连差生都老老实实地在自己的桌前坐上大半天，仿佛大家都被下了迷魂药。我周围的小孩都肤色苍白，没什么特点。没人说话，因为如果说话会被管纪律的学生记过。如果被记过太多次，就会被留校。留校以十五分钟为单位，意味着你还得在那真空一样的教室枯坐着，看着巨大的工业钟上的红色秒针一点点抹去白天的时光。

大多数小孩低头靠到笔记本上，尝试入睡。有一个男孩整天在画图纸上睡觉，然后用笔勾勒出他流下的口水形状，比较今天和昨天口水的大小和完整程度，以衡量他当天的"生活质量"。

有好一段时间，我以学习面前的阅读和数学文件夹打发时间。这个教学系统真的很愚蠢，学生自己从一级升到下一级，完全无人监督。你还要给自己设置考试，自己改卷子。管纪律的同学把考试的答案发给你，然后给你一个红色铅笔头让你自己在错答案上画"×"。据我所知，没有任何人来检查我学习的进展。但因为考试和一年级测试一样简单，我也懒得作弊。我还记得其中一个考试问题：

苹果有不同的颜色。把最高的树上的苹果涂成绿色，把第二高的树上的苹果涂成红色。把最矮的树上的苹果涂成黄色。有几个苹果是绿色？几个是红色？几个是黄色？

连我都知道不用给它们涂色就可以直接数苹果了。课程中有很多这样可以跳过的学习任务。但一旦你通过了一个文件夹的测试，就又得学习下一个文件夹，依此类推，好像有无尽的文件夹可以学习下去。文件夹里的题都是这种：火车以每小时六十英里的速度开往辛辛那提；农夫布朗卖的每捆玉米中有十二根，等等。

218

当然了，老师们不可能整天待在休息室，但我记忆中是这样的。有一次，有个男孩把订书钉弄到自己鼻子里了，流了很多血。管纪律的学生过来给他止血，让他的脑袋仰起来，把他自己上体育课穿的袜子塞到鼻子里。大家一看，都惊叹了一声，因为他们觉得袜子应该很臭吧。然后我被派去教师休息室找某某老师。在我去的路上，要路过一段水泥台阶，到楼下的锅炉房。锅炉房和恐怖电影里的地下室很像，你看那些电影的时候总想对拿着蜡烛的女主人公尖叫"不要下去"。我路过锅炉房的时候，火炉吭哧吭哧地响着。锅炉房房顶的水管蜿蜒着，有的部位用抹布堵住了，但仍冒着水。过了锅炉房之后就是休息室，休息室的门带圆形的磨砂玻璃，有点像潜水艇的门。我抓住黄铜把手，把门拉开。

休息室里面烟雾弥漫。我去的时候，休息室里只有女老师，都长得很壮。她们宽厚的背影对着我，浅色裙子的拉链几乎快包不住她们浑圆的身体。她们的大屁股从椅子的两边垂下来。当她们的脸看向我的时候，我看到每个女老师都有自己的铝烟灰缸、白色点心纸盘和舔干净的白色塑料餐叉。桌子中间是一块巨无霸巧克力薄板蛋糕残余的部分。蛋糕下面的纸壳像一个泥泞、满是划痕的巨大的橄榄球场。我的老师看到我之后站了起来，和我一起回了教室。

我第一个星期就学习完了十八个级别的阅读资料和十二个级别的数学资料，创下了学校纪录。这一成就并非出于野心，而是因为无聊。有一天唱完国歌后，学校在广播里通告了这件事。我突然感觉有点自豪。但我往四周一看，其他同学都在翻白眼。或许他们之间约好了学习成绩不要太好，免得给其他人造成压力。

那天课间休息的时候，一个大家背地里叫她"大伯莎"的六年级女孩在我排队接水喝的时候突然走到我面前，给了我一个大巴掌。打我之前，她还蓄了半天的力气，所以我老远就看见她挥手过来，但她的姿势是那么奇怪，害得我都没意识到要躲开。她打了我之后，我过了一秒钟才回过神来。我站在那里，捂着自己的脸。如果我做好了准备，我可能会摔到地上去撒个泼。我手下的脸越发火辣辣的。与此同时，接水的队伍散开了。不同身高的小孩在我们的一侧连成一排站着，形成挡开老师的视线的一堵高低错落的墙。

大伯莎猪一样的小眼睛和其他部位在她的大饼脸上挤在一起。她最后威胁说，如果我再让她与我同班的妹妹看起来像个笨蛋，她会揍我。但我连她妹妹是谁都不知道。尽管如此，我还是不想错过这样一个绝佳的还嘴机会。我说论看起来蠢笨，她妹妹根本不需要任何帮助，大伯莎她自己也是一样，是头蠢牛。

她听到我当面叫她的外号，又反手扇了我另外那半张脸。我猛地向她那肥大的身躯冲去，又踢又打。莱西娅当时在学校另一边的操场荡秋千。她后来跟我说，我就像风车一样从杆子上掉下来冲向老伯莎那软绵绵的上半身。她虽然动作慢，但还是打中了我脑袋好几下。我本来准备罢手，可是出于一种狂野的本能，我两手抓住了她的衬衫领子，使尽全力往下一扯。仿佛发生了奇迹一般，她衬衣上的所有扣子都被我扯掉了，一颗颗叮叮咚咚地掉在草地上。当时伯莎的两只手还抓着我的头发，我马尾上的橡皮筋扯着我的头皮。我感觉自己的眼睛都要被扯到耳朵的方向了，嘴巴像是《生活》杂志上做失重训练的宇航员，被风吹得智齿都露了出来。伯莎忙着晃我的脑袋，过了一分钟才发现自己扣子掉了。她往下看的时候，发现白色运动文胸暴露在光天化日之下，学校所有人都看到了。她这才松手把我丢在地上，往食堂门口跑去了。

但是打架给我带来了意想不到的好处——我的右眼被大伯莎男朋友给她的校戒刮青了。妈妈让一个拍她马屁的酒友去商店买了一块冷冻T骨牛排放在我眼睛上消肿。然后她把粉底擦在我眼眶上，再用她最蓬松的化妆刷把滑石粉抹在我伤口上。

酒吧调酒师迪特正一边擦一个咖啡杯上的口红印，一边神情严肃地想着什么。他后面是一层层的酒瓶——有琥珀色、绿色和透明酒瓶，还有一瓶发光的黄色荨麻酒，在一排酒瓶中显得十分闪亮，就像某个品牌的火箭燃料。我望向吧台对面黑墙上的镜子，看着自己变形、擦满粉底的肿眼睛。爸爸肯定会为我眼睛肿了感到自豪。我这么想着，从酒吧椅上滑了下来。

在没有暖气的卫生间，我可以看到自己呼出来的气。我用自来水打湿厕纸，把妈妈给我化的妆抹了下来，然后用墙上的风干机把我的脸吹干，顺便取取暖。我独自站在那里，眼睛闭着，让热风吹过我的脸，头发在脑后面飞着，血又开始往肿眼睛里回流了。这时，我突然特别想家。有一次，从沙滩回家，我一路坐在爸爸卡车的后车厢上。那天太阳特别毒辣，他车厢地板上的钉子头被晒得很热，不慎碰到脚都会被烧伤。我看到爸爸戴着孤星棒球帽的后脑勺，像标志一样固定在后窗。我转过头来，把脸朝着太阳。风的触感是烫的，但一定程度上不会让我大汗淋漓。但是那晚，我的脸上起了一块很严重的晒斑，爸爸给我上了诺克西马药膏降温。我的记忆随着风干机熄火而结束，好似回忆的电源也灭了。

我又踮起脚够到水槽边，在纸巾盒上面的方形镜子里查看伤口。我的眼睛又肿回去了，亮亮的，泛着青紫色，边缘有点发绿。爸爸估计会说这个伤口很"亮眼"。

后来，当我在酒吧最暗角落的长凳上半睡半醒地躺着的时候，我几乎可以看见爸爸从酒精蒸汽和烟中现身。他跑到我身边坐下。或者那只是他的幽灵，因为我没那么疯狂，会真的以为我幻想的身影是他本人。我很清楚他不在这里，但透过我的眼睫毛看着他逐渐现身，令我感到慰藉。他穿着皱皱的卡其裤坐着，瘦长而笨拙。"你要保持警惕。"他说。他拿出他的骆驼牌香烟盒，里面的香烟一根一根像教堂风琴一样排列着。他的身影几乎透明，和黑桌子上面的玻璃差不到哪里去。我跟他说我很想他，他只是耸了耸肩。"你走路的时候往左侧着身子。她就够不着你那只眼睛。给我看看。"他的大拇指按了按青肿的地方，看伤口有多硬。"啊，没事的。"

我的眼睛灼热起来。我想休息一会儿，趁爸爸把我从这个世界托起的时候，就像他在镇上游泳池教我仰泳的时候，用大手掌将我托起。我听着他说话的时候就是这个感觉，爸爸的陪伴让我被自己的疲惫浮起。我在幽灵爸爸的腿上沉沉睡去。

除了被大伯莎揍，文件夹学习得太快还有一个副作用：校长想跟妈妈讨论我跳级的事情。

校长的名字是杰尼施先生，我记得学生们管他叫杰宝，除此之外，不记得他的任何特点。他在我脑海中只是一团穿着浅蓝色三扣西服、系着条纹领带的模糊身影。妈妈快步走向他，伸出手去。她穿着她的海狸毛外套。戈登陪着她进屋。戈登是酒吧的常客，她让他开车载我们去她所说的"三点一线"（学校、酒吧、家里），然后请他喝酒补偿他。他扶着她的胳膊，从杰尼施先生的桌子走到棕色的诺格人造革扶手椅旁坐下。

戈登在那里让我觉得很尴尬。他的手很白嫩，像女人的手。脸上有很多痘坑和痘疤。有个诗人写过一首诗叫《患疗疮的年轻人》，感觉写的就是他。那天，他穿着皱巴巴的迷彩外套和黑色战靴。杰尼施先生问戈登在哪个军队支部当兵，老戈登低了低头，假装谦虚地透过自己海狸一样的门牙撒谎说，这有关国家安全。看戈登那双扁平足和神经兮兮的举止，我几乎确定他在朝鲜战争的时候是个不符合录用标准的残兵小将。戈登总假装自己是军人，但又有一个女人一样又大又软的屁股，这让他显得格外可悲。他总想拉出衬衫下摆来掩盖，但那样就相当于戴了一块"我有肥屁股"的标牌。总而言之，他既自以为是又柔软，即使妈妈跟校长说他是我们的司机，我也尴尬地苦了下脸。

妈妈刚坐下，戈登就用一个丁烷打火机给她点上烟，火焰足足有一英尺高。他把打火机放回口袋，然后屁股靠着窗台，打开了一本他随身带的杂志，杂志封面是一个纳粹卡通人像：他皮包骨，有着老鼠一样的鼻子，眯着眼睛才能架住单片眼镜，正将一个大胸金发女郎的双臂往身后捆绑起来——女郎身上的护士制服被撕烂了。他全神贯注阅读的模样，比校长看见这不伦不类的封面让我感觉更羞耻。

那天我把注意力全放在戈登身上，估计是因为我几乎无法直视妈妈。她已经完全成了一副疯傻模样。首先，她那年秋天把自己的头发染成了红色，但染后的头发已经不像头发，像动物的毛皮，颜色及质感和干苜蓿一样。再者，她这次和校长会面都懒得打扮一下。她光腿套上了牛仔靴，往嘴上随便涂了点软泥一样的口红，然后在桃红色的丝绸睡裙外套了一件皮草外套。她每次一跷二郎腿，她睡裙的花瓣边就从外套下面露了出来，而据我观察，她那天总是在跷二郎腿。或许她想向根本不解风情的杰宝炫耀她的长腿。他坐在办公室椅子上，前后摇晃着，在巨大的书桌软垫的另一边礼貌地点着头。

整个会面过程中，我脸上都挂着僵硬的笑容，甚至连妈妈邀请校长和校长夫人下午随时都可以来酒吧喝酒的时候，我也没有停止微笑。她管长角酒吧叫"适合家庭团聚的场所"。她还吹牛说她的"天才"女儿们——她此时捋了捋我的头发——一边听着点唱机放的古典音乐，一边在鸡尾酒酒桌上学习。我清楚地记得当时我躲过她的手。（我那个躲开她的动作像是背叛了她，现在想起来仍然能感

223

觉到深深的罪恶感。）我知道老杰宝知道长角酒吧是个下九流之地，而我不想通过认同这个显而易见的谎言，让自己的形象更糟糕。

莱西娅和我的确每天放学后都会去酒吧。但我们不会做家庭作业，而是玩某种电子游戏，这个游戏是沙狐球和保龄球的混合体，沿着长长的、亮晶晶的球道把小冰球推过去，看能推倒多少保龄球瓶。或者我们会坐在吧台上喝樱桃可乐，学习酒吧里的小把戏。我学会了用扑克牌建房子，还学会了在杯子里摇骰子的时候总是摇出七。我大概能看懂盖杯游戏中的骗人手法（但我太笨手笨脚，还不会自己来），还学会了把酒吧毛巾折得硬挺挺的，让所有顾客哄堂大笑，发出"扑哧"一声醉驴一样的笑声。点唱机上唯一的古典歌曲是拉威尔的《波莱罗舞曲》，除非你认为总是让酒吧的爱尔兰侍者流下泪水的《出埃及记》也算古典音乐。妈妈总是在手提包里带着一把螺丝刀，她会根据自己的心情和是否想跳舞，把点唱机的音量调高或调低。大多数情况，我们会听田纳西·厄尼·福特[1]的民谣，唱他又挖了十六吨煤，唱着他的心如何追随田野的野鹅。

一些酒吧的常客一坐就不动了，仿佛身上起了蜘蛛网把他们缝在酒吧高脚凳上。我见过一些爱德华·霍普的画作，描绘着整天垂头丧气地坐在餐厅里的人们如何悲哀寂寥。妈妈有一本他的画册，里面全是这样的人，一个比一个脸色阴郁。长角酒吧简直是为这些人打造的。

戈登和乔伊是酒吧常客中性格比较活泼的。他们足够年轻，可以在妈妈宿醉头疼，没法开车的时候给她跑腿。

乔伊靠残疾人福利金维生。他做矿工的时候染上了黑肺病，每

---

1. 美国歌手，在乡村、流行和福音派等音乐中比较成功，其著名的专辑有《十六吨》和《野鹅的叫声》。

224

个月从科罗拉多斯普林斯的一个律师那里领支票。虽然有肺病，他仍从早抽到晚。他两只手的食指都被尼古丁染成棕色。和戈登不同，乔伊曾经是个帅小伙。他是墨西哥和印第安人混血儿，虽然个头小，但胸膛宽胯部窄。他下巴方正，黑色的眼睛被妈妈夸赞为"有灵魂"。然而，他的眼睛下面有很深的眼袋，直直的眼睫毛总是垂着不翘——是可待因止痛剂和安定片的副作用（妈妈找他的医生给自己也开了同样的药）。而且，他每天都会好几次连续咳嗽五到十分钟，酒吧里任何的闲聊也继续不下去了。很显然，他的肺叶至少有一个将会坏死。每次乔伊咳嗽的时候，我都拍他的背，问他："是不是呛气管了？"好似他只是被鱼刺卡住了而已，而莱西娅则会跑到吧台后面给他拿水。莱西娅耐心地端着柯林斯牌磨砂杯，等乔伊慢慢喘息完。他咳完后总留下一堆鸡尾酒方形纸巾。有一次酒吧快关门的时候，我打开了一张纸巾，里面呈大号铅弹状的血点吓得我赶紧把它丢了，好像纸巾具有放射性一样，之后迪特把纸巾和地上的调酒小棍一块扫走了。

戈登比乔伊看起来更壮实。他和他妈妈住在镇边界线附近，那里有一个草场，我们会把马拴在那里。"你到底是做什么的？"我有一天下午问他。当时，他正在教我怎么把手背上的欧洲榛子弹进嘴里。"商业机密。"戈登说。乔伊听他这么一说，笑得又开始干咳个不停。我正拍着他瘦骨嶙峋的背，却被妈妈拽到卫生间去教训，说问别人的职业很不礼貌。这和我在得克萨斯州了解到的风俗完全不同。在那里，职业是一个人最重要的身份标签，有可能比性别还重要。你对周围人的了解是基于他们工作的工厂、工厂车间和付给他们会费的工会——是管钳工工会的、卡车司机工会的，还是石油、化工和原子能工会的。

早晨，我穿着袜子走到楼下，一般都会看见乔伊和戈登在客厅的沙发上昏睡。我的任务是把其中一人叫醒并让他去把车启动预热，准备载我们上学。我们当然也可以走路去，但妈妈觉得我们有车接送更体面一些。我养成了先在炉灶上煮咖啡，然后再给自己倒麦片的习惯。这纯粹是为了使坏，因为水壶烧开时尖锐的声音一响，水壶周围所有睡觉的人都会苦着脸被吵醒。

一个阳光明媚的凉爽星期日，妈妈让戈登和乔伊带我们去戈登的草场骑马。自来到安蒂罗普，我们一直在哀求妈妈带我们去。我为此还发了好多次脾气，急得直抓自己的头发。

妈妈最终决定让我们去，是因为有一个骑牛牛仔星期六到酒吧来，想卖他的一对表演用的马勒。他正准备出发去怀俄明州，需要多赚点钱来向他的女朋友求婚。他打开自己手工切割的皮钱包，给大家看那满是划痕的透明塑胶后面女朋友赢得高中舞会女王时的照片。照片里，她戴着水钻皇冠，金发发尾外翘，微笑着露出我这辈子见过的最整齐的牙齿。妈妈看了照片一眼，又看了看那个牛仔可怜兮兮的恋爱中的模样，感动得立刻请酒吧所有人免费喝一杯。然后她打开收银机，抓了一把票子，跑到外面把牛仔放在卡车后车厢的马勒买了回来。

第二天，乔伊和戈登一大清早就开车带我们去了草场。

我们走过草场的时候，地面上覆盖着坚硬的冰霜。天空是深蓝色的。马儿们正在一个小破木棚旁边吃着散干草。我突然想起骑在"够大"身上时感受到的那种灵动的力量，我骑着它在金卡纳比赛赛场上越过一个个木桶。我从马鞍上滑下，低身像跳芭蕾舞一样一挥手把旗子从沙桶中拔走，我因此超过对手几秒钟，赢得了红色丝带奖杯。那个寒冷的早晨，我用尽全身的自制力（自制力天生就不是我的强项）才没向"够大"狂奔过去。我若无其事地走过去，嘴里发出爸爸教给我的用来吸引树枝上松鼠注意力的低低的咂嘴声。

当然了，"够大"立刻就看见了我。我刚从带刺铁丝网下面钻过去，它就不再嚼干草，扬起自己的长脖子，黑色的耳朵朝向我们。它嘶鸣一声，我把那当作向我问好。然后"够稳"也停下了，脚步高扬地往后退了几步，看着我们。我们俩走路的样子估计很可笑：莱西娅和我抱着当啷响的巨大马勒，马缰拖在我们身后满是冰霜的地上；乔伊和戈登穿着薄薄的风衣和满是划痕的皮鞋，俩人满身都是陈酒味。我仍天真地以为这两匹马会高兴地向我们跑来，好像我是《玉女神驹》里的伊丽莎白·泰勒。但"够大"的黑色双眼中并没有因为我的回归而感受到的喜悦，而是担忧。它早已重拾小马的野性，在马的语言中，它的表情估计是在说："千万别又是她。"

最后，我和莱西娅耐心地攥着干草，吸引马儿自己走过来。乔伊和戈登看我们这样，开始不耐烦，撒腿追起了它们。但他们俩根本不懂马。马勒在他们手里看起来很古怪。戈登蹲在我身边，眼睛的高度和我齐平，像个橄榄球教练一样在他的手掌上跟我比画他的追马策略。他让莱西娅和我把马赶到他们俩那里。但我知道动物根本没那么傻。马的速度比我们快两倍，动作灵活得多，而且乔伊和戈登即便捉到了那几匹马，也不知道怎么把马衔放进马嘴里。

莱西娅和我很快就放弃参与戈登的追马大计。我们那天大半晌都在观看这两个男人追马。戈登又慢又笨拙。乔伊更快，但他越跑，宿醉就越上头。在某一时刻，他的血液酒精度突然急速跌到谷底。他一屁股坐在一堆我们后来才知道是马粪的东西上，搞得他棕色的雨衣背后留下一坨鲜绿色的屎的痕迹。那两匹马好像被追赶游戏逗乐了。它们快速跑了几圈，两个男人若是累到跑不动，它们也会慢下来等等他们。

两匹马儿整个上午把戈登和乔伊耍得围着草场团团转——谁知道草场有多少公顷。过了一阵，莱西娅和我跑回车里，把我们放在副驾驶手套舱的苏打饼干拿出来一扫而空。在没有风的地方，周围暖和了一些。上午余下的时光，我们待在车里玩剪刀石头布游戏。赢了的人可以用两只手指弹另一个人胳膊内侧最白最软的部分。我们把手指用口水打湿，这样弹的时候就会更疼，然后在对方的皮肤上下手。到中午，我们俩的胳膊都肿了。在草场和石山交界的地方，戈登和乔伊还站在马儿身后。马儿开始爬山了，他们俩转身向我们走来。戈登一瘸一拐的，乔伊每走几步就停下来，止不住地干咳。

第十二章

　　秋天逐渐变成了冬天。偶尔会下小雪，但没到可以滑雪橇的程度。妈妈找了一个当地医生给她开了很多节食药[1]。她把这些药装在她蔻驰手提包的内袋里，以前那里是用来装儿童阿司匹林的。她声称这些药能帮她"提神"，免得她整天喝醉赖在床上。我管她卧床的这段时期叫"老佛爷时期"，因为她除了稍微照料自己，整日无所事事。比如，她会一边喝一瓶在冰箱里冻到几乎黏稠的斯米诺牌伏特加，一边剪自己指甲上的死皮。或者她会一边抽着烟，一边翻过期的《时装》杂志，同时墙角唱片机放着哀怨的蓝调唱片，抱怨男人没有一个好东西。但妈妈这段时期并没有令我和莱西娅过度担心。我们甚至因为她整天安全地赖在床上而感到欣慰。节食药的出现让这一时期画上了句号。

　　节食药让妈妈的声音带上了一丝愤怒情绪。连我找她要午餐费——如果她认为我打断了她——都能让她一边气鼓鼓地四处翻不知道丢到哪里的钱包，一边摔着门；或者朝在睡觉的赫克托怒号，

---

1. 美国二十世纪中后期的节食药片很多带有兴奋剂成分。

骂他是个狗娘养的懒蛋。但你别误会，并不是每次你找妈妈要东西，她都会发火，而且她以前也总是这样发无名火。但吃了节食药后，一点小事都能激怒她。被激怒后，她的怒火也持续得更久。当我和莱西娅终于学会节食药药盒上那个魔法词的发音——甲基安非他命，我们把这个名字融合到了跳绳歌的歌词中：

> 甲——基——安——非——他——命，
> 节食片要你发脾气，
> 甲——基——安——非——他——命，
> 让你打架让你变细。

妈妈的确瘦了。她用一把冰锥在她的鳄鱼皮带上多钻了几个孔。她一直以来都很不错的酒量也更上一层楼了。她日日夜夜不停地喝酒，却再也没有呕吐或者晕过去。那个能让我们推断她醉酒程度的北方佬口音，成了她平时说话的口音。

更可怕的是，她从不睡觉。我的意思不是说她睡得不多，或者比以前少了，而是她吃药的这几个月来，我们从没见过她睡觉。一次都没有。无论我多晚起床，穿着睡衣顺着螺旋步梯滑到楼下，她都醒着，正独自一人喝着酒，腿上架着本书。

她读的书越来越多，作者的名字都越来越难读，这些作者说什么存在主义是绝望之哲学。因为妈妈每次读这些书都开始眼神迷离地讨论起自杀，莱西娅决定把这些我所说的"法式"哲学书全藏在杂志架最里面。妈妈看这些书的时候，有时会突然抬头跟我们说，对有的人来说，自杀是最理性的选择。她说话时那种难得的镇静语气，肯定会让莱西娅担心妈妈可能会自杀。我和莱西娅从没讨论过这种担心。但如果妈妈在浴缸里待得时间太长，而且没有动静，莱西娅就会在锁着的浴室门外驻留，歪着脑袋听着屋里的动静。她那全神贯注的表情总让我想起表哥的猎狗捕鹌鹑时的神情。她似乎屏着呼吸，用尽全身力气去追寻一丝一毫的生命迹象。如果我哼着歌跑过走廊，没注意到她的担忧，她就会快步走来，使劲用手指按着她的嘴唇要我闭嘴。对我们来说，提到"自杀"这个字眼是难以想象的。我们不敢费口舌念出这个词，怕把它招来了。

事实上，我们越来越迷信，连通灵板[1]也不玩了。有一次，我们玩通灵板，外婆的幽灵告诉我们她在"地——狱"，惹得莱西娅把木板踩断了才罢休。后来，我只好把通灵板扔到屋子后面的荨麻地里了。之后，我们每次吃饭之前都往背后撒盐辟邪，即便一开始没有不小心撒盐[2]也是如此。上学路上，我们都跳过人行道上的裂缝，以免走背运。我左手的两个指头永远是交叉[3]的，右手永远在数数——去冰箱有多少步，钟上有几秒钟，句子里有几个词——这样我可以让大脑更忙碌。数数让我觉得有所寄托，好像找到正确的数字就能解锁我们正在穿越的这个混乱宇宙的密码。

妈妈的悲戚也在偷偷潜入我的内心。一天晚上，赫克托喝多了昏睡过去，她看到我睁着眼睛，躺在蜷在一团被子中的莱西娅身旁。妈妈坐到床垫边缘，借着走廊的灯光给我读了一段阿尔贝·加缪的《西西弗神话》，那是她那段时间的《圣经》。她教我作者名字的正确发音，免得以后我在什么鸡尾酒酒会上出丑。

在我看来，西西弗的命运比我们都悲惨，他的命运是日夜不断

---

1. 通灵板上有二十六个英文字母，两个人拿着一个移动的漂浮指针，由"幽灵"指示移动到各个字母，形成句子。
2. 民间迷信认为，人不小心撒了盐就是撒了钱，恶魔会来惩罚这种愚蠢行为。为了辟邪，人们会在背后再撒一次盐。
3. 在美国，交叉双指为求好运的手势。

地辛苦往山上推石头。故事的重点是，他终于把石头推到了山顶，可是石头又一路滑下。于是他又得一遍一遍地重新将它推上去。西西弗就这样永恒地挣扎，妈妈说着，然后合上了书。我的脑袋深陷在枕头里，还在等着她讲故事的寓意或者美好的结局，希望这些辛苦能换来一些回报。我估计也这么跟她说了，但她把我的一簇头发收到耳后，跟我说西西弗的苦力和洗碗叠被子一样没有任何意义。你只是永无止境地做这些无意义的事，直至身体被消耗殆尽，然后你就死去。

我学过的第一个法语句子可能就是来自那本书。Il faut souffrir，人必须受苦。不知道为何，我和得克萨斯州的浸信会小孩想的不一样，在我脑中，受苦和美德没有关系。聪明的人会受苦，愚笨的人则不会。妈妈在得克萨斯州的时候总是这么说。有时候我们开车路过穿着蓝色背带裤在卡车上卖西瓜的人，他们傻乎乎地笑着，好像觉得这么度过一个下午是非常不错的。妈妈看到这些人的时候，总是难以置信地摇着头，说："老天，无知就是福。"而爸爸则不这么认为，爸爸对各种微小的慰藉都乐此不疲——咖啡里的糖，苦楝树上的知更鸟回应了他的口哨。没有了他，妈妈的悲戚就会渗透。快乐是蠢货的特权，它是让你深陷其中的愚蠢之雾。而轻微但持续的疼痛是某种警惕。警惕自己的死亡，使你持续生活在某种警惕的绝望之中。

与此同时，我眼中的世界也慢慢褪去了颜色。天空变得比烟灰还暗淡，云彩变得像擦去的粉笔字一样近在咫尺却又模糊。树都褪去了树叶。透过我们走廊的百叶窗，我和莱西娅看着秋天像幻灯片一样慢慢变成了冬季。我们的邻居们花了好几天铲叶子，他们的小孩开心地跳到叶子堆里，各种大小的狗在一旁跳跃。这仿佛是柯达广告的镜头。铲完后，叶子堆被塞到一座座殖民风格房子前院的排水管或者垃圾桶里烧了。一天晚上泡澡的时候，我跟莱西娅说，我们总觉得树有叶子很"正常"，这不奇怪吗？因为树一年有六个月的时间都光秃秃的，像冠蓝鸦的脖子一样。

在学校，我在周围看着那些发愣和偷睡的同学，我的同龄人——在纸上流口水的男孩，用纸折东南西北游戏的同学，还有那个管纪律的校长的女儿。她本来应该是班上最聪明的人，可现在也快乐地用笔描着自己的手。他们好像根本不介意待在教室，这是我完全无法理解的，因为我没有哪一天不是如坐针毡，想大声尖叫、掰断我所有的铅笔，或者暴躁地往什么人的小腿上踢一脚。

我记得，妈妈和赫克托出了两次远门，两次都是去墨西哥。她突发奇想，准备在墨西哥买一块地，建一个艺术家部落，让她能有新的地方画画，虽然她自来到科罗拉多州画笔都没动过一次。她订的一大堆艺术用品被放在一个空房间里积灰。一个牛皮公文夹里面按颜色摆了几十支颜料，我很想打开塑封，但还是觉得不动手为妙。干净的带着拇指孔的棕色画板上没挤上过一滴颜料。她大大小小的貂毛刷也都在纸包装里。她买的事先拉好的、抹好底料的画布也被堆放在房间角落，像空洞的窗户。莱西娅和我为这些空白画布起了各种名字，比如"暴风雪中的北极熊"和"月亮上的滑石粉"。妈妈在科罗拉多州从没画过画，他们也没在墨西哥买地。他们在墨西哥喝酒、吵架，然后飞回了科罗拉多州，两个人都被腹泻弄趴下了——爸爸管这种腹泻叫"苹果绿的屎"。

第一次去墨西哥时，他们把我和莱西娅扔给赫克托的表妹照顾。他表妹才二十岁，靠政府福利金乐呵呵地养着自己两个蹒跚学步的小孩。我们管她叫珀蒂。珀蒂有着小鸟一样的娇小身材，满头浓密的黑发，害得她只能每天晚上用汤罐把头发卷起来，第二天才好打理。即便如此，她的头发还是会在她心形的脸颊周围卷曲缠结成波浪卷。珀蒂的孩子们估计是世上最惨的，但她一点也不在乎，每次他们口齿不清地发脾气的时候她都喜欢得不得了。"可怜的小宝贝。"她细声说着，而我满脑子只想把枕头盖在他们脸上，断了他们的气。他们俩不是双胞胎，但在我记忆中，好像他们是两个流着口水、有些焦虑的婴儿。他们俩的脑袋也大得有些古怪，在他们的脖子上摇来摇去，总是要撞向某个桌角，好像光是脑袋的重量就能让他们失去平衡。莱西娅很快就学会了用奶嘴或者装冷牛奶的奶瓶让他们闭嘴，而我只会噘嘴在角落里读书。

我们在她家的第二天晚上，珀蒂不着家的老公出现了。他喝得大醉，大声敲着后门。他用口齿不清的西班牙语怒吼着，我刚刚能听懂他是来把小孩带回去的。当然了，我根本不介意这两个小孩滚得远远的，可是珀蒂把汤罐头从头发上一把扯下来，弄得黑发卡在卧室里四处乱飞，那急促的声音让我想起得克萨斯州东部四处乱跑的蟑螂。她把我、莱西娅和两个小孩塞到床底下，让我们俩哄小孩保持安静。她说如果我们作声，他会杀了我们。我们在床下躺着，我看着她穿着毛茸茸的粉色拖鞋轻快地走开，走进厨房的一缕阳光中。

保持安静对我来说很难。我很少有玩捉迷藏不是第一个被捉住的。而且，我很难抱住我负责照顾的小孩。他们又肥又好动又难闻——一股粉末和婴儿洗发液的味道中透出发酸的牛奶味。床垫下面挂着的蜘蛛网正耷拉在我的眼睫毛上面，我隔着睡衣，可以感受到地板像冰一样冷。

随着厨房中的吵架声越来越大，小婴儿扭得越来越厉害，声音也越来越大。莱西娅最后用胳膊肘顶了我的脑袋一下，让我别光愣着，所以我用手把小婴儿满是口水的嘴巴堵住了。但是我不小心把食指插进他的嘴唇之间。有那么一刻，我的手指在像口香糖一样的滑溜牙龈曲线中摸到了几个牙根，还有像毛毛虫一样的肥舌头。我手指在他嘴巴里的感觉把我恶心坏了，当小婴儿开始把我的指关节当磨齿环一样嚼的时候，我用那只空手尽全力掐了一把他的大腿。令我惊奇的是，他竟然在我身下安静下来了。掐完后，我突然被自己伤害小婴儿的内疚感所吞没，但很快又对自己胆大包天的邪恶感到十分满足，他大腿上软乎乎的肉就像我手中的橡皮泥。我刚做完这坏事，就立刻想再来一次。但我怕这么一做，他会真的哭起来，而不是我还算能接受的低声吸鼻子。

我感觉像是过去了很久，厨房发出一阵巨响，是玻璃被打碎的声音。脚步声经过走廊，来到房子门口，然后我听到珀蒂突然大声尖叫着"谋杀！谋杀！"，接着她丈夫的车从车道上开了出来。

原来，他把她的脸砸进后门的玻璃里。但这一场景已经消失在我的记忆中。我们跑到门口，看着她正流着血并尖叫着，小婴儿们估计也刺耳地哀号着。然而，我还记得珀蒂很耐心地跟一个脸色发红的高速警察讲事情的来龙去脉，说她老公掐她的脖子，然后把她的脸砸进了玻璃里。她说她听见了玻璃碎裂的声音，感受到外面的冷空气向她袭来。她的脸上到处都是小口子，她的粉色睡衣的花边裙腰上全是玻璃碴。急救车的医护人员正用蝴蝶形状的创可贴包扎那把她眉毛利落地一切为二的大口子。

第二次妈妈和赫克托去墨西哥，她把我们托付给他姐姐阿莉西亚。我想，阿莉西亚又肥又老，没力气和她老公拉尔夫打架。她总是像个歌剧演员一样梳着盘在头上的灰色长辫子，身子的宽度和高度差不多，看起来离地面很近。果然，一天晚上，她在灶台上炸玉米饼的时候，和她老公拉尔夫因为车保险的事情吵了起来，惹得他气急败坏地向她扑来。可是阿莉西亚动作敏捷，用铁锅底正正地砸在他脑门上，一把将他挡了回去。他终于跌倒在地的时候，我们才反应过来。第二天吃早饭的时候，拉尔夫的脑门中央有个发青的肿块，好像要从脑门长出一个山羊角。

目睹阿莉西亚和老公打架之后，我只要听说让我们得去任何人家过夜的事情，就会睁大眼睛歇斯底里地发脾气。就因为我发火，她第三次墨西哥旅行泡了汤。在安蒂罗普，她越来越萎靡了，甚至开始像在得克萨斯州一样，整天从一个窗户踱步到另一个窗户。

有一次我在大概夜里三点的时候下楼，看见妈妈裹着她桃红色的丝绸浴袍坐在钢琴前。她在头顶较长的头发上别了卷发器，两侧的短发支棱着，让我想起鸭子的羽毛。她琴凳旁边放着用高脚杯装的红酒和一个水晶烟灰缸——里面的沙龙牌香烟正冒着冷蓝色的烟雾。她那本破旧的让－保罗·萨特的《眩晕》正放在钢琴的乐谱台上。

她用七喜和勃艮第红酒给我兑了一杯喝的，她说这能帮我入睡。她去厨房拿来了她最高级的骨瓷杯，白色的杯体上汽油般的彩虹晕染图案似乎在燃烧。杯子上里外都画着樱桃，杯缘接触嘴唇的部位文着金线，把手和杯碟边缘都有螺旋状金线。妈妈把茶杯放在我面前键盘上方的正方形平面上，七喜的气泡像地核内的岩浆一样从红酒中冒上来。

在那个夜晚之前，我就喝过各种酒——我连真正的香槟都喝过，好像是在一次婚礼上喝的。我真的不喜欢酒的味道。有一次大热天吃牡蛎的时候，我尝了尝爸爸加盐的啤酒，抿了几口就开始头晕。威士忌和苏格兰威士忌也是如此，就算加了可乐也像毒药一样让我的肚子感觉火辣辣的。

而且，在我脑中，父母喝酒和他们厉声吵架是联系在一起的。在利奇菲尔德，许多个夜晚，当他们在锁上的房门后面咆哮争吵的时候，我会偷偷跑到厨房，把他们的酒瓶收拾起来（他喝威士忌，她喝伏特加和苏格兰威士忌，如果买得起的话，她就喝麦芽威士忌）。

236

我把酒瓶里的酒倒进水槽的时候，都会把脸别到一边。别忘了，我生活的地方到处都是有毒物品，但这丝毫不会让我感到不安。站在我家的前廊上，就能看见一个烧着黑色浓烟的铁矿精炼塔。开车经过的时候，我闭上眼睛一闻，就可以分辨出臭味是来自橡胶公司，还是化工厂的废料场，还是炼油厂热原油的清新泥土味。这些臭味都不会让我捏住鼻子。但那些棕色液体的酒精味却好像非常危险，即便只吸一口。

我从妈妈的骨瓷杯中抿的第一口酒改变了我的看法。我以前听妈妈无数次说过，那个发现香槟酒的修士把喝香槟比喻成喝星星。突然间，我理解了这个说法。红酒和冒气的苏打水让我的嘴唇发麻。我立刻想到：这就像喝星星。我口中仿佛有整个星系成形，那味道既辽阔又别致。我刚刚喝的那口太小，所以得再喝一口，看是否还会有那种小型爆炸的感觉。的确有。于是我又来了一口。这杯酒不仅味道好，它好像深深沁入我的身体，不再是之前的那种灼烧感，而是一种缓缓的温热。再抿几口，那种温热四散开来，蔓延至我的四肢。我感觉酒精所到之处，手臂和双腿都透着光。我的存在的核心好像绽放出一朵向日葵——这个形象我在哪首诗中读到过，完全符合我的感受。

一杯喝完了之后，我把茶杯放在碟子上。杯子发出的清脆碰撞声，告诉我世界已经不同了。我低头看着我睡衣下方伸出来的光脚，它们显得遥远而苍白，好像大理石雕塑，简直精致。我抬头看着妈妈。她头上的卷发器和支棱的头发看起来也不可笑了，也不像美杜莎的蛇一样可怕，一个个压在脑袋上的卷发器看起来很优雅。她脸部的骨骼轮廓一下子重现了她早年的美感。她的额头平滑而高耸，颧骨向两侧展开。她绿色的眼睛和苍白的皮肤在暗暗的光圈中散发着光泽。我突然明白了，这就是人们喝酒的原因。即便酒会让他们吐，口齿不清，让一个男人去和能把自己打趴下的人挑衅，或者让一个平时头脑清醒的女人把车撞到水泥墙上，但这都无法阻止他们。酒精真的能让生活更好——通过改变你的头脑让一切变得更好。我想起那些提到魔法溶液的童话故事，莎士比亚的《麦克白》里面拥有滚滚熔炉的女巫。

之后，我头晕目眩地在床上躺了很久。当我闭上眼睛的时候，我感觉身下的床垫像海上的木筏一样往两侧倾斜。只有使劲盯着某样东西才能驱散这种眩晕感，或者至少能减轻自己恍惚中在海浪中颠簸的感觉。我把目光聚焦在远处墙上的一幅小肖像画上。那是妈妈画的最后一幅画，她管画上的人叫"麦克刀"。她大老远把这幅画从得克萨斯州带到这里，让我很疑惑。我们根本不认识这个黑发、杏仁眼的法国人。或许他根本不是法国人，但在我眼中，他和萨特书的护封上那个眩晕的年轻人一模一样。妈妈跟我说，那个人纯粹因为自己活着而想呕吐。麦克刀客观来说并不帅气，他脸色发黄，身材瘦小，但这幅画画得很不错。他的眼睛不经意地看着我，从外面的街道上斜着洒进来的灯光让他显得又悲哀又睿智。而且，他在这个旋转的房间里是唯一一个固定的点，看着他，我不再感到眩晕。

那天晚上，在我确定妈妈回到小客厅，听不到我说话后，开始了我的祷告。我不仅在向画上那个穿着黑色高领毛衣、悬浮在红黑色旋涡中的黄脸可怜蛋祷告，也在任何可能在天堂的神父祷告：尊敬的麦克，千万别让我吐在床上。千万别让妈妈在她的常青藤花盆里找到她的车钥匙。阿门。

其他夜晚则充斥着妈妈和赫克托的争吵。那段时间，妈妈骂他是天生下九流之类的难听话深深地刻入我的脑中。妈妈骂赫克托的重点是：他是个胆小怕事的没用家伙。而且，他也没有一份收入体面的工作，所以妈妈控诉他就知道占她的便宜。但如果哪天早上，宿醉的赫克托惨兮兮地在报纸上的招聘广告中找起酒保的工作，妈妈又会殷勤地黏过来，让他别麻烦了。因为如果他找到了工作，他们俩就没法在下午做爱了。

赫克托如果喝了酒，状况也极其糟糕。他腿脚不稳，口齿不清，记性也很差。他还会摔倒和呕吐。一天早晨，我无意中听到妈妈尖叫说："老天！他又尿床了。"还有一次，戈登和乔伊正在厨房站着，妈妈高声说赫克托不行，远不如皮特。我不知道听到这句话后该如何反应，但我看见赫克托在这句话的重压下越缩越小，他死死地盯着手中的酒杯底，好像它是个水晶球。

不知为何，妈妈永远一肚子怒火，这让她几乎有了自残倾向。有一次，我们在镇上吃完一顿非常不愉快的饭。开车蜿蜒回家的路上，她突然打开车门，侧身跳了出去。几秒钟之前，她还闷声沉默着，醉醺醺的，而此刻漆黑的夜色正涌进她的座位。英帕拉车内的顶灯自动打开了。沉重的车门撞到路边的雪堆上，摩擦发出聚乙烯塑料破裂的声音。我们左右晃了几码地之后，赫克托终于在路边停车，把手刹打到停的位置。我们看着他穿着未系扣的厚毛呢大衣在结冰的道路上一瘸一拐离我们远去，消失在红色的车灯更远处的夜空里。几分钟后，他又扶着妈妈一瘸一拐地回来了。她那晚穿着白色的羊绒外套，外套的喇叭衣尾沾满了泥巴。

她没有受伤，只是撞到雪堆并滚了几下。实际上，他们俩回到车上的时候都放声大笑。但我注意到莱西娅的脸上笼罩上了一层可怕的宁静。那个表情让我想起《生活》杂志里马上要回到战场的老兵。相反，年轻的小兵脸上的恐惧更明显，还带着一丝甜蜜。接着，没有星星的夜空又开始在我们的车窗外掠过。

一个又一个夜晚过去了，白天越来越灰暗和模糊，再也分不清哪天是哪天。直到有一天我生病了，而那个本该来照看我的男人最终猥亵了当时仅八岁的我。事实上，整个空洞的冬天都围绕着这一件事凝聚起来，像一朵越来越厚重的阴云。

那天晚上睡觉的时候，我看着窗外，纳闷德古拉会不会从厚重的窗帘后面现身，等着我邀请他进来。是我自己喊那个照顾我的人上楼的，是我的错。

过了很久之后，我从床上起来，穿上我的校服。我穿好衣服坐在莱西娅房间的直椅上，脚都没碰到地板——我一动不动的，像个雕塑一样坐着，像一个正在捕鸟或者用橡皮虫捕鱼的人。你把橡皮虫放到河底，不时让它在淤泥中摆来摆去。除此之外，你什么也不用做，免得在船上摇得太厉害。

当窗帘亮起来的时候，妈妈跑到屋里来清理地毯上的呕吐物。她在一个谷物碗中用水和小苏打做了清洁膏，用牙刷蘸上在地毯上刷。她问我昨天吐得那么厉害，是否需要再在家里待一天。我说千万不要。莱西娅坐在她堆成一堆的床单上，眨着眼睛。我把我的方格书包放在腿上。我穿了配对的班龙牌袜子，把袜边折到左右对齐的高度；我以前穿得从来没有这么一丝不苟过。真的，我感觉好多了。学校有我宁吃虫子也不想错过的活动。

第十三章

如果妈妈没有突然决定向赫克托开枪，我们估计再也回不了得克萨斯州了。但是当妈妈手持精致的镶镍珍珠柄手枪——那武器简直像蹩脚西部电影中，沙龙酒吧女从丝绒拉绳手包里掏出来吓唬嘴巴不干净的玩扑克的牛仔用的——并且一副醉醺醺的样子时，莱西娅彻底受不了了。莱西娅想办法把我们救了出去。不过，如果你事先问她，她估计会支持妈妈开枪打赫克托。我也会。在我脑中，这个念头和我们在那个黑暗时期的其他念头没有任何区别。

妈妈和赫克托待在酒吧的时间越来越久，把我们两个人留在家里。我每天晚上等他们回家，很晚才睡。酒吧只在几个街区开外，但妈妈醉酒开车的时候，似乎总是会把车撞到一些密度比她高的物质里——一块水泥或者一堵砖墙。在酒吧宣布马上打烊之后，我穿着从西尔斯买的条纹睡衣，站在楼上的窗前等着妈妈的英帕拉车冲入覆满了雪的车道。我在结了霜的窗户上抹出一个手掌大小的圆圈，以便能更清楚地看楼下那如无牙大口一般的黑黢黢的车库。我那么看着，楼下的车道仿佛会一直那样完好如初，不会被车灯照亮或者被轮胎开过，即便我的心跳动了无数次。

当长角酒吧的常客和伙计们手里都拿着枪时——他们的手或瘫痪或颤颤巍巍，有时还长了老年斑——我和莱西娅就没再去酒吧了。因为同一条街的牛排店被抢了一次，迪特开始在肩上挂一副小枪套。他把枪套藏在他酒保围裙下面。几天后，赫克托也跑到典当房给他表妹买了一把点 22 口径的手枪，让她老公不敢靠近。然后他给自己买了一把柯尔特点 45 口径的手枪。有一天，他整个下午都坐在鸡尾酒桌上把玩着那把手枪。他把手枪瞄准主路上经过的行人，这动作让我很不安。在得克萨斯州，连四岁的小孩都知道，不能把武器对准任何活物，除非你真的动了杀心。即便是拿一把坏了或没上膛的枪，你都得像对待毒蛇一样小心翼翼。

我一开始觉得妈妈手上那把镶了珍珠的玩意傻傻的。我在路边的玩具商店见过一个跟它形似的打火机。打火机被装在塑料袋里，放在一个旋转货柜上。货柜上还有塑料玩具狗的一小摊粉色口水，我用最后的五美分买了。

妈妈发誓会把枪好好放在她的蔻驰手包里。她说，她带枪只是以防有人骚扰她。"谁？"我八岁的脑袋纳闷道，"敢跑来骚扰妈妈？"我知道什么下九流的人敢靠近她意欲骚扰她，她准会一个大巴掌就能把他们扇晕。那把枪实在是——我在莱西娅的六年级拼写的词汇表中学到了这个词——"多此一举"。

枪本身并没让我担心。利奇菲尔德几乎每一辆卡车后面都有美国全国步枪协会的贴纸。我早在上幼儿园之前就开过第一次枪了。当时是新年前夜，我两只手握着爸爸的点 22 口径手枪，越过车库房顶，对准天上圆圆的月亮。午夜钟声一响，我按下了扳机。我的手被枪震得往天上飞了半码远，但我几乎没有退缩。当天空中的月亮没有像被打爆的气球一样哧哧地越过夜空时，我号啕大哭起来。后来，我用 BB 枪打下了各种麻雀和黑鸟。二年级之前，如果爸爸靠在我身后，我可以打 410 猎枪，后坐力也不会把我的肩膀震得脱臼。之后，每年冬天的猎鸭季节，我都会独自蹚着黑色的沼泽去打猎；春天的时候，爸爸的朋友们打下成袋成袋的旱鸽，带回家做炖菜吃，我则慢吞吞地跟在后面。

然而，酒吧里突然出现各种枪支，这让我心中某个水波荡漾的地方泛起了焦虑的微光。这些手握枪支的人以前都没怎么碰过枪。他们都是一堆业余傻蛋。和赫克托一样，戈登还总是开玩笑地模仿怀亚特·厄普[1]的动作，突然把他的麦格农手枪抽出来。我让他别这么做的时候，他让我一边去，说手枪上了安全锁，或者没装子弹。

有天晚上，乔伊在酒吧突然哭了起来。他说他可怜的爸爸四十岁就在矿上出事死了。他把妈妈的手枪顶在自己脑门上，正好蹭在他的发际线后退的地方。他这么一搞，我和莱西娅就再也不去酒吧了。尽管如此，妈妈仍保留着她那玩具一样的小手枪。她向赫克托开枪的那晚，那把手枪迅速出现在了她手中。

赫克托一边喝着苏格兰威士忌，一边歪歪斜斜地从卧室里跑出来的时候，莱西娅正在家里弹钢琴。他站在琴凳后面，两眼迷离地听着。莱西娅用跳指弹了几次《胡同猫》之后，赫克托让她弹一弹国歌。莱西娅说她不想弹。赫克托把手塞到自己裤兜里，摸出一张皱巴巴的十美元票子。他把票子抚平，放在钢琴上。他说如果莱西娅弹《美丽的美利坚》，钱就是她的。我说《美丽的美利坚》不是国歌，弄得赫克托转头两眼迷离地看着我微笑。趁他没注意，莱西娅把票子藏到钢琴的琴弦之间。她把琴盖"砰"的一声关上，说她什么鬼歌都不想弹。

一般情况下，她这么说，赫克托就会闷闷不乐地回房睡觉。但

---

1. 美国西部传说中著名的反派角色。

这次他不知怎的往心里去了。或许因为他吃晚饭的时候刚讲到他死于"二战"的哥哥。在他眼里，听国歌和他哥哥的葬礼估计是一回事——一个士兵把折得整整齐齐的海军蓝三角形国旗递给他妈妈，赫克托自己随着众人捧起一把土，撒在长方形洞里锃亮的棺材上，棺材是大家用绳子抬着慢慢放进去的。

反正莱西娅站起来的时候，赫克托的脸已经扭成一团，我们以前从未见过他这样。他气得骂莱西娅是个娇生惯养的小贱货。当然了，我们的确是很娇生惯养，这是没人会反驳的。但"贱货"这个词刺痛了妈妈，我们还没回过神来，她就已经拿起了手枪。

从她身后的飘窗望出去，夜幕已经降临。妈妈穿着蛋黄酱颜色的丝绸睡衣，睡衣之下是她的长肩带锥形内衣，这内衣把女人的胸部修饰得跟火箭无异。赫克托一屁股坐在了玫瑰色的印花单人椅中，脑袋低垂，脖子上的褶皱在他的下巴上堆起来，让我想起巴吉度猎犬。他说快点开枪吧。反正他的命不值一钱。

我突发奇想，一下子扑在他身上。我打赌妈妈肯定不会为了杀他把我也杀了。我的这个动作的确让她回过神来。她眯着眼看我，仿佛我在很远的地方。然后她挥了挥枪，让我赶快躲开，她的手臂羸弱如鳗鱼。"一边去。"她说。

莱西娅哀求妈妈不要扣扳机，而我像一块吃龙虾用的围兜一样整个身体挡在他前面。他身上有一股缅甸牌刮胡膏和苏格兰威士忌的味道。他圆滚滚的肚皮在我瘦骨嶙峋的身体下。我稍稍把身体沉到他软绵绵的身体上，然后抻着脖子回头看妈妈，看我有没有动摇她。

一丝烟云般的犹豫从她绿色的眼珠后面浮现。她正在考虑。她的手也从直接对准我们的角度稍微往下沉了一点。"我可怜、可怜的宝贝们。"她说。然后她脸上的皱纹往上拉并绷紧，仿佛决心已下。"你快放手，到一边去，玛丽·玛琳。"她说道。赫克托的呼吸透着一股极酸的气息，他向妈妈求饶："宝贝……"妈妈让他闭嘴。

莱西娅跑到妈妈胳膊下面。她死死地盯着妈妈，那表情俨然如律师，像面对着陪审团的佩里·梅森[1]，好像随时都会拿出指示棒或者打开头顶的幻灯片来佐证她的论点，而她的论点再明显不过了。如果你射杀了他，那你会坐牢，或许要坐一辈子——诸如此类。但妈妈不为所动。她甩了甩脑袋，端直了肩膀。"至少我做了件好事，"她说，"把这个下九流给杀了。"她看着赫克托，仿佛他是农场上一匹精疲力竭的骡子，她马上就要将他宰了。妈妈十分动情地把他给骂了个狗血淋头。

妈妈骂人让赫克托越发沮丧了。他不停地叹着气，嘴里冒出一股酸味。他每叹一次气，身体就越往下陷一分，我差不多是在看他的脖子上是不是有什么泄气孔。我也进一步陷进他松垮垮的身体里。如果再继续下去，他估计会在我身下化成一汪水。我盯着他结实的长耳朵，一小撮硬白的毛发蹿了出来。

赫克托不再关心妈妈是否会开枪打他，而是开始积极催她快开枪，好像自己被枪打死就能让他解脱。虚伪的泪滴扑簌簌地淌到他脸上的皱纹中。"她说得没错。"他说，他的声音带着一丝颤抖，"我从来都是一钱不值。"

我从自己趴在他身上的位置转头看向莱西娅，她那副律师模样也烟消云散了。她的神情完全不同了。在她发亮的金色厚刘海下，棕色眼睛里透出的光不再坚定，它变得疲惫。她说话时带着得克萨斯州口音，而且是得克萨斯州"皮癣地区"[2]纯乡下的口音。"你杀他都是浪费子弹。"莱西娅说道。她跟妈妈说话的声音不再带着北方佬

---

1. 电视剧《梅森探案集》中的主角。
2. 指比较落后的地区。

播新闻的口音。她在和妈妈套近乎，迎合妈妈的怒火，因为显然她知道这怒火是无法被浇灭的。"老天，你看他那可怜样。"莱西娅说道。她翻了翻白眼，像酒吧里伺候妈妈的鸡尾酒侍应生，一边熟练地安慰她，一边收餐盘上的小费。"如果赫克托身上着火了，"莱西娅说，"大家连往他身上撒泡尿帮他熄火都不会。"妈妈说莱西娅说得没错，而我身下的赫克托也点头表示同意。

然后莱西娅抓住我的脚，拉了拉。她说她也想趴在赫克托身上。此话让我觉得她还算顾及姐妹情分，来帮我分担，仿佛她知道赫克托嘴里呼出来的带苏格兰威士忌味的气息有多恶心。她笨重地来到我旁边，也爬到赫克托软塌塌的身体上，好像我们正坐在墨西哥海湾中一架漂流的木筏上。

我看到她的神情又变了。她嘴巴周围疲惫的褶皱松开了，眉头也不再紧锁。她圆圆的脸成了唯一能准确测量房间里气氛微妙变化的晴雨表。而这张脸变得空洞又苍白。莱西娅完全放弃了。我又转头看向妈妈。她正盯着短短的镍制枪管，好像想避开我们瞄准赫克托。

在那一刻之前，我都把自己的恐惧深深地藏了起来。整件事情突然显得荒谬如儿戏。我的确很焦虑，但平时我内心也几乎一直涌动着一股隐隐约约的焦虑暗流。焦虑让我喜欢咬指甲，在餐馆里坐立不安，成了那种随时都可能不小心把杯里的水洒出来的小孩。但那种让你呼吸不畅、让世界变成慢动作景象的恐惧，已经好几个星期没有降临到我身上了。我看见莱西娅那全然被掏空的模样，这种潜在的恐惧出现了。

她让我赶快跑。但她的声音跟说"把黄油递过来"一样随便。赶快穿过公路到杰尼施家去求救。如果我不找大人来阻止，妈妈马上就要杀死赫克托。

没错，妈妈已经失去了魂魄，她用苍白到几乎透明的手拿着那把实实在在的枪。她没听见莱西娅喊我去叫人过来，因为她已经听不到了。她的嘴唇在絮絮低语，好像在祈祷。但是她持枪的胳膊一直伸着。她披头散发，下巴紧绷着。

我奔跑着经过她身边的时候，她没有阻止我。以她的精神状态，她大概以为我是只从她脚下窜过的蟑螂。我没有回头。如果我回头看见我十岁的姐姐瘫软在那里，面对着银色手枪无情的黑色枪口，肯定没办法抛下她。

或许这是我跑到门外后告诉自己的，那时我恢复了正常的时间感。夜空似乎很沉重。它似乎在往后拉扯着我的肩膀，让我无从尽可能快速地奔跑。

我一脚踏进街上新落的雪中，雪是泳池里的水一样的蓝色。在那冰冷的雪中，我甚至都没有任何知觉。我也没有注意到，白色睡衣底下干瘦的双腿起了很多鸡皮疙瘩。我双腿奋力往前跑，连这我也感觉不到。我只能看见周围的街道起伏着，这让我知道自己在奔跑。我仿佛置身于定格动画中，每跑一步，杰尼施家红木前门上挂着的冬青花环就动一下，离我更近一步。

杰尼施家门廊上的灯是金色的，他们的门铃闪烁着，好像我读过的一个晦涩长句终于有了一个轻快的句号。按在门铃上的手指肯定是我的，因为那上面有我的方形指甲，指甲下还有脏东西。房间窗帘上有人影闪过。然后，门所在的地方出现了一束长方形的光，照亮了站在我眼前的、穿着蓝色破衣服的杰尼施女士。

我不知道自己告诉了她什么，但我可以感觉到自己的下巴在动。可能是因为外面太冷了，我一张口，自己还没听见，说出来的话就被空气吞没了。然后杰尼施先生出现了，用健身毛巾抹了抹自己脸上的刮胡膏，露出了一道干净的皮肤。他穿着一件 T 恤衫和休闲裤，脖子上戴着圣犹大的锡肖像，圣犹大是绝望者的保护神。如果你卖不掉自己的房子，就得去买一个圣犹大肖像，让牧师在上面洒一点圣水，然后在黎明之前把肖像倒着塞到院子的土里。到晚餐的时候，你的房子就能卖掉，可以把门前的"待售"牌子摘掉了。

好长一段时间，我脑子里想的估计全是这个。因为我的下一个记忆片段是，我已经不在杰尼施家，而是到了街对面自家前廊，紧紧跟在我后面的人肯定是杰尼施先生。他走动的时候，他的冬季派克羽绒服发出"呼呼"的声音。我还可以闻到他的薄荷刮胡膏的气味。

我没有直接进家门大声打招呼，而是听杰尼施先生的话，乖乖敲了门，这让我感觉很傻。不过，没有人回应，之后我看着自己发红的小手一遍一遍地大声拍着门。

杰尼施先生戴着皮手套的大手抓住我的手腕想制止我，但我挣脱开，开始用两个拳头砸门。我忘记再去听听家里的动静。我来到街对面，一心想着自己要做的事情。我的家人就这样在我的疏忽中熬过了这么长的时间。

也就是说，如果开了枪，我肯定也没听到。屋里或许已经开了两三枪。想到这里，我便用麻木的光脚踹起了门，我踹得很重，后来发现大脚趾已经发黑了。

突然，我的脑中飘扬起一面得克萨斯州老家中央浸信会教堂门口的手写旗帜："祈祷改变一切"。但如果我在开门之前努力说句对的祷告语，那我打开门，就不会看见大家横陈的尸体，和那些被猎人绑在卡车引擎盖上、被摆成一排留影的血肉模糊的小鹿一样。也许我就能改变开门后所看到的情景。我得赶快祷告，而且得是我人生中第一次把它说对。上帝肯定要我说服他才行，不能像以前那样做出半吊子的承诺，而且之后总是食言。

突然，我脑中冒出了一个点子。只因上帝有令，亚伯拉罕就愿意割自己儿子的喉咙。想到这里，我决定给上帝让一颗子弹。我给上帝一颗子弹杀掉赫克托，就跟橄榄球比赛中，你的球队有比较弱小的选手，请求让分一样。

但是，上帝还的招倒是很不客气。我本来一开始就有点想让赫克托死翘翘，所以让一颗子弹估计对上帝来说根本不值一提。在老家得克萨斯州的教堂，当执事的夏普先生总是说——他一边从衬衫口袋里掏出装捐款的信封，将它放入吊在长杆上、越过一排排长凳伸过来的祷告篮——一边说捐款要捐到心疼才算够。对我而言，我要在莱西娅和妈妈之间做出真正的选择。是选妈妈穿着奶白色的睡裙倒在地上，还是莱西娅驼着背趴在坐在印花棉布的扶手椅中的赫克托身上。

我倒是很想称自己在做这个选择的时候担心了很久，但事实并非如此。一眨眼工夫，我杀死了那个过来帮我挡子弹的姐姐。这个选择刚在我脑中浮现，我就做好了决定。我哀求着："求求你，上帝。"然后我想象着妈妈直直地站在那里的模样，手枪已然从她手中掉下来。

上帝肯定听到了我的祈祷，因为妈妈开了门，眼神也完全不像一个肥皂剧中的穿睡裙的女杀人犯那样疯癫。她穿着黑色的高领毛衣和松紧裤，一顶贝雷帽像黑色的松饼一样耷拉在她凌乱的头发上。她跟老杰尼施说我们几个只是因为家务事拌了拌嘴而已。你也知道小孩子喜欢夸大事实。什么，枪？她老公连猎都不会打。妈妈冲我摇摇头。"玛丽·玛琳。"她一脸假惺惺的笑容说着，像个肥皂剧里的家庭主妇。我从来不知道妈妈的表情还能如此不带一丝嘲讽。"玛丽·玛琳想象力可丰富了。"她说。那你不介意我进来看一下？杰尼施先生说。妈妈侧过身子给他让了路。

赫克托仍坐在客厅的单人椅上。莱西娅挤着跟他坐在一起。她腿上放着一本南希·德鲁系列的神秘小说。杰尼施先生握了握赫克托颤抖的手，然后看了我一眼，说明天学校见。

我和妈妈站在走廊上，看着杰尼施先生穿过马路回到了自己家。她用一只胳膊紧紧把我搂住，给穿着镂空睡衣的我取暖。就在那时，我被她塞在裤子松紧带里往外突着的手枪硌到了。

正是在那天晚上，莱西娅给爸爸打了个接听方付费的电话。她等到赫克托昏过去，妈妈在厨房里做爆米花时才开始行动。我可以听见锅砸在炉灶上的声音，锅里面像一串鞭炮一样噼里啪啦地响着。

莱西娅跟爸爸说的话刻在了我的脑海中，因为她又突然开始下达命令，先是命令接线员帮我们接通，然后命令我那长期缺席以至于我几乎想不起脸庞的爸爸。这是莱西娅和他说的原话："爸爸，你现在需要给我们买两张从丹佛回得克萨斯州的机票。"她没有问他行不行。她的语气中没有"可不可以"，也没有丝毫顾虑。如果我给爸爸打电话，我估计会长篇大论地讲妈妈的手枪，讲我扑在赫克托身上，讲我去向校长求救，一个故事细节都不会漏。然后爸爸肯定会问一堆为什么。我看着莱西娅的表情，就知道爸爸不会跟她讲价还价了。莱西娅粗略地回答了几句"是"和"不是"。但她不会叫妈妈过来接电话，看看这样是否可以。简而言之，这件事就这么决定了。

我现在觉得莱西娅和爸爸的对话有点好笑。爸爸是个五十岁且经历过大战的老兵，在酒吧打过不知道多少次架，却在这里听命于一个年纪刚上两位数的女孩。爸爸听莱西娅的话，并不是因为她有理。莱西娅并没有讲道理。或许他本来就很想我们，本来就打定主意要接我们回去。但我也知道这理由并不充分。不，说服他的是莱西娅，是她突然展现出的稳重和权威，是她意志中的那股纯粹的力量。

我把电话绳绕在食指上时，突然意识到了这一切。莱西娅的棕色眼睛和以往一样镇定，她的金色刘海仍在她的深色眉毛上方直直地挺着。但她的声音不再那么颤抖了。她把电话递给我的时候，我们之间的咫尺之距变得如大草原一般难以跨越。她永远地离我远去了。而我却还在童年那滑溜的封闭之地中蹒跚学步。我还在暗暗纳闷妈妈会不会趁我们睡着开枪杀了我们，但莱西娅已经不再被这种事情所困扰。她已经完全不为这些事情疑虑了。她已决意承受一切，无论承受什么。生存需要她变成什么样，她就会毫不犹豫地变成什么样。从那一刻开始，她已经开始算计自己该为生存做出怎样的牺牲，牺牲什么，牺牲哪些人。

电话听筒在我的耳朵上的感觉是温热的。爸爸只想知道一件事："你准备好回家了吗，崽子？"我跟他说我八百年前就准备好了。他说他也是。

第二天早晨，我们洗好脸。我按照袋鼠船长[1]教我的方法，在牙齿上画了整洁的圆圈；然后我们穿上去教堂专用的裙子，扣上扣子。到破晓时分，我们已经打扮好，肩并肩站在全身镜前。莱西娅把系在我的下巴下的轻便外套的帽绳系得太紧，让我觉得自己像根裹在太小的肠衣里的香肠。镜子里，她的脸颊浮在我旁边，那再也不是一张童真的脸了。

妈妈肯定对我们离开的决定大声抱怨了。她可能大喊大叫了、抽泣了，或者喝得烂醉如泥，一脸不高兴。我不记得有任何这样的场景。我也不记得，莱西娅向妈妈宣布我们要离开了，她肯定早上第一时间就这么做了。妈妈估计正在往肩膀上搽着奔肌薄荷脑。她和赫克托的身体之间摊着星期日的《纽约时报》的填字游戏版面，

---

1. 美国同名儿童电视连续剧中的主人公。

每个空格都填上了大写字母。(她总是很快就能想出某个答案,之后再把错误的答案擦掉,这样填字游戏看起来总像是做完了,但很少有做完的时候。)

但这都是我的猜想。我对莱西娅宣布离开的那一幕的记忆,像法式大门一样紧闭着,再也没有打开。在莱西娅打完电话后,我们和妈妈的任何谈话也被我的脑子过滤得一干二净。虽然我知道我们等了几天才出发,而且我肯定和她道别了,但她整个人都从我的记忆中消失了。我们一家人都喜欢哭鼻子,在机场航站楼出洋相,所以离开的时候我们三个肯定哭了。妈妈模糊地承诺她很快会来接我们,但我无法清楚地回忆起她说过这句话。她开车送我们去机场的时候,我也不记得车里有一丝一千零一夜香水味。

乔伊受雇和我们一起飞到得克萨斯州,照顾我们转机。我们刚到机场,他就在机场酒吧喝苏格兰威士忌喝到酩酊大醉,而我和莱西娅在一旁抿着无酒精的秀兰·邓波儿鸡尾酒,大口吃着花生。我们坐的方形凳子的表面是诺格人造革材料的。凳子转来转去,互相碰到时发出的声音像裹了衬垫的节拍器,一点一点地计算着清晨逝去的时光。我们前方的吧台上放着脊背挺得笔直的芭比娃娃。它们俩穿着配套的婴儿蓝蓬蓬礼服裙,胳膊上挂着银色饰带。但我们在路上把它们的白色塑料凉鞋搞丢了,所以它们高踮的双脚裸露在外面。

乔伊刚上飞机,穿过走廊把我和莱西娅的安全带系上后,就在晕机纸袋里大声吐了起来。莱西娅和我把手伸进座位背后的袋子里,让我们的芭比娃娃也假装呕吐。这使得坐在我对角线上的老女人非常不安。她一脸不赞许地朝我叹气。她还使劲摇头,下垂的颈部赘肉不断在三圈泛蓝的珍珠项链上方抖动着。我们先是假装让芭比娃娃呕吐,之后又开起了它们放臭屁的玩笑,一直这样高声闹着,到了阿尔伯克基才停歇。在阿尔伯克基时，我宣布我的芭比娃娃拉稀把她的晚会裙子搞脏了，所以她必须穿着环球航空的餐巾纸去参加高中舞会，扎着橡皮筋当皮带，也没内裤可穿。

在阿尔伯克基的时候，我们上错了飞机。航空公司当然不会鼓励这种事。所以一般来说，还没到登记坪，他们就会派人在登机口检查你的机票。机票上明白地写着你花钱飞到哪个目的地。但不知道为什么，我们阴差阳错地非法跨境到了墨西哥城。或许是乔伊故意把票订到了那里。妈妈总是讲墨西哥，熏陶得他那蠢脑袋也做起了流浪到墨西哥的浪漫美梦。他或许幻想着自己花很少的钱就能住海边棕榈树下的小木屋，让一位阿兹特克公主给他端来大鳌虾和她用玲珑小手亲自做的玉米饼。

但墨西哥的联邦官员可不这么想，尤其是在听到乔伊把自己的钱包——里面装了所有可以证明他的美国公民身份的证据——丢在飞机卫生间里了，他们就更不客气了。乔伊说他当时正从马桶上站起来，突然又弯下腰一阵恶心。他的肚子突然扭在一起剧痛起来。直到拉上裤子拉链后，他才想起来什么掉进马桶的蓝色消毒水里了。然后他四处拍自己的口袋，发现屁股口袋很轻。他所有的证件都随着冲击着耳膜的水声被冲到索诺拉沙漠中去了。他拍着自己的口袋，向那一小群像官员一样的墨西哥人解释发生的一切。乔伊像醉鬼一样目光短浅，觉得自己说的一切对其他人而言都很有意思。

他一边说，穿着亮闪闪的黑靴的联邦队长左右换脚站着。他低声和海关官员说了几句话。他伸出自己精瘦的手，行李架旁背着猎枪的两个士兵便走了过来。我们的行李被送了过来，被翻了个底朝天——裙子、牛仔裤、尼龙睡衣。有半晌，我裤脚破烂的短衬裤也像个破烂的投降旗一样被掀了出来。乔伊看起来的确像个走私犯，或者像个没证件就想偷渡边境的墨西哥公民。但他犯下的更大的罪是他那嬉皮笑脸的模样——我和莱西娅正被三个空姐搂着，站在咖啡机旁边看着他，这或许是我的推测。他笑得完全停不下来。

当然了，海关官员把他扣下来了。他们必须扣下他。但奇迹是我和莱西娅被准许入境。航空公司的工作人员还特地主动给爸爸打了电话，说他们会把我们送回得克萨斯州。

到最后，我也没问成乔伊，问他是绑架我们，还是自己想跑到墨西哥去，或者有什么其他打算。我最后一次见到他，他正坐在海关的拘留区，在荧光灯光下，他的脸和马丁尼酒中的橄榄一样呈暗淡的绿色。不知道为什么，他们命他脱了鞋子和一只袜子。他像野鹤一样单脚站在地上，双臂横举。偶尔，他不时爆发出笑声，抬起的那只脚的大脚趾不得不点在肮脏的地毯上。

在机场的雇员休息室，一个侍应生给我们端来了用椭圆盘子装的墨西哥式酱汁炒蛋。莱西娅跟那些大睁着眼睛的空姐说，乔伊准备把我们卖给他在墨西哥认识的一帮男人。我听她描绘得这么离谱，连忙在桌子底下踢了她一下。这些女士可是自己花钱给我们买吃的，不到万不得已我可不想惹毛她们。

但是莱西娅深谙撒谎之道。她一直如此。她说的每句话，那几位空姐都毫不怀疑。她们指甲修剪得极为整齐的双手轻轻拍着我们头发凌乱的脑袋，隔着我们的格纹连衣裙捏着我们瘦小的肩膀。最终，她们把我们送上了前往得克萨斯州哈灵根市的飞机，挥手与我们道别。

我醒来时已身处云霄。莱西娅正歪着脑袋靠在圆形窗户上睡觉。窗外，云朵像一望无际的北极荒地一样升腾起来。这些云朵好像在剧烈的翻滚中突然卡住了，又像沸腾的锅炉突然被冻住了。满月照耀在这些云朵上，在其中切出一条直通向我们的宽广的白色通道，这美丽的景象让我内心突然涌起一种古老的希望。我和姐姐坐在飞机里急速穿越夜空，而且再难触碰姐姐的内心，即便在当时还是小孩的我看来，希望或许总是存在。（神秘主义者所说的"恩典"，肯定指的就是这种感觉吧——一个"灰碗"地区的农夫望着田野中被蝗虫吃过的秆子，心中却升起希望。）这种希望缺乏细节，没有具体的思维和动力。在那美得不真实的低斜的月光下，我感觉自己的人生还有重要的事情要做。

然后这希望消失了。坐在我前面的男人把他头顶的灯关了。他把座位往后仰了一大截，他的光头几乎快落到我腿上。当然了，他肯定没有那么近，但我当时就是那样的感觉。我看着他像虫子一样的白色脑袋。然后他伸手打开了头顶的空调风口。

陈腐的空气猛吹过他的头皮，然后吹到我的脸上，好像又带着那熟悉的对世界的怀疑回来了。毫无疑问，傻瓜才会心怀希望。毫无疑问，上帝为我的未来准备的任何恩赐已经被挥霍殆尽。几天前，我还许愿让我自己的姐姐送命。我转头看着她沉睡中歪着的亮闪闪的金发脑袋。质感粗糙的红色毯子正好拉到她的下巴下面。不过是个孩子，我想。我想把她摇醒，告诉她我多么爱她。但她估计会要我闭嘴。

我怒气冲冲地瞪着那个光头男人的脑袋。他秃顶周围的头发让我想起了修道士，像一圈油亮的光晕。早先，我把光屁股的芭比娃娃塞到坐垫和扶手之间。现在我像握一根棍子一样握住芭比娃娃的腿，并将之抽了回来。还没来得及计较后果，我就用尽全力把它砸到那个男人的光头上，把它的脑袋都砸掉了。

那个男人猛地坐起来，叫了一声。他双手捂着自己的脑袋，转身看是谁打了他。我把没脑袋的芭比娃娃塞到莱西娅的红色毛毯下，立刻倒在扶手上假装睡觉。他摇铃铛叫空姐的时候，莱西娅惊醒了。她眨眨眼，揉了揉，我也眨眨眼，揉了揉。空姐走过来的时候，被扎着马尾辫的金发芭比的脑袋绊倒了。那个脑袋沿着过道，拐到了某个座位底下，我们再也找不到。

莱西娅和我穿越了机场各种不为外人所知的地方，辗转回到了爸爸身边。飞行员、行李管理员、空乘人员和不值班的门卫帮我们洗漱，喂我们吃的。这些人没有向航空公司提交申请就让我们免费坐飞机。我们不仅没有被欺负、被捏胳膊、被打，或被骚扰；只要我们带着渴望的眼神看着一副扑克牌或者巧克力甜甜圈，都会有陌生人上来主动帮我们买。虽然那些人的脸部特征已经像石头一样被磨平了，那些穿制服的人领着我们，而我们的身高才到他们的腰部，他们的存在证明或许希望并不愚蠢。（诚然，这个世界会滋生恶魔，但善良也一样会恣意生长，要不然每个被强奸的小孩长大后都会强奸别人。）

航程一段段地展开，飞机变得越来越小，越来越破。在休斯敦，我们乘的飞机是架绿色的迷彩飞机，机头画着鲨鱼牙齿，行李舱门口用灰色电工胶贴着一个"X"。那架飞机停在一座灰色机库外面，周围没有任何其他商用飞机。飞行员戴着双焦眼镜，把我和莱西娅塞到驾驶舱后面的隔间。隔间可能是用来讨论飞行计划或者放热水瓶的。我们把膝盖弯起来收到下巴下。当飞行员回头看我们，让我们坐好的时候，我们大概很像一对从洞里伸出脑袋的地鼠。

飞机稍微转了一圈，前灯掠过厚重的雾气。飞行员打开了天花板上的一些开关，然后对着发着噪声的收音机回话。我们滑行的时候颠了半天。机翼在细如后院秋千绳的支撑杆上震动着。飞机起飞时发动机发出巨大的声音，好像我们坐在吸尘器里，尽管如此，莱西娅侧脸的表情仍然很平静，她正观察着各种刻度盘。飞行员把手伸到膝盖的位置，用力把手闸拉了起来，好像在用蛮力把飞机机头从跑道上提起来。我们颠了老半天之后，终于飞进了云层。

云层就这样托举着我们——飞机偶尔会狠狠地颠一下，让我胃里翻腾一下——直到杰斐逊县。飞行员用粉色的餐巾纸擦着前窗的雾气。但窗外的雾成为前灯的灯光无法穿透的一层厚膜，连我都知道我们正在盲飞。

着陆之后，能见度也没有更好。我们提着装着芭比的旅行箱，站在湿漉漉的跑道上。周围没有航站楼，也没有停车场。我们只能看见头顶的一座塔，朦胧的黄色灯光绕圈闪烁着。

然后，在不知离我们有多远的地方，车前灯闪耀起来。原来跑道上就停着一辆车。我放下我的芭比旅行箱。透过雾气，我看见两个身影向我们走来，他们各自站在身后车灯流泻出的灯光中。其中一个人很瘦小，戴着牛仔帽。另一个人身材高大，一双大手垂在他颀长的身体两侧。第二个身影撒腿向我们跑来，工靴在水泥地上吱吱作响。

爸爸没有跨越真正的界线，不一会儿，他的身体就完全从浓雾中走了出来。他只是变得越来越亮，越来越实，直到他伸手用力把我们俩抱进怀里。他那天上班的时候喝了黑咖啡，那种从工长的破水壶中像焦油一样流出来的黑咖啡。闻到那股咖啡味，我就知道我曾经的爸爸回来了。我知道他用哪种溶液洗手上的焦油，也知道他会用刷指甲的小刷子蘸拉瓦牌肥皂。他下巴的胡子蹭在我的脖子上。可能因为湿气太大、工作辛苦或情绪焦虑，他流了不少汗，因为他在跑道上等我们时喝的田纳西威士忌味仍像刚伐的橡木一样新鲜。我可以感觉到莱西娅在爸爸的另一边抱着他，但这次，她没有因为我抱着爸爸妨碍到她而把我的手撇开。我们第一次一起抱着高大瘦削的爸爸，手臂形成一个他正好可以挤进去的笼子。

和他一起来的是一个长得像鸟一样的小个子伙计，名字叫蓝。这个名字起得很好，因为这个人全身都呈火石一般的旧蓝色。蓝悄无声息，身上没有味道，缺乏主见。他是那种整洁但没有任何特点的男人，可以几十年如一日地混迹于酒吧台球桌边缘，和其他人一样掏钱喝啤酒，却从不说一句完整的话。

蓝给我和莱西娅一人买了一个鬈发娃娃，娃娃几乎和我们一样高。莱西娅的娃娃是金发，我的是黑发。在爸爸轿车的顶灯下，装在盒子里的娃娃摆在宽后座上，以一种几乎带有侮辱意味的漠然表情瞪着我。一根铜线把它的脑袋卡住了。它的手腕和脚也以同样的方式捆着。高速路灯闪过它完美无瑕的面庞上方的塑料壳。它一脸阴郁地瞪着外面。它冷蓝色的眼睛好像在说它想要其他女孩做主人，而不是我。而我，我想要我的妈妈——如果我不是因为想起这个而突然喉头哽咽，我或许就这么告诉她了。但我却跟她说——估计说得很大声——"人在地狱，想喝冰水。"爸爸问道："你说什么？"我告诉他我想喝杯冰水，想极了。

当然，爸爸在车里跟我说了其他话。但除此之外的任何话都被我忘得一干二净。他和蓝说话的时候带着很浓重的乡下人口音。"现在，要不你把老雷蒙德带去那儿……"他和蓝说，但听起来像是"现在，辣里把老雷蒙德带去勒儿……"他的语速也很慢，像在跟聋子说话一般。

回到家，爸爸把他的牛仔夹克搭到厨房高凳上。他说，我们准备吃饭吧。莱西娅把白色的一次性塑料盘摆到胶合木吧台上。和我们在科罗拉多州用的瓷器比起来，这些塑料盘简直和《摩登原始人》里的餐具一样寒碜。塑料盘有三个分区，你可以把黄油豆子和蔬菜分开，免得蔬菜流出来的汤汁把玉米饼弄湿了。

爸爸站在炉灶旁，用长木勺搅着锅里的糊糊，不知道他在煮什么。他把银色烧水壶的水一点点倒入锅里，听声音糊糊应该被稀释开了。几分钟后，我闻到了大蒜和猪肉的味道，让我想象出一幅热辣的画面：一团豆子和米饭中有一片片芹菜。"这糊糊放到明天更好吃。"爸爸说道。他还在平底铁锅上烤了一圈玉米糕，饼底用热猪油烤得焦脆，正是我喜欢的做法。莱西娅把她的玉米饼饼底切下来，越过黄油盘甩到我盘子里。桌子上还有一盘生小葱，我们咬一口饼就吃一点葱。我用大漏勺舀着盘子里的羽衣甘蓝，差不多吃完了早餐谷物碗那么一大碗。"崽子，你知道我怎么吃蔬菜吗？"爸爸问道。我还没回答，他就拿了一瓶黄色塔巴斯科辣椒酱，把里面的醋浇在青菜上。他一边吃，一边抬头跟莱西娅说他全心全意地爱她，但我的盘子才是他殷勤往里舀菜的那个。

我们都不用求他，只在他床上跳了两下，说"求你了！"，他就答应我们跟他一起睡。他把卧室里的煤气炉"嗡"的一声点上，把我的袜子平展在上面，说第二天早上穿的时候袜子就是暖和的。莱西娅把我们俩的裙子挂到衣架上并扣上扣子，爸爸把他的卡其裤脱了。从蓝色花纹短裤中伸出的腿又白又瘦。他两个指甲顺着裤子的折痕一捏，让裤子发出窸窣的声音。他把裤子挂在椅背上，关了灯。

莱西娅和我躺在巨大的床上，爸爸睡在我们中间。他不喜欢睡觉有东西绊他的脚，所以总睡在被单上面。我和莱西娅刚把腿伸进他两边的被子里，他就突然哭了起来。

得克萨斯工人阶级的男人们会哭，这是他们的优点。爸爸在游行的时候会哭，在婚礼上也会哭。在少棒联盟比赛开始前，美国国旗升起的时候，他粗糙的脸上也会突然挂满泪水。那天晚上，我把耳朵贴在爸爸的脸上。透过我自己头骨中如敲贝壳一样的嗡嗡声，我可以听见他的哭声。他一直吸着鼻子，哀吟从他胸膛深处升起。窗外，精炼塔仍在燃烧着，把一股股黑烟送入荧光绿的天空，浓烟互相交错着。最终，我移开耳朵，让他的哭泣像大风一样闯入我的耳朵。我用两只小手捏着他的大手，直到我自己的指骨都像细枝一样快要断了。他从枕头底下拿出他的红色头巾擦眼泪时，我才松手。

很久以后，我都以为他已经睡着了，他用嘶哑的声音问我们想不想和他一起祷告，祈求妈妈回家。

当然了，他必须张口问我们，因为他这请求让我们惊讶得哑口无言。我从来没听过爸爸祷告。连教堂的门，他只有在葬礼上当护柩者时才愿意踏入。"上帝，"爸爸说道，"请你把这两个宝贝的妈妈带回来——"然后他又大哭了一阵。我们在两边轻轻拍着他的身体，直到他安静下来，然后莱西娅大声说了一句"阿门"。

我一直没睡，仔细聆听着，爸爸把手臂搭在我的肩膀上，背靠着莱西娅。我们像被切割好码在一起的木板一样紧紧地挨着对方。至少，当时我是这样想的。我们就像一艘船船底的三块弧形板，只需要黏合和填隙就能重新组装在一起。

妈妈终于回家的那天，她没有提前通知，坐着赫克托开着的租来的黄色卡曼吉亚跑车就这么来了。她从跑车低低的座椅上站起来。她的鳄鱼皮高跟鞋陷入软乎乎的泥土中，留下一个个小孔，像小龙虾留下的呼气口。几个星期以来，我都在练习万一她回来时我应当有的不惊不乍的表情。但当我看见她小腿周围、如同海洋里泛起的泡沫般的海狸毛大衣边时，我所有的决心都溃散了。我冲出家门朝她跑去。如果莱西娅没有把我一把推倒在满是英国常青藤的花床里，我估计会先投入妈妈的怀抱。

妈妈跟爸爸说，她是来拿衣服的。除此之外，她什么也没解释，也没说她有什么打算。爸爸的表情也没有透露出他事先是否知道妈妈会来。她蹲下来抱我的时候，爸爸远远地靠在门廊的柱子上。她的大衣像兔子毛一样软，还有一股一千零一夜香水味。"我想你，宝贝。"她说。她一边越过我的肩膀打量着爸爸，好像你在进院子前打量拴着恶犬的铁链的长度。妈妈的目光没有让爸爸有任何退缩。他纹丝不动，对她敬而远之。最后，她和赫克托开始从家里一把一把地抱出衣服塞到车里，衣架散落在院子里和路上。

如果教皇穿着绣花袍子，带着一队摇着金色香薰的随从朝我们家进发，邻居们围观时估计都不会像看妈妈时一样着迷。那辆低底盘的黄色跑车刚停下，整个街区家家户户的人都从自家房子里跑了出来，准备在外面把热闹一看到底。很多人还穿上了风衣、冬季外套和雨衣，免得天上那肥厚的云层浇下雨来。她们把草坪椅从自己的车库储物室中拉了出来，面对着我们一屁股坐下来，好像我们家正在上演电影，投放在那绵延的灰色天边。天下起了微微的小雨，空中是斑斑点点的雨帘，但这也没有阻止他们。迪拉德女士直接把她的透明塑料雨帽从雨衣自带的小袋里拿了出来，把绳子系在下巴下，免得她的头发被雨浇得黏黏糊糊的。夏普女士还拿出了家里看橄榄球比赛时会带上的巨型黑色大伞。

那天没上班的男人们一起站在卡特家车库的屋檐下，抽着烟。他们吸烟的时候，可以看到他们的烟头被烧得通红。他们也在看着我们。别以为他们有别的事情好做。小孩们在自家前院的水沟后方跑来跑去，好像没什么特别的事情发生了。除了卡萝尔·夏普，她穿过马路，站在我们家院子边上。我在众目睽睽之下冲她竖了中指，把她气回家去告状，她的凯兹牌球鞋嗒嗒嗒地落在湿柏油路上。

我在路边水沟的斜坡上走来走去，直到我突然想起来，我曾见过一只牧牛犬跟我一样这么专心致志地在自己的地盘上巡逻。妈妈和赫克托从家里抱出来更多的裙子，都是真丝材料的，大多是奶油色、米白色和浅橘色，在雾蒙蒙的空气中泛着光。我几乎可以想象女邻居们估算着这些衣服的价钱——"老天，其中一件就顶皮特两个星期的工资……"那一刻我讨厌这些邻居，讨厌她们沉在花园条纹座椅上的肥屁股。我讨厌她们的教堂晚餐，她们油腻的金枪鱼炖菜，我讨厌她们的果冻模具中间悬着的完美的梨形和桃形，我讨厌她们的针织婴儿鞋、沙发铺巾、贵宾犬形状的厕纸罩（有一年夏天全街区的主妇都在织这个）。

那天，我第一次感受到我们家的怪异让我们比邻居更强大。这些成年人害怕我们。他们不仅害怕我父母，也害怕我。我的狂野吓坏了他们。而且他们大概也知道，我经历过的那些家庭比他们自己的黑暗多了。我从小就希望自己能成为这些家庭中的一员，每天从他们光亮整洁的去了冰的冰箱中拿出我的午餐盒。我们推着超市购物车经过时从后方传出的窃窃私语，爸爸推开玻璃门走入信用社时突然的安静——总是会让我的脸滚烫起来。那天下午，我第一次相信，死亡本身就住在这些邻居家。死亡才会去给达拉斯牛仔队加油，才会用罐装黄油饼卷着维也纳香肠，作为球赛半场休息时的零食。

我捡起掉在地上的一个衣架，弯起手臂，使劲往卡特家的房子甩去。衣架像回旋镖一样飞了起来，但连马路都没飞过。爸爸向我喊了一句："崽子！回房里来。"他刚回到纱门后，他的侧影在网格后方显得棱角分明。

赫克托把卡曼吉亚跑车的后车盖"砰"的一声合上了。妈妈不断回头看着纱窗后面的我们，莱西娅、爸爸和我。我可以感觉到我们正在像磁铁一样吸引着她。她的神情变得温柔。她擦着口红的嘴角颤动着，像两个焦灼的括号。我没听见赫克托对她说了什么。我脑中正忙着用意念把妈妈留下，祷告语全是各种古语。莱西娅后来跟我说，赫克托正催着妈妈赶紧滚上车，或者类似的话。

接下来发生的一切证实了赫克托说的话至少有莱西娅说的那么严重，因为爸爸两三步就走到那辆黄色的车前。他把手伸进车里，抓住赫克托的肩膀，把他拎了出来。赫克托使劲抓着方向盘不想被拎出来也无济于事。我那个继父站稳之后，爸爸才出了第一拳。我现在还清楚记得，赫克托在意识到自己马上要被揍的时候，惊讶得把薄薄的嘴唇缩成了"O"状。他将会被胖揍，而且还可能不止一次。

我想说我脑海中形成的小短片就这样结束了，因为我见过很多次男人们在酒吧停车场打架。一般有人出了第一拳打到别人脸上，或者衬衫领子上一出现血迹，我就会因为自己太胆小而转头不看了。但那天我目不转睛地从头看到尾，爸爸出拳揍赫克托实在是让我开心。

爸爸一拳把赫克托打到地上，然后又把他拎起来，接着一拳又把他捶倒。爸爸出第二拳之前，竟然还拍了拍赫克托衬衫上的灰，帮他整理了一下领子。赫克托没怎么挣扎就倒在地上，他身下的双腿像绳子一样乱甩。他四仰八叉地躺在那块草坪上。然后爸爸做了一件我从未见他做过的事：继续打一个已经倒在地上的人。爸爸坐在赫克托胸口，左右开弓，重拳不断地砸在他脸上，毫不讲理。因为赫克托对任何人都已完全不能造成任何威胁。我看着爸爸薄薄的蓝色工作衫下面的肌肉线条随着每次出拳变得清晰，是一个高强度训练中的拳击手才有的姿态。直到我听见"咔嚓"一声，估计是赫克托鼻骨碎了的声音，爸爸才作罢。

那声音似乎让爸爸停了手。他的肩膀落了下来。他在赫克托胸口多坐了半晌。然后他站起来，盯着自己沾满血的双手。他把手背过来看了看，好像它们是什么有意思的物件，好像它们是另一个男人的手，只是送来给爸爸维修检查的。

直到那时，我才意识到妈妈一直在尖叫。她说的话——我一直储存在脑中其他地方——突然像磁带回放一样在我耳边疾速响起。

"快从他身上下来，皮特，亲爱的，你会杀了他的。老天。莱西娅，玛丽——谁来把他拉下来——"爸爸一站起来，她就闭嘴了。她不想进一步惹恼他。他越过黄色跑车的车顶看着她，叹了口气。"对不起。"他说，语气好像是真诚的。可当他低头又看了赫克托一眼，暴怒肯定又涌了上来。他抬起靴子，一脚踏在我继父的肋骨上。我听见肋骨断裂的声音，像结满冰碴的树枝在风中落地的声音。

赫克托侧过身子，我估计他像一个玩的时候用力过猛被捏碎的金龟子，正蜷成一团。过了一会儿，我看见他的嘴正挣扎着吸气。

然而，那天我心中涌起的所有同情心都给了爸爸，因为他把心中积郁已久的恶意全发泄在了我继父身上。说实话，看见赫克托的脸像一块用厨房木槌砸扁的小牛肉饼，我简直心花怒放。莱西娅和我跑到室外，到他跟前进一步观察他。他还没死，这让我很惊讶。他的呼吸很浅，也不均匀。当他转身吐出一口血的时候，你可以听见他的碎牙掉在人行道上的声音。

我有几次目睹爸爸在葬礼上和其他男人一起抬棺木，他总是承担过重的重量。他动作缓慢，大汗淋漓，这正是葬礼所需的庄严气息。那天爸爸打完赫克托后处理现场时就是这种神情。他极为轻柔地帮妈妈把赫克托塞进车里。

他转头走上前廊的时候，表情一片空白，满头是汗。他的经纱衬衫上喷上了一大片扇形血迹。"你们都回家。"他跟我们说，但声音中没有任何烦躁。他侧身从我身边走过。

我看着那辆卡曼吉亚开走了——在一座座灰色平房的背景中画出了一道浅黄色的线。然后，当爸爸打开水龙头清洗自己的时候，厨房水管发出一阵低鸣。

那天傍晚，妈妈没告诉我们她会回到我们身边。和往常一样，周围人也没透露什么。但我的直觉告诉我她会回来，至少总有一天她会。爸爸收拾对她不敬的男人总能让她心软。而那时候，我父母之间仍有着某种温情，那种温热谁都能感应得到。

那天晚上，她把赫克托甩在了最近的一家医院的急救室，把他们刚入住的酒店房间退了，然后径直回了我们在加菲尔德路的家。她继承的遗产也被花得或者骗得一干二净。她回家的时候，不仅没钱，还欠下了一屁股债。但她再也没离家出走。她不离不弃，直至他去世，直至她自己步入古稀之年。

邻居们折起他们的草坪椅，收起雨伞准备回家。我撒腿跑回自己家里，家里的窗户上贴满蜡纸，我躲进那幽暗和凉爽中，心中有一种类似平静的感觉。爸爸当众痛揍赫克托，让我意识到继父不是好人。我们和继父在一起生活的时光不是好时光。这一切都结束了，爸爸给这一切画上了句号。他将我们生活中的坏时光和我们的未来划清了界限。妈妈回来的时候，他正裸着上身，然后他们俩大笑着跳着缓慢的舞步进了卧室。

警长天黑后到我们家的时候，妈妈一丝不挂，只穿着黑色丝绸和服去开了门。她跟他说爸爸不在家。用她的话说，只是家里出了点小争端而已。妈妈调情时真的很过分，和警长说话的时候，眼里带着笑意。警长把宽边牛仔帽摘下来，站在前廊上。甲壳虫正轻轻砸在纱门上，躲在自家窗户后的邻居掀开了花边窗帘。

莱西娅和我倒挂在沙发背上，仍处在赫克托被驱逐和妈妈回家的胜利的狂喜中。我从来没见过妈妈的眼睛那么绿，深绿色，像天边沙洲外的海水那么绿——那里的海浪从沙滩涌向所有未被命名的半岛。从她和服的巨大黑色袖子中伸出来的手臂又长又白。她把和服紧紧盖在胸骨前，黑色的重磅丝绸像兰花一样皱在一起。妈妈话刚说到尾声，警长就已经从前廊退下了。她把那一汪长方形的黑夜关在门外，也把警车上无声的红色警灯关在门外——它发出的光在我们的窗户上打转，也仿佛关上了赫克托的坟墓之门，因为她再也没有提到他——然后她说："很傻的小事，没关系的。"然后她说："不是什么我们解决不了的。"

第三部分

又见得克萨斯，1980

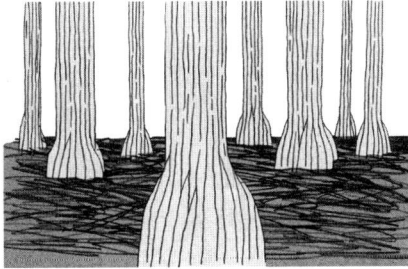

……你被拯救，不是为了让你去活着。
你时日无多，必须在此见证。

要勇敢，当思想骗了你；
要勇敢，最后算总账时，
只有勇敢最重要。

每次听见被羞辱和压迫者的声音，
让你无助的怒火如海洋一般狂暴。

轻蔑是你的姐妹，别让她离开。
因为告发者、刽子手和懦夫——他们会胜利。
他们会参加你的葬礼，松一口气，扔一抔土，
钻木虫会书写你那被粉饰的传记。

别原谅，你无权原谅，
无权代替那些在清晨被背叛的人原谅。

但是小心别过度高傲，
别忘了注视镜中你那小丑一般的脸，
念许着：我被召唤了——难道没有比我更好的人吗……

——兹比格涅夫·赫伯特《科季多先生的使者》

（英文版由约翰·卡彭特和波格丹娜·卡彭特翻译）

第十四章

十七年后，爸爸中风了。他在老兵俱乐部的高脚凳上坐着，突然仰面倒在了地上。那是一个夏季的早晨，十点钟左右。他一小杯一小杯灌着威士忌，每喝完一杯，就用酒吧供应的桶装啤酒漱一次口。自从六十三岁从海湾石油公司退休，他每天雷打不动地以这种方式喝酒，一直坚持了七年。退休是退休了，但他偶尔会兼职帮莱西娅的老公大卫干点杂活。我管大卫叫"稻米大王"，因为他名下经营着几个稻米农场，赚的钱已经让他跻身前 50% 的税级。大卫给爸爸买了一辆白色小皮卡车，让他能去邮局取信件、帮忙买塔可作为午餐，以及任何其他需要干的事情。爸爸还在卡车座位底下藏了一瓶威士忌，来补充他在老兵俱乐部的酒精摄入。他如果喝得太飘飘欲仙，开不了车，就会有人给我姐夫打电话，然后姐夫就会编个由头，派田里一个干活的伙计去开车载他，直到爸爸脑袋清醒，手又开始抖为止。他手一开始抖，就说明他血液里的酒精浓度降到了正常水平。然后那伙计就会重新让爸爸开车上路。

在这些时候，妈妈通常都穿着轻薄的衣服躺在床上。她辞了在公立学校教艺术的工作，据说是想更多地陪她那喝得东倒西歪、双眼充血的丈夫。

然而，抑郁把她吞噬了。她窝在几十年前造的那张巨大的床上，那副姿态，我现在想起来，都觉得很像个宫廷贵族。在莱西娅和我的威胁下，她戒了酒，但永远处于大量的安定和其他相关药物的麻醉作用下，并且沉迷于她从床边高高的书堆中随便抽出来的一本书中。

她喜欢阅读宗教和哲学类书籍，从特别高深的——比如她最喜欢的萨特，还有甘地——到普通的低俗文学。她研究过哈他瑜伽、长寿饮食、绳结编织，等等。爸爸中风的那段时间，她的主要困难是找不到理由穿衣服起床。

那时，我住在波士顿，每晚和她打长途电话。晚间新闻时间过后，她总是处于痛苦之中，那些巴比妥药物只是把这种痛苦钝化了："橄榄球、钓鱼、性交"她总说，"这里的人脑袋里只想这三件事。我发誓我得一枪崩了我自己。"

我当时的同居男友——一位刚从哈佛毕业的、来自一个长岛老家族的男孩——总是赞赏我对妈妈的耐心。他以为我每晚几个小时和她通电话是出于善心。他家有一座带名字的大庄园，有一群忠心的老仆人，还有一座图书馆，银色马球奖杯在真皮精装书之间闪闪发光。他只在放假回家的时候，隔着家里光滑的长桌和他母亲对话（我很羡慕这种正式感。但是后来我和他结了婚也没有学会）。说实话，我和她每天晚上通电话，是出于那古老的恐惧：我不想妈妈自杀。

我二十五岁到波士顿后，将我和妈妈连接起来唯一的纽带就是电话线。我和爸爸早就逐渐淡出了对方的生活。

我四处飘摇的生活将我从他身边带走了。十五岁的时候，我开始不时短暂地离家——休斯敦、达拉斯、奥斯汀、墨西哥——大多是为了买书。

我十七岁就离开了他家。我跳上了一辆车顶绑着冲浪板的野营卡车，和一群少年开车去了加利福尼亚。在加州（在一家 T 恤衫工厂找到工作之前），我住在车里，从当地果园和超市后面的垃圾桶里偷来了什么，就吃什么。

这些肮脏的细节爸爸从来都没有听说过。我回家的时候，全身晒得黝黑，像杆子一样瘦。我说服了一家明尼苏达州的文理学院收我入学，所以满心期待着当学生的舒适生活。爸爸总是装作我好像连得克萨斯州都没出的样子。"沙滩怎么样，崽子？"他想知道。

他带我去大兵余留用品商店给我买冬季大衣。他在那堆外面是橄榄色、里子是橙色的外套中选来选去的样子我至今记得清清楚楚。每件外套在衣架上垮着，好像承担它们自身的重量就已经是一种负担。爸爸买衣服的时候总是疑心重重。他会细细检查衣服里衬的针脚，上上下下把拉链拉很多次。

我的大学是一家私立文理学院，出了几个左翼总统候选人。我住的是男女混合宿舍——那是当时美国最早的一批混住宿舍。那天，爸爸平生第一次含糊地跟我讲了一些关于性的事情。他的原话是这样的："我估计你早就晓得了，别让那些小伙子随便动你。崽子。"他一边说，一边眯着眼睛看着外套的尺寸标。尺寸标上写着韩文符号。我说我晓得。"他们要敢动你，你给我打电话。"他让我转过身，把外套放在我肩膀上对比，"我把他们打回猴样。"

爸爸对我贞洁的担忧，虽然只是随便一说，却让我对他隐约的愧疚感更深了。我早就离开了那个贞洁还值得保护的世界，也就是说，爸爸的那个世界。

在大兵余留用品商店的收银台，爸爸花了 19.95 美元给我买大衣的时候，我突然被愧疚所淹没。他还想顺便给我买绒面革手套，我拒绝了。第一个冬天，还是让我把白色鲍比袜套在手上取暖比较好。

尽管如此，我第一次从大学放假回家，吃晚饭时爸爸不仅给我盛了一大盘堆得高高的食物，还掏出他的袖珍刀把我的 T 骨牛排切成小块小块的网格状。

莱西娅留在镇里上大学，所以她每天进出家门的时候，爸爸连看都懒得看她一眼。所以她笑爸爸。"老天爷啊，老爸。你怎么不帮她把牛排嚼好了吐到她嘴里？"

爸爸无法忍受我长大，尤其因为我长大成了女人。

自我第一次买了女孩运动内衣（瓦萨雷特牌的 28A 号松紧背心），他就越来越少邀请我去谎言俱乐部了。我发育得很晚，青春期对我来说来之不易。因为莱西娅在十二岁的时候就得穿倍儿乐牌的 36C 号胸罩了，所以我在街区的外号是"水泡乳"。但我最终还是发育成熟了，至少老爹的那些兄弟在我周围时的举止开始发生改变。

在最后一次目睹爸爸打架后，我参加谎言俱乐部聚会的事便永远画上了句号。

当时学校放复活节假，我搭车回到得克萨斯州。爸爸把我带到老兵俱乐部，名义上是和我一起去打台球。他和俱乐部的女侍者调情很久了，但我有点怀疑是实实在在的婚外情。（这个想法是妈妈告诉我的，然后她又说了一句令人心碎的话："我和你爸爸在那方面早就完了。"）

露西是个小个头的卡津女人，有着巨大的胸部和若隐若现的小胡子。我们那天下午到的时候，她搂着我的脖子抱了我一下，然后给我们端来啤酒。她还给我舀了一碗他们天黑后才给客人上的金鱼牌切达奶酪饼干。

露西喜欢收集东西，比如纪念勺、瓷娃娃。她还有各种小假发、辫子和垂肩的假发，和她自己的暗色头发一起编成复杂的涡状卷。

她在酒吧的后墙上挂满了各种猫形状的老时钟，猫的黑色尾巴左右摇摆，眼睛转动着。但那些时钟钟摆节奏错乱，久而久之你会变得神经紧张。妈妈总是说，如果你跑到老兵俱乐部的时候还不是酒鬼，那个女人节拍错乱、翻着白眼的钟也能把你变成酒鬼。

我把几枚二十五美分的硬币塞到台球桌的投币口，然后台球一个个轻声地滚了出来。我把台球紧紧夹在一起，指尖插进三角框中，这样我最后把框子提起来的时候，球就会保持纹丝不动。不一会儿，爸爸一杆利落地把球打散。所有的台球以锐角四处碰撞。随后它们慢下来，最终停下，没有一个球进洞。我往手上搓粉。粉罐在我手掌上留下了一个像盲文一样的白点，然后我把它们搓开。

台球游戏是仪式和几何的结合。台球桌那迟钝又宽大的绿绒台面映射了人们喝了几瓶啤酒后的内心。在大学的时候，我一直尝试去读很多艺术哲学的书。其实我才疏学浅，根本读不太懂，但仍硬头皮读着。光是观摩一幅画或者听一首协奏曲就能让你"超越"那日复一日将你压垮的生活——我很迷恋这个概念；在你全心投入艺术中的那一瞬间，你的内心就被激发出一些东西，它永远会让你的灵魂变得更加广大。那个年代，毒品文化以"扩充感知"为卖点，这是一个谎言，某种程度上是基于一个老套的后工业时代的"进步"谎言：你正常运作的大脑发生的任何改变，都可以被称作进步。

或许我对这一谎言的笃信让我那天的精神状态发生了变化。或者是我喝的啤酒让我恍惚起来——实际上我没喝几口。那天，在台球桌周围走动的时候，我感觉内心的一股力量或一把火焰正把我往前推着。

我出的第一杆就进了一个球。第二杆我竟然一杆进了两个擦板球，全都沿着奇异的 V 字形进了洞，这简直是前所未有的。爸爸吹了声口哨。我伸手去拿放在蓝粉里的球杆，窗外天空的颜色变得和它一模一样——又实又亮的蓝，和文艺复兴时期的画作中圣母穿的纯松石蓝裙子一样。我脑中闪过艺术史课上的一张张幻灯片。有一阵，我在脑中认可了一下那个颜色，好像它代表某种让我的头脑更轻快的东西。但估计这很疯狂吧。

然后我才突然明白，我的快乐纯粹是因为我人在老兵俱乐部。其实，我辛苦搭了一千二百多英里的车，就是为了回来用那根歪得不像样的杆子，在那满是烟烫痕迹的台球桌上打台球。我一路回来，都没有意识到这一点。我一个人站在俄克拉何马州的高速主干道的入口站了几小时，伸着我被风吹裂的大拇指，举着我写着"达拉斯"的纸壳，每次风从我身后的大平原扬起一阵尘卷风，都差点把我的纸壳从手里吹走。但我一直站在那儿，盯着路口上坡的地方，希望有车上来，把我从那个地方解救出去，但当时我并不知道是什么吸引着我南下回家的。有个卡车司机终于在黄昏时分停了下来，推开了副驾驶的门，让我爬上来，问我为什么一个人在这么恶劣的天气搭这么远的车。"回家"本身就是足够的理由。

但那不仅仅关乎回家。老兵俱乐部有某种特质让我对自我的认识更加清晰，让我的内里变得坚实，好像调整望远镜的时候找到了完美的聚焦距离，视野中的形象变得明确。或许我仅仅是享受在如此男性化的地方占有一席之地。

老兵俱乐部勾勒出了汗水和小时工资的世界，也就是大学教育让我逃离的工人世界。在那个世界中，生活的奖赏很少。没有人因为你辛苦干完一天的活下了班而恭喜你。你的工资很少。而老兵俱乐部是一个给予慰藉的地方。你在那里花钱得来的舒适感——热腾腾的猪血肠和冰爽的啤酒——是有价值的。你不只是随便去去，而是郑重出席，对那个地方投入不值得为工作投入的关注。打台球并不是什么大公司商战的隐喻，我们仅仅是为了打台球而打台球。因为在老兵俱乐部，所有人都同样地上下班打卡，领着同样多的工资，赢得同样的奖赏，所以老兵俱乐部提供的精神慰藉——比如说友情——和你完成什么事得到的报酬完全不可同日而语。

一辆装满鸡笼的卡车歪歪扭扭地从老兵俱乐部门外的路边开过，车后扬起一片飞尘和柴油油烟，一起透过纱门飘进了室内。这一番巨响弄醒了一个在酒吧角落鸡尾酒圆桌上昏睡的牛仔。我们从未见过他。他正弯腰在折扇状的屏风旁边睡着，屏风前斜靠着一堆折椅。他旁边放着一顶牛仔草帽。他的脸埋在他交叉的双臂中，手臂晒得呈一片不自然的紫红色，是离岸油井工人才有的肤色。他的背上下抖动着，好像正在抽泣。爸爸向他走去，看了他半晌。"别哭了，兄弟。"他终于开口说了一句，"我最看不得伙计哭。"那个男人抬起他通红的脸。他说他没哭，只是不想吐出来。"我也见不得伙计们吐。"爸爸说。那家伙最终站起来，他的罗圈腿晃晃悠悠地向男士卫生间走去。

出来的时候，他棕色的鬈发上留下了一棱棱的梳痕。他的名字叫多尔，和哪个卖菠萝的公司是一个名，而且他正好来自得州的布纳，爸爸的出生地。两个人大喊"可不是嘛"之后，开始请对方喝啤酒，聊起多尔在贾斯珀县认识的人。原来，他认识的人也都是县里你能认识的那几号人。多尔还很了解黑安格斯牛，知道怎么驯马，而且台球技术足够向爸爸挑战赌钱打一轮。

那天接下来的时间，露西陪着我。她一直以来都有帮我打扮的秘密计划，也准备开始动手实施了。她用细齿梳子把我的头发整好，用发油弄得硬邦邦的，然后像她自己的头发一样紧紧地盘起来。她的小发卡一个个顶着我的头皮卡进头发。她从吧台下面的钓具盒里拿出冷蓝色的眼影和黑色的眼线膏笔。她用口水把眼线笔沾湿。我闭上眼睛，任她摆弄。

我最终睁开眼睛的时候，她手中仍握着那柄睫毛膏棒。我眨了几下眼。我的眼睫毛明显感觉沉沉的。在酒吧后面的镜子里，我看起来像是某个酒吧常客家里没身份证就想混进路边酒吧的年轻小妹。露西接着跑去调了一杯白兰地亚历山大，这样就能"给我那小瘦屁股添点肥油"。她还专门往我那满是泡沫的老式酒杯里多丢了几颗榛子。

下午两点左右，她喜欢看的肥皂剧开播的时候，我已经醉得飘飘欲仙了。那些猫形时钟错落的尾巴指针在我头顶抽搐着，一点都没能惹恼我。我感觉自己是白兰地观音，亚历山大公主。

我醒来的时候，湿润的脸颊正贴着吧台桌面。不知怎的，我一开始的愉悦感变成了普通的醉意，然后高糖的饮料令我昏睡过去。几小时已经过去了。我鸟巢一样的发型歪到一边，好像正在把我那恼人的头痛往头骨之外的地方引去。露西用柯林斯水杯给我倒了一杯凉水，而我瞅了瞅四周。我旁边的酒吧凳从桌子上翻回到地上，每个凳子前面都有很浅的小纸碗装的金鱼牌饼干。酒吧里屋的桌子上，客人们全神贯注地盯着自己面前排成一小面墙的多米诺牌。我把凉水一饮而尽，把杯子推给露西。露西画成咖啡色的细眉毛挑了挑，跟我讲解了一下爸爸台球比赛的情况，

台球桌边上那一沓原本属于多尔的钞票现在全跑到爸爸那儿了。那个牛仔对输钱的反应就是把自己灌得酩酊大醉。他每次打球动作幅度都很小，但带着一股怒气。他的击球点也太高了，所以球杆打过之后会掀起来，有几次戳到球桌上方的金属吊灯，把吊灯打得左右摇晃。而且他都懒得沿着球杆瞄准，也不眯眼睛估测角度。他透过门牙吸半口气，并打了出去，什么都没打中。

爸爸估计也和他一样醉，但那却让他看起来更精神了。他瞄准的时候像潜水员那样全神贯注，动作缓慢。他瞄准的每一颗球最终

都会缓缓移到他选中的球洞中。多尔开始乱打的时候，比如想跳球或者把球杆放在背后发球，爸爸都说"好了好了，别打了"。但那个牛仔对此冷笑一声，说道："你拿了我的钱。"

爸爸笑了："老天，伙计，这可是你定的赌注。"

多尔突然跑到吧台，来到我身边，用他那肉坨坨的拳头捶着吧台上亮晶晶的富美佳塑料贴面。他的五官皱在他又圆又红的大脸中间，好像在互相抢位置。"酒保，啤酒。"他说。

"恕不招待，"露西说，"走吧，没你的了。"

"为什么？"

"因为是我说的。就是因为这个。"多尔大步走过来的时候，露西两只手正放在吧台上。可是现在她把一只手缩回到看不到的地方，动作非常流畅，我纳闷她会不会在柜台底下放了棒球棍或者手枪。

多尔把指头冲着爸爸。"那个浑蛋呢？"

"那个浑蛋还可以继续喝。"爸爸说道。其实他的杯子已经空了。他一边说着，一边把他的球杆放回墙边的架子上。

我脑袋疼着，同时又深深地欣赏着爸爸的镇静自如，可他"腾"的一下来到了我跟前。多尔刚说让我们都去死吧，爸爸攥紧了拳头，一个下勾拳就打在他下巴上。多尔弓着身子往后退了几步，低头看着自己的衬衫。

他穿的衬衫自然也是牛仔衬衫。他看到上面绣着的紫罗兰（他前妻给他绣的）溅上了血滴，是他自己的大龅牙咬到下嘴唇流下的血，气得他怒火腾腾。如果多尔停下来动动脑子，可能他会退一步，道个歉，挤几滴苏打汽水，弄湿纸巾把衬衫上的血擦下来。这一切也就不会发生了，因为爸爸已经把他的手臂落回身体两侧。但多尔犯了个战术错误。他把他靠在吧台上的球杆举了起来，"呼"地一个弧线向爸爸眼睛的高度挥去。他的动作很大，但速度很慢，只有傻瓜才抓不住半空中的这根球杆，然后再往多尔的喉咙砸去。而爸爸就这么做了。

多尔很配合，摔了个大马趴。在油毯上四仰八叉地躺着。露西取了他的牛仔帽，放在他的大肚子上。"简直比看《荒野大镖客》还过瘾。"她跟爸爸说。

爸爸从此再也没带我去老兵俱乐部，或是任何酒吧。没带我去钓鱼、打猎、出门扔骰子，去皇家农场吃炸鸡排，也没在圣诞节前一天的早晨带我去费希尔的鱼饵商店，或者任何某个傻蛋因为有女孩在场就乱说话，结果爸爸会把那人打个半死的地方，他都不再带我去。他没有明确说过他会这么做，但行动说明了一切。

所以几年后，我和爸爸在对方眼里成了一种抽象的存在。我们从理论上是认识对方，爱对方的。但如果我们近距离接触——比如我回家的时候——我们只要待在一个房间里，房间最终都会陷入令灵魂不安的沉寂，让我几乎难以忍受。

我每次回家，他做的第一件事就是给我盛一盘堆得高高的饭菜，饭量多到像是给橄榄球中后卫吃的。我一边吃，一边让他重新给我们讲讲其他人早就听厌了的老故事。我在大学有一个口述历史作业，我给他录了几段他讲的故事，这成了我让他讲故事的先例。但他讲什么故事，最终都会安静下来。然后他会说他要去检查卡车（意思是：一个人坐在阴暗的车库里，偷偷喝他那瓶波本酒），或者电话会响，我飞奔过去接电话。

酗酒终于侵蚀了爸爸的身体。他中风前的几年说话变得刻薄。当然，妈妈是最深受其害的，但他对其他人也会这样。在我姐夫的农场里，有一个墨西哥瓦哈卡来的帮工跟爸爸说，爸爸喜欢的玉米卷摊子卖的玉米卷不是正宗的墨西哥味道，竟然惹得爸爸拿出小刀要捅他。还有一次猎鸽季节，一个阿肯色州来的农场生意伙伴骑着马在稻田上猎鸽子，发现自己正对着爸爸的枪口。"老头，"那个合作伙伴声称自己当时这么说，"这里长出来的每一根稻秆都有我百分之十八的股份。"爸爸回复道，若那人不赶快骑马滚出稻田，立刻回到路上去，他可马上要拥有对方屁股里子弹的百分之一百的股份。还有一次，在超市排队的时候，爸爸冷不丁地出拳把一个年轻的海军士兵揍了一顿；有一次交燃气费，他越过柜台，想跟一个态度不好的柜员动手。

但爸爸只对我发过一次火，是在他中风的那年夏天。我正埋头想写完研究生论文，和往常一样，我身无分文。莱西娅和她丈夫引诱我南下挣点快钱，让我开卡车从路易斯安那州的布罗布里奇运活小龙虾到得克萨斯州的温尼的一个新龙虾养殖场。莱西娅和她丈夫是戴着劳力士的年轻共和党人，总算计着怎么用鼓舞着他们自己的创业精神来感染我。

或许他们还想用这个任务给我点颜色看看，因为小龙虾估计是人们伺候过的动物中长相最令人不适的动物了。它们又黑又亮，一节一节的虾壳露在外面。它们会发出湿润的咔嚓咔嚓声，像巨大的蟑螂。如果你在一个黑暗无人的卡车休息站停下，给卡车后车厢上一袋袋净重八十磅、摞成三层的小龙虾浇水（原来，如果龙虾干了，它们会死掉），袋中会发出那种湿润的咂巴声，让你的脊骨被一种史前恐惧感攫住，让穿越一座座山峰的昆虫群向你而来的景象闯入你的脑海。白天太阳热度高，很快就把我浇完水并盖在袋子之间、袋子上面和周围的保湿隔布晒干了，所以我只在夜晚开车，因而走得很慢。

尽管如此，一般快到中午的时候，我已经卸完了货，正在用柠檬把手上的鱼腥味搓掉。这样我每天都有整个下午的时间可以在妈妈的画室里写评述论文。然而，我几乎每天都会昏睡大半天，不是写明信片，就是翻看妈妈的旧《艺术论坛》杂志。我从欧洲旅游回来后，还佯装学会了抽浓郁的法国烟，那段时间抽了很多包。

有一天晚上，妈妈突然站在我床边，把我惊醒。她的阴影从我面前飘过，我一下子坐了起来，正好冲着窗前空调的冰冷风口。她正拿着一个什么大物件，像抱一个小孩一样抱在肚子前。她正哭着。"是你爸爸，能不能帮帮我？"她说，"他不让我把床边的汽化器插上。他都呼不上气来了。"床单下的我起身坐起来，披上一件连帽卫衣。妈妈的头发像白丝绸一样白，在黑暗的房间中发着光。"不让你？"我问道。妈妈做什么事还需要别人允许，这还是第一次听说。她疲惫地叹了口气，作为回应。我把装满水的汽化器拿了过去，那是我们还是孩子的时候，她为了治哮吼症买的，是很老的热蒸汽机型。

爸爸正坐在那张海一样巨大的床边，穿着裤衩，大声干咳着。他的脑袋在宽大的肩膀上耷拉着，像头受伤的公牛。他右边大腿上有一个紫青色的包，是打仗的时候被弹壳击中留下的伤。"爸爸？"我说，但他向我大吼一声，让我滚出去，他这火气好像把房间里的所有氧气都消耗殆尽了。或许我的头发像卡通片受惊的人物一样突然往后飞了起来。然后他又低下身子一边喘气，一边咳个不停。

他从来没用过那种口气跟我说话，所以我在他的回音中愣住了。过了一会儿，他好像忘记我正站在那里。他躺回床上。他没怎么再咳了，但是呼吸带着参差不齐的喘气声。当我开始摸索衣柜后面的电源的时候，他又开始吼人了。"你在这儿想干吗？"然后又咳了几次，脖子上青筋暴起。我打开了抽屉上的台灯。房间里像冰箱一样冷，但他却满身是汗，脸烧得发红。他睡衣压在床上的部位全是一棱棱的潮湿的印子。我跟他说我准备把汽化器插上。

他鼻子上挂着一颗汗珠，他用手背一擦，眯着眼睛看着我。"你妈叫你来的，是不是？"然后他用我从没听过的难听话骂起了妈妈。她是他见过的最自私的女人，她毁了所有和她有过交集的人，包括我和我姐姐。我们什么都不是。莱西娅学物理进了优等生荣誉学会。我上我的文学研究生——研究狗屎还差不多。

他是怎么找到这番骂人的力气的，我想不明白。他说话的时候带着嘶哑的喉音，像是驱魔恐怖电影里被附身的小孩。爸爸一直骂到喘不过气来了，他说我连自己那猴屁股都研究不过来。他说，连体温计都有学位，[1]我却连自己的屁股和地上一个洞都分辨不清楚。

他说到这里，我已经在哭了。他的咳嗽把他打断之后，我又开始摸索护壁板上的插头。我不小心拉了一下台灯的电线，所以屋子又陷入黑暗中。爸爸什么都没说。当我把汽化器插上时，喷口朝我的脸喷出了一大股蒸汽，闻起来像薄荷味的清凉油。爸爸细长的胳膊在蒸汽中挥着。"把那个鬼东西拿走！"他的低语声又凶又虚弱。我蹲下身来，他又弯起身子咳了一阵。

我们就那样待着不动，像镇纸石上面的雕像——我像惊鹿一样一动不动，暖和的蒸汽进入我的肺里，却有一点凉快的感觉，而他连呼吸都很艰难。"玛丽·玛琳"——咳咳咳——"我要把那个鬼东西甩到窗外去"——咳咳——"然后再把你甩出去。"他说。蒸汽在屋里氤氲着，散发出桉树味，让我们两人看起来像是幽灵。最后我说，如果他他妈的想把汽化器拔了，那他自己过来拔啊！当然了，我知道他根本起不来。

最终，他侧身蜷起来，气息非常不均匀，看起来像你从海滩上捡到的贝壳中摇出来的干枯生物。

---

1. 英语中"学位"和"刻度"是同一个单词（degree）。

第二天，我运完小龙虾后回家，看到爸爸直直地坐在桌子旁，呼吸有一点困难。我亲了亲他粗糙的脸颊。他的眼中没有流露出昨晚的任何情绪。他手里抱着他的白猫，邦珀，好像邦珀是襁褓中嗷嗷待哺的小婴儿。"什么鬼运气！"爸爸说，他的意思是，该死的命运。他的大拇指摸着猫的喉咙，然后摸了摸猫的颌骨，藏在毛发下面的是猫的气味腺。

爸爸经常去谷仓喂一窝嗷嗷待哺的小猫，后来那窝猫都得病死了，只有邦珀活了下来。我们后来觉得有人下了毒，因为猫妈妈是抽搐而亡的。邦珀脑袋上的毛也几乎脱得光溜溜的。它的毛发长回来后，它的尖脸上还是会有秃块，呈完美的正方形。而且它的步态歪歪扭扭的，好像后腿想按照自己的意思往其他方向跑掉。它的叫声又细又尖，几乎听不见。因为它学会了用自己屁股顶纱门进出屋里，所以取名叫邦珀[1]。

我从冰箱里拿出孤星啤酒，和爸爸面前的那瓶一模一样。"我不明白你怎么还能喝加盐的酒。"我一边说，一边撬开瓶盖。他说他也不知道。我把凳子拉到他对面坐下来。我们俩面前的清漆胶合木台面上摆满了用锡纸壳装着的青霉素小样。"布德罗医生来了？"我问道。他说是，然后敲了敲手上的骆驼烟盒，弹出一支烟。

"他想让你戒一段时间烟吧。"我说。

"他啥都没说。"他说道。邦珀轻盈地从爸爸腿上跳下来，像落入水中一样"扑通"一声落在地上。它对着我翻了个身，四肢在圆圆的肚子周围抻开。爸爸每天给邦珀喂很多弗里斯奇牌猫粮和湿食，把它喂得像只熊一样胖。

"知道它多重吗？"爸爸说。我猜不出。"十七磅。"他说道。每

---

1. "邦珀"（bumper）的意思是做轻撞动作的人。

天早上，爸爸都把那只挣扎的猫放在浴室的体重秤上，眯着眼睛等体重秤上小窗口的红针定下来。他把每天称出来的体重写在电话旁的一个小笔记本上。

我挠猫的肚皮，和它玩了一会儿游戏。它慢悠悠地用爪子轻轻抓我的手。"它想伸懒腰呢。"爸爸告诉我。他训练邦珀在进出家门前先伸懒腰。他的训练方法是抓住那只猫的四肢，然后轻轻往外拉，直到它抻长整个身体。与此同时，你必须说（说真的，那只猫只有听到这句话的时候才会进出门）"老天爷，这么长的一只猫"。然后，邦珀才会用身子顶着玻璃门，徐徐走出去。门一开，屋外的热浪涌了进来。

当我回头看爸爸的时候，他香烟烧出来的烟圈正环绕在他的眼睛周围。我那天其实没打算让他戒酒。但爸爸眼睛被火辣辣的烟圈熏着，却不眨一下眼睛，他那轻微不适的样子突然击中了我内心最爱他的那个部位。

我跟他说，喝酒正在要他的命。我说我爱他，不想让他死。我就是这么说的，没有把话说得更委婉，也没有多解释什么。

说完后，我抿了一口啤酒。我们俩谁也没说话。我垂下头，好像准备接受一顿暴击。但他没有奋力拒绝，也没有发怒。他说的话却比这更糟糕。他耸了耸肩，说："我无所谓。"他的声音和眼神都很冷静，好像在宣布一个不可辩驳的事实，好像在发表一个切中他存在之核心的观点。

我仔细盯着厨房的地面，金黄和白色相间，像意大利瓷砖。莱西娅那天早上刚叫她的伙计来铺好。她很喜欢送豪华张扬的礼物。家里的新炉灶、微波炉和占了半个客厅的一体式电视都是她送的。我上研究生第一学期的学费也是她出的，她肯定以为这是她的责任吧。这关于责任的谎言让我们姐妹俩生疏起来。我突然很想给她打电话。但我只是看着地面点了点头。"这个新地板不错吧？"我问道。

"我没意见。"爸爸说。他骆驼牌香烟上炭色的烟灰积攒了半天，终于碎了，掉在瓷砖上，像一只毛毛虫一样躺着。他用鞋底把烟灰踩碎了，鞋是他穿了一辈子的重型黑色工靴。我蒙着眼睛打开西尔斯百货的购物目录，在浅蓝色的页面中找到那样一双工靴，周围是各种流苏平底鞋和乐福鞋，对这种鞋爸爸看都不会看一眼。

我知道他去哪家店换鞋底，多久换一次，我自己也会用他的擦鞋套装和软布把靴子擦得像镜子一样亮。我小时候就在他细致的指导下帮他擦过鞋，每次得到几个二十五美分硬币。我知道爸爸的身高和体重（六英尺高，一百六十五磅），他喜欢吃什么样的牛排（烧焦的牛排，加盐、胡椒和伍斯特辣酱）。但那天下午，我无论如何也不明白他脑袋里在想什么。他变得完全陌生，完全不可知。但我的直觉是，他正处于无尽而恐怖的黑暗中，而他给我最后的礼物可能就是保护我不受这黑暗的影响；他最后的失败，则是他没有完全隐藏好。

"我去检查卡车了。"他说着，然后站直身子，一口喝光了啤酒。他踏上方形石砖铺成的小路，进入车库中。白色石砖在红色小石子路上连成像象棋盘上的对角线。爸爸走路的时候认真地把他黑色的鞋踩在每块石砖的正中央。我看着他穿着卡其色衣服的三角形背影越来越小，直至消失在门后。

几个星期后，爸爸中风突发，在老兵俱乐部倒下，他的啤酒泡沫在带金色花纹的富美加柜台上像河一样流淌的时候，他早已羸弱得像自己的一副幽灵。近十年来，他坐在那牛血色的酒吧高脚凳上，好像被钉在地上。他坐的只是一排凳子中的一个，每个凳子都坐着一位从某次战争中回来的老兵，他们像省略号中的一个一个点，都渐渐被人遗忘。

在医院的时候，我踩了踩双向门前的黑色橡胶开关垫。走廊里空无一人。得州石油经济繁荣的那几年，有几个昏暗的星期日，我在那家医院当过护士助手。那时候，有大把的新生儿出生，而老年人也日益病弱。你根本找不到空的走廊座椅，到处都爬满穿着直往下坠的纸尿裤的幼儿。

十年之后，这家医院成了荒地。我走过一排排暗着灯的可乐贩卖机，空无一人的婴儿房，巨大病房里，床上只剩下光秃秃的弹簧床垫。重症监护室外面只有一个孤单的门卫，他手里正把玩着圆形旋转抛光刷，好像入了禅一样。

妈妈坐在爸爸病房外的桃色塑料椅上，在"禁止抽烟"标志下面大胆地抽着一根长长的摩尔牌香烟。"我跟他们说，来逮捕我啊。"妈妈说道。莱西娅听到后翻了个白眼。莱西娅正准备回家给她丈夫和四个继子做晚饭。她手中拿着车钥匙和一张纸，上面写着我需要留意的事情。爸爸不能说话，大小便失禁，有时候可以听懂你说的话，有时候听不懂。"说不定你能让他开口吃饭，"她说道，"别人给端来的，他理都不理。"

人们总是会说一个生病的男人在医院病床上看起来多么瘦小，但爸爸看起来却格外魁梧，即便在氧气帐篷里也是这样。他几十年来爬炼油塔，练就了一身修长紧绷的肌肉。他病服的浅蓝色薄棉在他的大骨架上看来格外轻盈脆弱。有人用发蜡把他的头发向后梳了一下。绿色的氧气机发出的嗞嗞声是屋中唯一的声音。心肺仪没插电，放在一旁的角落里，屏幕是泥土棕色。如果没有吊瓶中的液体打进爸爸的手背，他看起来简直就像灰色的大理石一样。他像是我真实的爸爸的皂石睡像，或像小时候我喜欢读的百科全书里关于埃及的章节中法老棺材上面的精致浮雕人像。

我把手从塑料帐篷下面滑过去，握住他又大又干燥的手。他的嘴唇起了皮，眼睛肿着，只留下两条小缝，像爬行动物的眼睛一般。我把帐篷拉起来一点，把脑袋伸了进去。里面的空气稀薄凉爽，像高山上的空气。"爸爸？"我问道。

　　夜班护士把脑袋探进门里，让我从帐篷里面出去，说我会给他造成生命危险。她过来动了动他的喂食管，摸了一下他的脉搏。

　　她走后门刚刚轻声关上，爸爸的眼睛就睁开了一点。他把胳膊僵硬地提起来，像卡通片里面梦游的人一样。他竖起一根颤抖的手指，戳了一下塑料氧气帐篷，好像要摸我的脸。但他的胳膊突然一松，重重地掉在床上。"听——"他说道。他左嘴角扬了扬，是在滑稽地模仿悲伤的表情。"哈喽，爸爸。"我说道。我的语气特别欢快，像是在演《游戏屋》儿童剧的台词。"见鬼了。"他说道。然后，他又说了句："你妈妈。"我跟他说妈妈正在和护士谈话。他像个盲人一样用他能动的那只手摸了摸不能动的那只手，每根手指都摸了一下。他把不能动的胳膊提起来，放在自己肚子上，好像有意把胳膊摆在那里。但那只胳膊很快又像条死鱼一样滚落到他身边。

　　我把晚餐盘拉过来，把餐盘的塑料盖揭开。"吃饭了。"我说道。他想吃盘子里的什么东西吗？他皱了皱鼻子。"见鬼。"他说道，又盯着自己不能动的那只手看了看，好像那只手蕴藏着一个他无法问出来的问题的答案。

　　我把一根可折叠的吸管插到牛奶盒中，他吸完了。然后我用袖子擦了擦他的湿下巴。"啊噜。"他说道。他目不转睛地盯着我，像是向我发送脑电波的印度僧人。"嘿，爸爸。"我说道，我举起手上用塑料保鲜膜罩着的橙汁，他又皱了皱鼻子。

　　出于好奇，我打开他床头柜的金属抽屉。只有一罐孤星啤酒出现在眼前。我把抽屉关上。就在那短暂的几秒钟时间里，爸爸的眼睛又闭上了。我又把脑袋伸到帐篷里去。"爸爸?"我问道,但他像布雷尔兔一样一动不动,像是在装死。

回家时,妈妈让我开车。布德罗医生刚刚花了一小时跟妈妈和莱西娅讲清楚了爸爸的情况。讲的时候,他还拆解了一个塑料大脑模型。而她们转述给我的话却简洁得多:"他的大脑是一片糨糊。"妈妈说道。原来,中风之后有几个星期叫作"即刻恢复时期",大脑会慢慢消肿。在那段时间,爸爸可能突然就好了,可以和以前一样说话走路。但他也可能变成养老院走廊里那些弓着身子的老人,几十年都被困在椅子上,生命日益委顿。

我们开车回家时路过利奇菲尔德,它早已被腐蚀,变成了一座空城。不知道为什么,我以前从来没有注意过这一点。很多路灯都被弹弓打碎了,车总是会开上全黑的路段,然后又突然开进灯光中。草坪上杂草丛生。"房屋出售"的标志迅速从车窗外掠过,我根本数不清有多少。所有曾经必不可少的店面都关门大吉,钉上了木板——药店、干洗店、五金店。带有装满手镯和生日石戒指的摩天轮展示架的珠宝店也早已搬迁;咖啡店也没了。高级时装店——高中啦啦队长放学后去干活的地方——随着店主在一家汽车旅馆被逮而破产。他被捕的时候,旅馆房间里还有两个啦啦队队长和一袋用食品袋装的可卡因。

回家后,我在日记本上写下了我们路过的所有店铺:美甲沙龙、礼品店、奖品商店、有氧跳舞班、K-9驯狗学校。还有一家减肥中心,店铺门口有一个用胶合木板做的穿着砖红色波点裙的粉色母猪。母猪嘴边的对话框写着:"不需要饿死就能减肥的新方法"。以前加油站的所在地现在是一座停车场,停车场边缘放着一整排工业制冰机。路过的时候,我读着上面的字眼:"冰冰冰冰冰冰"。镇上一个现代风格的灰砖楼里还有一个化疗中心,这我一点也不奇怪,因为我们镇在世界癌症地图上是颜色最深的正方形之一。（直到今日，利奇菲尔德也和博帕尔、切尔诺贝利不相上下。）

我们刚开到橡胶工厂旁边的飓风栅栏那儿，妈妈便发话了。她说钱是个问题，因为他们根本就没钱。她以为他多买了一份医疗保险。于是她突然想起来，从后座拿出了爸爸的牛仔夹克，开始掏他的钱包。

她打开钱包，掏出了各类薄薄的洋葱皮煤气账单和票据。钱包里还有一块鸡尾酒餐巾，上面写着很久以前就结束了的一场棒球比赛的两支队的得分。最奇怪的是，她找到了我的两份文件——一份是我在大学得全 A 的成绩单，还有一份是我发表的第一首诗的复印件。那首诗是关于爸爸的姐姐的。那张纸被打开又折上了太多次，被摊在酒吧湿答答的吧台上太多次，变得歪斜而破烂。折痕所在之处，打印墨水都糊掉了。我一想到他到处炫耀我的这首诗，就忍不住崩溃并哭了起来，妈妈也跟着我一起号啕大哭。

在律动着的车头灯后方，我们一边在此起彼伏的痛哭声中流着鼻涕，一边开回了家。或许我的眼泪模糊了视线，或许正如妈妈说的，我开车速度总是太快。当我把车冲上车库的时候，后轴发出了钝钝的一声响，那声音空洞洞的，像一个掉在地上的哈密瓜。

我猛地停下车，在车外的尾气中摸索着寻找我撞到的东西。在副驾驶座那边的后轮上，我看到了血迹。血溅在红色的尾灯上，呈墨迹一般的黑色。当然了，我喊邦珀，它也没过来。妈妈后来说她当时看见一只动物的白屁股溜到车库后面的锯齿草和黑莓丛中了，但是这些草丛里有大把的蛇，说不定还有海狸鼠呢。

清晨的时候，妈妈在家里后廊看见了满身是血，奄奄一息的邦珀。她用柠檬色的浴巾把它卷起来，带到宠物医院。我们俩一共只有一百美元，所以决定让它安乐死。但是兽医说愿意免费给它做手术。他给猫的屁股上钉了钉子，把它折了的颌骨用铁丝缝了起来。多年来，这位兽医在镇上的酒吧听说过邦珀之前九死一生的传奇故事。这只老猫也许可以再活一次。

第十五章

一天早晨，一个肌肉发达如摔跤选手的护工把爸爸抱了起来。护工把爸爸的双腿一弯，让他能正好坐进轮椅上，在我的陪伴下把他从重症监护室推到了普通病房。我手上拿着暖乎乎的尿壶，它还和爸爸病号服下面的管子连在一起。妈妈还带来了爸爸的金属病历板，专家用大写字母在上面写下了对他病情的诊断："稳定"。

爸爸住进普通病房后，谎言俱乐部的男人们几乎每天晚上都会来给他守夜。他们下班后直接来，还没吃饭，但拒不吃你揭开的比萨盒里的比萨或你伸手递过去的包好的三明治。他们会独自来，或者尴尬地两个人一起来，手里拿着他们的银色硬工帽，举到腰带的高度，一边把玩着，好像帽子是他们的祈祷轮。

有一次爸爸拉在了床上，当时本和亚格正在讨论即将开始的洋基队棒球比赛，屋里虽然和猪圈一样臭了，他们却仍像没事一样大声谈论。

那天晚上，本在走廊里哭了。他用那双肉乎乎的大手捂着脸。那次之后，他都会很晚来，等爸爸开始打呼噜，妈妈正在收拾当天的杂志和喝剩的汽水罐的时候才现身。他每晚坐在爸爸病床外面那把摇摇欲倒的半靠背圆椅上，一坐就是几小时，"万一突然有事"。

但什么事都没有。中风在爸爸大脑中挖出的一片真空里盘踞不动。爸爸被甩到他空洞的眼神后面，甩得太深，眼里除了一些影子，没有显示出任何微小的人类迹象。有的早晨，他会一直睡过去，但你一进门，他的神情立刻复活了。你可以看见他能看见你，好像他的身体虽然纹丝未动，你却能感觉到他正从他躺着的位置向你靠近。

这种时候，他甚至还会用他新的乌鸦般的声音叫出"果汁"这种简单的词。但没等他再说几个这样的词，他的眼睛很快就又回到了雾蒙蒙的状态，脑袋也歪进枕头里。

诺曼底纪念日那天，妈妈和我一起看电视上的特别节目。一个个从法国海岸登陆爬墙的年轻美国大兵被德军的子弹打中，像虫子一样落在地上。诺曼底登陆的时候，爸爸是步兵。他蹚水从登陆艇上下来，把步枪高高举过海浪。电视上的影片大概和他脑中铭记的画面有所重合，因为他突然像被闪电击中一样坐起身子，口齿清晰地喊道："那是奥马哈海滩！"他手指着屏幕，挣扎着完全坐起来，但他的身体还是把他牢牢地按回床上。妈妈按了一下按钮，把电床的靠背调高。"那是诺曼底！"爸爸吼道。过了一会儿，他又开始说了一通我们一开始听不懂的话，那节奏听起来像是老式拉丁弥撒的祷告语。但我后来终于明白——他说的是人名和姓，原来是他在欧洲辗转时随身带的破旧通信录中一一记下来的名字。他再次神志不清的时候，嘴中还在念叨这些名字。

妈妈敲了敲护士办公室的窗户，激动地跟她们讲爸爸如何神奇地清醒过来。但夜班护士一点也不惊奇，仍在给自己的指甲涂着透明指甲油。她说中风之后，人的很多大脑功能仍是无恙的。如果病人碰见自己怀有强烈情感的画面，大脑功能就会被激活，电视上的诺曼底画面就是这样激发他的。这就是为什么爸爸还能像水手一样口吐难听的脏话。他把"狗娘养的"这种字眼保存在大脑的基础词汇区，也就是他愤怒、悲哀和极端恐惧的时候会说出的词汇。

第二天，我把从衣橱里找到的一堆旧《生活》杂志翻出来并带到医院。果然，爸爸还记得 B-17 战斗机和 M-1 步枪。在地图上，他知道意大利和波兰的位置。我问他是谁在突出部战役后给他戴上了荣誉衔章，他用颤抖的手指点了点蒙哥马利将军的脸。看到巴顿将军的时候，他皱了皱眉头——"短马鞭。刻薄。坏人。"

但如果我把他的目光从面前光滑的杂志页引开，让他看向餐盘上的各类餐具，让他叫出餐具的名字，他却什么也记不起来。"爸爸，这叫什么？"我举起一根叉子。他用能动的那只手做出了吃东西的姿势。"对，你用它吃东西，但它叫什么？"他目光斜到一边，好像在跟一个隐形的伙伴确认我是个恼人的傻蛋。但是过了一秒钟后，他的大脑功能估计又紊乱了。他的眼睛往上翻着，好像在找正确的词。与此同时，我脑中不断想着问题的答案——叉子叉子叉子——几乎像是在念咒语。他的眼睛眨了眨，他能动的那一侧的嘴巴提起了半个微笑。"培根！"他说道，好像突然开了窍。我拿出跟小孩说话的鼓励语气，说"答对了，爸爸"。

每天在病房待半个小时，这是我能尽到的最大努力。这并不是因为我有其他有价值的事情要做。小龙虾季已经过去了。我的打字机早就积满了灰。我也去牛仔酒吧跟莱西娅和大卫帮我物色的人尴尬地约过几次会。

一次很不顺利的约会后，我因为喝多了龙舌兰，晕得一塌糊涂，干瞪着眼躺在床上，心中暗下决心从此每天只守在爸爸身边，不管需要花多大的努力。

第二天早晨，我尝试着给爸爸刮胡子。我用他自己老爹的猪毛刷给他的脖子上了泡沫。他的脖子像圣诞节火鸡一样又干又皱。我拿着塑料刮胡刀的时候，手一直在抖。和他的喉结比起来，刮胡刀又轻又没存在感。我刮下的第一刀就让他见了血，一大滴鲜血透过白色泡沫流了下来。爸爸却动都没动，呼吸也没加快。不过我还是让妈妈收了尾。

之后，我拿着我月亮形状的小镜子给爸爸照。他用能动的那只手摸了摸自己滑溜溜的下巴。"美。"他说，左侧嘴扬起，半微笑起来。因为他的右侧嘴角不能动，他每次笑的时候，脸就变成那种一分为二的面具，一边是喜剧脸，一边是悲剧脸。"不错。"他说道。我出了医院，去买一夸脱的麦芽酒，用纸袋装了起来。在一个黑洞洞的电影院里，我很快就把那瓶酒喝了个精光，然后连着看了三部早场电影。我从一个放映室偷偷跑到另一个放映室，不多花一分钱，半挑衅地等着满脸青春痘的招待员把手电筒照在我脸上，问我要票根。

几天后的一个紫霞满天的傍晚，布德罗先生出现在我家前廊。他双手拿着自己的棕色宽檐帽，如同一个带着巧克力的求爱者一般正式。他穿着蓝色短袖衬衫，胳肢窝处的颜色被汗迹染得更深。大声玩着游戏的邻居家的小孩突然安静下来，一脸惊奇地盯着布德罗医生，他正在门垫上蹭着脚准备进门。在我们家所在的街区，一个真正的医生可不常见。甚至在他进门之后，孩子们还站在我家车道尽头张望着。

突然间，我明白爸爸去世了。我耳朵里响着火车奔驰的声音，眼前的房间突然像望远镜里的画面一样收缩，妈妈和布德罗先生突然变得很小——我凭这些知道了。

不，布德罗先生说，不是这样的。对有的人来说，死亡是一种恩赐。但他并不怎么相信那一套。总而言之，爸爸的情况并不比今天晚饭时更糟糕。所以这是好消息。

是钱的问题，是不是，妈妈说道。新的炼油公司的医疗保险不包含住院费用。或者不包含爸爸回家后要支付的护工费用。

"你知道如果我做主——"布德罗先生说。他暂停了一下，好像嗓子被什么异物堵住了。他的双手很小巧，像女孩的。他把双手交叉在身前。他说工会的律师可能会帮上忙。

但是妈妈好像没在听他说话。她走到家门口，把在车道上张望的小屁孩轰走。他们像铅弹一样一哄而散。妈妈回到了家里。

布德罗先生说不是他做主。见鬼了，他在工人罢工无限拖延的那段时间，还接收过很多赊账治病的病人呢。

屋外，孩子们分成两队在玩游戏。有个声音说道，芭芭拉去你们那儿，鲍勃来我们这儿。另一个声音说，不公平，如果芭芭拉来，那鲍勃和罗比也得来。第一个声音说，你这个作弊的浑蛋。然后我听见一声耳光，然后是两个小身体落在草地上的声音，其他小孩也跟着起哄。

你不会收到我这边的账单的，查理。布德罗医生说道，然后他白色的别克从车道退了出去，像一艘巨大的轮船。

第二天早上，医院打电话来，说他们的一辆急救车正把爸爸送回家，得有人去医院付清账单。妈妈突然忍不住，拿着米黄色的话筒大加讥讽起来。（"讥讽"的词根是"sarkazein"，意思是撕裂肉体。）她说那个狗娘养的急救车要是愿意，把爸爸一丝不挂地运来甩到我们家门口的铝质户外椅上吧。但要她付钱，医院可别忘了，关逃债人的监狱可早就被废除了。想从石头身上抽血，做梦吧。

我以前听说过，照顾重病病人就像照顾婴儿一样。我估计也差不多，但是婴儿对你的照料的回报是每天都有变化的：他们会长牙，会发现每天在眼前乱晃的那个东西是他们自己的手。但重病病人却像是吞噬你的黑洞。每天，他怔怔地看着你，比你自己的神情还要倦怠，还要伤痕累累。如果生命就是受苦（如佛祖所说），是无止境

294

的烂事大赛，重病病人毫无疑问永远是冠军。

有一天，妈妈正给他翻身换床单，她在他脚后跟上看到了因为和床单摩擦太长时间而起的小红点。几天后，小红点变成了水疱。很快水疱破了，开始化脓。一段时间后，他脚后跟上的那些褥疮形成了近半英尺深的洞，骨头往外突了出来。至少来我家问访的护士是这么说的。护士教妈妈怎么每天两次把浸在灭菌剂中像虫子一样的纱布包在伤口上，用镊子夹着轻轻贴到褥疮上。

不久后，爸爸身上的其他地方也长出了许多褥疮，先是在他瘦骨嶙峋的背部下方，然后是在他肩膀两侧翅膀一样的肩胛骨顶端。每天，妈妈光是给他清理和包扎伤口、喂饭、跟保险公司打电话和发邮件协调各种赔偿，就忙得不可开交，我从未见她这样忙过。而且爸爸总是在床上拉撒，弄得我们每天都有满满几个蒲式耳洗衣篮那么多的床单要洗。

但他没法说话了，这才是我最没有心理准备的。如果你毫不含糊地告诉我，爸爸的脑力已经和一个茄子差不多，说不定我还好受点。但我每天总是在爸爸的失语症中摸索着，盼望着能看见原来的他的任何迹象。

"刚才莱西娅打来电话了。"我说道。

"很好。"他回应道。

"她很担心今年她们家开的汽车旅馆的税务问题。"

"噜。"他说道。

"你想不想也来点冰激凌？是香草味的。"

"坏坏坏。"

"不那么坏，爸爸。你尝一下，我给你来一碗。"

"好吃。"他说道。

"没错，妈妈也吃了一些。"

我这样和他待了没多久，就必须找个借口说我要去哪里哪里。我想让他有尊严地得到我的照顾——我需要这么做，即使他的病情剥夺了他唯一的、我所了解的人的尊严。或许我只是缺乏想象力：我无法想象出和话语能力或身体力量无关的新形式的尊严。而且爸爸有时候噘嘴赌气，像个两岁的小孩。如果妈妈帮他翻身，给他换床单，但他想睡觉，他会用能动的那只手抓着床边的栏杆和她对抗。

有的时候，我感觉他好像是故意在我们换完床单后马上拉在床上。但我知道这肯定不是真的。或许他大便失禁只不过是肠道气体这种生理原因造成的，但妈妈经常得连续给他洗身子，换洗的时候他把能用的手臂摆在瘦弱的胸前，一脸不情愿，也不帮忙。

来过我们家几次的言语治疗师也搞不清爸爸的认知能力到底怎样。"跟你说，查理，"哈罗德有一次早晨喝咖啡的时候跟妈妈说，"你要学得有平常心一点，亲爱的。"他是个话声轻柔的黑人，喜欢喝轻度烘焙的桑卡牌咖啡，戴着一个可以打开的戒指，好像里面装着什么魔法粉末。他说那是他的氰化物戒指。

"平常心个鬼，"妈妈说，"我连他是否还有脑子都不知道。"

我也不知道，这让我变成了一个非常无能的照料者。我唯一一次独自给他喂食的时候差点要了他的命。虽然动作很慢，但我是在慢慢杀死他，毫无端着双管猎枪的英雄出于怜悯杀人时的那份气概。

那天，我从皇家农场买来了一品脱盒子那么多的大虾炖菜。那段时间，爸爸只能喝妈妈加了整颗生鸡蛋的奶昔和小塑料杯装的巧克力布丁。但大虾炖菜却神奇地像巫术一样让爸爸胃口大开。我一把塑料盖揭起来，满是大蒜味的蒸汽就回旋着飘了起来，肉汁像浅河水一样又浓又棕，有几个肥肥的大虾探出头来，半透明的小葱和一颗颗米粒漂浮在炖菜周围。我想象着菜的蒸汽变成了雾蒙蒙的蛇形曲线，飘起来挑逗着爸爸的鼻孔。他张开了嘴——因为我们老早把他的假牙取了出来，他嘴巴内部像雏鸟一样只留一片柔软的粉色。

大概一个小时的时间，我把炖菜大口塞到他嘴里。他不断嚼着，直到我让他吞下为止。他吞的时候很费力，要用对折吸管吸水才能咽下去。然后他点点头，让我喂下一口。能让他这样吃饭，我充满了道德上的成就感，和一只流浪狗摇着尾巴向你走来，或者派对上一个学步的孩子选择爬上你膝盖的感觉一样，是天真的灵魂对你道德品质的最终肯定。

我正在舀起盒子里最后一口饭，发现爸爸下巴的一边像松鼠的下巴那样肿了起来。原来，他把他咽不下去的大虾全都藏了起来。他把食物藏在离我比较远的那边脸中，靠着枕头掩盖起来。我在他张嘴的时候看到的那坨灰色虾肉估计快有高尔夫球那么大了。我把手握成一个小杯状放到他的唇下，让他吐出来。他眼睛已经困倦地耷拉下来了，如果他嘴里含着大虾睡着了，他会被呛死的。

事实上，我站在那里说"吐出来"的时候，他眼睛一闭，睡着了。他的嘴又张开了一点，嘴里嚼得稀烂的大虾差一丁点就堵住了气管。我摇了摇他的肩膀，他也没反应。"爸爸！"我大声喊道。但他的眼睛紧紧闭着，像被胶水粘上了。我最终决定把食指从他张开呼吸的小口中伸进去。我想如果我动作轻一点，伸过他像虫子一样暖和又陌生的舌头，他会继续睡下去。

然后他咬了我。他的眼睛还没张开成细细的一道缝，他就用滑溜的牙龈紧紧地卡住了我的指头，像是一条抓住我抢它饼干的狷犬。我们僵持了一阵——我的手指在他嘴里，他的黑色眼睛毫无神采地向外瞪着。我用另一只手抓住他如铁铸一般的下巴，动作和抓住马的下巴逼它咬马勒一样，而他能动的手一把紧紧抓住我的二头肌，他非常用力，第二天我发现他每根手指都在我胳膊上留下了淤青印子。

而且，第二天早晨，我听见来我家的护士问爸爸嘴里到底有什么鬼东西。但爸爸不经意地耸耸肩。护士用压舌板把他嘴里的虾取出来的时候，他转头盯着墙，好像护士是个疯婆子。

那天之后，我唯一一次晚上独自陪爸爸的时候，我不得不先把自己灌了个大醉。而在那之前，莱西娅和她的稻米大王老公把我带到了他们乡村俱乐部的夏季舞会。在舞会上，我和各类医生和保险销售随着《棉花眼乔》[1]跳舞，每支舞间灌下整杯整杯喝了就不会有好果子的朗姆果汁酒。一个叫戈麦斯的伙计开着和蝙蝠侠座驾一样漆黑的敞篷跑车把我送回了家。

我伸头进屋看爸爸的时候，他眼睛一亮。"好啊，崽子，"他说道，口齿极为清楚，然后又说，"你开心？"

妈妈把电视开着，声音调小了。为什么，我不知道。因为那个夏天当地电视台在午夜后只会重播各种陈年的赛狗节目。这台老旧的电视播出的图像全带着水族馆的蓝色调。

赛跑的惠比特犬都苍白又细长。它们的脊柱在高高的胯部突然往下一弯，好像它们后腿穿了细高跟鞋。我看屏幕的时候，这些狗正被赶进各自的起跑笼子里。我跟爸爸说，这一景象让我觉得很抑郁。因为不仅有很多人在我们看到笼门打开之前就知道比赛的结果，这些狗估计也早就死了。爸爸嘴巴酸溜溜地一嘟，好像在说他完全明白我的意思。我说，这些狗肯定死光光了，即使活着的估计也是在某个人的煤气加热器前躺着，一个劲地放着屁。他点点头，好像思考让他感到疲惫。

爸爸的脸收缩了。他的头骨的空洞之处——太阳穴、下巴和脸颊——呈现出页岩灰的阴影。或许我打盹睡着了。或许我喝得太醉，

1.《棉花眼乔》是美国著名的乡村歌曲。

于是产生幻觉，我看着爸爸陷在枕头下的部位以为他的脸被死神的模样所替代，但只有半秒钟。然后他突然打了个喷嚏，我说"保佑你"，他又恢复了原来的模样。

我按了按遥控器，把电视关了。电视图像缩成一个小蓝星，然后从电视屏幕灰暗的混沌中离我们远去。

然后我在地板上装满磁带的鞋盒中翻来翻去，直到找到一盒带着用红色马克笔写着"皮特·卡尔"标签的带子。我很想听爸爸讲故事，除此之外别无所求，我想让他在我脑中展开一幅故事的卷轴，让他像抛强力鱼线一样，把我抛回我从未生活过的时代、从未去过的地方，只有他的声音能带我去。

我把磁带放在铝床栏杆上方，在我认为是爸爸视线所及的地方。"你记得这个吗？"我问道。

"记得。"他说道，一半脸微笑起来，努力地点了点头。

"我可以放吗？"

"和奥。"他说道。我估计他想说"好"，或者"好的，宝贝，你想放就放吧"。我把磁带放到播放机中，按下了长方形的按键，棕色的磁带滚动起来。

这故事发生的日期是一九二〇年七月十九日，地点在一个叫"贝西梅"的前不着村、后不着店的森林餐馆。在那里，你可以点烧烤和草莓味的汽水。如果没有政府人员在附近，他们还会给你上自制啤酒……

当然了，故事实际上得从巴克·尼兰扒着火车来到伐木营讲起。你可以说巴克是个混日子的。他不工作，什么都不干。喜欢赌博。喜欢惹其他伙计的女人。

那年夏天，巴克来的时候，有个叫南·克罗基特的男人，和他老弟亚格以及我老爹一起在伐木营干活。巴克四处鬼混，不知道为什么，突然认定南和他的女朋友中的一个在乱搞。见鬼，南可是已婚人士。他从来没和任何我知道的人鬼混过。我想可能是因为有一次玩布雷的时候南赢了巴克。当时布雷可是最流行的扑克游戏……

话说回来，巴克在那里找到了南，用刮胡刀割了他。老伙计南倒在地上，伤得不轻，害得我老爹还得把南带到伊瓦代尔去看医生，给他缝了伤口。见鬼了，南等了整整三个多星期才返工。他花了那么长时间才休养过来。

我老爹问南的弟弟亚格，南打算怎么处理这件事。亚格说："我不知道南有什么打算，但我知道我有什么打算。"

南返工了。一年多的时间过去了……

然后一个星期六早晨，南来到我们家。我老爹耳朵不好。所以他到了就先扯开嗓门喊我老妈。我老妈能分辨伐木营所有人的声音。"露丝。"南喊道。我们家的捕鸟犬都开始吠叫起来，好像恨不得把他吃了。

"进来，南。它们不会把你怎么样的，"妈妈说，"汤姆正在厨房摆桌子。"

我爹正在餐桌旁摆东西，手里拿着一杯泡着碎玉米饼的白脱牛奶。事情是这样的，南本来早晨应该和爸爸一块干活的。"我不想让你等我，但我不在……我准备今天晚上去贝西梅餐厅的。"

"你去贝西梅干吗？"

南说，他听传言说，巴克·尼兰那天晚上会去那里。我老爹跟他说："南，你去吧。让亚格早上来帮我一把，但你明天晚上一定要来哦！"我老爹大概知道会发生什么……

南那天晚上走进贝西梅的大门，看见老巴克·尼兰在屋头另一边坐着。巴克正坐在其中一把旋转的钢琴椅上，铆足了劲弹着钢琴。他戴着黑色硬圆顶礼帽，帽子上还有一圈缎子。巴克弹着琴，钢琴两边各有一个女人唱着歌。

南一进屋，歌声立马就停了。人们的目光聚集在他身上，但老巴克却看向另一方。那几个女的不再唱歌，退了几步让出了位置，所以巴克知道事情不妙了……他在椅子上一转。当然了，他刚转过头，就面对着那把点45口径老手枪的枪口。砰！砰！枪打在他的两眼正中间，准到丝毫不差。他脑袋上被打出的大洞够你往里面放个橙子了。他直接从凳子上被打了下去。

南把枪插在他裤子里，走了。

他又回到我家，喊着老妈。老妈摇着我睡着的老爹，床咯吱咯吱作响。老爹说见鬼了，干吗。她说南·克罗基特又来到我们家门口了。

"哼，南不用跟我说。我一猜就知道。他把那个巴克·尼兰干掉了，就这。"但爸爸还是起床了。他轻身蹭过我和 A.D. 平时睡觉的后廊地板。我们每年夏天都把床搬到外面睡。当然了，南还没进我家院子，我们就听见家里的狗焦灼的叫声了。那天晚上的月亮跟平底锅一样圆。所以我们可以看见老爹穿着裤衩走出了家门。

"汤姆，"南说，"他们跟我说毕肖普先生正四处找我呢。"比弗·毕肖普是贾斯珀县的警长。

"啊，毕肖普个鬼。"我老爹说，"你怎么不到我家来，藏我家沙发底下。那毕肖普来我家时，你也会在。"南说没错，那可以。

那个星期一早晨，比弗·毕肖普打电话说，巡回法官大约一个星期之后会到我们县这边来。毕肖普想知道南是不是准备在那之前先跑路。爸爸跟他说："见鬼咧，南哪儿都不会去！"

果然，大约一个星期之后，一辆黑色福特 T 型号轿车停在了锯木厂门前。开车的是一个大个子家伙。他一只手就有苹果派烤盘那么大。头上顶着我这辈子见过的，不论男女，最漂亮的红色头发，大大的一团鬈发。他穿着黑色西装，像个做殡葬的。他把福特车直接开到堆得很高的粗糙树枝旁，树还流着厚厚的树浆，味道可重了，吃饭的时候只有避着风才能闻到自己午餐饭盒里的味道。

"南·克罗基特，"那个伙计说，"你知不知道你杀了人，我是可以抓你去坐牢的？"

"知道，先生，"南说道，"可是他们也可能会把我拖去公墓啊，因为巴克·尼兰会要了我的命。"那是南说的最后一句话，除了巴克，这辈子没人再敢惹他。

故事到这里就说完了。我真是永生难忘。我们那儿偶尔会出现杀人的事。杀人的总跑到我爹那儿。我老爹现在好像就在我眼前。他那顶傻帽子搭在他脑袋上。他好像就在我面前……

我醒来的时候，那棕色的磁带正静静地转着。

爸爸过去的长官来看他的时候，我去了休斯敦。那个叫皮尔斯的上尉退役的时候军衔是上校，住在西海岸。电视上播的诺曼底登陆的节目让他开始寻觅当年一起服役的战友。他一听说爸爸病了，立刻订了张机票南下，住进了假日旅馆。几天后，皮尔斯租的福特平拖车开进我们家院子时，莱西娅正好在家。她说皮尔斯这辈子可能做过很多仰卧起坐。他穿着那种黄色的高尔夫衬衫，心口处缝着一条鳄鱼。妈妈到前廊招呼他的时候，他竟然还亲了妈妈的手。

爸爸见到他的时候举起右手利落地给他敬了个军礼。"皮尔斯上尉。"他说，几个星期以来他第一次口齿这么清晰。皮尔斯说卡尔中士好，请稍息。然后两个人一起抹去脸上的眼泪，像一对苍老的幽灵一样抱着对方。

皮尔斯坐在爸爸床上，和他一起翻看老照片，一直看到晚上。又有一次，爸爸讲起当年的战争口吃就好了很多。但是，他讲话太费劲了，很快就精疲力竭。上校给他打开布丁的锡纸盖子的时候，他终于睡过去了。

我和上校通了电话，听到了他那优雅的高音。"突出部战役后，给士兵战后立功升衔，你爸拒绝了，"他说，"你爸不喜欢在官兵俱乐部喝酒。他管任何中士以上级别的军人叫'哈巴狗'。"我挂电话之后，皮尔斯喝了妈妈用骨瓷杯盛给他的黑咖啡，一直喝到凌晨。他跟妈妈讲了更多我们从没听过的战争故事。

比如，爸爸受过两次伤。有一次，一个德国士兵把刺刀刺进了他的小臂，留下了那个我见过无数次，但从没问过的伤疤。还有一次，他们埋下地雷的桥提前爆炸了，把爸爸整个埋在碎片里，皮尔斯都以为他死了。他们都没费心把他挖出来。但几天后，爸爸乘着另一个伙计的吉普车向他们驶来。他脑袋上包着一大块纱布，脸上笑嘻嘻的。皮尔斯说，其实他觉得可能是爸爸的这个旧头伤导致他中风的。如果是这样，那军队有可能会支付他的一些医疗费用。皮尔斯为几个有类似情况的人做了证，而且这两个家庭都得到了资助。

这就是为什么我会跑到妈妈的阁楼里。我们需要找爸爸当时的军队医疗记录，证明他在打仗的时候头部受过伤。我以要等下场好雨，天气凉快点再说为理由，拖了好几个星期才爬上去。真实原因是阁楼让我害怕。

得克萨斯东部的阁楼尤其糟糕。这个地方日益炎热潮湿，会长出各种各样的有机物。绿色的霉菌会爬上纸箱，出现老墙纸上的那种菊花纹路。在得克萨斯东部的阁楼里，你还总能听到蟑螂在纸张间爬行的声音，让你觉得它们细细的触角正絮絮地朝你爬来。而且，遇到蛇这种事也是有可能的。

去年夏天，莱西娅家的阁楼被蛇占领了。我们有一天晚上还听见屋顶上传来咚咚的声音。阁楼的木梁子上有重东西掉下来了，之后是狸鼠或者啮齿动物发出的窸窸窣窣的声音。莱西娅拿着手电筒，本想把脑袋伸进去看看，向灭虫工作人员报告灾情，这样他才能知道自己要面临什么情况。可是透过蓬松的粉色隔热板，她看见的不是什么到处跑的小动物，而是一团看起来像是被人脱下来随处乱丢的老旧尼龙连裤袜一样的东西。她拿平手电筒照了过去，发现那是蛇皮。她们家离浅河不远，有很多水蝮蛇爬上去建窝。

当我终于把妈妈车库的弹簧梯子拿下来的时候，一股冰冷的恐惧刺穿了我。整个早晨，天空中都是一片黑压压的铁灰色雷雨云砧。下雨的时候，整个天空好像都裂开，发出像丝绸被扯碎的声音。大颗的雨滴砸在棕榈叶上。红木栅栏上的金银花和紫藤在雨中颤抖着。前廊的砖头氤氲起缎子一般的水蒸气。光是从房子跑到车库，我的T恤衫就湿透了，粘在了胸前。

我拉了一下悬在尖顶天花板下的开关线。我记得爸爸用打钉枪沿着阁楼顶梁固定电线的时候，我站在那里把灯泡举在它现在的位置上，而现在灯泡上缠满了蛛丝。当时爸爸让我自己把灯泡旋上，让灯泡握在我手指中点亮。那次之后，我再也没去过阁楼。我估计其他人除了费劲地把箱子抬进去，也没在那儿待过。阁楼里陈腐的空气炎热潮湿，但里面一片寂静，没有蝙蝠、鸽子或鬼脸天蛾。艾森豪威尔年代的台灯座和生锈的厨房用具旁，也没有任何动物的尸体。我把热浪吸进肺里，又吐出来。心脏狂乱地跳着。

几分钟后，我离开吊灯照亮的部位，进入阁楼深处。我开始打开箱子，发现里面装的全是些很无聊的旧物——书籍、唱片、玻璃罐子、十元店买的花瓶。唯一唤起我童年记忆的，是一个黄色的儿童木工箱，里面全是小孩用的迷你工具。我还找到了一个飓风时期用的煤油灯，还隐隐散发着煤油味；一个靠铸铁踏板运作的缝纫机。我还找到了无数个空着的新秀丽旅行箱、没有帽子的帽盒和没有衣服的干洗袋。

终于，我在一个角落里找到了一个中央凸起的旅行箱，心里突然一紧。这个箱子发出低低的声音，也没有光线从裂缝中照出来。然而，可以看出来有人故意把箱子锁上了，藏到了最不显眼的地方。我用螺丝刀捅了捅搭扣，然后用老旧的儿童木工锤子往搭扣上砸了下去。搭扣"啪"的一声破了。我满头大汗地在那里跪了半晌，脑袋里突然想起小时候看的旧故事书中一幅潘多拉魔盒的插图，想到盒子里蜻蜓般大小的恶魔一个个盘旋着飞出来，潘多拉的小手立刻捂着脸，那如同丘比特手中的弓箭一样弯着的嘴巴嘟成了维多利亚时代人们惊讶时的标准椭圆形。

我把行李箱的盖子一掀，盖子撞在了斜倾的墙上。我任盖子又关上，然后抓着箱子两边的皮把手，用背部和股四头肌吃力地把箱子从隐藏的角落拖到其他地方。然后我一屁股坐在满是灰的灯泡下，喘着气，双腿交叉。

把行李箱的盖子往后一翻后，我没看见什么带翅膀的恶魔，只闻到湿湿的报纸味，和从早上浸满露水的草坪上拿起的报纸味一样。行李架顶层的托盘装着一堆发黄的老照片和用细绳子系起来的信件。我还找到四个像士兵一样整齐地并排在一块的首饰盒。两个首饰盒是黑色丝绒面，一个是皇家蓝缎面，另一个是深树莓色的罗缎面。每个珠宝盒里面装着样式不一的婚戒。

估计是家传的珠宝，我猜。我弓身蹲下，把整个托盘举起来端到厨房里去。在我上阁楼之前，妈妈刚做了冰茶。我可以想象暗暗的冰箱里放着那个大陶茶壶，茶壶表面结满冷霜，里面棕色的冰茶上漂着柠檬圈切片。

我刚站起来，行李箱下面的东西就吓得我把托盘掉在地上。托盘重重地摔在我光着的脚上，疼得我像被一个巨大的拳头居中捶了一下。婚戒、照片和一捆捆信件掉了满地。与此同时，我踉跄着退了几步，踩到我背后的一堆圣诞节装饰品上。箱子的边缘撞到我的膝盖窝，我双腿一软。我连忙伸出双手，免得摔在地上，但我的双手却摔进一堆没到手肘高度的乱七八糟的小灯和俗气的小玩意中。装玻璃小球的薄盒子被我压瘪了，像被抽空的盒装鸡蛋。一个扎人的塑料星星把我的胳膊内侧划破了。

但这一切并没有使我惊恐中向后爬的动作慢下来，因为箱子里装的是摩尔外婆的假肢。殡葬师没有把假肢上的厚连裤袜脱下来，在外婆大腿本来的所在之处，只有用连裤袜系的傻不拉几的蝴蝶结。硬邦邦的脚上还穿着硬邦邦的黑鞋，像洋娃娃的脚一样没有脚趾。如果箱子里是一条盘成一堆、脑袋左右晃动的咝咝作响的蛇，或许我会更害怕——但我很怀疑。

妈妈看到我站在冰箱的冷调绿色灯光前。她拿着满是床单的洗衣篮跟着我进了厨房。我在看见她之前先闻到了漂白水的味道，所以从开着的冰箱门前转身看着她。我之前把一个大西瓜的果肉掏了出来，正在用手抓大块的吃。我连带着油亮的黑色西瓜籽一起吞下肚里，黏糊糊的汁水正从我下巴上流下来。西瓜又甜又冰，冰到几乎让我后背隐隐作痛。或许我这番样子妈妈会觉得很奇怪，但她没说。她只想知道我有没有在阁楼里找到有用的东西。

当我张口问起她行李箱里的那些婚戒是谁的时，整个房间的气氛都变了。（我唯一能想到的关于这种变化的比喻是音乐剧：本来在弹奏的一个音符，一下子变成了用很多黑键弹出的和弦。）她的眼神让我想到自己曾见过的被关在笼中的那些瞳孔收缩的困兽。"戒指是你的，对不对？"我最终这样说道，开口之前脑袋里都没想到过这个想法。又一次，我们都沉默了。"玛丽，别偏偏在这个时候烦我，问戒指的事情。"她说道。她的语气很平淡。她放下手中山一样高的脏衣服。"我受不了。"

她到床上躺着。在厨房里，我可以听见她在她平时装药的果糖盒子里摸来摸去。她在找什么？我纳闷着。我唯一能想出的答案是，某种异教徒心中的神灵，叫作安定或者氯丙嗪或者三唑仑的药物。

几十年来，对我来说，妈妈要面对的恶魔一直很神秘。她的过去也很神秘。很少有生性喜欢撒谎者会主动开始说出真相，即便那些相信事实能让其灵魂重获自由的人也不会。有很多次，我飞回得克萨斯州，准备好了要打开过去的大门。可我面对的抵抗是隐形而强烈的。甚至在爸爸还能说话的时候，他也执意缄默。他总是一脸"我就是个傻不拉几的红脖而已"的表情。"见鬼了，宝贝，你说的那啥我都不记得了。"

我挖掘到的任何信息，都有莱西娅帮我证实。可她和我一样，对于妈妈的过去的种种缘由和行踪，没有掌握基本的事实。而且对莱西娅而言，任何抱怨自己童年艰辛的人都是些软蛋，是那些想骗保险公司为他们一无是处的心理治疗买单的自由派二货。"潜意识个鬼，"她总说，"别再扯了。"然后继续洗掉瓷水槽上的清洁剂。（她每天工作很辛苦，家里还请了全职做家务的住家女佣，可是她每天晚上都戴着塑胶手套干几小时家务。她的房子跟大多数剧院一样光亮无菌。）

尽管如此，真相最终还是完整地呈现在我面前。可以说是命运，

307

或是老天保佑，或是狗屎运。我正以某种方式被引入一个黑暗的隧道，隧道的尽头，真相的大门即将打开。

我找到婚戒后，妈妈像石头一样执拗，绝不跟我开口讨论婚戒的事，对她的过去也闭口不提。"我没法一边照料你爸，一边让你这么逼我说这些事情。"她说。她用双手压着太阳穴，好像如果她不这么使劲压着，她的头骨马上要因为内压过大而爆炸。"我现在有两个地方疼，每只眼睛后面都疼，疼的地方像有肯尼迪头像的五十美分硬币那样大。"

我当时和一个我以前看的心理咨询师远程聊天，他让我把我想问妈妈的问题全写在一张活页笔记本纸上。我把写好的问题读给他听：这些婚戒是谁的？摩尔外婆给我看的学校照片上的两个小孩是谁？外婆死了之后，你为什么疯了？那天晚上你拿刀做什么？你为什么跟布德罗医生说你把我们杀了？在精神病院里发生了什么？

他跟我说，这些问题不是什么残忍的问题。但在我家，它们是。不仅残忍，可能还会闹出人命。我拿着活页笔记本问妈妈的那天晚上，她把自己关在浴室里好几个小时。我焦虑地在昏暗的走廊里像头母狮子一样踱步，担心她在里面是不是正准备拿吉列超蓝刀片割腕。"她要再这么做，就报警。"心理咨询师这么跟我说。但在他给我下最后通牒之前，我都下不了决心再去逼妈妈开口。他不再接我的电话，连续三天给他打电话都是直接挂断。他说，如果我不冒险，他没办法帮我。

"戒指的事情，你是铁了心要问，是吧？"妈妈有一天终于说道。我说没错。

我们两人开始喝了个大醉。我们最喜欢的墨西哥侍者在他的点菜本上写下"两大壶玛格丽特"，一点都没有对我们指手画脚的意思。他负责送餐的儿子给我们上了一篮冒着热气的薯条和用陶碗装的能让人七窍大开的辣酱。

婚戒当然是她的，妈妈说。她立刻就坦白了。她第一次结婚的时候才十五岁。不，当时她没怀孕。摩尔外婆只是想把她赶出家门。几年后她才生了第一个小孩，一个男孩。为了方便起见，姑且管他叫特克斯吧。

特克斯出生后，我那青春期的妈妈开始极度渴望逃出拉伯克，尤其想逃出她那如老鹰一般疑心重重、刻薄刁钻的婆婆的魔掌。我们可以用比喻把她形容为一个整天挥着扫把、盯人的眼神如太阳光一样毒辣无情的德裔家庭主妇。所以妈妈年轻的丈夫从大学毕业后——姑且说他的专业是商科——她就开始给他做工作，让他到纽约去找工作。一九四二年，他们开着福特车离开了拉伯克，后座的柳条篮中放着嗷嗷待哺的年幼儿子，车后一片滚滚尘土。

到了纽约后，我们年轻的妈妈立刻被大城市闪亮的钢铁森林吸引了。特克斯海军蓝的婴儿车被拖下地铁扶梯，被推过各个博物馆宽敞的走廊。她想画人体形态，这种渴望让她丈夫很不解。她为什么想整天坐在那儿盯着不穿衣服的陌生人？两个人吵起架来。但在她那和她一样金发绿眼的女儿出生后，她只好暂时放下自己的爱好。我们管她叫贝琳达吧。

贝琳达出生后，邪恶的婆婆往北飞到纽约，再次掌管了妈妈一家。年轻的妈妈为了反抗，做出了在那个年代几乎算丑闻的决定：她找了个全职工作，在贝尔实验室做机械制图。当时，珍珠港刚刚被偷袭。她丈夫工作的地方也和军方相关；而妈妈的工作也被认为是美国参战过程的必需岗位。妈妈的婆婆不满地噘着嘴，但不想显得自己不爱国，只好作罢。妈妈工作的时候，那个婆婆勉为其难地代为照顾着孙辈。

就是在从那份工作下班回家的一天，妈妈发现她的整个房子都空了，她的家人全失踪了。

那是一个冬天。想想看。她从地铁站到家短短的几步路，干燥的雪花很快掉落，聚集在她的头发和炭灰色大衣的肩膀上，我想象着雪花的图案像蕾丝围巾，也像第一次参加圣餐礼的女孩们戴的白色蕾丝头巾。

妈妈跨过门槛，却进入一栋空房子。暖气片是冷的。她随着自己呼出的苍白冷气，从一间空房走到另一间空房，她打开房间里的灯也毫无收获。连电话线都断了。

邻居们那天看到搬家的卡车离开，整个早晨也目睹了那个老女人安排工人把家具搬上卡车。她年轻的丈夫午饭后坐车回家，把他的母亲和孩子们带走了。还在学步的特克斯站在他们身后，婴儿贝琳达在那老女人怀里。

说到这一段，我早已哭了起来，妈妈也哭了。我们的侍者站在接待台后，像雕像一样一动不动。他很有礼貌地不往我们这边看，把目光转向另一边像天主教堂一样灌风的商场，我们根本没仔细看的菜单在他腋下夹着。在桌边放菜的小桌上，上菜员正聚精会神地用一个小塑料漏斗给盐罐子加盐。妈妈擦泪的时候，大袋子里的盐正像液体一样快速流入罐子里。她把纸巾滑到下睫毛的睫毛膏下，擦了擦睫毛膏。

邻居们让妈妈睡在他们家的折叠沙发上。他们给她食物，还把她带到楼下的酒吧。她当时还未满合法的投票年龄。"那是我生平第一次喝醉。我以前喝过酒，但每次喝都落得一阵头晕。"

第二天，在她丈夫的办公室，她看到了他已被清空了的办公桌。桌上只有几支用钝了的铅笔，零落地放在几个回形针中间。他的老板有个大肚子，胸前戴着表链。他拒不告诉她她年轻的丈夫去了哪里，说他的下落是和国家安全相关的顶级机密。

但她当时没哭，仍然很镇静。她的小孩肯定就在不远的地方。但战争让找孩子变得很难。夜里，整个东部海湾区域都因为宵禁断电。公交车和铁路全都被用来运送大兵，想四处走动几乎是不可能的。"就算你有配给的油票——当时很少有人有——也没有油可以买。"

妈妈自己的父母也从拉伯克镇中心搬到莫顿镇上的一个农场。他们没有电话。写信来回折腾要花很长时间。外公威胁说要杀了她年轻的丈夫，但他是在明信片上说的。她丈夫在拉伯克老家的家人也同样消失了，也没留下新家转寄信件的地址、银行记录，什么痕迹也没有。

像二十世纪四十年代的老电影的开头一样，日历表撕下了一页又一页，几个月过去了。妈妈浑浑噩噩地度过了这段时间。"我跟我自己说，下个星期我的孩子就会出现，或者我父母一旦雇到了侦探，就能找到他们。但所有能做事的人都打仗去了。"她在曼哈顿租了一间开间公寓，在艺术学生联盟注册了晚间绘画班，上完绘画班之后，她会喝酒一直喝到宵禁。第二天顶着宿醉回到贝尔实验室上班。

孩子失踪后六个月后，妈妈的爸爸突然去世了。死亡证明上写着"脑部出血"。

电话来的时候，她正好在实验室帮一个去了卫生间的同事做接线员的工作。妈妈觉得自己作为接线员接到打给自己的电话有点尴尬。当时，她姑姑奥德丽缺乏情感的嗓音钻入妈妈的耳机，进入她耳中："你老爸昨晚去世了。"妈妈的反应是一股脑把面前能抓到的总机面板上的电线全扯断，双手疯一样抓着线四处乱挥，所以打给实验室的所有来电都被突然切断，总机中的信号变成了单调的嘟嘟声。

妈妈获得了一个国防部特批的通行证，她坐火车到了得克萨斯州参加葬礼。但坐到一半，她被军队赶下了车，在芝加哥困了几天。她再次上车后，又在阿马里洛被赶了下来。最后她搭了一个卡车司机的车，到了她姑姑家的白色栅栏前。

外婆已经变得几乎有些疯傻了。她把自己关在屋后放蜜腌桃子和满是灰的酱汁罐子的储物间。妈妈往屋里探了探头，外婆把目光从手中在织的蕾丝移到妈妈身上，她细骨架的脸对妈妈的到来没有表现出任何惊讶。"所有人都说你爸爸死了，查理·玛丽。"她手中正在编织花形图案，说完后又开始编起来。她的嘴唇撇了撇。"但他没死。他只是很冷，很冷。"妈妈还记得蚕丝穿过布料时那干燥的声音，在蕾丝上勾出的一坨紫色的结。

在走廊上，金发的姑妈们被摩尔外婆恶化的精神状态弄得不知所措。她们最喜欢在危急时刻大显神通了。"别人家的麻烦可是让她们激动得不得了。"妈妈说。吃完晚饭后，她们都躲着自己的老公跑到外面的凉亭里去抽烟。

妈妈正在给姑妈们端用玻璃杯装的新鲜柠檬汁，这时她突然偷听到这些家人对她失去自己孩子的事表达的一致看法。"查理·玛丽肯定是做了很糟的丑事，把那个男人弄跑了。"一个姑妈说道。"他还把孩子们一起带走了。"另一个说道。"有烟的地方必然是有火的。"第三个姑妈也添油加醋地说了一句。

葬礼过后很久，妈妈的孩子找到了，但纯属偶然。那时妈妈等到摩尔外婆神志相对正常之后，已经回到了纽约。

我外婆正坐在拉伯克一家药店的铁艺椅子上喝剩下的蛋奶油饮料，这时她的保险推销员路过。他询问了我妈妈有一段时间都没续费的人寿保险的情况。"她老公给我们打了钱，续他自己的人寿保险。但没给查理的那份续费，"他说道，"你想让她的保费断供吗？"

不到五分钟，摩尔外婆就拿到了妈妈丈夫的地址。两天后，妈妈从纽约飞到一个西部小镇——且说是内华达州的里诺吧——找到了她丈夫生活的地方。

小站的警察接了妈妈，开车把她送到她孩子被藏的地方。原来她的年轻丈夫不久前再婚了，跟新老婆说孩子的妈妈多年前离家出走了，不知道去了哪里。或许她已经死了。"见鬼，我都不知道我已经离婚了，更不用说我已经死了。"妈妈说道，让警察眉头一抬，很是惊讶。他知道——因为她告诉他了——妈妈的黑色鳄鱼皮手包里装着一份纽约法官的法庭判决书，两个孩子的抚养权完全归妈妈。

他们住的地方是一个巨大的一层平房，一条蜿蜒的砖路将你引到房子带铜门把手的门口。看来她丈夫的经济条件不错。门一开，门口站着那个刻薄的婆婆。警察脸一红，磕磕巴巴地跟她讲了来意。她最终往后退了几步，让他们进了门。

一个小男孩藏在她的围裙后边，金发的学步的女孩正在一块被吸尘器打扫得一尘不染的中东地毯上懒散地玩着积木。

妈妈蹲下身，向那个女孩张开双臂。可是那个女孩站起来，尖叫一声，躲到长沙发后面蜷起身子，只能看见她头顶发亮的金色头发。

"我第一次觉得，"妈妈说，我们俩面前的小桌子上已经放满了空玛格丽特酒杯，她和我的嘴碰过的地方的盐已经不在了，我们的口红早就被蹭没了，"我一听说找到他们了，拿着文件就上了飞机。我想都没多想。我当时在纽约的琼斯街有一个开间公寓。"她的眼泪把脸庞洗得发亮，但她的声音仍波澜不惊，好像眼泪来自另一个女人的灰色眼睛，另一个和她只有一面之缘的女人。

她婆婆是个身材粗壮如战船的女人。她走到沙发后面，而妈妈的儿子仍小跑着躲到她的大围裙下。那个老女人抱起哭着的女孩，女孩的哭声弱下来，变成了吸鼻声。

妈妈一屁股坐在客厅的梯背单人椅上。她弯腰趴在腿上展开放着的法庭文件上，开始抽泣。警察像个待命士兵一样站在门廊的丝

313

绸窗帘前。"我知道他们留在那里会过得更好,"妈妈说道,"和他们的爸爸一起。还有他新娶的那个女人。我的公寓连床都没有。我上班时也没人照看他们。我没想到,我什么都没提前想好。"妈妈说"想到"的时候,好像自己在使劲踢着什么东西,或者好像那个词的重量正压在她身上。

然后妈妈做了当时感觉是"正确的事"。但是如果她"想到"了,她可能会再"想"一"想"那件"正确的事"到底是不是真的"正确"。因为这个决定快让她疯了。她坐在梯背椅子上,在她如巨石一般的婆婆扬扬得意的微笑和凶狠的注视下,撕碎了法庭把特克斯和贝琳达这两个未成年孩子的抚养权判给她的判决书。警察看起来显然松了口气。但孩子们仍紧张不已,所以妈妈走的时候都没有跟他们拥抱告别,因为他们在她怀里也是一脸苦相。"我没法承受那种感觉。"她说道。

"那你接下来做了什么?"我问道。

"我回到纽约,忙着找人结婚,帮我把我的孩子接回来。"

我们周围的空间似乎一下子变成了真空。在破旧的霓虹灯似乎永恒的照耀下,我和妈妈抱紧对方。"但我结婚之后,不管是和谁,"她想到过去那几个前夫的时候挥了挥手,"他们都没兴趣帮我把孩子接回来。然后我就受够了他们,一个人跑了。你爸爸肯定会接受他们的。你爸爸是唯——个……"

其实,妈妈和爸爸结婚之后,她写信给孩子们,可是他们那时候已经长大了。"他们不想来。"妈妈说道。孩子们的继母回了信,这么解释道。"之后,我感觉一个黑洞就这样把我吞了下去。或者黑洞就在我体内,这么多年来一直在反噬我,但我都没注意到。我只是陷了进去。物理学家怎么说来着?内爆。我内爆了。"

这就是我妈妈心中的恶魔吧,那两个孩子,两个她一直渴望,但因为把他们弄丢了而一直感到羞耻的孩子。

而她拿刀站在我们卧室门口的那个晚上是怎么回事呢？她已经把自己喝到绝望的深渊。"我把我的时间全浪费了，到处嫁人。可是我还是把那两个孩子搞丢了。你和莱西娅也无法改变这个事实。而我和十五岁时候的自己一样悲惨。"把我们杀掉似乎是个慈悲之举。事实上，她产生了幻觉，以为自己已经把我们捅死。"我看到你们身上和周围全是血。墙上也洒满了血。"

而她之前为什么都没告诉过我们这些——她的婚姻和弄丢的孩子——她的原话一直停留在我的脑海中，那是我听过的一个六十岁的女人能被人听到的最可悲的一句话："我以为我说了你们就再也不会喜欢我了。"

第二天，莱西娅雇了一个侦探找到了那两个丢失的孩子。当然，他们不再是孩子了，都已经四十多岁了。原来他们也很想被找到。我们第一次打电话的几个星期之后，他们就来到了妈妈家门口，神采奕奕，充满好奇。

他们和妈妈的团聚，是他们自己的故事，我没法帮他们叙述这个故事。但我可以这么说：他们的到来，让我们家开始充满一种以前从未有过的阳光。

妈妈和我在墨西哥餐厅的时候，并没有想到会有这样的结局。我们摇摇晃晃地站起来，桌上堆满了大水壶、湿透了的鸡尾酒餐巾碎片、丛林一样的一个个玻璃杯。青柠切片堆在仍冒着烟的烟灰缸中。我低头看着桌上的一切，好像自己站在极高之处，令我眩晕。各类玉米片篮子里的盐也全被撒到方格桌布上了。整个下午，我都在用黄油刀把盐粒刮到白色的线条中，把它们摆成几何形状，像是你在山洞墙上找到的远古密码。不知道为什么，我极为喜欢我自己摆出的形状，好像我们正在桌上留下某种无法阅读的证词。一想到上菜员会把它们清理掉，我就觉得可惜。

我们穿过餐厅的时候，两个人都一脸阴郁。我们靠着对方，像卡通片里的醉汉。我们的高跟鞋在脚下歪歪扭扭，我们还撞到桌边，让桌上的液体洒出来，接着我们赶快道歉，把桌上的东西摆好，又继续吃力地、一根筋地往前走去。我们头顶的绳子上出现了我以前从未见过的鲜艳的皮纳塔形状——公牛、帆船、十字架和五角星。

户外已是黄昏，半落的夕阳让我眯着眼睛才能看到周围。天气很热，我们把报纸垫在车的座位上再坐进去。车内的金属按键热到可以烫伤你的手指，所以我隔着蓝色的餐巾纸按下给车点火的按键。我刚点着火，热风就从汽车的空调排气片里猛喷了出来。我把车调到倒挡。我们头顶的天空正从芥末黄变成紫色。像是被切开的李子的颜色，妈妈说。

我把车开进高速车道的时候，想到了躺在铝床上的爸爸，他已成了他过去自己的一个抽象标志。自从布德罗医生跟我说要为他的过世做准备之后，我每次开车回家都想象家门口的路上会停着一辆救护车；车中的担架上放着尸体，尸体的面部用白布罩着。但是其实爸爸五年后才去世，那时他已完全瘫痪，消瘦到连我都能把他抱到轮椅上，我每次抱他起来的时候，他都会像个婴儿一样傻笑哼唧一番。在他生命的尽头，他反而很奇怪地快乐起来。他很爱白猫邦珀。事故虽然让它失了声，但从宠物医院回家后，它愣是被七七八八地缝了起来，还能跑到爸爸下陷的胸口上，发着呼噜声。在我们把钱花完之前，护士来照看爸爸的时候，它还会跑到护士腿上。

那天在车里，我只知道我们回家和护士交接的时间太晚了。车轮在被晒得快融化的焦油路上滚着，我听见自己正用恐惧沙哑的声音说着：爸爸死了，爸爸死了。

妈妈正坐在我旁边，轻声哭着。她戴上了她的太阳眼镜。镜片上反射的白色石油桶几乎有种史前的气息。当我还是孩子的时候，我以为这些巨型油桶是恐龙蛋，还担心蛋里会孵出什么怪兽。油桶低拱的影子落在炼油厂的院子上。我们路过这些院子。随着我们路过一个又一个栏柱子，栅栏从防飓风的菱形工业栅栏变成了平行线条的带刺铁丝栏，栅栏后面是宽阔的稻米地，地里粗壮的绿色稻秆沉沉地歪斜着。快到收割的季节了。

然后栅栏消失了，被分割的一片片田野变成了雾蒙蒙的河岸，上面长满了牵牛花。暮色四合。我们的车路过长长的一片蓝帽花，花丛越来越宽，延伸出了一大片草地。在花丛的一些地方，可以看到星星点点的萤火虫。真奇怪，我想，这些虫子在炼油厂排除污毒的地方还活了下来。在妈妈疲惫的侧脸后方，萤火虫在弥漫的雾中成堆地闪烁起来，像是被点燃又被吹灭的小型生日蜡烛。

当时，我没觉得眼前的这一切有多美，有多特别，但我现在却这么觉得。那天我们前方的日落光亮耀眼，而我们自己却没有这种光芒。

但我们本该是这样的，因为妈妈的故事从某种程度上饶恕了我们俩。我们一直以为自己犯下的深重罪恶，原来都不是真的，是出于恐惧被捏造出来的故事。我们以为这一切黑暗中没有穿插任何光明。只有黑暗的部分被人理解了。我从来不知道绝望是可以骗人的。所以，在那时，我只觉得我开的车是冰冷的钢铁胶囊，我把它发射入快速向我们涌来的黑暗。

只有在回首往事的时候，我才觉得真相的光辉本就应该充满我们的内心，像那带着破碎的身体从各种魑魅魍魉身边走过的神的恩赐一样。我想到人在弥留之际灵魂可能飞入的那个凉爽的白光隧道，或者那些经历过九死一生的人——他们有的遭遇车祸，有的心脏衰竭，有的溺水，借由心脏起搏器或者电击治疗，或者有好心的

317

路人蹲下来给溺水者被堵住的肺部做人工呼吸，使其再次喘上气来——所讲述的那样。或许他们讲述的这些只是死亡时神经系统迸发出的火花，是大脑的最后一场灯光秀。如果是，我也愿意相信这个谎言。

然而，我很喜欢那个画面：我们溜出肉体这个密闭的容器，进入一个透亮的子宫，毫不费力地在其中滑行，直至那些遥远的身影越来越亮，越来越熟悉，直至所有你爱的人都盘桓在你周围，他们伸出发光的手臂欢迎你。

致谢

是阿曼达·厄本，我在 ICM 的经纪人，鼓励我拟出写本书的方案。维京出版公司的南·格雷厄姆随后购买了本书的版权。她作为编辑、朋友和热情的支持者，令我受益良多。维京出版公司的考特妮·霍德尔也一样。我的姐姐莱西娅·哈蒙·斯卡廖内，帮助我确认和回忆了许多往事。新方向出版公司的詹姆斯·劳克林也为我打气加油。托比亚斯·沃尔夫和凯瑟琳·沃尔夫是这本书交稿前的最终读者，他们速度很快，意见精准，而且未收一分报酬。我非常感谢他们所做的一切。

谢谢贾尔斯·怀廷女士基金为我颁发了作者奖，这是我很需要的；谢谢拉德克利夫文理学院的玛丽·英格拉哈姆·邦廷学院为我颁发奖学金。

我母亲在我写完后才开始读这本书。然而，我写这本书的两年来，她随时随地通过手机和信件回答我的问题，还帮我做了很多调查研究，即便在病中也是如此。虽然书中很多故事勾起了她痛苦的回忆，但她一直毫不保留地鼓励我写这本书。她的勇气令我敬佩，她的支持对我来说就是一切。